SCHUTZ FÜR WREN

SEALS OF PROTECTION: ALLIANCE
BUCH 2

SUSAN STOKER

Besuchen Sie Susan im Netz!
www.stokeraces.com
facebook.com/authorsusanstoker
twitter.com/Susan_Stoker
bookbub.com/authors/susan-stoker
instagram.com/authorsusanstoker
Email: Susan@StokerAces.com

EBENFALLS VON SUSAN STOKER

SEALs of Protection: Alliance
Schutz für Remi
Schutz für Wren
Schutz für Josie (4 Mar)
Schutz für Maggie (1 Apr)
Schutz für Addison (6 May)
Schutz für Kelli
Schutz für Bree

Die Männer von Silverstone
Vertrauen in Skylar
Vertrauen in Taylor
Vertrauen in Molly
Vertrauen in Cassidy (1 Dez)

Die Zuflucht in den Bergen
Zuflucht für Alaska
Zuflucht für Henley
Zuflucht für Reese
Zuflucht für Cora

Zuflucht für Lara
Zuflucht für Maisy
Zuflucht für Ryleigh (7 Jan)

Das Bergungsteam vom Eagle Point
Ein Retter für Lilly
Ein Retter für Elsie
Ein Retter für Bristol
Ein Retter für Caryn
Ein Retter für Finley
Ein Retter für Heather
Ein Retter für Khloe

SEALs of Protection: Legacy
Ein Beschützer für Caite
Ein Beschützer für Brenae
Ein Beschützer für Sidney
Ein Beschützer für Piper
Ein Beschützer für Zoey
Ein Beschützer für Avery
Ein Beschützer für Kalee
Ein Beschützer für Jane

Die SEALs von Hawaii:
Die Suche nach Elodie
Die Suche nach Lexie
Die Suche nach Kenna
Die Suche nach Monica
Die Suche nach Carly
Die Suche nach Ashlyn
Die Suche nach Jodelle

Delta Team Zwei
Ein Held für Gillian

Ein Held für Kinley
Ein Held für Aspen
Ein Held für Jayme
Ein Held für Riley
Ein Held für Devyn
Ein Held für Ember
Ein Held für Sierra

Mountain Mercenaries:
Die Befreiung von Allye
Die Befreiung von Chloe
Die Befreiung von Morgan
Die Befreiung von Harlow
Die Befreiung von Everly
Die Befreiung von Zara
Die Befreiung von Raven

Ace Security Reihe:
Anspruch auf Grace
Anspruch auf Alexis
Anspruch auf Bailey
Anspruch auf Felicity
Anspruch auf Sarah

Die Delta Force Heroes:
Die Rettung von Rayne
Die Rettung von Emily
Die Rettung von Harley
Die Hochzeit von Emily
Die Rettung von Kassie
Die Rettung von Bryn
Die Rettung von Casey
Die Rettung von Wendy
Die Rettung von Sadie

Die Rettung von Mary
Die Rettung von Macie
Die Rettung von Annie

SEALs of Protection:

Schutz für Caroline
Schutz für Alabama
Schutz für Fiona
Die Hochzeit von Caroline
Schutz für Summer
Schutz für Cheyenne
Schutz für Jessyka
Schutz für Julie
Schutz für Melody
Schutz für die Zukunft
Schutz für Kiera
Schutz für Alabamas Kinder
Schutz für Dakota

Eine Sammlung von Kurzgeschichten

Ein langer kurzer Augenblick

KAPITEL EINS

Wren Defranco wachte plötzlich auf. In der einen Sekunde schlief sie noch tief und fest, und in der nächsten war sie wach. Das war bei ihr schon immer so gewesen. Ihre Kindheit hatte es zu einer Notwendigkeit gemacht. Und genau wie damals öffnete sie nicht sofort die Augen und setzte sich auf. Nein, sie bewertete ihre aktuelle Situation mit den anderen Sinnen.

Nichts von dem, was sie hörte, klang richtig.

In ihrer Wohnung war es ruhig. Sie hatte sie absichtlich gewählt, weil sie abseits von belebten Straßen in einem recht sicheren Teil der Stadt lag. Sie brauchte einen Ort, der sicher war. Einen Ort, an dem sie nicht wachsam sein musste. Die meiste Zeit ihres Lebens war sie unsicher und angespannt gewesen. Sie wollte einen Ort, an dem sie sich völlig entspannen konnte, wenn sie am Ende des Tages nach Hause ging.

Die Dinge, die sie jetzt hörte, waren definitiv nicht die üblichen Geräusche, wenn sie aufwachte. Draußen ertönte Lachen von ... Kindern? Ein rhythmisches Klirren. Musik.

Als sie tief einatmete, ohne die Augen zu öffnen, roch sie ... Kaffee. Richtig guten Kaffee. Nicht den Mist, den sie normalerweise auf dem Weg zur Arbeit im Supermarkt an der Ecke kaufte.

Wren öffnete die Augen einen kleinen Spalt, um ihr Aufwachen nicht offensichtlich zu machen, falls sie beobachtet wurde. Wieder etwas, das sie als Kind gelernt hatte.

Das Zimmer wurde vom Sonnenlicht erhellt, das durch den blassen Vorhang eines Fensters an der gegenüberliegenden Wand fiel. Es war nicht früh am Morgen, was überraschend war, da sie normalerweise vor Sonnenaufgang aufstand. Und nicht nur das, auch der Raum war ihr völlig fremd.

Als sie sich langsam aufsetzte, sah Wren sich um und stellte fest, dass sie allein war. Sie lag in einem Doppelbett und war mit einer scheinbar selbst gemachten Steppdecke zugedeckt. Sie war mit Blattmustern übersät und in hellen, fröhlichen Farben gehalten. Es gab zwei Nachttische, einen auf jeder Seite des Bettes, einen blauen Teppich auf dem Boden, eine kleine Kommode an der Wand ihr gegenüber und ein Bild einer Berglandschaft an der Wand zu ihrer Linken. Es sah ... gemütlich aus.

Aber Wren entspannte sich nicht. Ganz und gar nicht. Der Schein konnte trügen. Das wusste sie besser als die meisten.

Es gab nur eine Tür zum Zimmer, also kein angeschlossenes Bad. Es gab keinen Platz zum Verstecken. Der einzige Ausweg war das Fenster. Sie hatte keine Ahnung, wie hoch oben sie sein könnte, aber wenn sie einem Entführer entkommen musste, würde sie aus dem Fenster steigen, egal in welchem Stockwerk sie sich befand.

Wren schluckte schwer und tat ihr Bestes, um herauszufinden, was passiert und wie sie in einem Raum gelandet war, der wie das Schlafzimmer einer Großmutter aussah. Wie ein umgelegter Lichtschalter strömten die Erinnerungen zurück in ihr Gehirn.

Aces Bar and Grill. Die Verärgerung über ihre Verabredung.

Wie der Typ ihr ein Getränk brachte. Das Schwindelgefühl.
Und dann ...

Nichts.

Verdammter Mist – er hatte ihr etwas ins Getränk getan!

Erschrocken schlug Wren die Decke zurück und schwankte
vor Erleichterung, als sie sah, dass sie immer noch ihre Hose
und das hübsche T-Shirt mit Rundhalsausschnitt trug, das sie
für ihre Verabredung gefunden hatte. Sie zog die Beine an die
Brust, um ihre Knie zu umarmen, und empfand noch größere
Erleichterung, dass sie keinen Schmerz zwischen den Oberschenkeln spürte.

Verwirrung machte sich breit. Wenn ihre Verabredung sie
unter Drogen gesetzt und in seine Wohnung gebracht hatte,
warum hatte er sie dann einfach ins Bett gelegt? Wartete er, bis
sie aufwachte, um sie anzugreifen? Manche Männer wurden
durch den Schmerz und die Angst ihres Opfers erregt. Vielleicht war er einer von ihnen?

Dann fiel ihr noch etwas ins Auge. Auf dem Nachttisch, der
ihr am nächsten war, stand eine Flasche Wasser. Eine ungeöff-
nete Flasche. Außerdem lag dort ein Zettel.

Wren sah sich um und fragte sich, ob sie beobachtet wurde,
bevor sie langsam nach dem Stück Papier griff.

Sie erwartete, dass die Tür jeden Moment aufliegen und
jemand hereinstürmen würde, um ihr wehzutun. Die Erinnerungen drohten sie zu überwältigen, aber Wren schob sie
beiseite. Sie war kein Kind mehr. Sie war nicht hilflos.

Sie holte tief Luft und las den Zettel.

*Du bist in Sicherheit. Du hast mich gebeten, dir zu helfen, also habe
ich dich in mein Haus gebracht. Wenn du gehen willst, geh durch die
Tür und dann nach links. Die Tür am Ende des Flurs führt in die
Garage. Die Straße runter gibt es eine Bushaltestelle. Ich habe Geld
unter deinem Telefon liegen lassen.*

. . .

Wren blickte erneut auf den Nachttisch neben dem Bett. Hinter der Wasserflasche lag ihr Telefon und, wie versprochen, ein Zwanzigdollarschein darunter. Sie hatte ihn zuvor übersehen. Sie blickte zurück auf den Zettel in ihrer Hand und las weiter.

Oder wenn du im Flur nach rechts gehst, findest du neben deinem Zimmer ein Badezimmer. Und ich würde dir gern Frühstück machen und mich vergewissern, dass es dir gut geht. Ich kann dich zurück zum Aces oder zu dir nach Hause bringen, oder wohin auch immer du willst. Es tut mir leid, was du letzte Nacht erleben musstest, aber ich gebe dir mein Wort, dass du hier in Sicherheit bist.
Bo

Wrens Kopf fühlte sich an, als sei er mit Watte gefüllt. Sie hatte dieses Gefühl nach K.-o.-Tropfen seit Jahren nicht mehr erlebt, und doch erinnerte sie sich daran, als sei es erst gestern gewesen.

Aber nie, kein einziges Mal in all der Zeit, war sie aufgewacht und hatte sich ... sicher gefühlt.

Der Mann, der den Zettel geschrieben hatte, hatte dieses Wort zweimal benutzt. *Sicherheit.*

Für eine Frau, die ihre Kindheit damit verbracht hatte, sich nie sicher zu fühlen, jedem zu misstrauen und sich zu fragen, was jedermanns Absichten waren, war sie im Moment schrecklich unbesorgt.

Wren griff nach dem Wasser auf dem Tisch neben ihr, brach das Siegel und führte es an ihre Lippen. Sie trank mindestens die Hälfte davon, ohne einen Atemzug zu nehmen. Es könnte dennoch etwas darin sein, denn es gab Möglichkeiten, heimlich etwas ins Wasser zu tun, ohne das Siegel am

Verschluss zu brechen, aber wenn ihr Helfer ihr etwas hätte antun wollen, hätte er dafür mehr als genügend Zeit gehabt.

Eine verschwommene Erinnerung an die vielen gut aussehenden Navy SEALs im *Aces* blitzte in Wrens Kopf auf. Hatte einer von ihnen gesehen, wie ihre Verabredung ihr etwas ins Getränk tat, und war eingeschritten? Sie hatte keine Ahnung, was passiert war, nachdem Matt – der Mann, den sie schwer unterschätzt und für einen Streber gehalten hatte – ihr etwas in die Limonade getan hatte. Aber aus irgendeinem Grund geriet sie nicht in Panik.

Sie sollte genau das tun, was ihr Retter sagte. Aus der Tür und zur Bushaltestelle gehen. Aber selbst als Wren die Beine über die Matratze schwang und nach ihrem Handy griff, um es in ihre Tasche zu stecken, wusste sie, dass sie das nicht tun würde.

Sie ließ das Geld auf dem Tisch liegen und ging auf die Tür zu. Sie war ein wenig unsicher auf den Beinen, aber sie war fest entschlossen herauszufinden, was in der Nacht zuvor passiert war. Nachdem sie die Tür geöffnet hatte, schaute Wren nach links. Der Flur war nichts Besonderes. Holzboden, ein paar weitere Landschaftsbilder an den Wänden. Links, am Ende des Flurs, befand sich eine Tür, wie der Verfasser der Nachricht behauptet hatte.

Wren atmete tief durch, trat in den Flur ... und ging nach rechts.

Sie würde es vielleicht bereuen, aber sie konnte nicht gehen, ohne zu wissen, was in der Nacht zuvor passiert war, und auch nicht, ohne herauszufinden, wer dieser Bo war und warum er ihr geholfen hatte.

KAPITEL ZWEI

Bo »Safe« Cyders lehnte an der Küchentheke und starrte ins Leere. Es war zehn Uhr morgens, und er war genauso nervös und aufgeregt wie vor einem Einsatz. Er hatte insgesamt nicht mehr als ein oder zwei Stunden geschlafen, aber er war nicht im Geringsten müde. Die letzte Nacht war ... intensiv gewesen. Und er hatte jede Minute an sich gezweifelt, seit er *Aces Bar and Grill* mit der hübschen jungen Frau verlassen hatte, die ihn um Hilfe gebeten hatte.

Theoretisch war ihm klar, dass sie *ihn* nur um Hilfe gebeten hatte, weil er zufällig zur gleichen Zeit wie sie in diesem Flur gewesen war. Aber die Verzweiflung und Angst in ihren Augen nagte noch immer an ihm. Was, wenn er *nicht* da gewesen wäre? Was, wenn jemand mit weniger Skrupel ihren Weg gekreuzt hätte? Was, wenn ihr Arschloch von Verabredung ihr gefolgt wäre und sie durch die Hintertür hinausgebracht hätte?

Die Was-wäre-wenn-Vorstellungen waren erschreckend. Besonders nachdem er gesehen hatte, wie verletzlich die Frau gewesen war.

Safe hatte sie nach Hause gebracht, sie in sein Gästebett gelegt, seine medizinische Ausbildung genutzt, um sie schnell zu untersuchen ... und sie hatte sich nicht einen Zentimeter bewegt.

Er hatte auch die ganze Nacht über nach ihr gesehen. Etwa alle dreißig Minuten war er in ihr Zimmer gegangen und hatte sich vergewissert, dass sie noch atmete. Sie hatte sich nicht gerührt. Der Gedanke, dass jemand dieser Frau etwas antun könnte, während sie bewusstlos war, bereitete ihm eine Gänsehaut.

Als Safe das letzte Mal nach ihr gesehen hatte, war seine Angst ein wenig abgeklungen. Er war kurz davor gewesen, einen Krankenwagen zu rufen – sie hatte sich *buchstäblich* seit zehn Stunden nicht mehr bewegt –, als er endlich Anzeichen dafür sah, dass sie sich regte. Er verließ schnell das Zimmer, da er nicht wollte, dass sie aufwacht, während ein ihr unbekannter Mann über sie gebeugt war, und ging in die Küche, um abzuwarten, was sie tun würde.

Er wollte mit ihr reden. Sich vergewissern, dass es ihr gut ging. Aber wenn sie gehen wollte, würde er sich ihr nicht in den Weg stellen. Sie musste verwirrt sein. Verängstigt. Und sicher hatte sie keine Ahnung, woran sie sich vom Abend zuvor erinnerte, wenn sie es überhaupt tat. Er konnte nur dafür sorgen, dass sie etwas Wasser, ihr Telefon und ein wenig Geld hatte, und sie ihre eigenen Entscheidungen treffen lassen.

Safe nahm einen Schluck von dem Gourmet-Kaffee, nach dem er süchtig war, und wartete weiter.

Er hörte das Knarren der Gästezimmertür und hielt den Atem an, während er auf den Flur starrte und darauf hoffte, dass sie erschien. Dass sie sich nicht bei Nacht ... äh, Morgen und Nebel davonschlich. Die Gegend, in der sein Haus lag, war nicht die beste, aber seine Nachbarn waren alle gute Menschen. Sie hatten es schwer in dieser Wirtschaftslage, aber sie würden der Frau nichts tun, wenn sie sie auf dem Bürgersteig gehen sähen.

Seine Nachbarin Abigail war vor ein paar Stunden aufgebrochen, um zu ihrem Job im Supermarkt am Ende der Straße zu gehen. Ihre Mutter, Carleigh, spielte den Babysitter. Abigail war eine alleinerziehende Mutter mit drei Kindern – Albert, der vier Jahre alt war, Adam, drei Jahre alt, und Adley, das Baby, zwei Jahre alt. Zum Glück konnte ihre Mutter auf die Kinder aufpassen, während Abigail bei der Arbeit war. Die Kinder waren nicht die stillen Typen. Sie spielten gerade draußen im Garten auf der Schaukel, die Safe mit aufgebaut hatte, wo sie lachten und kreischten.

Das Geräusch brachte ihn zum Lächeln. Glückliche Kinder zu hören war viel besser als die verängstigten Schreie der Kinder, denen er bei seinen Einsätzen in Übersee oft begegnete.

Aus dem Haus auf der anderen Straßenseite konnte er Musik hören. Die Geräusche einer lebendigen Nachbarschaft waren überall um ihn herum, sie waren Safe zur zweiten Natur geworden. Aber im Moment konnte er sich nur auf die Schritte der Frau konzentrieren, die in den letzten zwölf Stunden einen Großteil seines Gehirns in Anspruch genommen hatte.

Zu seiner großen Erleichterung kamen sie auf ihn zu, anstatt sich zu entfernen.

Safe zwang sich, so entspannt wie möglich auszusehen, und starrte auf den Flur. Als die Frau erschien, kostete es ihn jedes Quäntchen Disziplin, nicht auf sie zuzugehen. Dort zu bleiben, wo er war, an den Tresen gelehnt, als hätte er keine Sorge auf der Welt.

Sie war blass, ihr kurzes schwarzes Haar zerzaust, und sie hatte dunkle Ringe unter ihren braunen Augen. Ihre Kleidung war zerknittert und sie zappelte nervös mit den Händen, während sie am Eingang zum Wohnzimmer stand.

»Morgen«, sagte Safe leise.

»Wo bin ich?«, fragte sie, ohne um den heißen Brei herumzureden.

Safe gefiel es. »Etwa fünf Kilometer vom *Aces* entfernt. In meinem Haus. Ich habe dich hergebracht, nachdem du mich in der Kneipe um Hilfe gebeten hattest. Du bist gleich danach ohnmächtig geworden.«

»Er hatte mir etwas ins Getränk getan«, sagte die Frau. Sie hatte sich nicht vom Eingang des Flurs wegbewegt, aber sein Haus war nicht groß. Er hatte kein Problem, sie über zwei Zimmer hinweg zu hören.

Also blieb Safe dort, wo er war. Sie war ängstlich, und das zu Recht. Er wollte nichts tun, was sie noch mehr verunsicherte, als sie es ohnehin schon war. »Ja«, bestätigte er.

»Und was dann?«

»Ich habe dich hergebracht. Ich habe dich in mein Gästezimmer gebracht, habe in der Nacht regelmäßig nach dir gesehen, um sicherzugehen, dass du noch atmest ... und jetzt sind wir hier.«

Sie legte den Kopf schief und starrte ihn an, als würde sie ihn aus der Ferne beurteilen.

»Ich bin Bo. Bo Cyders. Meine Freunde nennen mich Safe.«

»Safe?«, fragte sie stirnrunzelnd.

Seine Lippen zuckten. »Ja. Das ist die Gefahr, wenn man beim Militär ist. Jeder bekommt einen Spitznamen.«

»Was bedeutet er?«

Ihre Fragen waren kurz und bündig. Etwas, das Safe ... liebenswert fand. Nein, das war nicht richtig. Sie hatte Angst und sorgte sich um ihre Sicherheit. Sie versuchte nicht, zu flirten oder süß zu sein. Sie versuchte einfach nur, Informationen zu bekommen.

Nein. Er fand das mutig und bewundernswert.

»Im Bootcamp haben sie mich Cyborg genannt, wegen meines Nachnamens. Einer meiner Ausbilder hielt es für witzig, mich so zu nennen. Aber als ich zum ersten Mal einem SEAL-Team beitrat, spielten wir beim Training eines Tages Softball, und ich erzielte einen Home-Run. Der Catcher rief: ›Safe! Er ist safe!‹, als ich zur Homebase rutschte. Ein riesiger

Streit brach aus, wobei mein Team darauf bestand, dass ich safe war, und das andere Team darauf, dass ich out war. Der Schiedsrichter pfiff laut mit den Fingern und rief: ›Er ist safe! Hört ihr mich? *Safe!*‹ Und von da an ... war ich als Safe bekannt.«

Als ein kleines Lächeln über die Lippen der Frau huschte, hatte Safe das Gefühl, eine große Hürde genommen zu haben.

»Ich bin Wren. Wren Defranco.«

»Freut mich, dich kennenzulernen, Wren Defranco«, sagte Safe.

»Es ist auch schön, dich kennenzulernen, Bo Cyders.«

Einen Moment lang rührten beide sich nicht. Dann richtete Safe sich auf und deutete mit dem Kopf auf seine Kaffeemaschine. »Kaffee?«

Zum ersten Mal wandte Wren den Blick von ihm ab. Wie von Safe erwartet, weiteten ihre Augen sich vor Überraschung.

»Ich weiß, ich weiß«, sagte er, bevor sie nachfragen konnte. »Es ist ein wenig übertrieben. Aber ich mag meinen Kaffee. Wenn ich auf Mission bin, müssen wir oft den widerlichsten Schlamm trinken, den sie als Kaffee auszugeben versuchen. Es ist ekelhaft, aber wenn ich mein Koffein will, habe ich keine Wahl. Wenn ich also zu Hause bin, verwöhne ich mich selbst, indem ich mir das bestmögliche Zeug mache.«

»Wow«, sagte sie ehrfürchtig.

Safe lachte. »Es gab einen Kaffeeladen, der pleitegegangen ist. Ich habe ihnen dieses Baby abgekauft. Es macht Espresso, Cappuccino und jede andere Art von ausgefallenen Getränken, die man sich vorstellen kann. Aber ich wechsle ab. Manchmal trinke ich das einfache Zeug. Okay, das ist eine Lüge. Es ist nicht einfach. Heute Morgen ist es doppelte Schokolade. Morgen nehme ich vielleicht Michigan-Kirsche. Ich wechsle gern ab.«

Während er sprach, griff Safe nach einer Kaffeetasse. Und nicht nur irgendeiner Tasse. Er mochte die riesigen Tassen.

Wenn jemand an diesem Morgen einen großen Kaffee brauchte, dann war es Wren, also füllte er die Tasse bis zum Rand und schob sie über den Tresen zu ihr. Dann trat er zurück, um ihr Platz zu machen.

Langsam ging sie durch das Wohnzimmer in Richtung Küche, als sei sie ein streunender Hund, der sich vor dem Retter in Acht nahm, der Leckerlis in greifbare Nähe warf. Wren legte ihre Hand um den Henkel des Bechers – die neben der großen Tasse winzig wirkte – und ging ein paar Schritte zurück, als sie das Getränk an ihre Lippen führte.

Sie zögerte einen Moment, bis ihr Blick auf seinen traf. Das Misstrauen war wieder in ihren Augen zu sehen, was Safe hasste.

»Es ist nichts drin«, sagte er sanft. »Du bist hier sicher. Ich trinke denselben Kaffee wie du.«

»Ich bin sicher?«, fragte sie.

»Ja.«

»Ich dachte, *du* seist sicher.«

Es dauerte einen Moment, bis er merkte, dass sie ihn aufzog. Seine Bewunderung für sie stieg noch eine Stufe höher.

Er kannte diese Frau nicht. Er hatte sich bis heute Morgen nicht wirklich mit ihr unterhalten ... und doch spürte er bei ihrer sanften Neckerei, ihrem direkten Blick, eine ungewohnte Regung tief in ihm. Eine Sehnsucht nach etwas, das sich für ihn immer unerreichbar angefühlt hatte.

Die Sehnsucht nach einer Verbindung mit einem anderen menschlichen Wesen, die bis auf die Knochen ging.

Er schüttelte das plötzliche Gefühl ab und zwang sich, sich wieder gegen den Tresen zu lehnen.

Wren nahm schließlich einen Schluck Kaffee, und Safe beobachtete mit Genugtuung, wie sie die Augen schloss und ein kleines Stöhnen ausstieß. »Heilige Scheiße«, hauchte sie, als sie die Augen öffnete und ihn ansah.

»Gut?«, fragte er.

»Nein«, sagte sie mit einem leichten Kopfschütteln. »Er ist fantastisch. Du hast mich für immer ruiniert. Ich werde den armen Pablo im Supermarkt an der Ecke nie wieder ansehen können, denn sein Kaffee ist beschissen, auch wenn er ein guter Kerl ist, der sich so sehr bemüht, ihn genießbar zu machen.«

Safe lachte leise. »Ich bin ein Kaffee-Snob. Ich gebe es zu«, sagte er ohne einen Hauch von Reue.

Wren lächelte ihn einen Moment lang an, dann verblasste das Grinsen. »Darf ich dich etwas fragen?«

»Du kannst mich alles fragen«, erwiderte Safe, und seine Stimme wurde ernst.

»Hast du die Polizei gerufen? Warum hast du mich hergebracht? Hast du meine Verabredung zur Rede gestellt? Hast du meine Handtasche?«

Natürlich hatte sie Fragen. »Ich werde dir alles erzählen ... beim Frühstück. Du brauchst Nährstoffe, und etwas zu essen wird dir helfen, die Reste dessen zu vertreiben, was auch immer dieses Arschloch dir gegeben hat. Ich habe die Zutaten für ein Omelette da oder kann Pfannkuchen machen. Eventuell habe ich auch noch etwas Brot hier, das nicht verschimmelt ist. Vielleicht.«

»Hast du Frühstücksflocken?«, fragte sie.

Safe war überrascht. »Frühstücksflocken?«

»Ja. Ich weiß, es ist albern. Aber die esse ich morgens normalerweise.«

»Es ist nicht albern«, entgegnete Safe. »Du hast mich nur überrascht. Und ja, ich habe Frühstücksflocken, aber ich bin mir nicht sicher, ob ich die habe, die du magst.«

»Wahrscheinlich nicht«, murmelte sie leise vor sich hin. Dann sagte sie lauter: »Was auch immer du hast, ist in Ordnung.«

Safe spürte, wie seine Wangen heiß wurden, und drehte sich zu seinem Vorratsschrank um, um seine Verlegenheit zu verbergen. Er schämte sich nicht für seine Laster, wie zum Beispiel seine Kaffeemaschine, aber er war sich ziemlich sicher, dass seine Auswahl an Frühstücksflocken nicht gerade zu seinem Image als knallharter Navy SEAL passte. »Ich habe Apple Jacks, Fruit Loops, Frosted Flakes und Frosted Krispies«, sagte er zu Wren und wünschte, er hätte wenigstens eine Schachtel mit etwas halbwegs Nahrhaftem. Wenn eine Schachtel Müsli oder Getreideflocken auf magische Weise in seiner Speisekammer auftauchen würde, wäre er äußerst dankbar.

»Ernsthaft?«

Widerwillig drehte Safe sich zu seinem unerwarteten Hausgast um und zuckte mit den Schultern. »Ja. Ich habe keinen Besuch erwartet, sonst hätte ich etwas Angemesseneres besorgt. Normalerweise bereite ich etwas Erwacheneres zu, wenn ich jemanden zu Besuch habe, was nicht oft der Fall ist. Ich wünschte, ich könnte meine Auswahl an Frühstücksflocken auf die Nachbarskinder schieben, die ich manchmal einlade, um ihrer Mutter eine Pause zu gönnen, wenn ihre Oma nicht babysitten kann, aber was soll ich sagen? Ich mag das zuckerhaltige, beschissene Zeug.«

Er plapperte vor sich hin, aber Safe konnte sich scheinbar nicht zurückhalten. Es war ihm zutiefst peinlich, dass er dieser Frau, die etwas Schreckliches durchgemacht hatte, nur Kindersachen anbieten konnte.

»Meine Lieblings-Frühstücksflocken sind Lucky Charms, aber Fruit Loops kommen dicht dahinter. Das Beste ist, die Milch zu trinken, wenn die Frühstücksflocken weg sind. Es ist purer Zucker, aber so gut.«

Safe starrte Wren einen Moment lang an in der Annahme, sie würde ihn verarschen, aber als sie mit den Schultern zuckte und ihm ein kleines Lächeln schenkte, wurde ihm klar, dass sie es ernst meinte.

Das komische Gefühl in seinem Bauch kehrte zurück. Wie

groß waren die Chancen, dass die Frau, die er vor einem möglicherweise schrecklichen Schicksal bewahrt hatte, nicht nur
seinen aromatisierten Kaffee mochte, sondern auch ein Fan
von supersüßen Frühstücksflocken war?

Safe ignorierte die kleine Stimme in seinem Kopf, die ihm
sagte, er solle diese Frau festhalten und nicht mehr loslassen,
und griff nach den Schachteln mit Fruit Loops und Apple
Jacks. Er stellte sie auf den Tisch in dem kleinen Essbereich
neben der Küche und ging dann zum Kühlschrank, um die
Milch zu holen. Als er den Tisch mit zwei Schüsseln – natürlich extragroß – und Löffeln gedeckt hatte, zog er einen Stuhl
für Wren hervor und setzte sich ihr gegenüber.

Sie ging langsam zum Tisch und ließ sich auf den Stuhl
sinken. Sie schenkte ihm noch ein kleines Lächeln, stellte ihre
Kaffeetasse ab und griff nach den Fruit Loops. Sie aßen ihre
Frühstücksflocken schweigend, das einzige Geräusch war ihr
Kauen.

Als sie beide die Milch geschlürft hatten, die in den Schüsseln übrig geblieben war, stand Safe auf.

Ihm entging nicht, wie Wren bei seiner abrupten Bewegung
zusammenzuckte. Er verfluchte sich dafür, sie erschreckt zu
haben, und erstarrte. »Ich werde unser Geschirr in die Spüle
stellen. Wenn du es dir auf der Couch bequem machen willst,
ich komme gleich nach und erzähle dir von gestern Abend.«

»Okay«, sagte sie, stieß sich vom Tisch ab, stand schnell auf
und ging einen Schritt zurück.

Safe schnappte sich die Schüsseln und Löffel und ging in
die Küche. Aus dem Augenwinkel sah er, wie Wren ins Wohnzimmer trat. Sie setzte sich in seinen Sessel, und Safe konnte
sich des Eindrucks nicht erwehren, dass sie in dem übergroßen
Sessel winzig aussah. Er war mit seinen eins fünfundachtzig
kein Riese, aber er war auch kein kleiner Mann. Wren schien
für eine Frau durchschnittlich groß zu sein, ungefähr eins fünfundsechzig, aber sie war schlank und wirkte fast zerbrechlich.

Als sie die Beine unter sich zog, lächelte Safe. Sie hatte nicht gezögert, es sich bequem zu machen, und die Tatsache, dass sie nicht auf der Kante des Sitzes hockte, bereit zu flüchten, sagte ihm, dass sie ihm in gewisser Weise vertrauen musste. Zumindest ein bisschen.

Und es war dieser kleine Akt des Vertrauens, der ihn im Geiste schwören ließ, alles zu tun, was nötig war, damit diese Frau sich sicher fühlte. Bei ihm *und* nach dem, was am Abend zuvor geschehen war. Er wusste nicht, wer ihre Verabredung war, aber er würde den Mann finden und ihm mit Hilfe seines Teams zeigen, was passierte, wenn man unschuldige Frauen ausnutzte.

Der Gedanke war ein wenig blutrünstig, vor allem da er Wren gerade erst kennengelernt hatte, aber Safe konnte nicht anders. Nachdem er die ganze Nacht auf sie aufgepasst hatte, nachdem sie ihn in der Kneipe um Hilfe gebeten hatte, fühlte er sich ihr gegenüber beschützend.

Nachdem er das Frühstücksgeschirr abgeräumt hatte, brachte er die Kanne Kaffee zu ihr hinüber. »Nachfüllen?«, fragte er leise.

»Ja bitte«, sagte sie und hielt ihm ihre Tasse hin.

Safe schenkte ihr ein – wobei er sich albern darüber freute, dass sie seinen Kaffee mochte –, füllte seine eigene Tasse nach und setzte sich dann auf die Couch auf der anderen Seite des Raumes. Er zögerte nicht, ihr zu erzählen, was sie wissen wollte.

»Ich habe dich im *Aces* mit dem Typen gesehen, mit dem du zusammen warst. Der Typ gefiel mir nicht. Warte, lass mich das korrigieren – mir gefiel nicht, wie er dich ansah, wenn du es nicht mitbekommen hast.«

»Wie hat er mich denn angeschaut?«, fragte Wren.

»So wie ein Löwe seine Beute beobachtet«, sagte Safe.

Sie zuckte zusammen. »Er schien harmlos zu sein. Ich habe ihn online kennengelernt. Wir unterhielten uns einige Male per Chat. Er sagte mir, er sei Buchhalter. Und dass er in seiner Freizeit gern Schach spielt. Ich bin so eine Idiotin«, sagte sie seufzend.

»Bist du nicht«, beharrte Safe.

»Was ist dann passiert?«

Er hasste es, dass sie so über sich selbst dachte. Es war schwer, Leute zu treffen, um sich zu verabreden. Und das Internet machte es in mancher Hinsicht einfacher, in anderer aber auch viel schwieriger. Die Leute konnten ihr wahres Wesen verbergen, bis es zu spät war.

»Bo?«

Sein Name auf ihren Lippen ließ dieses komische Gefühl tief in ihm wieder aufsteigen, aber Safe verdrängte es erneut. »Entschuldige. Ich habe dich also mit diesem Arschloch am Tisch gesehen, aber da zwei Fremde, die etwas trinken, mich nichts angehen, habe ich euch irgendwie in den Hintergrund gedrängt. Kurze Zeit später war ich gerade auf der Toilette und auf dem Weg zurück in die Kneipe, als du im Flur aufgetaucht bist. Du sahst nicht gut aus. Du bist gestolpert und hast undeutlich gesprochen. Du hast mich um Hilfe gebeten, dann wurdest du ohnmächtig.

Mein erster Gedanke war, dich da rauszuholen. Ich hätte dich wahrscheinlich in Jessykas Büro bringen sollen – ihr gehört die Kneipe –, aber stattdessen bin ich meinem Bauchgefühl gefolgt. Ich bin durch die Hintertür raus und direkt zu meinem Wagen gegangen. Ich habe uns hierhergefahren, mich vergewissert, dass es dir medizinisch gut geht – ich habe eine gewisse Ausbildung, da ich ein SEAL bin –, und dann Jessyka angerufen.«

»Nicht die Polizei?«, fragte Wren.

Safe zuckte zusammen. »Ja, die hätte ich auch anrufen sollen«, gab er zu.

»Nein! Ich meine, vielleicht«, versicherte sie ihm. »Aber ich bin kein Fan der Polizei.«

Safe wollte am liebsten sofort nach dem Grund fragen. Wollte alles über diese Frau wissen. Aber als sie nichts hinzufügte, fuhr er fort:»Wie gesagt, ich habe im *Aces* angerufen und mit Jessyka gesprochen. Ich habe ihr gesagt, was passiert ist. Dass du hier bei mir in Sicherheit bist, ich sie aber wissen lassen wollte, dass deine Verabredung nichts Gutes im Schilde führt und sie einige der Jungs bitten soll, ihn in Gewahrsam zu nehmen.«

Wren setzte sich auf. »Haben sie das getan?«

»Leider nein. Er war weg. Aber ich dachte, du willst vielleicht selbst sehen, was passiert ist, nachdem Jessyka erfahren hatte, was du durchgemacht hast«, erklärte Safe ihr. Er holte sein Handy heraus und rief das Video auf, das Jessyka ihm vor ein paar Stunden geschickt hatte. Er stand auf, ging ein paar Schritte zum Sessel hinüber und reichte Wren sein Handy. »Tippe einfach auf Play, wenn du bereit bist. Ich habe die Lautstärke bereits hochgedreht.«

Nichts von dem, was Wren passiert war, war lustig ... aber Safe liebte verdammt noch mal, was passiert war, nachdem sie gegangen waren.

Er hörte sich das Video an, während sie zusah, in dem Wissen, was Wren sah. Jessyka hatte alle Lichter in der schwach beleuchteten Kneipe angeschaltet und die Musik abgestellt. Sie war auf den Tresen gestiegen, um eine Durchsage zu machen. Er konnte Jessykas Rede über die Lautsprecher seines Telefons hören, während Wren zusah.

»Achtung an alle! Mir wurde berichtet, dass jemand, der heute Abend hier war, etwas in das Getränk einer Frau getan hat. Alle Frauen, bitte stellt sofort euer Glas ab. Nehmt keinen weiteren Schluck! Ich werde eure Getränke kostenlos ersetzen. Die junge Frau, die unter Drogen gesetzt wurde, wurde an einen sicheren Ort gebracht – im wahrsten Sinne des Wortes –, aber wenn ihr euch krank oder schwach fühlt, sagt mir oder einem meiner Mitarbeiter Bescheid.«

Wren stoppte das Video und sah zu Safe auf. »Aber wenn meine Verabredung verschwunden war, warum hat sie das getan? Das muss sie doch eine Menge Geld gekostet haben.«

»Jessyka nimmt ihre Rolle als Kneipenbesitzerin sehr ernst. Sie würde sich auf keinen Fall zurücklehnen und nichts tun, nachdem sie gehört hat, was mit dir passiert ist. Sie nimmt die Sicherheit ihrer Gäste sogar *noch* ernster. Und sie war sauer, dass du direkt vor ihrer Nase, in *ihrer* Kneipe, unter Drogen gesetzt wurdest. Soweit ich weiß blieb das Licht über eine Stunde lang an, die Musik blieb aus. Keiner hat sich beschwert.«

»Wow.«

»Aber sie ist wirklich verärgert, dass sie den Kerl nicht erwischt haben. Sie hat überall in der Kneipe und auf dem Parkplatz eine Menge Kameras angebracht. Sie hat die Aufnahmen untersucht, und sie hat tatsächlich das Video gefunden, das zeigt, wie deine Verabredung die K.-o.-Tropfen am Tresen in dein Getränk gibt, gleich nachdem der Barkeeper sich abgewandt hatte. Sie hat den Clip, der zeigt, wie du den Flur zur Toilette entlanggehst, mit mir sprichst und ich dich zur Hintertür hinausbringe. Eine andere Kamera nahm auf, wie ich dich zu meinem Wagen getragen habe. Und auch dein Begleiter wurde gefilmt, wie er aufstand und ging, nachdem du nicht an den Tisch zurückgekehrt warst. Aber er hat nicht auf dem Parkplatz des *Aces'* geparkt. Er ging so lässig weg, als würde er einen gemütlichen Abendspaziergang machen.«

»Also kein Kennzeichen«, schloss Wren.

»Ganz genau.«

»Er sagte mir, sein Name sei Matt. Matt Smith.«

Safe verzog das Gesicht.

Wren nickte. »Ja. Wahrscheinlich erfunden. Aber wir sollten in der Lage sein, ihn über die App aufzuspüren, oder?«, fragte sie, während sie sich nach vorn beugte und ihr Telefon aus der Hosentasche zog.

»Vielleicht«, sagte Safe. »Ich kenne einen Typen, der mal ein SEAL war, und der kann mit Elektronik so ziemlich alles machen.«

»Oh nein!«, rief Wren aus und blickte stirnrunzelnd auf ihr Handy.

»Was? Was ist denn los?«, fragte Safe.

»Er hat sie gelöscht.«

»Was gelöscht?«

»Unsere Nachrichten! Wir haben über die App kommuniziert, weil ich ihm meine Telefonnummer nicht geben wollte. Wir tauschten ein paar Hundert Nachrichten aus, um uns kennenzulernen, und jetzt sind sie weg.«

»Ist sein Profil noch da?«, fragte Safe.

Wren seufzte und ließ die Hand mit dem Telefon in ihren Schoß sinken. »Nein. Er wird damit durchkommen. Es lässt sich nicht sagen, wie vielen anderen Frauen er das angetan hat ... antun *wird*.«

»Schreibe meinen Freund noch nicht ab. Er ist ziemlich ... gründlich.« Safe wollte *raffiniert* sagen, entschied aber, dass das vielleicht nicht das beste Wort wäre, um Wren zu beruhigen.

»Das spielt keine Rolle. Ich bin entkommen, dank dir.« Sie schaute auf die Uhr. »Und ich habe genug von deiner Zeit in Anspruch genommen. Ich bin sicher, du hast heute Morgen Besseres zu tun, als auf mich aufzupassen. Ich weiß deine Hilfe zu schätzen. Wenn du mir meine Handtasche gibst, kann ich dir etwas Geld geben, um dich für deine Mühe zu entschädigen. Dann lasse ich dich in Ruhe und gehe nach Hause.«

Safe sah sie stirnrunzelnd an. »Deine Handtasche?«

Wren runzelte ebenfalls die Stirn. »Oh. Ja. Ich schätze, ich hatte sie nicht bei mir, als ich dich im Flur getroffen habe? Dann ist sie wahrscheinlich noch in der Kneipe.«

Safe hatte kein gutes Bauchgefühl. Und als Navy SEAL ignorierte er nie seine Gefühle. Er stand auf und sagte: »Kann ich mein Handy wiederhaben?«

»Oh! Ja, tut mir leid«, sagte sie mit einem leichten Grinsen, als sie es ihm hinhielt.

Ohne ein Wort zu sagen, nahm Safe es und wählte Jessykas Nummer. Sie hatte eine lange Nacht hinter sich, genau wie er, aber er war ziemlich sicher, dass sie wach sein würde. Er stellte das Telefon auf Lautsprecher, damit Wren sein Gespräch mithören konnte.

»Safe. Geht es ihr gut?«

»Wren geht es gut«, beruhigte er sie.

»Wren! Das ist ein schöner Name.«

Das fand Safe auch, aber er hatte wichtigere Dinge im Kopf. »Hast du gestern Abend Wrens Handtasche in der Kneipe gefunden? An dem Tisch, an dem sie saß?«

»Ihre Handtasche? Nein, ich glaube nicht, dass an dem Tisch in der Ecke noch etwas war. Oh, Scheiße – hat das Arschloch sie genommen?«

Safe begegnete Wrens Blick, und er konnte sehen, dass sie über diese neue Wendung genauso besorgt war wie er. »Anscheinend«, sagte er seufzend zu Jessyka.

»Was für ein Arschloch!«, zischte Jessyka. »Ich gehe sofort in die Kneipe, um zu sehen, ob sie abgegeben wurde. Ich rufe an, sobald ich etwas weiß. Aber, Safe, wenn er ihre Handtasche hat, weiß er, wo sie wohnt ... und wahrscheinlich hat er sogar den Schlüssel zu ihrer Wohnung, es sei denn, sie hatte ihn bei sich?«

Jessyka sagte nichts, was Safe nicht auch schon gedacht hatte. Aber Wrens Gesichtsausdruck nach zu urteilen wurde ihr erst jetzt klar, wie verkorkst die Situation wirklich war.

»Ich weiß. Sag mir Bescheid, wenn die Handtasche auftaucht«, sagte er zu Jessyka. »Ich muss Schluss machen.«

»Okay. Aber sag Wren bitte, dass wir alle froh sind, dass es ihr gut geht. Und so ein Scheiß passiert normalerweise nicht in meiner Kneipe. Wir werden uns alle bemühen, die Frauen dort besser im Auge zu behalten. Ich weiß, es liegt nicht nur an mir, aber ich muss etwas tun. Ich habe darüber nachgedacht, einen speziellen Bereich für erste Verabredungen einzurichten, damit die Frauen sich sicherer fühlen können. Ein paar Tische, die näher am Tresen stehen, und die Vorschrift, dass die Getränke von einem Barkeeper direkt an diese Tische gebracht werden müssen. Und wir werden mehr Kameras aufhängen. Das bedeutet natürlich nicht, dass jemand sich dort hinsetzen muss, wenn er nicht will, aber zumindest wird es die Möglichkeit geben. Wir werden es bewerben und dafür sorgen, dass jeder weiß, dass er im *Aces* so sicher wie möglich ist, wenn er jemanden zum ersten Mal treffen will.«

»Ich bin sicher, dass die Leute das zu schätzen wissen. Ich melde mich später bei dir.«

»Okay. Safe?«

»Ja, Jess?«

»Sie hatte wirklich Glück, dass du genau im richtigen Moment zur Stelle warst.«

Safe wusste, wovon sie sprach. Jessyka und ihren Freundinnen war schon viel Schlimmes passiert, aber sie hatten alle das Glück gehabt, dass ein Navy SEAL zur Stelle gewesen war, wenn die Kacke am Dampfen war.

»Ja«, sagte er nach einem Moment.

»Benny hat sich bereits mit Tex in Verbindung gesetzt, um herauszufinden, wohin das Arschloch gegangen ist, nachdem er das *Aces* verlassen hatte. Er verfolgt ihn auf den Verkehrskameras, um zu sehen, wo er geparkt hat, und um zu sehen, ob wir sein Kennzeichen finden können. Wenn jemand ihn finden kann, dann Tex.«

»Der Meinung bin ich auch. Ich muss jetzt wirklich Schluss machen, Jess. Grüß Benny von mir und wir sprechen uns bald wieder.«

»Okay. Bis dann, Safe.«

Safe legte auf und öffnete den Mund, um etwas Beruhigendes zu Wren zu sagen, aber kaum hatte er aufgelegt, stand sie auf und ging im Wohnzimmer auf und ab.

»Verdammt! Er hat den Schlüssel zu meinem Wagen und zu meiner Wohnung. Meinen Ausweis, meine Adresse. Er weiß, wo ich wohne!«

Safe konnte es nicht ertragen, diese Frau so zu sehen. Er fing sie ab und legte ihr die Hände auf die Schultern, um sie zu stoppen. »Atme tief durch, Wren.«

»Ich kann nicht!«, sagte sie, tat aber trotzdem, was er ihr befahl. »Ich erinnere mich jetzt, dass ich meine Handtasche am Tisch gelassen habe. Ich musste einfach weg von ihm! Ich wusste, dass er mir etwas ins Getränk getan hatte, und ich wollte nicht am Tisch ohnmächtig werden.«

»Ich weiß.«

Wren schloss die Augen und holte noch einmal tief Luft. Dann straffte sie die Schultern und sah zu ihm auf. »Ich weiß es zu schätzen, dass du das alles getan hast. Viele Leute hätten das nicht getan. Ich danke dir für das Frühstück. Ich werde von meinem Handy ein Taxi rufen.«

»Warte – was?«, fragte Safe mit einem Stirnrunzeln.

»Du hast wahrscheinlich etwas zu tun. Du bist ein SEAL, richtig? Du musst wahrscheinlich zur Arbeit gehen. Die Welt retten und solche Sachen.«

»Ich habe die Welt letzte Woche gerettet. Diese Woche habe ich frei«, erwiderte Safe, nur halb im Scherz. Sie waren gerade von einem Einsatz zurückgekommen und er hatte ein paar Tage frei, weshalb sie gestern Abend alle in der Kneipe gewesen waren.

Wren stieß ein kleines Lachen aus. »Natürlich hast du das. Jedenfalls danke noch mal.«

»Wren, *warte*«, sagte Safe und packte sie fester an den Schultern. Er wollte sie nicht erschrecken, aber auf keinen Fall wollte er, dass sie ging. Er wusste nicht annähernd genug über diese Frau. Und auch wenn er sie nicht als Geisel halten würde, hielt er es ehrlich gesagt nicht für besonders klug, dass sie in ihre Wohnung zurückkehrte. Nicht wenn Matt, oder wie auch immer sein Name lautete, mit all ihren Informationen da draußen war.

»Es ist nicht sicher für dich, nach Hause zu gehen. Er hat deine Adresse und deinen *Schlüssel,* Wren. Lass Tex seine Arbeit machen. Er wird tun, was er kann, um das Arschloch zu finden, damit du Anzeige erstatten kannst. Jessyka hat das Video, wie er dir etwas ins Getränk mischt. In der Zwischenzeit müssen wir nur dafür sorgen, dass es für dich sicher ist, nach Hause zu gehen. Außerdem können wir dein Schloss austauschen, damit er nicht reinkommt, und eine Eskorte organisieren, damit du rein- und rausgehen kannst, ohne von ihm belästigt zu werden.«

Wren starrte ihn mit einem merkwürdigen Gesichtsausdruck an.

»Was?«, fragte er, weil er befürchtete, dass sie sich nur noch einmal bedanken und dann wieder würde gehen wollen.

Er hatte das seltsame Gefühl, dass er dann das Beste verlieren würde, was ihm je passiert war. Es war verdammt kitschig und total verrückt ... aber das sagte ihm sein Bauchgefühl, und er hatte noch nie sein Bauchgefühl ignoriert. Er hatte nicht vor, jetzt damit anzufangen.

»Ich kann nirgendwo bleiben, während diese unbekannte Zeitspanne vergeht«, sagte sie mit großen Augen.

»Du kannst hierbleiben«, platzte Safe heraus. Es war nicht sein Plan gewesen, sie zu sich einzuladen, aber nachdem er es getan hatte, war er über die Vorstellung nicht verärgert.

»Ähm, *was?*«

»Du kannst mir vertrauen. Du kannst in dem Zimmer bleiben, in dem du letzte Nacht geschlafen hast. Du hast mein Wort, dass ich nichts versuchen werde. Ich werde sogar ein paar Lucky Charms besorgen, damit du zum Frühstück essen kannst, was du magst.«

»Ich habe weder Kleidung noch sonst etwas hier«, erwiderte sie ungläubig.

Erfreut darüber, dass sie weder ablehnte, noch ihn als Verrückten bezeichnete oder vor ihm zurückwich, drängte Safe sie noch etwas mehr. »Wir können zu dir fahren und das holen, was du für ein paar Tage brauchst.«

»Ich dachte, du hättest gesagt, es sei keine gute Idee, wenn ich nach Hause gehe.«

»Nun, ich denke, ich kann einige meiner SEAL-Fähigkeiten einsetzen, um unbemerkt bei dir rein- und rauszukommen«, stichelte er.

»Du wirst nicht meine Sachen durchwühlen und für mich packen«, erklärte sie mit einem leichten Stirnrunzeln. »Warte, was sage ich da?«, fragte sie, mehr sich selbst als ihn. »Ziehe ich das wirklich in Betracht?«

»Ja«, antwortete Safe für sie. »Du wirst hier sicher sein. Vor mir *und* vor Arschlöchern, die dir vielleicht etwas antun wollen. Ich kann dir die Nummern meiner Freunde geben, die für mich bürgen werden.«

»Natürlich werden deine Freunde nur Gutes über dich sagen«, entgegnete Wren und rollte mit den Augen.

»Stimmt. Dann werde ich dir die Nummern von *Jessykas* Freundinnen geben. Sie sind Ehefrauen von Matrosen. Sie sind alle mit SEALs im Ruhestand zusammen, und ich verspreche dir, sie werden nicht um den heißen Brei herumreden, was mich angeht. Sie werden Klartext reden. Warte ... andererseits möchte ich vielleicht nicht, dass du mit ihnen über mich tratschst.«

Zu seinem Erstaunen lächelte Wren darüber. Dann wurde sie schnell nüchtern. »Ich möchte wirklich nicht zur Last fallen.«

»Das wirst du nicht. Das tust du nicht.«

»Bo, ich habe zu viele Jahre mit Couch-Surfen verbracht

und hatte das Gefühl, dass ich die Leute ausnutze. Ich habe mir geschworen, das nie wieder zu tun.«

Das gefiel Safe nicht. Ganz und gar nicht. Der Gedanke, dass diese Frau kein eigenes Zuhause hatte und auf die Großzügigkeit anderer angewiesen war, um nachts einen Platz zum Schlafen zu haben, machte ihn ... unruhig. Und es juckte ihn, ihre Geschichte zu erfahren. Die ganze Geschichte.

»Du nutzt mich nicht aus, wenn ich es dir anbiete«, sagte er nach einer kleinen Pause. »Und fürs Protokoll, ich erwarte nicht, dass du irgendetwas tust. Kein Kochen, kein Putzen. Nichts. Du bist als Gast hier. Du musst dich nicht revanchieren, weil du denkst, du müsstest mein Dienstmädchen sein oder so.«

»Das ist gut, denn ich bin eine miserable Haushälterin«, erklärte Wren. »Ich habe gerade einen neuen Job bekommen und werde sowieso nicht oft hier sein.«

Es klang, als würde sie dazu neigen, bei ihm zu bleiben. Es war verrückt, dass er sie gerade erst kennengelernt hatte und doch unbedingt wollte, dass sie blieb. »Du bleibst also?«

»Nur für ein paar Tage. Bis mein Schloss ausgetauscht ist und wir wissen, dass Matt nicht dort sein wird.«

Das würde Safe akzeptieren. »Okay.«

»Okay«, wiederholte sie.

Sie standen da und starrten einander einen Moment lang an, bevor sie seufzte. »Also ... planen wir jetzt diese Besorgungsmission oder was?«

Wenn es eine Sache gab, die Safe gut konnte, dann war es das Planen von Missionen. »Ja, Ma'am«, sagte er mit einem Lächeln.

KAPITEL DREI

Wren fragte sich zum hundertsten Mal, was sie da tat. Sie blieb? Im Haus eines Fremden? Das war verrückt. Lächerlich. Dumm.

Und doch konnte sie nicht leugnen, dass sie sich hier in Bos kleinem Haus ... sicher fühlte.

Sie hätte beinahe geschnaubt. Natürlich trug der Kerl den Spitznamen Safe und gab ihr genau dieses Gefühl. Aber es stimmte. Nach der anfänglichen Panik, als sie aufgewacht war und festgestellt hatte, dass sie nicht wusste, wo sie war, hatte sie sich beruhigt, als sie die von ihm hinterlassene Nachricht sah. Er hatte ihr die Wahl gelassen, und das war etwas, das sie in ihrer Kindheit nicht oft gehabt hatte.

Und dann hatte die Sache mit den Frühstücksflocken sie noch mehr entspannt. Jeder Mann, der einen Vorratsschrank voller zuckerhaltiger Frühstücksflocken hatte und diese auch noch gern aß, war ein Mann, den sie kennenlernen wollte.

Der körperliche Reiz war offensichtlich. Er war groß, über eins achtzig. Er hatte dichtes hellbraunes Haar, das ihm am ganzen Kopf abstand, wenn er mit den Fingern hindurchfuhr, einen kurz geschnittenen Vollbart, hellbraune Augen, die intensiv waren, wenn er sie ansah. Und ein Tattoo. Sie war nicht der Typ für Tattoos, aber sie konnte nicht leugnen, dass das Schlangenmotiv auf seinem rechten Arm heiß war.

Ja, sie konnte mit Sicherheit sagen – Wren versuchte, nicht über das Wortspiel zu lachen –, dass sie sich zu Bo hingezogen fühlte. Aber der Schein konnte trügen. Das hatte sie auf die harte Tour gelernt. Ihre eigene Mutter war sehr gut gekleidet, groß, schlank, schön ... und ein betrügerisches, lügendes, verdorbenes Miststück. Und die Männer, die sie ins Haus geholt hatte, waren genauso schlimm gewesen.

Sie wusste es also besser, als jemandem aufgrund seines Aussehens zu vertrauen. Sie wollte alles über Bo Cyders erfahren, was sie konnte. Wie seine Kindheit gewesen war. Was er in seiner Freizeit tat. Wie er mit seinen Freunden umging. Das waren die Dinge, die ihr viel über ihn als Mensch verraten würden.

Sie dachte, sie hätte Matt Smith durchleuchtet, aber sie hatte sich geirrt – *sehr* geirrt. Vielleicht waren die Dinge, die sie glaubte, über jemanden wissen zu müssen, doch kein guter Indikator dafür, was für ein Mensch er war.

»Worüber runzelst du die Stirn?«, fragte Bo.

Sie hatten sich wieder an den Esstisch gesetzt, um die »Mission« zu ihrer Wohnung zu planen. Wren hatte Bo irgendwie niedlich gefunden, als er ein Stück Papier hervorgeholt und begonnen hatte, die Straßen um ihre Wohnanlage herum zu zeichnen und zu erklären, wie sie sich dem Gebäude nähern würden.

»Nichts.«

»Lass das«, sagte er, legte den Stift weg und richtete seine goldbraunen Augen auf sie. »Wenn du glaubst, dass etwas, das ich vorschlage, nicht funktioniert, sag es.«

»Das ist es nicht. Ich ... ich habe nur darüber nachgedacht, dass ich mich für eine gute Menschenkennerin gehalten habe, das aber offensichtlich nicht bin.«

31

Daraufhin nahm Bo sein Telefon und wählte eine Nummer. Er stellte es wieder auf Lautsprecher und legte es auf den Tisch. Wren wollte gerade fragen, was er vorhatte, als jemand abnahm.

»Jup. Safe. Was gibt's? Alles klar bei dir?«

»Hey, Preacher. Ich brauche etwas Hilfe.«

»Alles.«

Dieses eine Wort trieb Wren Tränen in die Augen. Es war so albern, aber einen so einfachen und unmittelbaren Beweis für die Freundschaft zwischen Bo und dem Mann am anderen Ende der Leitung zu hören, jemand, der offensichtlich *alles* tun würde, ohne überhaupt zu wissen, was von ihm verlangt werden könnte, hatte sie noch nie erlebt. Und das tat weh.

»Zuerst musst du mit Wren reden. Erzähl ihr alles Schlechte, was du über mich weißt.«

»Wren?«

»Die Frau, die gestern Abend in der Kneipe war.«

»Ah. Geht es ihr gut?«

»Sie ist in Ordnung. Aber sie ist sich nicht sicher, ob sie mir vertrauen kann.«

»Das ist nicht –«, wollte Wren einwerfen, um Bo zu sagen, dass sie das nicht so gemeint hatte, aber der Mann am Telefon redete über sie hinweg.

»Ist etwas passiert?«

»Nein. Ich habe ihr gesagt, dass sie so lange bei mir bleiben kann wie nötig, weil wir ziemlich sicher sind, dass das Arschloch, das ihr gestern Abend etwas ins Getränk getan hat, ihre Handtasche hat. Aber nach dem, was passiert ist, glaubt sie nicht mehr, dass sie ein gutes Arschloch-Radar hat.«

»Ah, ich verstehe. Und *Scheiße.* Er weiß, wo sie wohnt, und kann in ihr Zuhause kommen.«

»Genau.«

»Na gut. Ich erzähle ihr gern alles Schmutzige, was ich über dich weiß.«

»Nur das relevante Zeug, Preacher«, warnte Bo.

Der Mann am Telefon lachte.

Bo wandte sich an Wren und sagte: »Stell Preacher deine Fragen, Wren. Ich warte draußen.« Damit stand er auf und ging ohne ein weiteres Wort zur Schiebetür, die in den Garten führte.

»Warte, Bo ...« Aber er schloss bereits die Tür hinter sich.

»Wren?«, fragte Preacher.

Sie wandte sich wieder dem Telefon zu, das auf dem Tisch lag. »Ähm ... ja. Hi.«

»Geht es dir wirklich gut? Keine Nebenwirkungen dessen, was dieses Arschloch in dein Getränk getan hat?«

»Nein. Mir geht's gut. Ein bisschen Kopfschmerzen, aber das wird in ein paar Stunden weg sein, da bin ich sicher.«

»Es tut mir leid, dass wir den Kerl nicht erwischt haben«, sagte Preacher.

Das war so ein unwirklicher Moment. Mit jemandem, den sie nicht kannte, über etwas Schreckliches zu sprechen, das passiert war. Wren war es eher gewohnt, solche Dinge unter den Teppich zu kehren und sie nie wieder zu erwähnen. »Es ist in Ordnung.«

»Das ist es absolut nicht. Safe war gestern Abend stinksauer. Nachdem er mit Jessyka gesprochen und ihr erzählt hatte, was passiert war, hat er Kevlar angerufen und um Rat gefragt.«

»Wen?«

»Kevlar. Er ist unser Teamleiter, unser Mann für alle Fälle.«

»Oh. Weswegen hat er um Rat gefragt?«, fragte Wren.

»Deinetwegen. Er hat an seiner Entscheidung gezweifelt, dich zu sich nach Hause zu bringen. Er wollte Kevlars Meinung hören, weil er ja Remi hat und so.«

»Remi?«

»Scheiße. Hat Safe dir *gar nichts* gesagt?«

Wren mochte Preachers schimpfenden Tonfall nicht. »Ich

bin erst vor etwa einer Stunde aufgewacht. Wir haben gefrühstückt, darüber geredet, was passiert ist, nachdem ich letzte Nacht ohnmächtig geworden war, und dann Pläne geschmiedet, wie wir mit supergeheimen SEAL-Techniken meine Wohnung infiltrieren können, also tut es mir leid, dass Bo keine Zeit hatte, mich über seine gesamte Lebensgeschichte aufzuklären.«

Sie bereute ihren schnippischen Ton sofort, aber zu Wrens Überraschung lachte Preacher.

»Richtig. Entschuldige. Also ... du weißt, dass Safe ein Navy SEAL ist.«

»Ja. Er ist gerade von einem Einsatz zur Rettung der Welt zurückgekommen und hat ein paar Tage frei.«

»Ja. Ich bin einer seiner Teamkameraden. Wir sind zu sechst ... nein, entschuldige, zu siebt. Ich habe dir von Kevlar erzählt. Außerdem gibt es noch MacGyver, Flash, Smiley und Blink. Er ist unser neuester Teamkamerad. Wie auch immer, Kevlar war im Urlaub in Hawaii und wurde bei einem Tauchausflug im Meer zurückgelassen. Er und die Frau, mit der er zurückgeblieben war, Remi Stephenson, wurden gerettet, kehrten nach Kalifornien zurück, kamen zusammen und dann war die Kacke *richtig* am Dampfen.«

Wren lehnte sich in ihrem Stuhl vor. »Was ist passiert?«

»Wir hatten mal einen Mann in unserem Team, Howler. Er war mit Kevlar im Bootcamp. Sie waren beste Freunde. Sie waren seit Jahren im selben Team. Es stellte sich heraus, dass er verdammt eifersüchtig auf Kevlar war, und er war derjenige, der dafür sorgte, dass er im Meer zurückgelassen wurde.«

Wren schnappte nach Luft. »Im Ernst?«

»Ja. Und das ist noch nicht das Schlimmste. Er hat Remi entführt und in die Berge gebracht, wo er bereits ein Grab ausgehoben hatte. Er hatte vor, sie lebendig zu begraben und dann den Suchtrupps zu ›helfen‹, ihre Leiche zu finden.«

»Warum? Warum sollte er das der Freundin seines besten

Freundes antun?«, fragte Wren, die von der Geschichte völlig gefesselt war.

»Eifersucht. Er wollte den Platz des Teamleiters. Anstatt sich wie ein Mann zu verhalten und mit unserem Kommandanten über die Möglichkeit zu sprechen, ein anderes Team zu leiten, hat er versucht, Remi zu töten, weil er wusste, dass es Kevlar emotional zerstören würde. Er dachte, er könnte unsere Mission im Tschad übernehmen, sobald Kevlar von der Bildfläche verschwunden ist.«

»Heilige Scheiße«, hauchte Wren.

»Ja.«

»Ich nehme an, da du mir diese Geschichte erzählst, ist sein Plan gescheitert?«

»Ja. Blink, der jetzt das neueste Mitglied unseres Teams ist, konnte Howler davon überzeugen, dass er auf seiner Seite steht, und als sich die Gelegenheit ergab, schaltete er ihn aus und rettete Remi.«

Wren vermutete zu wissen, was er mit *ausschalten* meinte, aber es schockierte sie dennoch.

»Du denkst also, dass du keine gute Menschenkenntnis hast? Glaub mir, wenn ich sage, dass *jeder* sein wahres Ich vor der Welt verbergen kann. Vor den Menschen, die sie am besten kennen. Glaubst du, Kevlar hat sich nicht damit gequält, dass er nicht gemerkt hat, dass sein *bester Freund* jahrelang grün vor Neid war? Dass wir nicht alle sauer sind, weil wir das Verrückte in Howler nicht gesehen haben, einem Mann, mit dem wir Tausende von Stunden verbracht haben? Dass wir nicht gemerkt haben, dass er derjenige war, der das mit Kevlar arrangiert hat? Dass er fähig war, Kevlars Freundin zu entführen, und sie ermorden wollte?

Du hattest eine *erste Verabredung*. Dass du die Maske dieses Arschlochs nicht durchschaut und nicht gemerkt hast, dass er dich unter Drogen setzen wollte, sagt nichts über dich aus. Es sagt alles darüber aus, dass *er* ein hinterlistiges Raubtier ist.«

In Wrens Kopf drehte sich alles. »Das ist ein gutes Argument«, platzte sie heraus.

Der Mann am anderen Ende des Telefons lachte. »Schön, dass du so denkst.«

»Wie geht es Remi?«, fragte Wren. »Das war bestimmt kein schönes Erlebnis.«

Preacher sagte einen langen Moment nichts, und Wren wurde nervös. »Entschuldigung, hätte ich das nicht fragen sollen?«

»Nein. Ich habe nur daran gedacht, wie perfekt du bist. Die meisten Leute würden ausflippen wegen der Sache mit dem versuchten Mord und der Tatsache, dass ein Mitglied unseres Teams versucht hat, Menschen zu töten – zweimal. Aber stattdessen machst du dir Sorgen um Remi.«

»Ich bin nicht perfekt. Weit gefehlt«, sagte Wren. »Und ich bin ziemlich schwer aus der Fassung zu bringen.«

»Ich nehme an, dafür gibt es einen Grund.«

»Den gibt es.« Sie ging nicht näher darauf ein.

Preacher klang nicht so, als würde er das von ihr erwarten, als er fortfuhr. »Gut, also ... Safe. Hat er dir erzählt, wie er zu seinem Spitznamen gekommen ist?«

»Ja.«

»Nun, er hat mit dieser Geschichte nicht gescherzt, aber sein Spitzname passt in jeder Hinsicht zu ihm. Er ist der Typ, der sich um uns alle sorgt, wenn wir auf einer Mission sind. Nicht dass wir nicht alle aufeinander aufpassen würden, aber Safe versucht immer, *alle* zu beschützen. Sogar die Zivilisten, denen wir begegnen. Er will, dass wir unsere Mission erfüllen, aber er will auch, dass alle in Sicherheit sind, während wir das tun. Du hast ihn also gestern Abend um Hilfe gebeten? Du hast dir genau die richtige Person ausgesucht.«

»Ich habe ihn nicht wirklich ausgesucht. Er war nur zufällig in diesem Flur.«

»Willst du mir sagen, dass du auf dem Weg zum Flur an niemand anderem vorbeigekommen bist?«, fragte Preacher.

»Ich kann mich nicht erinnern«, antwortete Wren ehrlich.

»Das bist du«, sagte Bos Teamkamerad. »Ich habe das Video gesehen. Du bist an drei anderen Männern vorbeigegangen, die dir geholfen hätten. Aber du hast gewartet, bis du bei Safe warst.«

Wren wollte weiter widersprechen. Etwas darüber sagen, dass sie wahrscheinlich außer Sichtweite von Matt sein wollte, bevor sie um Hilfe bat, aber sie kam nicht dazu, da Preacher fortfuhr.

»Safe hat mich gebeten, dir all die schlimmen Dinge über ihn zu erzählen, damit du weißt, worauf du dich einlässt. Also, mal sehen —«

»Nein«, unterbrach Wren ihn. »Ich will es nicht hören.«

»Aber du machst dir Sorgen, eine schlechte Menschenkennerin zu sein ...«, sagte Preacher und ließ seine Worte in der Luft hängen.

Wren kicherte. »Ihr habt das alles geplant, nicht wahr?«, fragte sie.

Preacher klang ernster als je zuvor, als er sagte: »Nein, ganz und gar nicht. Hör zu, Safe ist kein Heiliger, das ist keiner von uns, auch ich nicht mit einem Spitznamen wie Preacher. Aber du hättest dir wirklich keinen besseren Mann als ihn aussuchen können. Lass ihn dir helfen, Wren. Lass dir von uns allen helfen. Nichts macht uns wütender, als wenn ein Mann einer Frau wehtut. Und das Arschloch von gestern Abend? Er steht jetzt ganz oben auf unserer Liste. Wir werden ihn finden und dafür sorgen, dass er bekommt, was er verdient.«

»Ihr werdet ihn doch nicht umbringen, oder?«, flüsterte Wren.

Preacher lachte schallend. Als er sich wieder unter Kontrolle hatte, sagte er: »Nein. Also – was war das mit den

Plänen, deine Wohnung mit supergeheimen SEAL-Techniken zu infiltrieren?«

Wren wurde klar, dass er sich Wort für Wort an das erinnerte, was sie vorhin gesagt hatte. Sie erklärte ihm kurz Bos Pläne, in ihre Wohnung zu gehen, um ihre Sachen zu holen.

»Sag ihm, ich bin dabei. Genauso wie der Rest der Jungs. Das wird ein Spaß.«

»Spaß?«

»Oh ja. Keiner von uns kommt sonderlich gut mit Auszeiten klar.«

»Nun, ähm ... okay.«

»Tut mir leid. Ich bin manchmal ein wenig zu kampfeslustig. Aber im Ernst, sag ihm, wenn er Hilfe braucht, sind wir alle mehr als bereit, euch den Rücken zu decken, während ihr reingeht.«

»Ich werde es ihn wissen lassen.«

»Gut. Wren?«

»Ja?«

»Ich bin froh, dass es dir gut geht. Keine Frau sollte sich Sorgen machen müssen, wenn sie jemanden zum ersten Mal trifft.«

»Danke. Finde ich auch.«

»Ich weiß, dass Jessyka wahrscheinlich alles mit dir wieder in Ordnung bringen will. Bitte lass dich von diesem Vorfall nicht davon abhalten, wieder ins *Aces* zu gehen.«

»Sie hat Bo erzählt, dass sie spezielle Tische für Leute bei ersten Verabredungen einrichten will ... wo sie wissen, dass sie in Sicherheit sind.«

»Das klingt wie etwas, das Jessyka tun würde. Erlaube Safe, sich für ein paar Tage um dich zu kümmern. Du wirst es nicht bereuen.«

Wren wollte Preacher sagen, dass sie nicht die Art von Frau war, um die man sich kümmern musste. Dass sie sich etwa seit ihrem sechsten Lebensjahr um sich selbst kümmerte. Aber sie hatte keine Gelegenheit dazu, da er aufgelegt hatte.

Sie saß ein oder zwei Minuten am Tisch und ging im Kopf noch einmal alles durch, was sie gerade erfahren hatte, bevor sie ihren Stuhl zurückschob und zur Glasschiebetür ging.

Als sie hinausschaute, sah sie Bo drüben am Gartenzaun stehen, wo er mit den Händen in den Hosentaschen ein paar Eichhörnchen beobachtete, die Nüsse vom Boden fraßen.

Als sie die Tür aufstieß, drehte er sich um, ging aber nicht auf sie zu. »Alles in Ordnung?«, fragte er.

Wren nickte. Sie fühlte sich auf einmal unbehaglich.

Bo schritt auf sie zu. So schnell, dass sie einen Schritt zurückwich. Er blieb sofort stehen.

»Wenn du gehen willst, verstehe ich das. Ich kann dich hinbringen, wohin du willst, aber ich empfehle dir trotzdem nicht, in deine Wohnung zurückzukehren, bis meine Freunde und ich dein Schloss ausgetauscht haben.«

»Wenn ich gehen will, werdet ihr trotzdem mein Schloss austauschen?«

»Ja.«

»Du solltest wissen, dass Preacher mir nichts gesagt hat. Ich meine, das hat er, aber nicht über dich.«

Bo sah etwas gereizt aus. »Er sollte dir all das Schlechte über mich erzählen, damit du mir vertrauen kannst.«

Wren konnte nicht anders. Sie lachte. »Wie soll ich dir vertrauen, wenn er mir negative Dinge über dich erzählt?«

Bo runzelte die Stirn. »Äh ... ich weiß nicht. Es schien einfach eine gute Idee zu sein.«

»Nun, er hat es nicht getan, und ich vertraue dir trotzdem. Ich war bewusstlos, du hättest mit mir machen können, was du wolltest ... und hast es nicht getan. Ich hätte nur eine weitere traurige Geschichte einer Leiche sein können, die an Land gespült wird, aber stattdessen bin ich warm und sicher aufgewacht, hatte ein perfektes Frühstück und fühle mich in Bezug auf die kommenden Tage besser als vor ein paar Stunden, als ich aufgewacht bin, obwohl ich weiß, dass Matt wahrscheinlich den Schlüssel zu meiner Wohnung hat. Oh, und Preacher hat mir gesagt, ich soll dir sagen, dass er zur Verfügung steht, wenn du Hilfe bei deiner supergeheimen SEAL-Mission brauchst, um in meine Wohnung zu kommen.«

»Du hast ihm davon erzählt?«

»Ja.«

»Na gut. Willst du wieder reingehen und mit unseren Plänen weitermachen?«

Wren starrte ihn an. »Dies ist seltsam.«

»Ja«, stimmte er zu.

Wren traf eine spontane Entscheidung. Etwas, das sie noch nie in ihrem Leben getan hatte. Sie war eine Planerin. Sie traf nicht gern Entscheidungen, ohne an alles zu denken, was schiefgehen konnte. »Wenn das Angebot noch gilt, würde ich gern bleiben. Hier. Bei dir. Zumindest so lange, bis wir herausgefunden haben, wer Matt ist und ob er ein Problem darstellen wird.«

»Gut.«

»Ich habe heute frei, weil heute Sonntag ist, aber morgen muss ich zur Arbeit.«

»Darf ich fragen, wo du arbeitest?«

In diesem Moment wurde Wren klar, dass sie diesen Mann nicht kannte und er sie auch nicht. Aber bei ihm fühlte sie sich so wohl wie schon lange nicht mehr.

»Das darfst du. Nachdem wir unsere Mission, in meine Wohnung zu kommen, geplant haben.«

Bo lächelte. »Abgemacht.« Er deutete in Richtung Tür. »Nach dir.«

Als Wren zurück zum Tisch ging, drehte ihr Kopf sich mit all den Sachen, die in den letzten sechzehn Stunden passiert waren. Sie hatte eine erste Verabredung gehabt, bei der ihr etwas ins Getränk getan worden war, sie war ohnmächtig geworden, im Haus eines Fremden aufgewacht, hatte herausgefunden, dass sie und der Mann, der sie vor einer möglicherweise schrecklichen Erfahrung gerettet hatte, die gleiche Vorliebe für zuckerhaltige Frühstücksflocken hatten, hatte mit einem Freund von ihm gesprochen, der ihr einige ziemlich intime Details über Bo – und den Rest seines Teams – verraten hatte, und jetzt überlegten sie, wie sie in ihre Wohnung kommen konnten, ohne dass jemand davon erfuhr.

Als sie den neuen Job hier in Riverton, Kalifornien angenommen hatte, hätte sie nicht in einer Million Jahren gedacht, dass ihr Leben so ereignisreich werden würde. Aber das Seltsame war ... dass es sie nicht ärgerte. Ihr Erwachsenenleben war ein einziger langer Trott gewesen. Sie war lebendig gewesen, aber hatte nicht *gelebt*.

Bo zu treffen war aufregend. Die Umstände, unter denen sie ihn kennengelernt hatte, gefielen ihr nicht, aber sie musste zugeben, dass die Zeit mit ihm zu den besseren Dingen gehörte, die bisher in ihrem Leben passiert waren.

KAPITEL VIER

»Ich bin mir bei diesem Plan nicht so sicher«, sagte Wren stirnrunzelnd zu Safe.

Es war etwa fünfzehn Uhr, und Safe saß auf der Couch, während Wren sich in seinen Sessel zurücklehnte. Sie hatten vor ein paar Stunden von Jessyka gehört, die bestätigte, dass ihre Handtasche in der Kneipe gefunden worden war, aber ihr Schlüsselbund fehlte. Und ihr Führerschein. Was supergruselig war. Safe konnte sich vorstellen, wie der Kerl die Handtasche speziell nach diesen beiden Dingen durchwühlte. Das verlieh seinen Handlungen eine bedrohliche Note, die ihm eine Gänsehaut bescherte.

Wren hatte Safe so viele Details über ihr Wohngebäude gegeben, wie sie konnte, und dann hatte er es in einem Satellitenkartenprogramm gesucht, das er für die Marine benutzte. Er hatte die umliegenden Straßen ausgekundschaftet und den besten Weg zu ihrer Wohnung gefunden, ohne auf der Hauptstraße bis zum Gebäude fahren zu müssen. Er hatte keine Ahnung, ob Matt auf ihre Rückkehr wartete, aber er wollte kein Risiko eingehen.

Ja, ihn herauszulocken könnte es einfacher machen herauszufinden, wer er wirklich war, aber er würde Wren niemals als Köder benutzen. Er war zuversichtlich, dass Tex seinen richtigen Namen herausfinden und die Information an die Polizei weitergeben würde, damit Wren Anzeige erstatten konnte. Er wollte auf keinen Fall, dass Wren sich diesem Arschloch heute stellen musste, wenn die Geschehnisse noch so frisch waren.

Jetzt entspannten sie sich – oder versuchten es – und warteten auf den Einbruch der Dunkelheit, bevor sie zu ihrer Wohnung fuhren. Kevlar hatte offenbar mit Preacher gesprochen, denn er hatte Safe angerufen und ihm mitgeteilt, dass *er* ihn und Wren zu ihrer Wohnung begleiten würde. Safe war froh über die Verstärkung. Er brauchte nicht das ganze Team, das würde sie nur noch auffälliger machen, aber er konnte Kevlars Hilfe gebrauchen.

»Worüber bist du dir nicht sicher?«, fragte er Wren.

»Ähm ... alles? Bo, du tust so, als würde an jeder Ecke und unter jedem Busch der böse Matt lauern. Willst du ernsthaft auf meinen Balkon im ersten Stock *klettern* und durch die Tür dort einbrechen? Das ist ... verrückt!«

»Wenn dieser Matt dort rumhängt, will ich nicht, dass er dich sieht«, sagte Safe ruhig.

»Aber wenn du mit mir zusammen bist, wird er auf keinen Fall etwas tun.«

»Mich mit dir zu sehen könnte ihn tatsächlich aus der Fassung bringen. Sein großer Plan ist gestern Abend nicht so aufgegangen, wie er es wollte. Ich will nur nicht, dass er etwas Unüberlegtes tut.«

»Wie auf meinen Balkon zu klettern und einzubrechen?«, murmelte Wren.

Safe dachte, sie machte einen Scherz, aber jetzt konnte er sehen, dass sie wirklich besorgt war. Er lehnte sich vor. »Ich kann viel sein«, sagte er ernst. »Manchmal bin ich über einige Dinge zu begeistert. Du solltest mich mal während der Weihnachtsfeiertage mit den Kindern meiner Schwester sehen. Ich übertreibe es jedes Jahr. Ich kaufe zu viele Geschenke, gehe um Mitternacht zu ihnen und stapfe in meinen Stiefeln durch den Garten ... verdammt, ich habe sogar schon Rentierkacke im Internet gekauft und sie an verschiedenen Stellen im Garten und auf dem Dach verstreut.«

Ein Lächeln bildete sich auf Wrens Lippen. »Lass mich raten, deine SEAL-Ausbildung hat dir geholfen, nie erwischt zu werden.«

»Natürlich«, sagte Safe. »Und obwohl das vielleicht ein bisschen übertrieben erscheint ...«

Sie hob eine Augenbraue, und Safe zuckte mit den Schultern.

»Stimmt, es *ist* wahrscheinlich übertrieben. Dieser Matt könnte die Sachen aus deiner Handtasche nur gestohlen haben, um dir Angst zu machen. Um dich dazu zu bringen, dein Leben zu entwurzeln und aus deiner Wohnung auszuziehen oder sogar die Stadt zu verlassen, während er eigentlich längst weg ist. Aber ... was, wenn es nicht so ist?«

Wrens Gesichtsausdruck war frei von jeder Art von Belustigung.

»Ich will nur, dass du in Sicherheit bist. Ich kann den Gedanken nicht ertragen, dass du in deine Wohnung gehst und dieses Arschloch dich in die Finger bekommt.«

»Warum? Du kennst mich doch gar nicht«, sagte Wren leise.

»Ganz ehrlich?«

»Immer.«

»Du hast recht, ich kenne dich nicht. Aber du hast einfach etwas an dir. Und ich weiß, das klingt wie ein Spruch, aber das ist es nicht. Zum Teil liegt es daran, dass du *mich* um Hilfe gebeten hast, weil *ich* derjenige im Flur war, als du Hilfe gebraucht hast. Aber es ist mehr als das. Ich bin schon mit vielen Frauen ausgegangen. Und weißt du, wie viele von ihnen meine Wahl der Frühstücksflocken für angemessen hielten?« Safe gab ihr keine Chance zu antworten. »Null.«

»Ich bin mir nicht sicher, ob die gemeinsame Vorliebe für zuckerhaltige Frühstücksflocken ein Grund ist, sich für mich so viel Mühe zu geben, wie du es tust«, sagte Wren kopfschüttelnd.

»Es ist nicht nur das. Es ist, dass du dich zwanzig Minuten lang mit meinem Teamkameraden unterhalten hast und es nicht komisch fandest. Es ist, dass ich es mit der Infiltration deiner Wohnung übertrieben habe und du nicht sofort aus der Tür gelaufen bist. Es ist, dass du nicht ausgeflippt bist, nachdem du heute Morgen in einem fremden Haus aufgewacht bist, und mir einen Vertrauensvorschuss gibst. Es ist einfach das Gespräch mit dir, Wren. Deine unverblümte Ehrlichkeit und die Art, wie du direkt auf den Punkt kommst. Du bist ... interessant. Das ist ein lahmes Wort, aber für den Moment muss es reichen.

Es gab heute nicht eine Sekunde, in der ich an dem gezweifelt habe, was zum Teufel ich tue. Ich habe mir nicht gewünscht, ich könnte meine Einladung zurücknehmen, dich für eine Weile bei mir zu haben. Es kommt mir vor, als würde ich dich schon seit Jahren kennen, und doch habe ich jedes Mal, wenn du mich anlächelst, kleine Schmetterlinge im Bauch. Ich klinge wie ein Schulkind, das zum ersten Mal verknallt ist, aber ... na ja ... ich *mag* dich, Wren.«

Safe wollte sich am liebsten selbst in den Hintern treten. Zu viel, zu früh. Er klang wie ein Verrückter. Aber er würde diese Frau nicht anlügen. Sie hatte etwas an sich, das seine Aufmerksamkeit von Anfang an erregt hatte. Und die heutige Nähe zu ihr hatte sein Interesse nicht im Geringsten geschmälert. Es war sogar noch gewachsen.

Und er wusste immer noch nichts über sie.

War das normal? Nein.

Kümmerte ihn das? Auch nein.

»Ich bin nicht normal«, sagte Wren mit völlig ernstem Gesicht.

Safe konnte nicht anders – er musste lachen. Die Verwendung dieses Wortes machte ihm nur klar, dass sie auf der gleichen Wellenlänge waren.

Auf den verletzten Blick, den sie schnell zu verbergen versuchte, sagte Safe: »Ich lache nicht über dich. Ehrlich. Es ist nur … ich bin auch nicht normal. Ich habe heute Stunden damit verbracht, eine Infiltration deiner Wohnung zu planen, als ginge es um Leben und Tod im Herzen des feindlichen Territoriums … und ich hatte Spaß dabei. Ich *will* kein Normal, Wren. Ich will … Kameradschaft. Spaß. Eine Frau, die mich so sein lässt, wie ich bin, die aber auch weiß, wann sie mir sagen muss, ich solle mich zurückhalten. Ich will Loyalität, Unterstützung und jemanden, der einfach stolz darauf ist, mich als Mann zu haben. So stolz wie ich darauf bin, sie zu haben.«

Okay, dieses Gespräch war viel zu tiefgründig geworden, und jetzt fühlte Safe sich wie ein Idiot. Es war zu früh. Viel zu früh.

»Es ist nur … ich hatte keine gute Kindheit«, gab Wren zu. »Meine Teenagerjahre waren auch nicht viel besser. Ich bin fast dreißig, und ich habe noch keinen einzigen Menschen gefunden, dem ich uneingeschränkt vertrauen kann. Deshalb suche ich immer erst nach dem Schlechten in den Menschen, bevor ich nach dem Guten suche, und trotzdem bin ich dumm genug, meine Lektion nicht zu lernen und immer wieder zurückzukommen, selbst wenn ich verarscht werde. Ich bin keine heiße Anwärterin, Bo. Und du scheinst die Art von gutem Kerl zu sein, der eine Frau verdient, die nicht … kaputt ist.«

Safe wollte diese Frau mehr als alles andere in die Arme nehmen. Aber er wollte sie auch nicht verängstigen. »Meiner Schwester Susie wurde auf dem College etwas ins Getränk gemischt und sie wurde von drei Männern vergewaltigt.«

Safe schloss die Augen und holte tief Luft. Meine Güte. So viel dazu, sie nicht zu erschrecken.

Er öffnete die Augen und begegnete ihrem Blick, nicht überrascht von dem Schock und der Sorge, die er darin sah.

»Sie war am Boden zerstört. Ich war stinksauer. Mehr als stinksauer. Sie hat lange gebraucht, um über das Geschehene hinwegzukommen. Sie erstattete Anzeige, und die Männer wurden für schuldig befunden ... dank des Videos, das einer von ihnen von dem ganzen Vorfall gemacht hatte. Es war auf seinem Handy. Er hatte es zwar gelöscht, aber es war immer noch in der Cloud gespeichert. Dieses Video vor Gericht zu sehen war das Schwerste, was ich je in meinem Leben getan habe. Und das schließt jede einzelne Mission ein, an der ich je teilgenommen habe. Zu sehen, wie diese Arschlöcher meine Schwester vergewaltigten, während sie bewusstlos war, löste in mir den Wunsch aus, sie *alle* zu töten. Ganz im Ernst. Ich hätte sie vor Gericht fast angegriffen. Aber ich habe es nicht getan ... weil es Susie noch mehr wehgetan hätte, wenn ihr großer Bruder ins Gefängnis gegangen wäre.

Jetzt ist meine Schwester verheiratet, und sie haben zwei der bezauberndsten Kinder der Welt. Ich will damit sagen, dass es nicht leicht für sie war. Sie konnte auch nicht vertrauen. Danach hat sie immer das Schlechte in den Männern gesucht. Und doch ... ist sie heute glücklich verheiratet und hat eine Familie. Trotzdem ist es manchmal nicht einfach. Im Dunkeln ist sie nicht gern draußen. Sie kann und will mit ihren Kindern nicht an Halloween teilnehmen, weil man dazu nach Einbruch der Dunkelheit draußen sein muss und weil Erwachsene, die Masken tragen, ihr unheimlich sind. Es ist immer noch schwierig für sie, neue Leute kennenzulernen, vor allem Männer. Und sie geht auch nicht mehr in Kneipen. Sie kann einfach nicht mit so vielen Männern zusammen sein, wenn diese trinken. Und doch ist sie einer der stärksten Menschen, die ich kenne.

Unsere Erfahrungen formen uns. Sie machen uns zu den Menschen, die wir heute sind. Du, Wren, wärst nicht die Frau, die ich näher kennenlernen möchte, wenn du nicht durchgemacht hättest, was du durchgemacht hast. Ich weiß nicht, was mit dir passiert ist, aber ich hoffe, dass ich genügend von deinem Vertrauen gewinne, damit du es mir eines Tages erzählen kannst. Ob ich das tue oder nicht, ich habe keinen Zweifel daran, dass es dich zu der starken Frau gemacht hat, die ich jetzt vor mir sehe. Trotz deiner Schwierigkeiten, anderen zu vertrauen, hast du nicht zu Hause gesessen und dich selbst bemitleidet. Du hast versucht, Leute kennenzulernen, jemanden zu finden, der dein Lebenspartner sein soll, wie wir alle es tun. Und als diese Verabredung schiefging, hast du dich nicht einfach an den Tisch im *Aces* gesetzt und dein Schicksal akzeptiert. Du hast gekämpft, um Hilfe zu bekommen.

Ich bitte dich hier nicht darum, mich zu heiraten, Wren. Ich bitte dich nur darum, dir von mir helfen zu lassen. Dich besser kennenzulernen. Es ist viel wahrscheinlicher, dass du *mich* in die Wüste schicken willst, bevor ich das mit dir tun will. Wenn du willst, können wir erst mal nur Freunde sein. Mehr nicht. Wenn du mit meinen Macken klarkommst, gebe ich dir einen sicheren Ort, an dem du bleiben kannst, während meine Leute dieses Arschloch Matt finden. Dann gehst du zurück in deine Wohnung und hoffentlich können wir in Kontakt bleiben, und dann sehen wir weiter. Okay?«

Safe wusste, dass er zu viel gesagt hatte. Er hatte immer weiter, weiter und weiter geredet. Aber das hier war wichtig. Das spürte er bis in die Zehenspitzen.

»Wie heißen sie? Die Kinder deiner Schwester?«

Safe blinzelte. Nach seinem ganzen Sprechdurchfall war *das* ihre Frage? »Anders, der fünf, und Inez, die drei Jahre alt ist.«

»Oh, das sind einzigartige Namen«, sagte Wren.

»Seltsam, meinst du«, sagte Safe mit einem kleinen Lächeln. »Und keine Sorge, sie würde mir zustimmen. Aber sie wollte, dass ihre Kinder einzigartige Namen haben, die sich abheben. Sie sind großartige Kinder. Glücklich, gesund und wissbegierig wie eh und je.«

»Leben sie hier in Südkalifornien?«

»In Ohio, um genau zu sein. Ich wünschte, sie wären näher bei mir, aber ich mache das Beste aus der Zeit, die ich mit ihnen verbringen kann.«

Wren leckte sich über die Lippen, dann nickte sie. »Okay.«

»Okay?«, fragte Safe.

»Ich möchte, dass wir Freunde werden. Ich bleibe eine Weile hier und ... dann sehen wir, was passiert.«

Safe strahlte. »Großartig.«

»Und, Bo?«

»Ja?«

»Ich hätte dir vielleicht vorwerfen können, dass du es mit der Planung einer Mission für meine Wohnung übertrieben hast, aber ich muss zugeben ... das klingt alles irgendwie lustig. Müssen wir schwarze Kleidung tragen und uns schwarzes Zeug ins Gesicht schmieren, um in der Dunkelheit zu verschwinden?«

Safe lachte. »Dunkle Kleidung, ja. Das andere Zeug, nein. Es ist so verdammt schwer, es wieder runterzuholen.«

»Das hat sie gesagt«, murmelte Wren leise vor sich hin.

Einen Moment lang fragte Safe sich, ob er sie richtig verstanden hatte, und als sie errötete und zu ihm aufsah, wurde ihm klar, dass er es getan hatte. Er konnte sich ein Lachen nicht verkneifen.

Diese Frau ... Er hatte keine Ahnung, was sie in ihrem Leben durchgemacht hatte, er bezweifelte nicht, dass es nicht gut war, aber sie war nicht gebrochen. Sie war unverwüstlich, genau wie seine Schwester. Und nichts, was sie in diesem Moment gesagt oder getan hätte, hätte ihn mehr zu ihr ziehen können. Er wollte eine starke Frau. Eine, die nicht an der kleinsten Widrigkeit zerbrechen würde.

»Tut mir leid, das war unangebracht«, sagte sie.

»Es war urkomisch«, erwiderte Safe. »Du wirst von meinen Freunden noch viel Schlimmeres hören. Sie versuchen, sich gut zu benehmen, aber wir sind Soldaten, die mit anderen Soldaten Zeit verbringen und ziemlich viel Scheiße erleben. Wir neigen dazu, alles zu sagen, was uns in den Sinn kommt, was nicht immer angemessen ist. Komm schon, ich muss dir etwas anderes zum Anziehen suchen als dein hübsches Outfit.«

Wren schenkte ihm ein kleines Lächeln und ihre Wangen erröteten erneut. Safe kam der Gedanke, dass sie nicht oft Komplimente bekommen hatte, wenn seine Worte ausreichten, um sie in Verlegenheit zu bringen. Er machte sich eine mentale Notiz, das zu korrigieren.

Er stand auf, ging auf seinen Sessel zu und hielt ihr eine Hand hin. Sie lächelte breiter und nahm sie, woraufhin er sie hochzog. Ihre Hand in seiner zu halten fühlte sich ... richtig an. Aber da er nicht wollte, dass sie sich unwohl fühlte, ließ er sie los, sobald sie aufrecht stand.

Sie standen einen Moment lang da und starrten einander an. Es kostete Safe jedes Quäntchen Disziplin, sich nicht zu ihr hinunterzubeugen und sie zu küssen, aber sie hatten gerade vereinbart, Freunde zu sein. Das konnte er nicht von vornherein vermasseln.

Er drehte sich um und sagte: »Komm mit, ich suche dir eines meiner T-Shirts. Es wird zu groß sein, aber wir können es dir in der Taille knoten oder so. Eine Hose ist vielleicht ein größeres Problem, aber vielleicht hat Susie etwas hiergelassen, das passt. Sie vergisst ständig Klamotten im Gästezimmer, wenn sie zu Besuch kommt.«

»Bo?«

»Ja?«

»Falls ich vergesse, es dir später zu sagen, danke. Für alles.«

»Du musst dich nicht bedanken, dass ich das Richtige tue.«

»Doch, das muss ich. Denn die meisten Menschen würden sich nicht so viel Mühe geben, um einem Fremden zu helfen.«

»Wir sind keine Fremden mehr, schon vergessen?«, sagte Safe.

»Richtig. Freunde.«

»Allerdings«, stimmte er zu. Auch wenn er mehr wollte, würde er sich damit begnügen, ein Freund dieser Frau zu sein ... vorerst.

KAPITEL FÜNF

Wren konnte sich das Lächeln nicht verkneifen. Bo war ... süß. Er war voll bei der Sache. Sie war sich immer noch nicht sicher, warum sie nicht einfach zu ihrer Wohnungstür gehen konnten, aber Bo und seinen Freund Kevlar im SEAL-Modus zu sehen, war die übertriebene Heimlichkeit wert.

Kevlar war ein wenig kleiner als Bo, aber nicht weniger einschüchternd ... oder weniger attraktiv. Obwohl sie feststellte, dass sie Bos schlankes Aussehen Kevlars Muskeln vorzog. Sie fuhren zu dem Einkaufszentrum nicht weit von ihrem Wohnge- bäude entfernt und hielten neben einem Subaru Crosstrek an. Als ein Mann aus dem Fahrzeug stieg, erstarrte Wren, doch dann begrüßte Bo ihn herzlich und sie erkannte, dass es sein Freund war.

Nachdem er ihr zur Begrüßung zugenickt hatte, was sie angesichts der maskulinen und ernsten Geste irgendwie zum Lächeln brachte, besprachen Kevlar und Bo den Plan.

Sie und Bo würden durch die Bäume und Sträucher auf der Rückseite ihrer Wohnung gehen, während Kevlar auf der Vorderseite den Parkplatz auskundschaftete, um sicherzuge- hen, dass Matt nicht dort war. Natürlich wusste keiner von ihnen, welches Fahrzeug er fuhr, also war dieser Teil des Plans knifflig.

Während Bos Teamkamerad die Vorderseite beobachtete, würde Bo auf ihren Balkon klettern und ihr hoch helfen – sie wusste immer noch nicht genau, wie das geschehen sollte, aber sie beschloss, sich überraschen zu lassen –, dann würde Bo ihr Schloss knacken und sie würden hineingehen und holen, was sie brauchte, um ein paar Tage in seinem Haus zu überleben. Es hörte sich einfach an, aber Bo hatte sie gewarnt, dass selbst die besten Pläne schiefgehen konnten.

Sie fragte sich, wie oft ihm das während eines Einsatzes passiert war, aber sie kam nicht dazu, ihn zu fragen. Je länger sie mit dem Mann zusammen war, desto mehr wollte sie über ihn wissen. Das war für sie etwas Neues. Je besser sie jemanden kennenlernte, desto enttäuschter war sie normalerweise. Sie fand heraus, dass derjenige keine Tiere mochte, dass alte Menschen ihn erschreckten oder dass er beim Essen schmatzte. Es war lächerlich, wie voreingenommen sie geworden war, aber sie wusste, dass es ein Weg war, sich die Leute vom Leib zu halten. Daran arbeitete sie, und deshalb hatte sie sich überhaupt erst zu der Verabredung mit Matt entschlossen.

Sie schnaubte. Man hatte ja gesehen, was daraus geworden war.

»Bist du okay? Du kannst hierbleiben, wenn du willst«, sagte Bo, der ihr kleines Schnauben offensichtlich gehört hatte.

»Nein, mir geht's gut. Du wüsstest sowieso nicht, was du packen sollst. Du würdest wahrscheinlich nur mit Hemden und ohne Hosen zurückkommen oder so«, stichelte sie.

»Hast du deine Ohrhörer drin?«, fragte Kevlar Bo.

Er nickte und tippte an sein Ohr. Wren hatte gesehen, wie sie vorhin die kleinen Funkgeräte in ihren Ohren getestet hatten.

»Okay, ich sage euch Bescheid, wenn ich etwas Verdächtiges sehe«, sagte Kevlar.

»Verstanden. Zehn Minuten. Das ist das Ziel. Mehr nicht«, sagte Bo zu seinem Freund.

»Wir treffen uns in fünfzehn Minuten wieder am Wagen. Gebt mir fünf Minuten, um die Vorderseite auszukundschaften, dann gebe ich euch das Signal loszulegen.«

Bo nickte noch einmal, und dann war Kevlar weg. Er schien sich in Luft aufzulösen. Wren war beeindruckt. Zum ersten Mal wurde sie ein wenig nervös. Vorher war das alles übertrieben und irgendwie lustig gewesen, aber jetzt, da sie im Dunkeln herumschleichen und in ihre Wohnung einbrechen würden, war es realer.

»Atme, Wren«, sagte Bo zu ihr. Er stand direkt neben ihr. Er berührte sie nicht, war aber nahe genug, dass sie die Wärme seines Körpers spüren konnte. Als sie zu ihm aufsah, schluckte sie schwer. Er trug ein schwarzes T-Shirt, eine schwarze Cargohose und schwarze Stiefel. Das Einzige, was an ihm nicht schwarz war, waren seine Haare.

Sie spürte ein Gefühl der Anziehung tief in ihrem Bauch. Er war *heiß*. Sie war nie die Art von Frau gewesen, die sich zu einem Mann in Uniform hingezogen fühlte, aber jetzt verstand sie den Reiz.

»Wren?«, fragte er leise, die Sorge deutlich zu hören.

»Mir geht's gut«, sagte sie schnell.

»Bist du sicher?«

»Ja. Es ist nur ... ich glaube, die Dunkelheit macht mich nervös.«

»Ich werde nicht von deiner Seite weichen. Außer, wenn ich auf deinen Balkon klettere, aber ich werde dich immer im Auge behalten. Es ist alles in Ordnung.«

Wren nickte. Sie wischte ihre plötzlich verschwitzten Handflächen an den Oberschenkeln ab. Das schwarze T-Shirt, das Bo für sie gefunden hatte, war an ihrer schlanken Figur riesig gewesen. Sie hatte den Stoff an der Seite geknotet, sodass er nun eng an ihrem Körper anlag. In der Kommode im Gästezimmer hatte Bo auch Leggings gefunden, die seiner Schwester gehörten. Sie war offensichtlich größer als Wren, und obwohl sie an den Knöcheln locker saß, passte sie ganz gut. Die Schuhe waren problematischer, denn sie konnte nicht die von Bo tragen, sondern musste die schwarzen Sandalen anziehen, die sie bei ihrer Verabredung mit Matt getragen hatte. Sobald sie in ihrer Wohnung waren, würde sie Turnschuhe anziehen.

Sie gingen zum Rand des Parkplatzes, und bevor sie zwischen die Bäume traten, drehte Bo sich zu ihr um. »Bereit?«

Wren nickte, da ihr Mund zu trocken war, um zu sprechen. Würde sie das wirklich tun? So tun, als sei sie eine Art Kommandosoldat? Was, wenn ihre neugierige Nachbarin sie sah und die Polizei rief? Was, wenn sie es irgendwie vermasselte? Was, wenn Bo stürzte, wenn er auf ihren Balkon kletterte? Was, wenn er ihr Schloss nicht knacken konnte? All die Was-wäre-wenn-Szenarien, die sie bereits besprochen hatten, schossen ihr wieder durch den Kopf. All die Dinge, die schiefgehen konnten.

»Hör auf, so viel zu denken«, schimpfte Bo. »Wir schaffen das.« Dann streckte er eine Hand aus und ergriff die ihre. »Wir schaffen das«, wiederholte er und drückte ihre Finger.

Erstaunlicherweise beruhigte seine Berührung sie. Sie ermöglichte es Wren, einen langen, langsamen Atemzug zu nehmen und zu nicken.

Bo erwiderte das Nicken, dann trat er zwischen die Bäume. Zum Glück ließ er ihre Hand nicht los. Diese Verbindung zu ihm zu haben und seine Zuversicht zu sehen gab ihr ein besseres Gefühl.

Eine Minute später standen sie unter ihrem Balkon und schauten nach oben.

»Kevlar hat Entwarnung gegeben«, sagte Bo. »Lass es uns tun. Du kennst den Plan. Ich klettere hoch und helfe dir dann.«

Wren nickte. Das war der Teil des Plans, auf den sie sich nicht freute. Sie war nicht gerade der sportliche Typ.

Bo drückte noch einmal ihre Hand, bevor er sie losließ und nach dem Seil griff, das er an seiner Seite trug. Er legte die Arme um sie, und Wren atmete tief ein. Er roch fantastisch. Moschusartig, erdig, männlich. Er band das Seil um ihre Taille und schenkte ihr dann ein kleines, entschuldigendes Lächeln, bevor er das Seil zwischen ihren Beinen und um ihre Oberschenkel wickelte.

Wren stützte sich mit einer Hand auf seiner Schulter ab, als er sich hinkniete und ihr den behelfsmäßigen Gurt umband. Das Gefühl seiner Hände auf ihrem Körper ließ sie erschaudern ... auf eine gute Art. Es war Jahre her, dass sie mit solcher Sanftheit berührt worden war.

Bevor sie bereit war, stand Bo auf. Er hatte ein Ende des Seils in der einen Hand, das andere war fachmännisch um ihren Körper gebunden. »Gib mir zwei Minuten, dann helfe ich dir hoch.« Dann griff er nach dem Stützbalken und hangelte sich hinauf, als kletterte er beruflich auf Pfosten ... was er wahrscheinlich auch tat.

Nachdem er sich über das Geländer gezogen hatte, schaute er nach unten. »Bereit?«, flüsterte er.

Wren nickte und trat näher an den Stützpfosten heran, den er gerade erklommen hatte. Sie versuchte, die Hände darum zu legen, als sie spürte, wie sich das Seil um ihre Taille straffte.

Die Wahrheit war, dass Wren keine Hilfe war, um die etwa dreieinhalb Meter zu ihrem Balkon hinaufzukommen. Es war allein Bo. Sie versuchte es wirklich, aber nach ein paar unbeholfenen Versuchen, die Arme und Beine um den Pfosten zu manövrieren, ließ sie sich einfach von Bo hochziehen.

Ehe sie sichs versah, war sie über dem Geländer und Bo drückte sie an sich.

Sie hielt sich fest und erwiderte die Umarmung. Es war

nicht so, dass sie Angst hatte, aber es war nicht gerade ein angenehmes Gefühl, in der Luft zu hängen.

»Wir lassen das Seilgeschirr an, dann kann ich dich runterlassen, wenn wir fertig sind.« Während er sprach, wickelte er das Seil auf und befestigte es an einer Seite ihrer Taille.

»Bist du sicher, dass wir nicht einfach durch die Vordertür rausgehen können?«, fragte Wren leise.

»Es ist wahrscheinlich besser, den Weg zurück zu nehmen, den wir gekommen sind. Nur für alle Fälle. Aber wenn du wirklich nicht willst, frage ich Kevlar, was er davon hält.«

»Nein, ist schon gut. Ich ... Es ist in Ordnung«, sagte Wren.

Bo sah sie einen Moment lang an und nickte dann, bevor er zurücktrat und in eine der Taschen seiner Cargohose griff. Er zog das heraus, was er als sein Werkzeug zum Aufbrechen von Schlössern bezeichnet hatte, und beugte sich über ihre Tür.

Es hätte Wren nicht überraschen sollen, dass er so schnell einbrach, aber das tat es trotzdem.

»Nach dir«, sagte Bo mit einem zufriedenen Grinsen im Gesicht.

Wren betrat ihre Wohnung und griff, ohne nachzudenken, nach einem Lichtschalter.

Aber Bo ergriff ihre Hand und hielt sie auf. »Kein Licht«, warnte er.

»Stimmt, tut mir leid. Hatte ich vergessen.«

Zu Wrens Überraschung ließ er ihre Hand nicht los. Er bewegte sich auch nicht. Er stand einfach still an ihrer Glasschiebetür.

»Bo?«

»Ich nehme an, du hast deine Wohnung nicht in diesem Zustand verlassen.«

»Ich kann nichts sehen«, gab sie zu. »Was ist los?«

Er sagte nichts, sondern knipste stattdessen eine Taschenlampe an, die er mitgebracht und die rotes anstelle von weißem Licht hatte, und leuchtete damit durch den Raum.

Wren schnappte nach Luft.

Das Zimmer war verwüstet. Ihr Sofa hatte riesige Schlitze in den Polstern, die Füllung war überall verteilt. Der wenige Nippes, den sie besaß, lag zerbrochen und zerstört auf dem Boden. Die Lebensmittel in ihrem Kühlschrank waren herausgenommen und auf alle Oberflächen geworfen worden. Gläser und Teller aus ihren Schränken lagen in Stücken auf dem Boden und waren in den Teppich eingedrückt. Sogar ihr Fernseher war umgekippt worden.

Eine Sekunde lang konnte Wren nicht atmen. »Wer ... wann ...« Sie verstummte vor Schreck.

»Ich glaube, wir wissen, wer es war, und es war wahrscheinlich gestern Abend«, sagte Bo.

Dankbar, dass er ihre Hand nicht losgelassen hatte, hielt Wren sie fest, als sei sie das Einzige, was sie zusammenhielt. Was sie wahrscheinlich auch war.

»Ich kenne ihn nicht einmal ... warum sollte er so etwas tun?«

»Weil er ein Arschloch ist. Weil er sauer war, dass er nicht bekommen hat, was er wollte.«

Wren schloss die Augen, als sie von Verzweiflung übermannt wurde. Sie hatte sich gerade erst ihre Wohnung eingerichtet, nachdem sie hergezogen war. Sie hatte das wenige Geld, das sie hatte, ausgegeben, um sie wohnlich und gemütlich zu gestalten. Und jetzt ... war alles ruiniert. Sie hatte nicht genügend gespart, um alle ihre Sachen zu ersetzen. Dummerweise hatte sie auch keine Versicherung.

Ohne ein Wort zog Bo sie in seine Umarmung. Wren ließ sich bereitwillig darauf ein. Sie drückte die Nase an seine Brust und grub die Fingernägel in seinen Rücken, während sie sich festhielt und versuchte, nicht in tausend Stücke zu zerbrechen. Dies war nur eine weitere beschissene Sache, die ihr in ihrem beschissenen Leben widerfuhr.

»Schhhh, ich habe dich«, murmelte Bo.

Ihr stockte der Atem und es kostete Wren all ihre Kraft, nicht in Tränen auszubrechen. Es dauerte ein paar Minuten, aber schließlich gelang es ihr, ihre Gefühle unter Kontrolle zu bringen. Sie wollte sich von Bo lösen, aber er ließ sie nicht los.

»Sieh mich an«, befahl er.

Sie wollte nicht, aber sie hob das Kinn an, um seinem Blick zu begegnen. In dem dunklen Raum konnte sie seine Gesichtszüge kaum erkennen, aber sie konnte die Emotionen in seinen Augen sehen. Sie spürte die Anspannung seiner Arme um sie. Es fühlte sich an, als würde sie ohne Bo einfach auf dem Boden zusammensinken und nie wieder aufstehen können.

»Du bist in Sicherheit. Du kannst so lange bei mir bleiben, wie du es brauchst, verstanden?«

Sie hatte diesen Mann nicht verdient. Aber sie war nicht stark genug, ihm zu widersprechen. Ihm zu sagen, dass sie in ein Hotel gehen konnte. Dass sie schon klarkäme. Im Moment hatte sie das Gefühl, dass sie nie wieder klarkommen würde. Also tat sie das Einzige, was sie konnte. Sie nickte.

Er musterte sie einen Moment lang, dann nickte er. »Gut, lass uns deine Sachen holen und von hier verschwinden. Wir rufen morgen die Polizei an und erstatten Anzeige, okay?«

»Okay«, sagte sie leise.

Bo drehte sie um, behielt aber einen Arm um ihre Taille, während er sie vorsichtig zu ihrem Schlafzimmer führte. Er kannte den Grundriss ihrer Wohnung, weil sie ihm ein Bild gezeichnet hatte, als sie diese kleine Mission geplant hatten. Natürlich hatte sie gedacht, er würde überreagieren, aber jetzt ... schien es, als wüsste er genau, was er tat.

Sie betraten ihr Schlafzimmer, und es sah aus, als sei es in einem schlechteren Zustand als der Wohnbereich. Die Schranktüren standen offen, und soweit sie es beurteilen konnte, waren alle Kleidungsstücke, die dort hingen, entfernt worden. Zerschnitten und zerstört. Auch die Kleidung aus ihrer Kommode.

Bis auf ihre Unterwäsche. Sie sah einen Stapel davon in der Mitte ihres Bettes liegen. Die Matratze war aufgeschlitzt worden, aber der Stapel Unterwäsche war offensichtlich sorgfältig platziert.

Wren wäre es peinlich gewesen, dass sie keine sexy Dessous besaß – sie zog Baumwollkomfort vor –, aber sie war zu besorgt über das, was sie auf dem kleinen Stapel sah. »Ist es das, was ich denke?«, flüsterte sie unbehaglich.

»Hoffentlich.«

Wren riss den Kopf hoch, als sie das hörte. Sie starrte Bo an. »Was? Du *willst*, dass es Sperma ist?«, fragte sie entsetzt.

»DNA«, sagte er knapp.

Wren seufzte. Er hatte recht. Es wäre ekelhaft und krank, wenn Matt auf ihre Unterwäsche gekommen war, aber es wäre perfekt zum Erstatten einer Anzeige.

»Bleib hier«, befahl Bo.

»Nein, ich –«

»Bitte«, unterbrach er sie.

Wren dachte den Bruchteil einer Sekunde über seine Bitte nach. Wollte sie näher an das wahrscheinlich ekligste Ding heran, das sie je in ihrem Leben gesehen hatte? Nein, das wollte sie definitiv nicht. Sie nickte.

»Danke. Rühr dich nicht.«

Wren hatte nicht die Absicht, sich von der Tür wegzubewegen. Sie beobachtete, wie Bo auf ihr Bett zuging. Er beugte sich vor, musterte den Stapel Unterwäsche und richtete sich dann auf. Er sah sich im Zimmer um und ging in Richtung ihres kleinen, angeschlossenen Badezimmers. Das rote Licht der Taschenlampe verschwand für einen Moment, und aus irgendeinem Grund fühlte Wren sich plötzlich sehr allein.

Aber Bo kehrte nur wenige Sekunden später zurück. Er schritt in einem unnatürlich schnellen Tempo auf sie zu.

»Was ist –«

»Unter das Bett. Sofort«, befahl Bo.

Er nahm ihren Arm und lenkte sie zum zerstörten Bett. Dann ging er auf die Knie und zog an ihrer Hand, damit sie es ihm gleichtat.

»Bo?«

»Ich habe von Kevlar gehört. Er hat jemanden, auf den Matts Beschreibung passt, die Treppe hochgehen sehen. Wir wissen, dass er einen Schlüssel hat, also musst du außer Sichtweite sein, während ich ihn abfange, wenn er die Vordertür öffnet.«

Seine Worte ließen Wren vor Schreck erstarren. »Ich kann nicht«, flüsterte sie.

»Du musst«, erwiderte er und zog fester an ihrer Hand, die andere auf ihrem Rücken, um sie auf den Boden zu drücken.

»Nein, du verstehst das nicht! Ich kann nicht!«, wiederholte Wren. »Als ich klein war, musste ich mich unter meinem Bett vor den Männern verstecken, die meine Mutter mit nach Hause brachte und die kein Problem darin sahen, Sex mit einer Achtjährigen zu haben! Ich hatte Angst, dass sie mich finden und mir wehtun würden. Ich kann da nicht drunter! Die Erinnerungen ...«

Noch während ihre Worte in der Luft hingen, bewegte Bo sich. Er stand auf und legte einen Arm um ihre Taille, während er den Raum absuchte, offensichtlich auf der Suche nach einem anderen Versteck.

Wrens Atmung ging viel zu schnell. Ihr war schwindelig. Das hier sollte doch *Spaß* machen. Sie hatte Bo einen Gefallen getan. Obwohl sie wusste, dass ihre Verabredung ihren Ausweis und ihren Schlüsselbund mitgenommen hatte, hätte sie in einer Million Jahren nicht gedacht, dass er *wirklich* in ihre Wohnung kommen würde. Aber nichts an dieser Sache war mehr lustig. Sie hatte schreckliche Angst.

Wren packte Bo am Hemd und sah zu ihm hoch, ohne sich darum zu kümmern, dass ihre Angst ihren gesunden

Menschenverstand überlagerte. »Bitte! Lass mich hier nicht allein!«

Bo hielt einen Moment inne – und sie hörten das Geräusch eines Schlüssels im Schloss ihrer Wohnungstür.

Er drehte sich um, zog sie mit sich und trat schnell hinter ihre Schlafzimmertür. Er schaltete die Taschenlampe aus und zog sie an seinen Körper, schlang einen Arm um sie und hielt sie so fest, dass sie kaum atmen konnte.

Aber das war ihr egal. Wren tat ihr Bestes, um sich noch tiefer an ihm zu vergraben. Ihr Versteck war ätzend. Wenn derjenige, der in ihre Wohnung kam – mit ziemlicher Sicherheit Matt –, das Licht einschaltete, würde er sie sofort sehen. Allerdings hatte Wren keinen Zweifel daran, dass der Mann, der sie festhielt, nicht zulassen würde, dass jemand ihr etwas antat. Das war ein beängstigender Gedanke und gleichzeitig eine Erleichterung.

In ihren neunundzwanzig Jahren hatte sich noch nie jemand zwischen sie und die Gefahr gestellt. Sicherlich nicht ihre Mutter, nicht der Vater, den sie nie kennengelernt hatte, nicht die Lehrer, nicht die vielen Pflegefamilien, bei denen sie gelebt hatte.

Aber dieser Mann, den sie vor nicht einmal vierundzwanzig Stunden kennengelernt hatte, tat genau das.

Endlich verstand sie, warum Menschen im Namen der Liebe verrückte Dinge taten. Sie liebte Bo nicht, aber sie konnte sich vorstellen, sich in ihn zu verlieben.

Sie hörten, wie sich die Wohnungstür knarrend öffnete, und jeder von Bos Muskeln spannte sich an. Als bereitete er sich darauf vor, demjenigen entgegenzutreten, der hereinkam.

Doch bevor er sich bewegen konnte, hörten sie Stimmen. Dann Rufe. Dann Schritte, die die Treppe hinunter und aus der Wohnung stürmten.

»Scheiße! Verflucht! Verdammt noch mal!«

Wren hob den Kopf von Bos Brust. Das war Kevlars

Stimme. »Irgendwas stimmt nicht!«, rief sie. »Sieh nach ihm!«, drängte sie und schubste Bo. Jetzt, da ihre Verabredung offensichtlich weggelaufen war, fand sie die Kraft, die ihr vor ein paar Sekunden noch gefehlt hatte.

»Beruhige dich, Wren. Es ist alles in Ordnung.«

»Es klingt nicht in Ordnung«, beharrte sie, während Kevlar weiter fluchte.

»Das Arschloch hat ihn mit Pfefferspray erwischt. Es tut weh, aber er kommt wieder in Ordnung. Bleib einfach noch kurz hier, bis er sich vergewissert hat, dass es sicher ist.«

Einen Moment lang war Wren verwirrt, doch dann wurde ihr klar, dass Bo das, was passiert war, durch den kleinen Empfänger in seinem Ohr gehört haben musste.

Nach etwa dreißig Sekunden, die ihr jedoch wie eine Ewigkeit vorkamen, bewegte Bo sich. Zu Wrens Überraschung befahl er ihr nicht, an Ort und Stelle zu bleiben, sondern ergriff ihre Hand und zog sie hinter sich her, als er ihr Schlafzimmer verließ und den kurzen Flur hinunterging.

Kevlar stand in ihrer Küche, den Kopf über die Spüle gebeugt, die schummrige Beleuchtung der Anrichte eingeschaltet, während er sich mit dem Hahn Wasser ins Gesicht spritzte.

»Der Scheißkerl ist entkommen«, sagte Kevlar, während er sein Bestes tat, um das Pfefferspray aus dem Gesicht zu bekommen. »Ich wollte ihm nachgehen, aber ich wollte nicht riskieren, dass er einen Kumpel oder so hat, der hinter Wren her sein könnte.«

Wren erstarrte. Zwei. Das waren zwei Männer in den letzten fünf Minuten, die keine Mühe gescheut hatten, um sie zu beschützen. Und *diesen* Mann hatte sie erst vor zehn Minuten kennengelernt. Es war verdammt verwirrend. Die Erfahrung hatte ihr gesagt, dass sie es nicht wert war, dass jemand sich für sie einsetzte, aber diese Männer zerstörten alles, was sie über sich selbst dachte.

»Ich schätze, wir gehen zu Plan B über«, sagte Bo mit einem humorlosen Lachen.

»Bei dem Klang dieser Sirenen würde ich das sagen.«

Zum ersten Mal hörte Wren den schrillen Lärm. »Sollen wir gehen? Was sollen wir tun? Was sollen wir ihnen sagen?«

»Keine Panik«, befahl Bo. »Wir wollten morgen sowieso die Polizei anrufen. Das beschleunigt nur den Prozess. Wir haben nichts falsch gemacht.«

»Bo! Wir sind eingebrochen! Wir sind auf den Balkon geklettert.«

»Es ist kein Einbruch, wenn es deine eigene Wohnung ist. Atme, Wren. Es wird alles gut.«

»Wenn ihr in Schwierigkeiten geratet, werde ich mir das nie verzeihen.«

»Wir werden nicht in Schwierigkeiten geraten«, sagte Kevlar.

»Soll ich dieses Seil-Ding abnehmen?«

»Wren, sieh mich an«, sagte Bo, anstatt auf ihre Frage zu antworten.

Sie sah ihn an.

»Es ist in Ordnung. Du bist hier das Opfer. *Atme.*«

»Ich mag die Polizei nicht. Die Dinge entwickeln sich nicht gut für mich, wenn ich mit den Beamten rede.«

Bo umfasste ihr Gesicht mit beiden Händen und neigte ihren Kopf nach oben, sodass sie keine andere Wahl hatte, als ihn anzusehen. Ihre Hände ruhten auf seiner Brust, während sie ihr Bestes tat, um nicht auszuflippen.

»Die Dinge sind jetzt anders«, sagte er nachdrücklich. »Kevlar und ich sind hier. Du bist in Ordnung.«

Wren versuchte, sich zu beruhigen. Das tat sie wirklich. Aber er verstand nicht. Er wusste nicht, wie oft sie schon darauf vertraut hatte, dass Autoritätspersonen ihr den Rücken stärkten, nur um dann enttäuscht zu werden.

»Komm her«, flüsterte Bo und zog sie wieder an sich, was Wren mit Freuden zuließ. Sie fühlte sich in seinen Armen sicher, seinen Duft in der Nase. Sie zitterte, während sie sich an ihn klammerte.

»Ist die Situation in ihrem Schlafzimmer dieselbe wie hier?«, fragte Kevlar.

»Ja. Der Mistkerl hat ihre Unterwäsche auf dem Bett gestapelt, nachdem er die Wohnung verwüstet hatte. Dann hat er Conditioner draufgeschüttet, damit es aussieht wie ... du weißt schon.«

»Conditioner? Bist du sicher? Warum sollte er das tun?«, fragte Wren an seiner Brust, ohne den Kopf zu heben.

»Weil er ein Schwachkopf ist«, antwortete Kevlar.

Erstaunlicherweise brachte das Wren zum Lächeln. Sie hob den Kopf und drehte sich zu dem anderen Mann um. Er hatte das Wasser abgestellt, aber er war von der Brust bis zu den Zehen durchnässt. Seine Augen waren blutunterlaufen, und er sah extrem wütend aus. Aber Wren hatte keine Angst. Nicht vor ihm. Es war offensichtlich, worauf sein Zorn gerichtet war, und es war nicht auf sie.

»Ich werde noch mehr Lichter anmachen«, warnte Kevlar.

Wren spürte Bos Hand an ihrem Hinterkopf, mit der er sie ermutigte, sich wieder an seine Brust zu drücken. Sie tat es bereitwillig und schloss die Augen. Sie hörte Kevlars tiefes Einatmen, als die helle Deckenbeleuchtung eingeschaltet war. Sie spürte, wie Bos Körper sich erneut verkrampfte.

Sie wollte nicht hinsehen. Aber sie musste es. Es war ihr Leben. Ihre Sachen.

Die Sirenen waren jetzt lauter, als seien die Polizeibeamten auf den Parkplatz eingebogen. Es war nur eine Frage der Zeit, bis sie an ihrer Tür ankamen. Sie wettete, dass ihre neugierige Nachbarin sie angerufen hatte, als Kevlar angegriffen worden war. Zum ersten Mal war sie nicht wütend auf die ältere Frau. Sie nahm an, dass es nicht schlecht war, jemanden zu haben, der sich so ... für das Leben der Menschen in ihrer Umgebung interessierte.

Sie sah sich in der Küche um und zuckte zusammen. Im Dunkeln hatte die Zerstörung schon schlimm ausgesehen, aber im Licht war es noch viel schlimmer. Es gab keinen einzigen Teller und keine einzige Tasse, die nicht zerbrochen war. Es gab keinen Zentimeter Teppich, der nicht mit Essen oder Schmutz bedeckt gewesen wäre. Wren konnte nichts sehen, das noch zu retten war.

Sie würde von vorn anfangen müssen. Erneut.

Sie spürte, wie Bo sie beruhigend drückte.

Aber der Unterschied war, dass sie dieses Mal nicht allein war. Sie hatte keinen Zweifel daran, dass dieser Mann und seine Freunde da sein würden, um ihr zu helfen.

Sie richtete sich auf. Wenn Matt, oder wie auch immer er heißen mochte, dachte, dass seine Taten sie zerstören würden, hatte er sich getäuscht. Ihr waren ihr ganzes Leben lang schlimme Dinge passiert. Sie würde das hier überleben, so wie sie auch alles andere überlebt hatte. *Scheiß auf ihn.* Im Ernst.

Sie holte tief Luft und löste sich aus Bos Umarmung. So schön es sich auch anfühlte, sie musste sich der Polizei auf eigenen Füßen stellen. Matt würde damit nicht durchkommen. Ihre Sachen zu zerstören, Kevlar zu verletzen. Sie würde Anzeige erstatten und hoffen, dass sie ihn fanden und er dafür bezahlen musste, ein Schwachkopf zu sein. Sie mochte diesen Ausdruck. Sie schwor sich, ihn öfter zu benutzen.

»Wren?«, fragte Bo.

»Mir geht's gut«, sagte sie und fühlte sich überraschenderweise auch so.

»Wir werden das hier aufräumen. Deine Sachen ersetzen«, versprach er.

»Ist schon gut. Es war nur Zeug. Secondhandläden haben immer schöne Sachen. Es ist in Ordnung, Bo. *Ich* bin in Ordnung, wirklich. Ich bin eigentlich nur sauer. Ich dachte, diese ganze Sache heute Abend sei ein bisschen viel. Ich dachte nicht wirklich, dass Matt etwas tun würde. Aber ich lag falsch. Das hier ... dass er das alles tut. Er muss aufgehalten werden.«

»Ja, das muss er«, stimmte Bo zu.

»Hat nicht Kommandant Hurts Frau Julie einen Secondhandladen?«, fragte Kevlar Bo.

»Ja. *My Sister's Closet*, so heißt er, glaube ich. Caroline und die anderen Frauen lieben es, dort einzukaufen. Ich wette, dort gibt es eine Menge erschwingliche Sachen«, sagte Bo.

»Ich bin sicher, Remi würde gern mit dir einkaufen gehen.«

»Ganz zu schweigen von Caroline, Alabama, Fiona und den anderen. Vor allem nachdem Jessyka ihnen erzählt hat, was im *Aces* passiert ist«, stimmte Bo zu.

»Das Wichtigste zuerst«, protestierte Wren. »Wir müssen uns überlegen, was wir den Polizisten sagen, die in spätestens einer Minute hier sein werden. Einkaufen ist im Moment nebensächlich.«

»Du sagst ihnen die Wahrheit«, erklärte Kevlar ihr ruhig.

»Dass wir durch meine Balkontür eingebrochen sind?«, fragte Wren ungläubig, immer noch nicht sicher, ob das eine gute Idee war.

»Wenn du ihnen sagst, warum du das für nötig gehalten hast, dass du Angst hattest, der Mann, der dir K.-o.-Tropfen gegeben und deine Adresse und deinen Schlüssel hat, könnte hier sein, werden sie kein Problem damit haben«, erwiderte Bo.

»Wenn du es sagst.«

»Das tue ich. Vergiss nicht, wir sind hier. Niemand wird sich mit dir anlegen, Wren. *Niemand.*«

Mit Bos Worten in den Ohren drehte Wren sich zu ihrer Wohnungstür um, als sie eine sehr harte, laute Stimme schreien hörte: »Hände hoch, sodass wir sie sehen können!«

KAPITEL SECHS

Safe war erschöpft. Er hatte die Nacht zuvor nicht viel geschlafen, und heute Nacht sah es nicht viel besser aus. Aber er war auch aufgedreht. Der heutige Abend war nicht so verlaufen wie erwartet. Ja, er hatte die Fahrt zu Wrens Wohnung wie eine SEAL-Mission geplant, aber er hatte auf die harte Tour gelernt, dass man Menschen nicht trauen konnte, das Richtige zu tun. Und leider war ihm heute Abend recht gegeben worden.

Der Mann, den Wren als Matt kannte, war nicht nur bereits in ihrer Wohnung gewesen und hatte sie offenbar verwüstet, er war auch zurückgekehrt, um ihr aufzulauern, wenn sie nach Hause kam.

Die Polizeibeamten hatten ihre Aussage aufgenommen und ihr geraten, sich von ihrer Wohnung fernzuhalten, bis sie herausgefunden hatten, wer Matt war, und ihn hoffentlich fanden. Weder Safe noch Kevlar hatten erwähnt, dass sie bereits jemanden auf die Suche angesetzt hatten, der eine viel bessere Chance hatte, das Geheimnis zu lüften, bevor die Polizei es tat. Tex könnte diesen Matt finden und dann die Polizei benachrichtigen.

Und Safe hatte keinen Zweifel daran, dass Tex, sobald er den Kerl fand, seine Computerkenntnisse nutzen würde, um dafür zu sorgen, dass das Leben des Mannes den Bach runterging. Es war erstaunlich, wie sehr das Leben der Menschen heutzutage mit Computern verbunden war, selbst wenn sie aktiv versuchten, nicht auf der Bildfläche zu erscheinen. Und Matt würde es auf die harte Tour herausfinden. Er wäre ruiniert, wenn Tex seinen elektronischen Fußabdruck in die Hände bekam.

So wütend Safe auch auf diesen Matt war, im Moment machte er sich mehr Sorgen um die Frau auf seiner Couch. Einige der Dinge, die sie heute Abend gesagt hatte, gingen ihm nicht mehr aus dem Kopf. Als er sie gebeten hatte, sich unter dem Bett zu verstecken, hatte sie wirklich Angst gehabt. Es war die Art von Schrecken, die bis ins Mark ging. Ihre Atmung hatte sich beschleunigt, ihre Pupillen hatten sich geweitet und ihre Glieder waren wie erstarrt gewesen.

Ihre Worte hallten in seinem Kopf nach ...

Als ich klein war, musste ich mich unter meinem Bett vor den Männern verstecken, die meine Mutter mit nach Hause brachte und die kein Problem darin sahen, Sex mit einer Achtjährigen zu haben. Ich hatte Angst, dass sie mich finden und mir wehtun würden.

Der Gedanke, dass ein Kind sich unter seinem Bett vor echten Monstern verstecken musste und nicht vor solchen, die es sich nur einbildete, machte ihn wütend. Er war nicht naiv. Er kannte das Böse in der Welt besser als die meisten anderen. Aber der Gedanke, wie Wren litt ... das tat ihm auf eine Art weh, die er nicht erklären konnte.

Und dann war da noch ihr offensichtliches Unbehagen gegenüber der Polizei. Ja, die Lage war angespannt gewesen, als die Polizisten ankamen. Als sie nicht wussten, ob er, Kevlar und Wren zu den Guten oder den Bösen gehörten. Aber selbst nachdem das geklärt war, blieb Wren unruhig.

So war sie auch bei ihm gewesen, als sie in seinem Haus

aufgewacht war. Ängstlich und nicht sehr vertrauensvoll, was unter den gegebenen Umständen völlig normal war. Aber sie hatte sich recht schnell entspannt. Das war bei der Polizei nicht der Fall gewesen. Er war überrascht, dass sie sich bei den Beamten nicht im Geringsten entspannte. Er wusste sehr wohl, dass es da draußen beschissene Polizisten gab, Männer und Frauen, die der Marke einen schlechten Ruf einbrachten, aber die meisten Menschen waren erleichtert, wenn sie nach einem Einbruch die Polizei sahen.

Nicht so Wren.

Er erinnerte sich an ihre Bemerkung, dass die Dinge für sie nicht gut ausgegangen waren, wenn sie mit der Polizei gesprochen hatte. Diese Bemerkung und andere Dinge, die sie gesagt hatte, ließen ihn glauben, dass kein einziger Mensch ihr geholfen hatte, ihrem offensichtlich beschissenen Leben zu Hause zu entkommen. Und das war beschissen.

Safe saß mit rasenden Gedanken in seinem Sessel, während Wren auf der Couch schlief. Sie wollte nicht allein sein, als sie zu ihm nach Hause kamen, also hatte er vorgeschlagen, dass sie hier schlief. Sie hatte erst eingewilligt, als er ihr versicherte, dass er genau hier im Sessel sein würde.

Während sie schlief, musterte Safe sie. Ihr kurzes schwarzes Haar stand ihr am ganzen Kopf ab, was in ihm den Wunsch auslöste, es mit einer Hand glatt zu streichen. Sie trug kein Make-up, aber ihre Wimpern waren lang und ihre Lippen schienen von Natur aus prall zu sein. Sie lag zusammengerollt auf der Seite und sah verletzlich aus, noch mehr als sonst.

Was hatte diese Frau an sich? Warum war sie ihm so schnell unter die Haut gegangen? War es, weil er für sie den Ritter in glänzender Rüstung hatte spielen müssen? Das glaubte Safe nicht. Ja, Wren hatte im *Aces* vielleicht Hilfe gebraucht, aber er hatte das Gefühl, dass sie nicht die Art von Frau war, die sich oft auf andere verließ. Sie war sogar pragmatisch gewesen, als ihre ganzen Sachen zerstört worden waren.

Nein, das war es nicht. Es war ... einfach *sie*.

Wren faszinierte ihn. Er wollte alles über die Frau mit der scheinbar schrecklichen Kindheit wissen, die dennoch mutig genug war, neue Leute kennenzulernen. Er wollte wissen, wie sie es überlebt hatte, in einem Haushalt aufzuwachsen, in dem sie sich regelmäßig unter dem Bett verstecken musste.

Verdammt, er wusste noch immer nicht, von wo sie hierhergezogen war oder was sie beruflich machte. Er wusste nur, dass sie morgen zur Arbeit gehen musste. Da er nicht einmal die einfachsten Dinge über sie erfahren hatte, wollte Safe sie am liebsten wecken, um mit ihr zu reden. Aber das war das Letzte, was sie brauchte.

Also lehnte er sich in seinem Sessel zurück und hielt den Blick auf die Frau gerichtet, die ihn fasziniert hatte, ohne es überhaupt zu versuchen.

Schließlich schlief er ein, aber nicht bevor er sich geschworen hatte, sich Wren gegenüber anständig zu verhalten. Er wollte ihr zeigen, dass nicht jeder darauf aus war, ihr unrecht zu tun.

Wren wachte auf, und für den Bruchteil einer Sekunde war sie angespannt und fragte sich, wo sie war. Dann erinnerte sie sich. Die Verabredung mit Matt im *Aces*, die K.-o.-Tropfen, das Frühstück mit Bo, der Besuch in ihrer Wohnung gestern Abend, die Polizei ...

Das war eine Menge. Selbst für sie.

Sie war es gewohnt, dass das Leben ihr ein beschissenes Blatt austeilte, aber die letzten paar Tage waren ein wenig viel gewesen. Als sie den Kopf drehte, sah sie Bo schlafend im Sessel liegen. Ein Bein lugte unter der Decke hervor, und auch seine Brust war frei. Er hatte eine Jogginghose und ein T-Shirt an, und Wren kam plötzlich der Gedanke, dass sie sich wünschte, er hätte nichts an, damit sie seinen muskulösen Körper besser sehen könnte.

Der Gedanke schockierte sie. Sie war nicht prüde, war keine Jungfrau, aber es war das erste Mal in ihrem Leben, dass sie sich zu jemandem so hingezogen fühlte wie zu Bo. Es war nicht nur sein Körper, obwohl dieser äußerst ansehnlich war. Er war einfach so ... *nett.*

Es war irgendwie traurig, dass sie sich nur wegen seiner Nettigkeit zu einem Mann hingezogen fühlte, aber es war die Wahrheit. Durch ihre Kindheit hatte sie gelernt, vorgetäuschte Nettigkeit von echter Sorge und Güte in anderen zu unterscheiden. Und Bo war ein guter Mann, vom Scheitel bis zu den Zehenspitzen. Kevlar ebenfalls. Sie nahm an, dass die anderen Männer ihres SEAL-Teams wahrscheinlich auch so waren.

Leider wusste Wren, wie selten das war. Sie hatte auf die harte Tour gelernt, dass die Menschen im Allgemeinen egoistisch waren. Sie taten Dinge, um vor anderen gut dazustehen, nicht weil es das Richtige war. Und wenn Geld im Spiel war, taten sie alles, um entweder an das Geld zu kommen oder so wenig wie möglich zu tun, damit sie kein Geld *ausgeben* mussten.

Es war eine furchtbare Art, das Leben zu betrachten, aber es war das, was Wren kannte.

Während sie Bo anstarrte, regte er sich. Er öffnete die Augen und blickte sofort zu ihr.

»Guten Morgen«, krächzte er heiser.

Die Haare auf ihren Armen stellten sich bei diesem Geräusch auf. Seine Stimme war tiefer als sonst, und sofort schoss ihr der Gedanke durch den Kopf, wie intim es war, ihn wenige Sekunden nach dem Aufwachen zu sehen.

»Hallo«, sagte sie, plötzlich schüchtern.

»Wie spät ist es?«, fragte er.

»Keine Ahnung.«

»Um wie viel Uhr musst du bei der Arbeit sein?«

Arbeit. Scheiße! Wren hatte das ganz vergessen! Wenn sie nicht gerade einen neuen Job angefangen hätte, würde sie sich auf jeden Fall krankmelden. Aber das konnte sie nicht. Sie planten gerade eine wichtige Überseereise, an der sie maßgeblich beteiligt war, also durfte sie keinen Tag verpassen. »Acht.«

Bo setzte sich auf, griff zu einem kleinen Tisch neben seinem Stuhl und nahm sein Telefon. »Sechs Uhr fünfundvierzig. Wann musst du los, damit du pünktlich da bist?«

»Ähm ... wahrscheinlich halb acht«, sagte Wren.

»Verdammt. Dann musst du dich vermutlich bald fertig machen. Willst du heute Morgen Frühstücksflocken? Oder willst du, dass ich dir etwas anderes mache?«

Wren blinzelte. »Ich habe mehr als genug Zeit, mich fertig zu machen«, erwiderte sie.

Bo konzentrierte den Blick auf sie. »Ja?«

»Es ist dir sicher nicht entgangen, aber mein Haar ist kurz. Ich brauche nicht lange, um zu duschen und es zu kämmen. Ich brauche nicht mehrere Stunden, um mich fertig zu machen. Fünfzehn Minuten, höchstens.«

Sie konnte Bos Gesichtsausdruck nicht deuten. Dann wurde es ihr klar – und sie grinste. »Du hast mich in ein Klischee gepresst, nicht wahr? Da ich eine Frau bin, würde ich mindestens eine Stunde brauchen, um zu duschen und mich für den Tag zurechtzumachen.«

Er sah ein wenig verlegen aus. »Ja, ich schätze, das habe ich. Tut mir leid.«

Das war neu. Ein Mann, der sich entschuldigte, wenn er etwas falsch gemacht hatte.

Wren seufzte innerlich und schüttelte den Kopf. Das war nicht fair. Und jetzt war *sie* diejenige, die in Klischees dachte. Sie wusste es, aber es war schwierig, ihr Denken zu ändern, wenn sie so oft von Männern enttäuscht worden war. Na ja ... und von Frauen, um ehrlich zu sein. »Es ist okay. Wir alle machen das manchmal. Und Frühstücksflocken sind in Ordnung. Die esse ich normalerweise jeden Morgen.«

»Kann ich dich etwas fragen?«

Das war irgendwie schön. Unter einer warmen Decke zu liegen, nicht aus dem Bett springen und herumhetzen zu müssen. Sie und Bo wachten zusammen auf und unterhielten sich leise. »Klar.«

»Es ist in Ordnung, wenn du es nicht sagen willst, aber ich habe mich gefragt, wo du arbeitest. Was du beruflich machst.«

»Oh! Es ist komisch. Es kommt mir vor, als würden wir uns schon lange kennen, aber ich schätze, wir wissen nicht einmal die grundlegendsten Dinge übereinander, was?«, fragte Wren.

»So ziemlich.«

»Es ist kein Geheimnis. Ich bin letzten Monat von New York hierhergezogen. Ich arbeite bei BT Energy. Das ist ein Teil des Pipeline-Sektors. Ihre Spezialität sind Gaspipelines. Ich bin ihr PR-Mensch. Hast du *Criminal Minds* gesehen? Ich bin ähnlich wie JJ, das Mädchen, das die Verbindung zwischen der Abteilung für Verhaltensanalyse und den Medien war.«

Bo setzte sich auf, klappte die Fußstütze seines Sessels herunter und lehnte sich vor. »Wirklich?«

»Ja.«

»Das ist ... cool. Ich meine, das ist eine wichtige Position. Ich weiß, dass wir auf Leute wie dich angewiesen sind, wenn wir aufsehenerregende Missionen haben und Informationen an die Öffentlichkeit bringen, aber dennoch bestimmte Dinge geheim halten müssen.«

»Ja. Ich bin noch dabei, mich in das Unternehmen einzuarbeiten, aber bisher gefällt es mir. Wir sind gerade dabei, eine neue Gaspipeline in Afrika zu verlegen, und glaub mir, es gibt eine Menge Interesse und Informationen, die wir weitergeben müssen.«

»Afrika?«, fragte Bo mit einem Stirnrunzeln.

»Ja. Das wird die lokale Wirtschaft stark ankurbeln und viele Arbeitsplätze schaffen, die sie brauchen.«

»Wo in Afrika?«

Wren runzelte die Stirn. Der schläfrige Tonfall in Bos Stimme war verschwunden. Er wurde durch einen strengen, herrischen Bo ersetzt. »Südsudan.«

»Sudan«, wiederholte er.

»Südsudan. Das ist etwas anderes als der Sudan. Sie haben 2011 ihre Unabhängigkeit erhalten.«

»Ich weiß«, stieß Bo hervor.

Wren fuhr schnell fort: »Ich weiß, dass das Land in letzter Zeit einige Probleme hatte, aber die Leute, mit denen ich zu tun hatte, um die Reise zu planen, waren sehr nett«, sagte Wren ein wenig abwehrend.

»Warte, *was*? Welche Reise?«, fragte Bo.

»Die Medienreise, bei der wir die Pipeline ankündigen und über die Logistik ihrer Verlegung sprechen«, erklärte sie ein wenig misstrauisch. Sie war sich nicht sicher, ob sie diese Seite von Bo mochte. Das Gefühl erinnerte sie daran, dass sie ihn nicht wirklich kannte. Nur weil er ihr geholfen hatte … zweimal … bedeutete das nicht, dass er nicht vielleicht ein gewisses Temperament versteckte und ihr nicht wehtun würde, wenn sie etwas sagte oder tat, was ihm nicht gefiel.

»Willst du mich verarschen?«, fragte Bo. Die Frage war umso beängstigender, weil er sie so leise und kontrolliert stellte.

»Ähm … nein?«

»Du kannst nicht in den verdammten Südsudan reisen!«, rief er, jetzt lauter. Dann stand er auf und ließ Wren durch seine schnelle Bewegung zusammenzucken. Aber er kam nicht in ihre Nähe, sondern begann einfach, in dem kleinen Raum hin und her zu gehen. »Es gibt eine Reisewarnung der Stufe vier für das Land! Das bedeutet, dass die US-Botschaft ihren Betrieb eingestellt hat! Das Außenministerium hat alle direkt angestellten US-Mitarbeiter und ihre Familienangehörigen angewiesen, das Land zu verlassen. Unsere Regierung kann aufgrund der Ereignisse in dem Land keine konsularischen Routine- oder Notfalldienste für US-Bürger anbieten. Und du reist dorthin? Aus freien Stücken? Für einen *Job*?«

Wren setzte sich auf und schlang die Arme schützend um ihre Knie. Bo erzählte ihr nichts, was sie nicht schon wusste. Sie war beunruhigt gewesen, als sie gehört hatte, dass sie mit ihrem neuen Chef und einigen seiner leitenden Angestellten in das Land reisen würde. Sie hatte sich online über das Land informiert, und was sie gelesen hatte, hatte ihr nicht gefallen. Aber als sie ihren Arbeitgeber auf die Sicherheitsbedenken angesprochen hatte, hatte er sie abgetan. Er sagte, es sei nicht so schlimm, wie die Medien es darstellten.

»Wir werden im südlichen Teil des Landes sein, in Juba, der Hauptstadt. Dort wird die Pipeline beginnen. In den Bergen südlich von dort. Sie wird schließlich durch das Land und durch den Sudan verlaufen und an der Küste enden, aber wir beginnen mit einer Pressekonferenz in Juba, um vorzustellen, was passiert. Sie brauchen das Geld, denn es gibt dort eine Menge Hunger und Probleme mit Nahrungsmitteln und Wasser. Das wird *helfen*.«

Aber Bo schüttelte den Kopf. »Ich kann das nicht glauben.«

Wren schluckte schwer.

»Sudan. Mist!«, rief er aus. Er drehte sich zu ihr um. »Wir haben gerade einen Einsatz im Tschad beendet. Er liegt westlich von Sudan und Südsudan. Es war grauenhaft. Die Menschen dort drüben ... sie leiden. Sie sind verzweifelt. Und verzweifelte Menschen tun Dinge, die sie sonst nicht tun würden. Verdammt, ich sollte dir das eigentlich nicht erzählen – aber, Wren, glaub mir, wenn ich sage, dass du *nicht* in den Sudan reisen kannst.«

»Südsudan«, korrigierte Wren, ohne nachzudenken.

»Du hörst mir nicht zu!«, brüllte Bo.

Und einfach so verschwanden die Angst und das Unbehagen, die Wren empfunden hatte. Wut stieg in ihr auf. Bo behandelte sie, als sei sie eine Idiotin. Als wüsste sie nicht, wie gefährlich es war, in ein Land zu reisen, vor dessen Einreise das Außenministerium gewarnt hatte. Sie wusste es. Sie hatte bereits Angst, und sie brauchte sein Urteil nicht noch zusätzlich zu all dem anderen Stress, unter dem sie im Moment stand.

Sie stand auf und marschierte zu Bo hinüber, der sie anfunkelte. Sie pikste ihn mit einem Finger in die Brust. »Ich weiß«, sagte sie zwischen zusammengebissenen Zähnen. Dann wiederholte sie sich, als sie ihn erneut pikste. »Ich *weiß*, dass es da drüben schlimm ist. Aber dafür wurde ich eingestellt, um mit dem Team in verschiedene Länder zu reisen und als Bindeglied zwischen den Führungskräften und den Medien zu fungieren. Ich wusste nicht, dass der Südsudan auf der Tagesordnung stand, als ich den Job bekam, aber ehrlich gesagt ist das auch nicht so wichtig. Ich habe keine andere Wahl, Bo. Kannst du zu deinem Chef, Kommandanten, was auch immer, gehen und ihm sagen, dass du nicht in den Tschad reisen willst? Nein. Das kannst du nicht. Du tust, was man dir sagt, weil es dein *Job* ist!«

»Mein Job und deiner sind nicht das Gleiche«, protestierte Bo und griff nach ihrem Finger, damit sie ihn nicht mehr piksen konnte. Aber er drückte ihn nicht. Er schob sie nicht weg. Er hielt ihren Finger einfach sanft fest.

»Nein, das sind sie nicht. Aber ich habe gerade diesen Job bekommen. Ich mag ihn sogar. Es macht mir Spaß, mit den Einheimischen zu reden, sie zu ermutigen, die guten Seiten meines Unternehmens zu sehen. Mir ist klar, dass einige denken werden, wir beuten die natürlichen Ressourcen aus, aber ich glaube wirklich, dass die Arbeitsplätze, die wir schaffen, und das Geld, das wir in die Gegend bringen, helfen werden. Ich habe buchstäblich keine andere Wahl, als zu gehen, Bo. Wohnen ist nicht billig, und jetzt muss ich alles ersetzen, was ich besitze – wie du ja weißt! Das Geld wird nicht vom Himmel regnen und meine Taschen füllen. Ich muss arbeiten. Ich brauche diesen Job mehr denn je. Und gerade jetzt könnte ich deine Unterstützung gebrauchen. Sogar dein Fachwissen, um mir zu sagen, was ich tun und lassen soll, wenn etwas schiefgeht. Nicht deine Vorträge, dein Urteil und deine Wut.«

Wren keuchte, als sie fertig war. Sie zitterte auch. Vor Frustration, Angst und Sorge.

Bo ließ ihren Finger los, legte dann einen Arm um ihre Taille und zog sie an sich.

Sie gewöhnte sich daran, so von ihm umgeben zu sein. An seine Vorderseite gepresst, die Nase an seiner Brust vergraben.

»Es tut mir leid«, sagte er leise. »Ich ... *verdammt*, Wren. Ich war dort. Im Südsudan. Das ist ... kein Ort für jemanden wie dich.«

»Jemanden wie mich?«, murmelte sie an seiner Brust.

»Ja.«

Er ging nicht weiter darauf ein. Wren war sich nicht sicher, ob sie das wirklich wollte.

»Besteht die Möglichkeit, dass diese Reise nicht wie geplant verläuft?«

Sie zuckte mit den Schultern.

»Wann wirst du abreisen?«

»In etwas mehr als zwei Wochen.«

»*Scheiße*. Sieh mich an«, befahl er.

Wren wollte nicht. Sie wollte die Augen schließen und der Realität noch ein wenig länger ausweichen. Aber das Leben schien ihr immer einen Tritt in den Hintern zu versetzen. Sie hob den Kopf.

»Sprich mit deinem Chef. Ich weiß, dass du neu bist, aber sag ihm, dass du Leute kennst, ein Team von SEALs, die bereit sind, zu kommen und mit der Gruppe zu sprechen, die in den

Südsudan reisen wird. Wir können euch Tipps geben, was zu tun ist, wenn die Kacke am Dampfen ist. Gewalt, Drohungen, Entführung.«

Wren erstarrte. »Was?«

»Wir können in euer Büro kommen. Uns mit der Gruppe treffen. Fragen beantworten. Ratschläge geben.«

»Das würdest du tun? Wo du es doch für eine schreckliche Idee hältst, dass wir überhaupt dorthin reisen?«

»Es ist definitiv eine schreckliche Idee«, sagte Bo, »aber ich verstehe, dass du keine andere Wahl hast. Ich will dich in Sicherheit wissen. So sicher, wie es unter den gegebenen Umständen *möglich* ist. Wenn du gehen musst, möchte ich, dass du so viele Informationen wie möglich darüber hast, was zu tun ist, wenn etwas schiefgeht. Informationen sind Macht, und ich bin in der einzigartigen Lage, Informationen über die Region zu haben, in die du gehst.«

Wrens Augen füllten sich mit Tränen.

»Nicht weinen. Bitte nicht«, flehte Bo.

»Ich kann nicht anders«, sagte Wren, während sie die Stirn auf seine Brust senkte. Sie spürte, wie er eine Hand in ihr Haar schob und ihren Hinterkopf umfasste. Die andere Hand legte er auf ihr Kreuz und hielt sie an sich gedrückt.

»So habe ich mir das nicht vorgestellt«, murmelte er über ihr.

»Was vorgestellt?«, fragte sie leise.

»Das Werben.«

Wren neigte den Kopf zurück, aber er nahm seine Hand nicht aus ihrem Haar. »Werben?«, fragte sie mit einem leichten Stirnrunzeln.

»Ja. Wenn man jemanden kennenlernt, an dem man interessiert ist, lädt man ihn normalerweise auf einen Kaffee ein. Dann vielleicht ein Abendessen oder zwei. Abschiedsküsse an der Tür. Vielleicht einen Film schauen, bei dem man ein bisschen auf der Couch rummacht. Dann ein weiteres Abendessen, diesmal etwas romantischer, in einem schicken Restaurant mit Blumen und Kerzen, und wenn er Glück hat, nimmt er sie mit zu sich nach Hause, wo sie sich die ganze Nacht von ihm lieben lässt. Dann weitere Verabredungen, mehr Liebe ... schließlich ziehen sie zusammen, er macht ihr einen Antrag und sie heiraten. Vielleicht bekommen sie ein oder zwei Kinder und leben glücklich bis ans Ende ihrer Tage.«

Wrens Herz schlug ihr bei seinen Worten bis zum Hals. *Nichts* davon hatte sie je für sich selbst gesehen. Sie hatte sich immer zu ... gebrochen gefühlt. Glücklich bis ans Ende ihrer Tage kam in ihren Zukunftsvisionen nicht vor. Vielleicht ein paar schöne Momente hier und da, aber sie glaubte nicht, dass jemand in der Lage wäre, ihre Macken auf Dauer zu ertragen.

Sie war nicht sicher, was sie zu ihm sagen sollte, aber Bo schien keine Antwort zu erwarten. Er fuhr fort.

»Stattdessen bringe ich dich in mein Haus, während du bewusstlos bist, wo du an einem fremden Ort mit einem Mann aufwachst, den du noch nie gesehen hast. Ich ziehe dich mit einem Seil auf deinen Balkon, breche in deine Wohnung ein, stelle fest, dass sie von einem Psychopathen verwüstet wurde, und bringe dich zurück in mein Haus statt in ein Hotel. Du schläfst auf meinem Sofa statt in einem Bett, und am nächsten Morgen schreie ich dich wegen etwas an, auf das du keinen Einfluss hast.«

»Ehrlich gesagt scheint das für mein Leben passender zu sein«, sagte Wren.

Anstatt über ihren Witz zu lächeln, runzelte Bo die Stirn. »Ich weiß nicht viel über dich, Wren Defranco, aber ich *weiß*, dass du verdammt stark bist. Die letzten paar Tage haben mir das glasklar gezeigt. Und wenn du mir verzeihst und mich neu anfangen lässt, will ich dich richtig umwerben. So richtig, wie ich kann, wenn man bedenkt, dass wir ein paar Schritte übersprungen haben und schon zusammenleben.«

Wren konnte sich ein Kichern nicht verkneifen. »Nur, bis sie diesen Matt erwischen.«

»Richtig.«

Angesichts seines trockenen Tonfalls wusste sie nicht, ob er ihr zustimmte oder ihr widersprach. Aber sie nahm an, dass es keine Rolle spielte. »Wahrscheinlich muss ich mich jetzt wirklich für die Arbeit fertig machen. Auch wenn ich nicht den ganzen Tag brauche, um zu duschen und mich umzuziehen, werde ich es wohl nur knapp schaffen, pünktlich zur Arbeit zu kommen.«

»Ich habe deine Sachen von gestern gewaschen, sie sind schon im Bad. Ich mache dir eine Schüssel Frühstücksflocken fertig, wenn du rauskommst. Ich bringe dich zur Arbeit und hole dich ab, wenn du fertig bist. Wenn du mir deine Größen nennst, kann ich bei *My Sister's Closet* vorbeischauen und sehen, ob Julie helfen kann, ein paar Sachen für dich auszusuchen, bis du Zeit hast, für dich selbst einzukaufen.«

Wren war überwältigt. »Du willst Klamotten für mich kaufen?«

»Nun, ja. Wir können das, was du hast, weiterhin jeden Abend waschen, aber ich nehme an, dass du nicht jeden Tag dasselbe tragen willst.«

Das war nicht ganz das, was Wren meinte, aber er hatte nicht unrecht. »Ich kann bei einem Kaufhaus anhalten und ein paar Sachen besorgen«, erwiderte sie.

»Oder ich könnte im Laden meiner Freundin vorbeischauen und dir ein paar gute Sachen besorgen. Es ist zwar nicht neu, aber trotzdem schön.«

»Okay«, sagte Wren leise. Sie wurde fast von ihren Gefühlen überwältigt. Es war nicht die Tatsache, dass Bo ihr Kleidung besorgen wollte, sondern vielmehr die Art und Weise, wie er das, was er für sie tat, nicht als große Sache erscheinen ließ. Für sie war es eine *sehr große* Sache. Ihre eigene Mutter machte sich nicht die Mühe, etwas für ihre Tochter zu tun. Sie kümmerte sich bestimmt nicht darum, was Wren trug.

»Sprich mit deinem Chef«, sagte Bo und machte ihr klar, dass ihre bevorstehende Reise in den Südsudan ihn noch immer sehr belastete.

»Das werde ich.«

Er zog sich leicht zurück und ließ eine Hand von ihrem Haar zu ihrem Nacken wandern. Er starrte sie einen langen Moment an.

»Was?«, fragte Wren.

»Ich möchte dich küssen.«

Ihr Herz setzte einen Schlag aus und sie leckte sich über die Lippen. Er verfolgte die Bewegung mit seinem Blick, bevor er sie wieder ansah.

»Ja«, sagte sie mit einem leichten Nicken.

Bo lächelte ein wenig, bevor er den Kopf senkte. Seine Lippen berührten die ihren in einem keuschen, süßen Kuss. Dann sah er ihr in die Augen, bevor er den Kopf wieder senkte. Diesmal war der Kuss *nicht* süß. Er war elektrisierend.

Er leckte über ihre Lippen und bat um Erlaubnis, in sie einzudringen, die Wren sofort gab, indem sie sich ihm öffnete.

Er dominierte den Kuss, aber nicht auf eine anmaßende, machohafte Art und Weise. Er stöhnte leise in der Kehle und ließ Wren wissen, dass er von der sofortigen Chemie zwischen ihnen ebenso überwältigt war wie sie selbst. Sie packte sein Hemd und zerknitterte den Stoff, aber sie brauchte etwas zum Festhalten, während er von ihrem Mund Besitz ergriff.

Er grub die Finger in ihren Nacken, als er sie festhielt, und sie küssten sich eine gefühlte Ewigkeit lang. Sie fühlte sich von ihm umgeben. Sicher.

Sie fühlte sich bei Safe sicher. Es gab keinen Ort, an dem sie lieber wäre als genau hier. In seinen Armen. Seine Zunge im Duell mit ihrer. Sein Geschmack auf ihren Lippen.

Als er sich diesmal zurückzog, atmeten sie beide schwer.

Er leckte sich über die Lippen und lächelte sie sanft an, während er mit dem Daumen über ihre Unterlippe strich. »Wir sind vielleicht nicht konventionell, aber ich umwerbe dich trotzdem. Falls du es nicht wusstest.«

»Damit bin ich einverstanden.«

»Gut.«

Er ließ die Hände von ihr sinken und machte einen Schritt zurück. »Geh duschen, Wren. Ich werde Frühstück und Kaffee vorbereiten.«

Wren schluckte schwer und nickte. Dann ging sie rückwärts, da sie den Blickkontakt zu ihm nicht verlieren wollte. Im letzten Moment drehte sie sich um und ging den Flur entlang in Richtung Badezimmer.

Es war verrückt, wie sehr ihr Leben sich in den letzten paar Tagen verändert hatte. Sie hatte eine erste Verabredung gehabt und war im Grunde noch am selben Abend mit einem anderen Mann zusammengezogen. Aber sie konnte sich des Eindrucks nicht erwehren, dass sie das große Los gezogen hatte.

Bo Cyders war ein guter Mann. Es mochte sein, dass es mit ihnen auf Dauer nicht funktionierte, aber sie würde es genießen, solange es anhielt.

KAPITEL SIEBEN

Wren fühlte sich, als sei sie wieder acht Jahre alt und wurde ins Büro des Schulleiters gerufen. Damals hatte ihr natürlich niemand geglaubt, als sie erzählte, was in ihrem Haus vor sich ging, aber sie war nicht mehr das verängstigte Kind. Sie war eine erwachsene Frau, die durchaus in der Lage war, sich zu behaupten.

Vielleicht.

Okay, vielleicht auch nicht.

Colby Johnson schüchterte sie ein. Ihr Chef war groß. Und breit. Und muskulös. Sie war sich ziemlich sicher, dass er es genoss, seine Größe zu nutzen, um über andere Menschen aufzuragen. Als machte ihn die Tatsache, dass er ein großer Mann war, irgendwie zu etwas Besserem als andere.

Er hatte braunes Haar, braune Augen und ein scheinbar immerwährendes Stirnrunzeln im Gesicht. Sie hatte ihn noch nie in etwas anderem als Designeranzügen und Krawatte gesehen. Colby redete außerdem sehr laut. So ziemlich jeder im Büro konnte ihn hören, wenn er vergaß, seine Tür zu schließen.

Es war nicht so, dass Colby ein schlechter Chef war. Das war er nicht. Er hatte eine Art, seine Angestellten dazu zu bringen, noch einen Schritt weiter zu gehen. Freiwillig Überstunden zu machen, wenn ein wichtiges Projekt anstand. Er war kühn, ungestüm und hatte BT Energy im Alleingang gegründet.

Aber er war auch großzügig. Das war der Grund, warum Wren den Job angenommen hatte. Das Leben in Kalifornien war teuer, aber ihr Gehalt spiegelte das wider. Sie verdiente hier mehr als je zuvor in einem anderen Job. Natürlich war Geld nicht alles, aber bei ihrem Vorstellungsgespräch hatte Wren auch gefallen, was sie gesehen und gehört hatte. Und ihre Nachforschungen hatten ergeben, dass das Unternehmen sehr erfolgreich war.

Obwohl sie schon seit einem Monat dort war, waren Treffen mit ihrem Chef immer noch einschüchternd für Wren. Vor allem weil sie das Gefühl hatte zu wissen, wie dieses Treffen ausgehen würde. Aber Bo war so großzügig und bot ihr an, sich mit der Gruppe zu treffen, die in den Südsudan reisen wollte, und da sie die Reise nicht absagen würde, dachte sie sich, dass Colby vielleicht, aber nur vielleicht, die Chance ergreifen würde, ein paar Informationen von Navy SEALs zu bekommen.

»Guten Morgen, Wren. Was kann ich für Sie tun?«, dröhnte Colby von seinem Platz hinter dem Schreibtisch. Es war ein großes Möbelstück und nahm fast die Hälfte des Raumes ein. Auf einer Seite stand ein Computer mit drei Bildschirmen, und auf dem Rest der Oberfläche lagen Papiere verstreut. Es war erst zehn Uhr morgens, aber er sah gestresst aus, was Wren zu der Überzeugung brachte, dass dies nicht der beste Zeitpunkt für ein Gespräch war. Aber da sie in etwas mehr als zwei Wochen auf den afrikanischen Kontinent aufbrechen sollten, hatte sie keine andere Wahl, als so früh wie möglich mit ihm zu reden.

»Morgen, Colby. Ich wollte mit Ihnen über unsere bevorstehende Reise sprechen.«

»Sie wollen es mir doch nicht wieder ausreden, oder?«,

fragte er. Seine Stimme war ruhig, aber sie konnte den Ärger unter den Worten hören. Er war nicht erfreut gewesen, als sie zuvor Sicherheitsbedenken geäußert hatte.

»Nein, Sir. Ich habe mit einem Freund gesprochen, er ist ein Navy SEAL, und er hat angeboten, dass sein Team zu uns kommt und mit denjenigen von uns, die in den Südsudan reisen, über Sicherheit spricht. Über Dinge, die wir tun und lassen sollten, und was zu tun ist, falls etwas passiert.« Wren sprach die Worte schnell und so emotionslos wie möglich aus, in dem Wissen, dass der Geschäftsmann vor ihr das zu schätzen wusste, da er immer sehr beschäftigt war.

»Das wird nicht nötig sein. Mein Sicherheitsteam stellt gerade einen Flyer für uns zusammen und wird vor Ort sein, falls etwas passiert. Gibt es sonst noch etwas?«

Wren wollte protestieren. Wollte sagen, dass *sie* sich durch einen dummen Flyer nicht sicherer fühlte, wohl aber, wenn sie einer Gruppe von *SEALs* zuhörte, die schon in unzähligen gefährlichen Ländern gewesen waren. Aber sie erkannte eine Absage, wenn sie eine hörte. »Nein, das war's.«

»Wren, wir sind alle froh, dass Sie hier sind. Sie sind gut im Umgang mit den Medien. Sie haben eine sanftere Seite als der Rest von uns. Aber Sie wurden eingestellt, um das Gesicht von BT Energy zu sein, nicht um die schweren Entscheidungen zu treffen, die getroffen werden müssen. Ich sage das nicht, um ein Arsch zu sein. Glauben Sie mir, ich werde nichts tun, was dieses Geschäft gefährdet oder meinem Unternehmen schadet. Die Dinge werden gut laufen. Wir werden nach Afrika reisen, eine Pressekonferenz abhalten, uns mit ein paar hohen Tieren treffen, ein paar Fototermine wahrnehmen und dann um Millionen von Dollar reicher wieder abreisen. Diese Pipeline wird uns auf die Weltbühne bringen. Sie müssen mir nur vertrauen.«

Ja, das würde nicht passieren. Wren vertraute nicht leicht.

Aber pflichtbewusst antwortete sie: »Ja, Sir.«

»Ich habe Ihnen Notizen über einige der Männer geschickt, mit denen wir uns treffen werden. Außerdem habe ich Ihnen einige Statistiken über den Südsudan und seine Bräuche zukommen lassen. Lesen Sie alles sorgfältig durch, denn wir können es nicht gebrauchen, dass unsere PR-Mitarbeiterin vor der Kamera ein Tabu bricht.«

Sie nickte und wandte sich der Tür zu. Im letzten Moment drehte sie sich um. »Kann ich die anderen fragen, ob sie mit mir zusammen mit meinem Freund und seinen Teamkameraden sprechen wollen?« Sie war nicht sicher, woher sie den Mut genommen hatte zu fragen, aber wenn *sie* im Nachhinein erfahren würde, dass einer der Mitreisenden solche Verbindungen hatte und sie nicht gefragt wurde, ob sie an einem Sicherheitstreffen teilnehmen wollte, wäre sie wütend.

»Ich glaube nicht, dass das nötig ist, aber wenn Sie wollen, können Sie das gern tun. Nur nicht während der Arbeitszeit und nicht hier im Büro. Es soll sich nicht herumsprechen, dass wir die Marine als Berater angeheuert haben. Das würde den Anschein erwecken, dass wir unseren südsudanesischen Gastgebern nicht trauen.«

Sie nickte und verließ Colbys Büro. Sie atmete erleichtert auf, war aber auch frustriert. Das Sicherheitsbewusstsein hatte nichts mit Misstrauen gegenüber den Menschen zu tun, die sie in Afrika treffen würden. Es war einfach eine kluge Entscheidung, wenn man in ein Land reiste, das nicht gerade stabil war.

Wren ging zurück an ihren Arbeitsplatz und rief die Informationen auf, die Colby ihr geschickt hatte. Es dauerte eine Weile, bis sie alles durchgelesen hatte. Die Südsudanesen waren im Allgemeinen stoisch und verschlossen, was ihre Gefühle anging. Die kulturelle Norm war es, Schmerz und Probleme zu verbergen. Widerstandsfähigkeit, Selbstbeherrschung und körperlicher Mut wurden bewundert.

Nichts davon war für Wren eine Überraschung. Nach Jahren der Gewalt in dem Land waren diese Eigenschaften normal, damit Familien versuchen konnten, unter dem Radar derer zu bleiben, die ihnen Schaden zufügen wollten.

Das Material, das ihr Chef ihr zur Verfügung gestellt hatte, war interessant, aber es war nichts, was ihr bei ihrer Arbeit helfen würde. Sie war bereits vor der fehlenden Medienfreiheit gewarnt worden. Sie würde sehr vorsichtig sein müssen mit allem, was sie auf der Pressekonferenz sagte. Sie durfte nichts Negatives sagen, sondern musste alles in ein positives Licht rücken.

Seufzend lehnte Wren sich zurück und beugte sich leicht vor, um die Verspannungen zu lösen, nachdem sie so lange über ihren Computer gebeugt gewesen war. Sie zuckte überrascht zusammen, als ihr Handy auf dem Schreibtisch neben ihrem Notizblock vibrierte, dann lachte sie über sich selbst. Wren bekam nicht viele Anrufe. Sie kannte einfach nicht so viele Leute, vor allem nicht hier in Kalifornien, wo sie erst seit etwas mehr als einem Monat lebte.

In der Annahme, es müsse Bo sein – er hatte darauf bestanden, ihre Nummer zu bekommen, als er sie an diesem Morgen abgesetzt hatte –, schaute Wren auf das Display. Zu ihrer Enttäuschung stand dort »Unbekannt« anstelle von Bos Namen. Sie war nicht in der Stimmung, mit einem Betrüger oder Telefonverkäufer zu sprechen, also ging sie nicht ran. Wenn es jemand Wichtiges war, würde er sicher eine Nachricht hinterlassen.

»Hey, Wren.«

Sie sprang gefühlt einen halben Meter in die Höhe und drehte sich, um Luke hinter ihrem Arbeitsplatz stehen zu sehen. Er grinste, als würde es ihm gefallen, wie sehr er sie erschreckt hatte. Er war der jüngste der Kollegen, mit denen sie in den Südsudan reiste. Mit seinen fünfundzwanzig Jahren schien er zu glauben, noch auf dem College zu sein. Während der Arbeitswoche ging er häufig aus und betrank sich, und

Wren hatte ihn mehr als einmal mit den verschiedenen Frauen prahlen gehört, die er in Kneipen aufgerissen hatte.

Aber er war auch lustig. Und attraktiv. Und er hatte sie aufrichtig in der Firma willkommen geheißen.

»Wie oft habe ich dir schon gesagt, dass du das nicht tun sollst?«, schimpfte sie. »Ich werde dir auf jeden Fall eine Glocke besorgen, die du um den Hals trägst, damit ich weiß, dass du hinter mir auftauchst.«

Er lachte, dann sagte er: »Muuuuuuh.«

Wren konnte sich ein Lachen nicht verkneifen.

»Hast du auch das vierzigseitige Dokument über Kultur bekommen, das wir auswendig lernen sollen?«, fragte er.

Wren schnitt eine Grimasse. »Ja. Es ist eine Menge.«

»Das wird schon. Wir müssen nur höflich sein, nicht zu lange Augenkontakt halten, und ich muss aufpassen, dass ich keine Frau an der Schulter berühre, sonst werde ich in eine Hütte geschleppt, um verheiratet zu werden.«

Wren rollte mit den Augen. »Das ist nicht wahr.«

»Na gut, es stimmt nicht, aber die ganzen Regeln machen mich trotzdem ein bisschen nervös.«

Sie fand, dass dies der perfekte Zeitpunkt war, um Bos Angebot zu unterbreiten. »Hey, ich kenne da einen Typen, er ist ein Navy SEAL. Und als ich ihm von der Reise erzählt habe, war er besorgt, weil da drüben eine Menge los ist. Er hat mir angeboten, sich mit mir und allen zu treffen, um die Sicherheitsprotokolle durchzugehen. Du weißt schon, was zu tun ist, wenn etwas passiert, und wie man sicher bleibt. Willst du sein Team mit mir treffen?«

Einen Moment lang dachte Wren, Luke würde zustimmen. Dann versteifte er sich, kurz bevor jemand neben ihm stehen blieb.

»Hast du Angst, Wren?« Es war Archie. Er war der Älteste in der Gruppe, die diese Reise unternahm. Mit seinen zweiundfünfzig Jahren dachte er, er wüsste alles. Und aus irgendeinem Grund schaute Luke zu ihm auf.

Er klopfte Luke auf die Schulter und lachte. »Die kleine Frau hat Angst vor dem Butzemann.«

Wren runzelte die Stirn. »Ich habe keine –«

Aber sie kam nicht dazu, ihren Satz zu beenden, da Archie sagte: »Luke, ich könnte einen zweiten Blick auf die Spezifikationen der Pipeline südlich von Juba gebrauchen. Ich denke, wir müssen sie etwa anderthalb Kilometer nach Westen verlegen, weil die Gegend überschwemmt ist und der Boden sehr sumpfig wird.«

»Sicher. Kein Problem, Arch.«

Die Männer wandten sich zum Gehen, aber Luke drehte sich um. Er zuckte mit den Schultern. »Es wird schon alles gut gehen, Wren. Es wird nichts passieren. Colby nimmt ein Sicherheitsteam mit. Außerdem wirst du die ganze Zeit von uns Männern umgeben sein. Es ist alles in Ordnung. Aber irgendwann möchte ich die Geschichte hören, wie du mit einem Navy SEAL im Bett gelandet bist.« Er wackelte anzüglich mit den Augenbrauen.

Wren konnte nicht anders, als angesichts der Lächerlichkeit ihres Kollegen mit den Augen zu rollen. Er war ständig auf der Jagd.

Als sie wieder allein an ihrem Arbeitsplatz war, seufzte sie. Wenn Archie die anderen Jungs erreichte, die mit auf die Reise gingen, bevor sie mit ihnen reden konnte, würden sie ihr Angebot wahrscheinlich auch ablehnen.

Vielleicht war sie paranoid, aber sie glaubte es nicht. Vor allem wenn sie sich an Bos Reaktion erinnerte, als er hörte, wohin sie mit ihrer Firma ging. Wenn ein Navy SEAL beunruhigt war und sich darüber aufregte, dass sie in ein bestimmtes Land reiste, wie konnte sie diese Bedenken dann einfach abtun?

Wren wandte sich wieder ihrem Computer zu und

beschloss, eine E-Mail an Aaron, Dallas und Oliver zu schicken. Sie würde die Einladung zu einem Treffen mit Bo und seinem Team aussprechen. Wenn sie ablehnten, war das in Ordnung. Trotzdem war sie gespannt darauf zu hören, was die SEALs zu sagen hatten.

Sie hatte die E-Mail zur Hälfte verfasst, als ihr Telefon erneut vibrierte. Als Wren nach unten blickte, sah sie, dass der Anrufer wieder unbekannt war. Zum ersten Mal überkam sie ein kleiner Anflug von Sorge.

Sicherlich würde Matt sie nicht anrufen ... oder doch?

Sie hatte ihm ihre Nummer nicht gegeben. Aber das bedeutete nicht, dass er sie nicht hätte finden können. Er war in ihrer Wohnung gewesen, es wäre wahrscheinlich nicht schwer für ihn gewesen, etwas zu finden, auf dem ihre Telefonnummer stand.

Wren biss sich auf die Lippe und starrte auf ihr Handy. Es hörte auf zu klingeln, aber wer auch immer am anderen Ende war, hinterließ keine Nachricht.

Wahrscheinlich war es ein Telefonverkäufer. Es war nicht Matt. Warum sollte er sie anrufen?

Sie nahm sich vor, den nächsten Anruf mit unbekannter Nummer anzunehmen, und wandte sich wieder dem Computer und der E-Mail an ihre Kollegen zu.

»Jup!«

»Wurde aber auch Zeit, dass du kommst.«

»Was gibt's?«

Safe lächelte, als er auf seine Freunde und Teamkameraden zuging. Obwohl sie ein paar Tage freihatten, wollten sie sich am Strand treffen, um zu trainieren. Er war ein wenig spät dran, weil er Wren zur Arbeit gebracht hatte.

»Hey«, sagte er, als er auf die anderen zuging. Blink machte mit Flash Sit-ups im Sand. Smiley und MacGyver machten Burpees. Kevlar stand neben Preacher und beobachtete ihn, als er sich näherte.

»Wie geht es dir?«, fragte Safe Kevlar.

»Meine Augen sind immer noch blutunterlaufen, aber es geht mir gut.«

Alle hielten inne und standen auf, wobei sie sich den Sand abklopften.

»Und? Was zum Teufel ist los?«, fragte Flash. »Ich habe heute Morgen einen Anruf von Smiley bekommen und er hat mir erzählt, dass Kevlar mit Pfefferspray besprüht wurde, als er mit dir in der Wohnung einer Frau war.« Er deutete zu ihrem Teamleiter. »Aber Kevlar wollte uns nichts davon erzählen, bis du hier bist.«

»Ja. Es ist einiges passiert, seit ich euch das letzte Mal im *Aces* gesehen habe«, sagte Safe.

»Was du nicht sagst«, entgegnete MacGyver. »Fang an zu reden.«

»Wir können reden und laufen«, teilte Kevlar ihnen mit und deutete auf den Strand.

Safe nickte, und die sieben Männer joggten in schnellem Tempo den Strand hinunter.

»Also, Wren, die Frau, der im *Aces* K.-o.-Tropfen ins Getränk getan wurden, hat die Nacht bei mir verbracht. Wir haben herausgefunden, dass das Arschloch, mit dem sie zusammen war, ihren Ausweis und ihren Schlüsselbund aus ihrer Handtasche gestohlen hat.«

»Scheiße. Er weiß also, wo sie wohnt«, sagte Smiley.

»Ganz genau. Ich habe ihr mein Haus für ein paar Nächte angeboten, während wir ihr Schloss austauschen und so, aber sie brauchte Kleidung und ein paar ihrer Sachen. Ich hielt es für keine gute Idee, einfach in ihre Wohnung zu gehen, also gingen wir durch die Hintertür rein«, sagte Safe.

»Die Balkontür im ersten Stock«, fügte Kevlar hinzu.

»Ach Mann, und du hast uns nicht gerufen, um ein bisschen Spaß zu haben?«, meckerte Smiley.

»Ich dachte mir, dass sieben Männer, die im Gebüsch lauern, ein bisschen zu viel Aufmerksamkeit erregen könnten«, sagte Safe mit einem kleinen Lachen.

»Da hast du wahrscheinlich recht. Okay, fahr fort«, sagte MacGyver.

»Wir gingen also hinein, aber die Wohnung war bereits verwüstet. Der Mistkerl war schnell. Wahrscheinlich ist er gleich rübergegangen, nachdem er die Kneipe verlassen hatte. Und wenn ich sage verwüstet, dann meine ich *verwüstet*. All ihre Kleider waren zerschnitten, das Geschirr war zerbrochen, er hatte ihre Möbel mit einem Messer aufgeschlitzt. Es war ein einziges Chaos.«

»Erzähl ihnen von der Unterwäsche und dem Conditioner«, sagte Kevlar.

»Dazu komme ich noch. Meine Güte«, beschwerte Safe sich. »Das Arschloch hatte auch ihre gesamte Unterwäsche aus der Schublade genommen, sie auf dem Bett gestapelt und einen Haufen ihres Conditioners darauf gespritzt. Ihres *weißen* Conditioners.«

»Ekelhaft.«

»Ihhhh.«

»Das ist kranke Scheiße.«

Safe stimmte seinen Freunden zu. »Ja. Offensichtlich war er schlau genug, nicht tatsächlich darauf zu kommen, wegen der DNA, aber trotzdem. Die Tatsache, dass er *Wren* glauben machen wollte, dass er es getan hat, zeigt, dass dieser Kerl nicht der durchschnittliche Spinner ist.«

»Bitte sag mir, dass Tex an der Sache dran ist«, sagte Flash.

»Das ist er.« Es war Kevlar, der antwortete. »Aber es gibt wenig Anhaltspunkte. Der Typ ist schlau. Er hat nicht auf dem

Parkplatz des *Aces'* geparkt. Er ist zu Fuß zur Kneipe gegangen. Tex hat versucht, ihn mit Hilfe von Verkehrskameras zu verfolgen, aber er hat ihn ein paar Blocks von der Kneipe entfernt verloren, als er zurück in ein Wohngebiet ging. Und er ging auch zu Wrens Wohnung. Auf keiner der Kameras war ein Fahrzeug zu sehen. Da hatten wir also keinen Erfolg.«

»Nach gestern Abend hat er auch alles verfolgt?«, fragte Safe Kevlar.

»Ja. Als er hörte, was mit Wrens Wohnung passiert ist, war er sauer. Er sagte, er würde das zu einer Priorität machen.«

»Geht es ihr gut?«, fragte Blink.

Safe warf einen Blick auf das neueste Mitglied ihres Teams. Der Mann war bei einem Einsatz durch die Hölle gegangen, bei dem einige seiner früheren Teamkameraden getötet und die anderen so schwer verletzt worden waren, dass sie aus der Marine ausschieden. Er war im Erholungsurlaub gewesen, als Remi, Kevlars Freundin, entführt worden war. Wenn er nicht zur richtigen Zeit am richtigen Ort gewesen wäre und so überzeugend gehandelt hätte, wäre Remi heute nicht bei ihnen.

Kevlar hatte darum gebeten, dass Blink ihrem Team zugeteilt wurde, und er hatte zugesagt. Sie alle waren dem Mann zu großem Dank verpflichtet. Wenn Remi verletzt oder getötet worden wäre, wäre Kevlar nicht mehr derselbe. Es war wahrscheinlich, dass sie ihn als Teamkameraden verloren hätten.

Blink war noch nie sehr redselig gewesen, aber wenn er sprach, dann meist aus gutem Grund.

»Es geht ihr gut«, sagte Safe zu ihm und den anderen. »Sie hält sich wacker. Ich bin spät dran, weil ich sie bei der Arbeit abgesetzt habe.«

»Verdammt, sie ist zäh, wenn sie nach allem, was passiert ist, unbedingt zur Arbeit gehen wollte«, sagte Smiley.

»Das ist sie«, stimmte Safe zu.

»Also, wie wurde Kevlar mit Pfefferspray erwischt?«, fragte Flash.

»Während wir in ihrer Wohnung waren, um herauszufinden, ob wir etwas retten können, kam ihre Verabredung zurück. Wahrscheinlich um sich in ihrer Wohnung zu verstecken und auf sie zu warten. Oder um zu sehen, was er sonst noch tun könnte, um sie zu terrorisieren. Ich wollte, dass sie sich unter dem Bett versteckt, während ich Kevlar helfe, den Kerl zu überwältigen, aber sie war wie erstarrt. Und wenn ich sage erstarrt, dann meine ich *erstarrt*. Sie geriet sofort in Panik.« Safe zögerte nicht, seinen Freunden zu erzählen, was passiert war. Er vertraute ihnen sein Leben an. Das bedeutete, dass er ihnen auch *Wrens* Leben anvertraute, und das war eine große Sache.

»Warum?«, fragte Blink.

»Ich bin mir nicht sicher. Es ist noch zu früh für sie, sich mir zu öffnen ... aber sie hat ein paar Dinge verraten. Über ihre Kindheit. Es war nicht gut. Ich glaube, ihre Mutter hat sie misshandelt, und sie wurde von vielen Autoritätspersonen in ihrem Leben enttäuscht. Das Verstecken unter dem Bett hat Erinnerungen daran geweckt, wie sie das als Kind gemacht hat ... um sich vor den Freunden ihrer Mutter zu verstecken.«

»*Mist.*«

MacGyvers vehemente Aussage brachte die Situation ziemlich gut auf den Punkt.

»Ja. Jedenfalls habe ich mich hinter ihre Schlafzimmertür gestellt und konnte sie nicht verlassen, weil sie in Panik war, und Kevlar hat den Typen konfrontiert. Das Arschloch hatte das Pfefferspray bereit und überraschte ihn. Anstatt ihn zu verfolgen, als er weglief, blieb Kevlar, um die Tür zu bewachen.«

»Siehst du? Du hättest uns auch anrufen sollen«, sagte Smiley.

Safe nickte. »Im Nachhinein betrachtet hätte ich das tun sollen.«

»Und was ist jetzt los?«, fragte Flash.

»Eine neugierige Nachbarin hat den Lärm an der Tür

gehört und die Polizei gerufen. Die Beamten kamen, haben einen Bericht aufgenommen und schlugen vor, dass Wren eine Weile nicht in ihre Wohnung zurückkehren sollte, bis sie herausfinden können, wer die Wohnung verwüstet hat.«

»Wenn Tex ihn nicht finden kann, werden sie ihn auch nicht finden«, sagte Blink entschieden.

Safe stimmte ihm zu. »Also bleibt sie erst einmal bei mir. Ich habe Julie angerufen, bevor ich herkam, und sie hat zugestimmt, ein paar Sachen für Wren zusammenzustellen, damit sie etwas hat.«

»Remi würde sie gern kennenlernen. Ihr helfen, alles zu besorgen, was sie sonst noch braucht«, bot Kevlar an.

»Ich weiß das zu schätzen. Ich meine, wir können wahrscheinlich eine Menge Sachen online besorgen, aber irgendwann wird sie buchstäblich alles ersetzen müssen. Geschirr, Kissen, Bettzeug, alle Möbel.« Safe seufzte. »Verdammtes Arschloch.«

»Und was jetzt? Sie zieht ein und ihr spielt eine Weile das glückliche Paar? Dann ...?«, fragte Smiley.

Safe sah seinen Freund an. Smiley hatte dunkles Haar und ein allgemein gutes Aussehen ... und eine dunkle Ausstrahlung, die dazu passte. Es war nicht verwunderlich, dass er ein wenig zynisch klang. »Ich weiß nicht. Wir gehen einen Tag nach dem anderen an. Aber ich sage euch eins ... ich mag sie. Und zwar sehr.«

»Oh Scheiße«, sagte Flash mit einem Grinsen. »Erst Kevlar, jetzt du.«

Anstatt beleidigt zu sein, zuckte Safe nur mit den Schultern. »Wenn du denkst, dass ich jetzt in die Defensive gehe und dir sage, dass sich daraus auf keinen Fall etwas Ernsthaftes ergeben wird, liegst du falsch. Wren ist ... sie ist anders. Sie ist verletzlich und doch knallhart. Ich denke, was auch immer in ihrer Vergangenheit passiert ist, sie hat gelernt, dass sie keine andere Wahl hat, als auf eigenen Füßen zu stehen. Sie hat keine Ahnung, wie es ist, jemanden im Rücken zu haben.«

»Und du willst es ihr zeigen«, sagte Smiley.

»Ja, ich will es ihr zeigen«, stimmte Safe zu.

»Sie ist definitiv anders«, sagte Kevlar zur Gruppe. »Ich weiß nicht, was genau sie an sich hat. Aber wie Safe schon sagte, hatte ich das Bedürfnis, sie zu beschützen, aber gleichzeitig wollte ich mich zurücklehnen und zusehen, wie sie sich allein durchschlägt. Das ist ein interessanter Zwiespalt.«

»Nun, Scheiße. Jetzt will ich sie kennenlernen«, sagte MacGyver.

»Ich auch«, stimmte Flash zu.

»Ich habe eine Idee«, sagte Kevlar.

Safe versteifte sich, da er nicht wusste, was sein Freund vorschlagen würde. Er war ein großartiger Teamleiter, aber manchmal hatte er auch ein paar ziemlich verrückte Ideen.

»Jetzt geht's los«, sagte Preacher leise.

Safe lachte.

»Ich denke, wir sollten Wren zeigen, wie es ist, Leute zu haben, die bedingungslos für sie da sind. Ich weiß, dass Remi kein Problem damit hat, ihr zu helfen, aber wie wäre es, wenn wir auch Caroline und die anderen einbeziehen würden? Du hast bereits mit Julie gesprochen, wie wäre es also, wenn wir Alabama, Fiona und Summer dazunehmen? Und wir wissen, dass Jessyka dabei sein wird. Sie ist so sauer, dass Wren in ihrer Kneipe unter Drogen gesetzt wurde, dass sie bereits die Mistgabeln hervorgeholt hat.«

»Und Tex ist auch schon dabei«, sagte MacGyver nickend. »Das gefällt mir. Wir können auch mit Wolf und den anderen reden. Wenn wir nicht in der Nähe sind, können sie bei Bedarf als Eskorte fungieren.«

Safe schluckte schwer, als er plötzlich von Emotionen überwältigt wurde. Diese Männer kannten Wren nicht. Sie wussten nur, dass er sie mochte und von ihr beeindruckt war, aber sie war eine völlig Fremde. Und doch waren sie bereit, alles zu tun, um ihr zu zeigen, dass sie nicht allein war.

Ihm fiel noch etwas ein, worüber er mit seinen Freunden sprechen wollte.

»Danke. Ich denke, das ist eine großartige Idee. Es gibt noch etwas, wobei ihr mir helfen könnt.«

»Alles, das weißt du doch«, sagte Kevlar zu ihm.

»Sie ist gerade nach Kalifornien gezogen und hat einen neuen Job angefangen. Sie ist die PR-Beauftragte von BT Energy.«

Preacher pfiff lange und tief. »Beeindruckend«, sagte er.

»Nicht wahr? Nun, es steht eine große Reise an, auf die sie gehen wird. Es wird wohl eine neue Gaspipeline verlegt – im Südsudan.«

»Willst du mich verarschen?«

»Was zum *Teufel*?«

»Das kann doch nicht dein Ernst sein.«

»Warte – was?«, fragte Kevlar und hielt inne. Alle wurden langsamer, standen im Sand und starrten Safe an.

Er presste die Lippen aufeinander und nickte. »Glaubt mir, sie weiß genau, was ich davon halte, dass sie dorthin geht. Ich war ein ziemliches Arschloch, aber sie hat keine andere Wahl. Sie ist gerade erst hergezogen, hat gerade erst den Job bekommen. Wahrscheinlich auch *wegen* dieser Reise. Sie kann nicht Nein sagen.«

»Es ist verrückt, dass irgendjemand glaubt, es sei eine gute Idee, dorthin zu reisen. Und Arbeiter in das Land zu schicken, um eine Pipeline zu errichten? Das kann nur in einer Katastrophe enden, so wie die Dinge im Moment stehen. Ich sage nicht, dass es in Zukunft nicht besser wird, aber das Land ist im Moment extrem instabil«, argumentierte Flash.

»Ich weiß. Und sie weiß es auch. Ich glaube, sie hat Angst, aber sie versucht, ein tapferes Gesicht aufzusetzen. Ich habe ihr gesagt, dass ich gern vorbeikomme und mit ihrem Chef und allen anderen, die mitreisen, über die Sicherheit spreche. Worauf man achten muss und was man im schlimmsten Fall tun kann.«

»Ihr Chef weiß, dass Ausländer eher entführt und für Lösegeld festgehalten werden als Einheimische, oder?«, fragte Smiley.

Safe zuckte mit den Schultern. »Davon gehe ich aus, ja.«

»Und dass Gewalt gegen Frauen üblich ist?«, fügte Flash hinzu.

Safe nickte grimmig.

»Scheiße. Das ist eine einzige Katastrophe«, murmelte Kevlar.

Safe konnte dem nicht widersprechen. »Ich kann nur hoffen, dass in den nächsten Wochen etwas passiert, was die Reise unmöglich macht. Ich komme mir wie ein Arsch vor, wenn ich das sage, aber es ist wahr.«

Seine Freunde nickten alle.

»Was brauchst du von uns?«, fragte Blink.

»Kommt ihr mit mir, um mit der Gruppe zu reden, wenn ihr Chef einverstanden ist?«

»Natürlich.«

»Du musst nicht einmal fragen.«

Das war der Grund, warum er diese Männer so sehr liebte und respektierte.

»Apropos Afrika ...«, sagte Kevlar.

Alle stöhnten auf.

»Wir haben schon geahnt, dass das kommen würde, und heute Morgen wurde mir offiziell mitgeteilt, dass die Lage im Tschad sich nicht beruhigt hat, obwohl wir unser Ziel erreicht haben. Sie hat sich sogar noch verschlimmert, seit der neue Mann das Kommando übernommen hat. Oder ... der *nicht* neue Mann. Wie auch immer. Wir werden wieder reingeschickt.«

»Scheiße«, seufzte MacGyver. »Wann?«

»Der Großteil unserer Recherche für die letzte Reise ist dasselbe. Ich habe noch keine Details, aber wir werden wahrscheinlich in zehn bis zwölf Tagen aufbrechen.«

Unruhe machte sich in Safes Bauch breit. Es sah so aus, als würde er weg sein, wenn Wren ihre Reise antrat. Es war eine gewisse Ironie, dass sie auf demselben Kontinent und in Ländern sein würden, die direkt nebeneinander lagen. Aber es war nicht so, als könnte er mit ihr in Kontakt bleiben.

»Wir werden mit ihr reden und ihr alles sagen, was sie wissen muss, um sicher zu sein«, sagte Kevlar, als könnte er die aufgewühlten Emotionen lesen, die durch sein Gehirn wirbelten.

»Ja«, sagte Safe.

Aber innerlich hatte er ein schlechtes Gefühl. Und kein SEAL, der seinen Dreizack wert war, ignorierte diese Gefühle.

»Nicht nur das, sondern ich wette, dass einige von Wolfs Team auch gern mitkommen würden«, sagte Preacher.

Safe nickte. Er war dankbar für seine Freunde und die anderen SEALs, aber nichts konnte das ungute Gefühl in seinem Bauch lindern.

»Safe«, sagte Kevlar und näherte sich, um ihm eine Hand auf die Schulter zu legen. »Sprich mit uns.«

»Ich ... ich denke an so viele Dinge. Ich habe diese Frau gerade erst kennengelernt. Ich bin mir nicht sicher, warum ich so ... interessiert bin.«

»Ich weiß, wie du dich fühlst. Mir ging es bei Remi genauso. Sie hatte einfach etwas an sich, das mich *wissen* ließ, dass sie anders ist. Besonders. Und ich hatte recht. Ignoriere deine Gefühle nicht. Gibt es irgendeine Möglichkeit, ihr diese Reise auszureden?«

Safe presste die Lippen aufeinander und schüttelte den Kopf, als er sich an das Gespräch von heute Morgen erinnerte.

»In diesem Fall werden wir dafür sorgen, dass sie alle Werkzeuge hat – im übertragenen und im wörtlichen Sinne –, die sie braucht, um jede Situation zu überstehen. Werkzeuge, die dem Blick des Durchschnittsmenschen entgehen können.«

»Oh. Das wird ein Spaß«, schwärmte Smiley. Dann wurde er ernst. »Ich meine, es ist schade, dass Wren in eine potenziell gefährliche Situation gerät, aber es wird eine interessante Herausforderung sein, Wege zu finden, die Überlebenswerkzeuge an ihr zu verstecken.«

Zum ersten Mal fühlte Safe sich wegen Wrens bevorstehender Reise ein wenig besser. Er wollte immer noch nicht, dass sie ging, aber er verstand besser als die meisten anderen, dass sie wirklich keine andere Wahl hatte. Und wenn sie schon gehen musste, dann konnten er und seine Freunde wenigstens dafür sorgen, dass sie und die Leute, die mit ihr reisen, über die nötigen Mittel verfügten, um aus jeder schlechten Situation herauszukommen. Denn die Wahrheit war, dass die Dinge mit überdurchschnittlicher Wahrscheinlichkeit schiefgehen konnten.

Südsudan. *Scheiße.* Ihr Chef musste wahnsinnig sein.

»Gut, wie wäre es, wenn wir uns während des Trainings überlegen, wie wir Safes Frau ausstatten?«, sagte Kevlar mit seiner Ich-bin-der-Boss-Stimme.

Alle lachten, nahmen aber sofort ihren Lauf wieder auf.

Safes Gedanken arbeiteten, während seine Freunde beim Joggen plauderten. Wenn er in weniger als zwei Wochen ausrücken sollte, hatte er eine Menge Arbeit zu erledigen. Er musste dabei helfen herauszufinden, wer dieser Matt war, und Wrens Wohnung sicher machen, ihr helfen, ihre Sachen zu ersetzen, sie besser kennenlernen, ihr zeigen, dass sie nicht mehr allein war, dass sie ihn und seine Freunde im Rücken hatte, ihr beibringen, wie man in einem unberechenbaren Land sicher blieb, und Kevlar und den anderen helfen, ihre eigene Mission in den Tschad zu planen.

Es blieb nicht annähernd genügend Zeit, um alles zu tun,

was getan werden musste. Vor allem weil sowohl er als auch Wren Vollzeit arbeiteten.

Aber er würde es tun. Er musste es tun. Er hatte das Gefühl, wenn er nicht herausfand, wie er alles unter einen Hut bringen konnte, würde ihn das für den Rest seines Lebens verfolgen.

KAPITEL ACHT

Wren wartete in ihrem Bürogebäude auf Bo. Er hatte ihr eine SMS geschickt, in der er sie bat, nicht draußen zu warten, sondern in der Eingangshalle zu bleiben, bis er auftauchte. Das hatte Wren natürlich wieder beunruhigt. Ihr Telefon hatte am frühen Nachmittag noch einmal mit einer unbekannten Nummer geklingelt, aber sie hatte sich nicht getraut, den Anruf anzunehmen. Sie wollte weder mit Matt noch mit einem Betrüger zu tun haben. Sie musste hoffen, dass Matt, falls er es war, es irgendwann leid werden und einfach verschwinden würde.

Aber da der Mann in ihrer Wohnung gewesen war – wo er ihren Dienstausweis zerbrochen und alles andere kaputt gemacht hatte –, wusste er offensichtlich, wo sich ihr Büro befand. Und auf keinen Fall wollte sie eine Konfrontation mit ihm auf dem Bürgersteig. Also hatte sie kein Problem damit, drinnen zu warten, bis Bo eintraf.

Irgendwann, nachdem sie ihren Autoschlüssel ersetzt hatte, würde sie anfangen müssen, selbst zur Arbeit und zurück zu fahren, aber im Moment war es für sie völlig in Ordnung, wenn Bo sie herumchauffierte.

Ihre Pläne für den Abend sahen vor, in den Laden zu gehen, den er und sein Freund erwähnt hatten, *My Sister's Closet*, um zu sehen, ob sie etwas Passendes für die Arbeit finden konnte. Sie musste gepflegt und professionell aussehen, und der Gedanke daran, dass all die Kleider, die sie mühsam ausgesucht hatte, zerfetzt auf dem Boden ihres Kleiderschranks lagen, tat ihr weh.

Und nicht nur das, sie brauchte auch noch Alltagskleidung. Jeans. T-Shirts. Hosen. Unterwäsche. Der Gedanke, mit Bo Höschen und BHs auszusuchen, ließ sie erröten. Das sollte es nicht. Sie war erwachsen. Aber sie konnte nicht anders, als Verlegenheit zu empfinden. Sie war nicht gerade üppig ausgestattet und hatte immer damit zu kämpfen gehabt, ihr Gewicht zu halten. Die meisten Frauen wären gern an ihrer Stelle, aber nachdem sie ein Leben lang Kommentare gehört hatte, sie sei flach wie ein Brett, zu dünn und nicht kurvig wie eine richtige Frau, fiel es ihr schwer, sich selbst als sexy zu betrachten.

Moment ... warum dachte sie überhaupt *daran*? Sie sollte an nichts anderes denken als an das riesige Chaos, in dem ihr Leben gerade steckte. Sie hatte einen potenziellen Stalker, der ihr möglicherweise etwas antun wollte, der in ihre Wohnung eingebrochen war und all ihre Sachen zerstört hatte; sie war immer noch dabei, sich mit einem neuen Job vertraut zu machen; und sie reiste in ein Land, das das Außenministerium als zu gefährlich für einen Besuch eingestuft hatte. Sie sollte nicht an den Mann denken, der sie selbstlos unter seine Fittiche genommen und ihr einen Zufluchtsort gegeben hatte, als ihr Leben aus den Fugen geraten war.

Aber sie konnte nicht anders. Bo war ... anders. Anders als die Männer, die sie in ihrer Vergangenheit gekannt hatte. Er war ehrenhaft. Das war zwar irgendwie ein altmodisches Wort, aber es war die Wahrheit. Wren war es nicht gewohnt, sich in der Nähe von Männern sicher zu fühlen. Aber bei Bo? Genau so hatte sie sich gefühlt, als sie sich kennengelernt hatten.

Der SMS-Ton auf ihrem Handy ertönte zur gleichen Zeit, als sie Bos Jeep Wrangler am Bordstein vorfahren sah. Sie winkte dem diensthabenden Wachmann zu, bevor sie auf die Türen zuging. Bo sprang heraus, lief um seinen Jeep herum und öffnete die Beifahrertür.

Wren lächelte ihn an und stieg ein. Er hielt ihr den Sicherheitsgurt hin, bevor er die Tür schloss und zur Fahrerseite zurücklief.

»Wie war dein Tag?«, fragte er.

Wren zuckte mit den Schultern. »Gut.«

Bo berührte kurz ihren Arm, woraufhin sie ihn ansah. »Ich habe nicht gefragt, um höflich zu sein«, erklärte er. »Ich will es wirklich wissen. Es muss schwierig gewesen sein, direkt nach unserem Gespräch und dem, was im *Aces* und in deiner Wohnung passiert ist, zurückzugehen. Und ich wollte dir nicht noch mehr Sorgen bereiten, als du wahrscheinlich ohnehin schon wegen deiner bevorstehenden Reise hast. Also ... wie war dein Tag?«

Dieser Mann.

Wren schluckte schwer und versuchte, sich zu beruhigen. In der Vergangenheit hatte sie immer angenommen, dass die Leute nicht wirklich an der Wahrheit interessiert waren, wenn sie solche Fragen stellten. Wenn man sie fragte, wie es ihr ging, sagte sie immer nur, dass es ihr gut ginge. Aber es schien, als wollte Bo wirklich wissen, wie ihr Tag gewesen war.

»Es war ... irgendwie schwer. Ich konnte nicht aufhören, an all die Dinge zu denken, die ich tun musste. All die Sachen, die ich ersetzen muss. Ich habe auch mit Colby, meinem Chef, geredet. Er war nicht daran interessiert, dass du und deine Freunde mit uns über die Reise sprechen. Es tut mir leid.«

Bo presste die Lippen aufeinander, bevor er vom Bordstein wegfuhr. »Was noch?«

»Nun, ich habe ihn gefragt, ob es für ihn in Ordnung sei, wenn ich und die anderen Jungs, die auf der Reise dabei sind, uns mit dir treffen und über Sicherheit sprechen, und er hat gesagt, das sei in Ordnung, solange wir es nicht während der Arbeitszeit tun.«

»Großherzig von ihm«, murmelte Bo.

»Ich weiß, er klingt wie ein Idiot, aber er ist eigentlich ein guter Chef«, sagte Wren, die Colby verteidigen wollte. »Dieser Vertrag wird BT Energy in die erste Liga bringen, und er ist wirklich wichtig.«

»Wichtig genug, um möglicherweise sein Leben und das seiner Mitarbeiter zu riskieren?«, fragte Bo.

Wren schaute auf ihren Schoß. Er hatte recht. Es war zwar ein wichtiger Vertrag, aber er war es nicht wert, dass jemand verletzt wurde.

»Entschuldige. Es tut mir leid«, sagte Bo und schüttelte den Kopf. »Ich versuche immer noch, mich damit abzufinden, dass du in den verfluchten Südsudan reist. Also, wann treffen wir uns mit dir und den anderen?«

»Ähm ... tun wir nicht«, sagte Wren.

»Was? Warum nicht?«

»Sie sind nicht interessiert. Ich denke, ich hätte wahrscheinlich einige von ihnen dazu überreden können, aber Archie hat sie zuerst erwischt. Er ließ es so klingen, als sei ich ein Weichei, weil ich Angst habe, in ein fremdes Land zu reisen.«

»Idioten.«

Wren zuckte mit den Schultern. Eigentlich mochte sie ihre Kollegen, aber sie musste zugeben, dass es nicht gerade klug war, sich in eine Situation zu begeben, ohne alle Informationen zu haben, die man bekommen konnte.

»Gut. Wir sagen dir alles, was du wissen musst, und wenn die Sache schiefgeht, kannst du ihnen sagen, was zu tun ist.«

»Ernsthaft?«, fragte sie.

»Ja. Sie werden sich an dich wenden, weil du die Mittel und das Wissen hast, um sie aus jeder Scheiße herauszuholen, die auf euch zukommt.«

»Ähm ... nein, das werden sie nicht. Sie tun schon vieles ab, was ich sage, und wenn etwas passiert, werden sie bestimmt *nicht* plötzlich bei mir nach Antworten oder Hilfe suchen.«

Bo seufzte. »Okay. Dann werden mein Team und ich uns auf deine Sicherheit konzentrieren. Wenn du den anderen helfen kannst, wenn sie sich von dir helfen *lassen,* großartig. Wenn nicht, dann weißt du wenigstens, wie du auf dich selbst aufpassen kannst.«

»Danke.«

Bo sah zu ihr hinüber. »Du brauchst mir nicht zu danken. Ich bin egoistisch. Ich möchte, dass du gesund und munter nach Hause kommst. Außerdem, wenn du glaubst, du könntest auch nur einen Schritt aus diesem Land machen, *ohne* dass ich dir eintrichtere, was du tun und lassen sollst, bist du genauso verrückt wie dein Chef.«

Aus irgendeinem Grund musste Wren lachen.

»Ich meine es ernst«, warnte er.

»Ich weiß. Und ich weiß es zu schätzen. Mehr als du denkst. Ich verspreche, dass ich mir alles anhören werde, was du zu sagen hast.«

»Nicht nur ich. Das ganze Team.«

»Was?«

»Wir werden uns alle zusammensetzen. Dir sagen, was wir wissen. Über verschiedene Szenarien sprechen. Auf diese Weise planen wir unsere eigenen Missionen. Wir besprechen alles und die verschiedenen Möglichkeiten, wie wir auf eine bestimmte Situation reagieren könnten. Das werden wir auch mit dir tun.«

»Ich will euch nicht zur Last fallen«, sagte Wren leise.

»Du könntest niemals eine Last sein. Oh, und ich sollte dir vielleicht sagen, dass auch ein oder zwei ehemalige SEALs dabei sein könnten. Ich bin mir nicht sicher, wer kommen kann. Das hängt davon ab, wann wir es machen. Und Tex wird sich wahrscheinlich auch per Video oder Telefon zuschalten wollen.«

»Ich ... Bo, ich glaube nicht, dass das alles nur für mich notwendig ist.«

»Du irrst dich. Ich würde jeden hinzuziehen, der nötig ist, um mich zu vergewissern, dass du über alle Kenntnisse und Mittel verfügst, die du brauchst, um sicher zu sein. Ich habe dir schon einmal gesagt, dass ich dich mag, und die letzten acht Stunden ohne dich haben meine Gefühle nicht plötzlich verändert. Ich möchte sehen, wohin die Dinge sich zwischen uns entwickeln können, und das geht nicht, wenn du in der Wildnis Afrikas verschwindest.«

»Verschwinden?«, stieß sie hervor.

»Ja.«

Wren schluckte schwer. Sie wusste, was er meinte. Entführungen von Ausländern waren im Südsudan auf dem Vormarsch. Auf keinen Fall wollte sie eine der Unglücklichen auf dieser Liste sein. »Okay. Da du mutig genug warst, es zu sagen, kann ich zugeben, dass ich dasselbe fühle. Ich mag dich auch, Bo.«

»Gut. Ich werde das Treffen mit den Jungs arrangieren. Hast du Hunger?«

Wrens Gedanken drehten sich. Wie waren sie von ihrer möglichen Entführung zu ihrer gegenseitigen Zuneigung und dann zu etwas zu essen gekommen? »Ja.«

»Magst du Mexikanisch?«

»Ähm ... wer mag denn *kein* mexikanisches Essen?«, erwiderte sie.

Seine Lippen zuckten. »Stimmt. Also halten wir bei *My Sister's Closet* und holen die Sachen, die Julie für dich zum Probieren beiseitegelegt hat, dann gehen wir essen, okay?«

»Was für Sachen?«

»Keine Ahnung. Ich habe heute Morgen mit ihr gesprochen und ihr ein wenig von deiner Situation erzählt und ihr deine

Größe gegeben. Sie sagte, sie würde sehen, was sie zusammenstellen kann. Ich habe eine SMS von ihr bekommen, bevor ich dich abgeholt habe, in der sie sagte, dass wir vorbeikommen können.«

»Julie ist wer noch mal?«, fragte Wren.

»Sie ist die Frau des ehemaligen Kommandanten. Ich würde sie ja zu unserem Treffen einladen, um über eure Reise zu sprechen, aber ehrlich gesagt ist es ihr nicht gut ergangen, als sie in Mexiko entführt wurde. Also ist sie wahrscheinlich nicht die beste Person, um darüber zu reden. Aber bevor du dir Sorgen machst, sie ist in Ordnung.«

»Warte, *was*? Sie wurde entführt?«

»Das ist eine lange Geschichte für ein anderes Mal. Aber ich verspreche dir, dass ich dir alles darüber erzählen werde, was sie und Fiona in den Händen von Sexhändlern erlebt haben und wie sie von Cookie und seinem Team gerettet wurden. Ebenso wie die Geschichten von Caroline, Summer, Cheyenne und Jessyka. Wenn ich so darüber nachdenke, wäre es vielleicht auch gut, etwas über Tex' Frau und ihre Erfahrungen mit einem Stalker zu hören.«

»Das ist doch ein Scherz, oder?«

»Leider nein. Aber ihnen allen geht es jetzt fantastisch. Sie sind glücklich. Verheiratet. Haben Familien.«

»Heilige Scheiße.«

Bo lächelte nur, während er fuhr.

My Sister's Closet entpuppte sich als ein niedliches kleines Geschäft im Herzen der altmodischen Innenstadt von Riverton. Bo fand einen Parkplatz an der Straße und nahm Wrens Hand, als sie zur Eingangstür des Ladens gingen.

Es fühlte sich natürlich und richtig an, seine Hand zu halten. Wren hatte schon früher mit Männern Händchen gehalten, aber mit Bo fühlte es sich an wie etwas, das sie in den letzten zehn Jahren jeden Tag getan hatten. Sie hatte den Mann gerade erst kennengelernt. Wie sie sich bei ihm nach allem, was geschehen war, so wohl fühlen konnte, war ihr ein Rätsel. Aber ausnahmsweise weigerte sie sich, es infrage zu stellen. Ihr Leben schien im Moment ein wenig außer Kontrolle geraten zu sein, und sie hatte schon vor langer Zeit gelernt, einfach mit dem Strom zu schwimmen und zu tun, was sie konnte, um sich über Wasser zu halten.

Eine Glocke ertönte, als Bo die Tür aufstieß, und Wren trat in einen bezaubernden kleinen Laden. Überall standen Kleiderständer, und der Raum war hell und fröhlich. Ganz anders als alle Secondhandläden, in denen sie je gewesen war. Sie hatte erwartet, dass es muffig riechen würde und die Sachen wahllos in den Regalen gestapelt waren oder durcheinander an den Ständern hingen. Aber *My Sister's Closet* sah aus wie jeder andere Laden für hochwertige Damenbekleidung. Nicht dass sie allzu viele davon persönlich gesehen hätte, aber trotzdem.

»Safe!«, rief eine Frau aus, als sie aus einem hinteren Raum herauskam.

»Schön, dich zu sehen, Julie«, sagte Bo. Er löste sich von Wren und begrüßte die Frau mit einem Kuss auf die Wange, bevor er zu Wren zurückkehrte und wieder ihre Hand nahm.

Julie war kleiner als Wren und zierlich. Eigentlich war sie ein winziges Ding, aber sie schien eine große Persönlichkeit zu haben.

»Und du musst Wren sein!«, rief sie aus.

»Das bin ich«, stimmte Wren zu.

»Du bist genauso hübsch, wie Safe gesagt hat. Er sagte auch, dass wir beide ungefähr gleich gebaut sind, nur dass du größer bist, was nicht verwunderlich ist, denn fast *alle* sind größer als ich. Ich hoffe, es macht dir nichts aus, aber er sagte mir auch, dass du eine PR-Mitarbeiterin bist, also brauchst du stilvolle Kleidung, die nicht nur an deinem Körper gut aussieht, sondern auch im Fernsehen und auf Fotos. Ich habe also unsere Auswahl durchgesehen und ich glaube, ich habe ein paar gute Sachen gefunden. Es ist alles hinten. Ich lasse es von

Safe für dich holen. Nimm es mit nach Hause und schau, was funktioniert und was nicht. Alles, was du nicht willst oder was dir nicht passt, kannst du zurückbringen.«

»Oh, danke«, sagte Wren erstaunt. »Ich kann es hier durchsehen ...«

»Nein, nein, nein. Nimm alles mit. Lass dir Zeit. Manchmal sehen die Dinge in einem Geschäft anders aus und fühlen sich anders an als zu Hause. Es ist keine große Sache, wirklich.«

Es *war* eine große Sache, und Wren war nicht sicher, was sie sagen sollte. Sie war schockiert von der Freundlichkeit der Frau.

»Hast du neben der Arbeitskleidung auch ein paar Freizeitklamotten ausgesucht?«, fragte Bo und verhinderte damit, dass Wren etwas sagen musste. Nicht dass sie das in ihrem plötzlichen emotionalen Zustand gekonnt hätte.

»Ja. Bei Jeans ist es schwieriger, die Größe zu bestimmen, ohne sie anzuprobieren, aber ich habe ein paar eingepackt. Zusammen mit T-Shirts und einigen Hosen und Shorts zum Faulenzen. Oh! Und ich bin wahrscheinlich zu weit gegangen, aber nachdem Safe mir erzählt hat, was mit deiner Wohnung passiert ist, dachte ich mir, dass du wahrscheinlich auch Unterwäsche brauchst. In meiner Mittagspause bin ich in den Wäscheladen am Ende der Straße gegangen und habe Unterhosen und ein paar BHs gekauft. Ich habe zwei Sport-BHs besorgt, weil die Größe sich besser einschätzen lässt, aber ich habe dir auch einen T-Shirt-BH gekauft ... ich glaube, so heißen die? Ich habe ein paar davon und sie sind *super*bequem.«

»Danke, Julie«, sagte Bo.

»Klar doch! Wenn du gehen und die Tüten von hinten holen willst, warte ich hier mit Wren. Sie sind gleich rechts neben der Tür.«

»Wird gemacht«, sagte Bo. Er drückte Wrens Hand, dann schritt er auf die Tür zu, aus der Julie gekommen war.

Wren war sich nicht sicher, was sie sagen sollte. Diese Frau hatte für eine Fremde keine Mühen gescheut. Eine solche Großzügigkeit war ihr in ihrem Leben noch nicht oft zuteilgeworden. »Vielen Dank für alles«, brachte sie heraus.

»Natürlich«, wiederholte Julie. »Für eine Freundin von Safe tue ich alles. Er ist fantastisch. Wie alle seine Freunde. Patrick, mein Mann, spricht ständig von ihnen. Er ist jetzt im Ruhestand, aber ich weiß, dass er es manchmal vermisst. Die Kameradschaft. Einmal ein SEAL, immer ein SEAL. Und Wolf und sein Team haben mir das Leben gerettet, obwohl ich ein totales Miststück zu ihnen war. Ich bin dankbar, dass sie mir eine Chance gegeben haben, mich für mein Verhalten zu entschuldigen. Seitdem habe ich es mir zur Lebensaufgabe gemacht, etwas zurückzugeben. Nicht nur an sie, sondern an jeden, der vom Glück verlassen wurde. Ich meine, ich hätte dir auch geholfen, wenn nicht in deine Wohnung eingebrochen worden wäre, aber ... Mist. Ich sage das alles falsch«, erklärte Julie und klang plötzlich unglücklich.

»Nein, tust du nicht«, sagte Wren schnell. »Ich verstehe schon.« Sie sah sich um und überlegte, was sie noch sagen konnte, um Julie zu beruhigen. Sie entdeckte ein Poster an der Wand. »Oh, du spendest Kleider an Highschool-Schülerinnen, die nichts für ihren Schulball haben?«

»Ja! Das ist großartig. Du würdest nicht glauben, wie die Mädchen strahlen, wenn sie sich in einem Kleid sehen, das sie sich sonst nicht leisten könnten.«

»Tatsächlich kann ich es mir vorstellen. Ich hätte so ein Programm auch gut gebrauchen können, als ich in der Highschool war«, gab Wren zu.

»Ach ja?«

»Ich war im Pflegesystem, und die Familie, bei der ich während der Highschool lebte, konnte sich keine Kleider für ihre Pflegekinder leisten, um an solchen großen Veranstaltungen teilzunehmen.«

»Konntest du zu einem offiziellen Schulball gehen?«, fragte Julie.

Wren zuckte mit den Schultern. Sie hatte nicht bis zum Ende der Geschichte gedacht, als sie das Thema ansprach. »Ich war auf einem. In dem schlecht sitzenden Kleid einer der Töchter, die fünf Jahre zuvor ihren Abschluss gemacht hatte.«

Julie zuckte zusammen. »Autsch.«

»Ja. Es war nicht toll.« Das war eine Untertreibung, aber Julie musste nicht die Geschichte hören, wie ihre Verabredung sie beim Ball abserviert hatte, um mit seinen Kumpeln trinken zu gehen, weil es ihm peinlich war, mit ihr gesehen zu werden.

»Nun, das ist einer der Gründe, warum ich meinen Laden eröffnet habe. Um den Kindern zu helfen. Aber es ist viel mehr als das geworden. Ich nehme nur leicht gebrauchte Designerkleidung und nützliche Haushaltsgegenstände an. Nicht den Schrott, den die Leute loswerden wollen, wenn sie umziehen und sich fragen, warum sie ihn überhaupt gekauft haben.«

Beide Frauen lachten, als Bo den Laden wieder betrat. Seine Arme waren mit mindestens einem halben Dutzend Einkaufstüten beladen.

»Oh, Mist«, flüsterte Wren, als sie all die Klamotten sah, die in den Tüten überquollen.

»Ich weiß, dass es nicht so viel ist, wie du brauchst, aber wenn ich noch mehr Spenden in deiner Größe bekomme, kannst du sie zuerst ansehen«, sagte Julie, die Wrens Worte falsch interpretiert hatte.

»Ich komme zurück und hole die anderen, wenn ich die hier im Jeep habe«, erklärte Bo.

»Es gibt noch mehr?« Wren schnappte nach Luft.

»Nur ein paar Tüten«, sagte Julie. »Ich wollte sichergehen, dass du eine große Auswahl hast und dich nicht mit etwas zufriedengeben musst, das dir nicht gefällt.«

Wren war buchstäblich sprachlos. Sie hatte gedacht, Julie hätte vielleicht ein paar Outfits gefunden, aber so wie es mit

den überquellenden Tüten aussah, hatte sie genügend eingepackt, um Wrens gesamten Kleiderschrank zu ersetzen, und
noch mehr.

»Ich bin gleich wieder da«, sagte Bo, als er zur Vordertür
hinausging.

»Willst du einen Snack?«, fragte Julie. »Ich habe hinten ein
paar Sachen, die ich holen kann. Ich halte Fingerfood für die
Leute bereit, die beim Einkaufen vielleicht Hunger
bekommen.«

»Bo und ich gehen essen, wenn wir hier fertig sind«, sagte
Wren.

»Oh, cool.«

Wren war nicht sicher, was sie sonst noch sagen sollte. Sie
war nicht gut im Small Talk. Aber zum Glück hatte sie nicht
viel Zeit, sich darüber Gedanken zu machen, denn Bo kam
zurück. Er lächelte sie an und ging dann in das Hinterzimmer.
Diesmal kam er viel schneller zurück und hatte nur einen Arm
mit einer Handvoll Tüten beladen. Er ging auf Wren zu und
nahm ihre Hand mit seiner freien. »Nochmals danke, Julie. Du
bist eine Lebensretterin.«

»Wenn ihr noch etwas braucht, lasst es mich wissen. Ich
werde sehen, was ich tun kann.«

»Ich weiß das zu schätzen«, sagte Wren, bevor Bo es tun
konnte.

Julie lächelte. »Ich hoffe, ich sehe dich wieder. Vielleicht bei
einer der SEAL-Grillpartys am Strand. Die sind großartig.«

»Vielleicht«, erwiderte Wren zögerlich.

»Ich bringe sie auf jeden Fall beim nächsten Mal mit«, sagte
Bo. Dann zog er Wren in Richtung Tür. »Wir müssen los. Ich
sterbe vor Hunger«, rief er Julie zu.

Die andere Frau lachte. Als Wren sich umdrehte, bevor die
Tür sich schloss, sah sie nur noch Julies Lächeln, während sie
etwas auf ihrem Handy tippte.

»Sie schreibt Caroline und den anderen eine SMS«, erklärte Bo ihr.

»Warum?«

»Um damit zu prahlen, dass sie dich zuerst getroffen hat.«

»Ähm ... ich bin mir nicht sicher, ob das ein Grund zum Prahlen ist.«

»Sicher ist es das«, sagte Bo mit einem Lächeln. »Sie weiß, dass du etwas Besonderes für mich bist. Und sie will den Klatsch verbreiten, dass ich ein Mädchen habe.«

»Du hast ein Mädchen?«, wiederholte Wren, die das Gefühl hatte, in der *Twilight Zone* zu sein.

»Ja. Glaubst du, ich halte mit *jeder* Frau Händchen, die ich in einer Kneipe treffe, mit nach Hause nehme, heimlich in ihre Wohnung eindringe und einlade, auf unbestimmte Zeit bei mir zu leben?«

Wren konnte sich ein Lächeln nicht verkneifen. »Ähm, das will ich doch hoffen.«

Bo lachte. »Ja, okay, wenn ich es laut ausspreche, würde ich es auch hoffen. Aber glaub mir, wenn ich sage, dass ich so etwas normalerweise nicht tue. Du bist also etwas Besonderes, und Julie weiß es. Und bald werden es auch alle anderen wissen. Komm schon, ich habe wirklich Hunger. Kevlar hat uns heute am Strand in den Hintern getreten, und dann habe ich ein bisschen recherchiert, was du auf deine Reise mitnehmen kannst.«

Wren konnte sich ein kleines Lächeln nicht verkneifen, als Bo sie zu seinem Jeep zog. Ihr Leben hatte eine seltsame Wendung genommen, aber sie war definitiv nicht schlecht.

KAPITEL NEUN

»Ich bin so voll«, beschwerte Wren sich, als sie sich auf Safes Couch setzte.

Er grinste. Er war genauso satt wie sie, aber das war es wert. Sie hatten sich stundenlang unterhalten, während sie Chips und Salsa aßen und Tacos verschlangen. Er hatte ein wenig mehr über die Frau erfahren, die neben ihm saß, aber er wollte immer noch mehr wissen. Sie hatte hauptsächlich über ihre früheren Jobs gesprochen und darüber, wie sie die Stelle hier in Kalifornien bekommen hatte.

Schlimm an dem Abend war es nur gewesen, als ihr Telefon geklingelt hatte. Er hatte erwartet, dass sie rangehen würde, aber als sie auf das Display sah, versteifte sie sich leicht ... und runzelte die Stirn. Sie tat es mit einem Schulterzucken ab und sagte, es sei nur eine weitere unbekannte Nummer, wahrscheinlich ein Telefonverkäufer, aber aus irgendeinem Grund schien ihre Reaktion zu besorgt für einen einfachen Verkaufsanruf. Aber dann hatte sie ihn gefragt, wie er sich für die Marine und die Arbeit als SEAL interessiert hatte, und er hatte den Anruf in den Hintergrund gedrängt.

Jetzt waren sie bei ihm zu Hause, lümmelten auf der Couch und versuchten, sich vom zu vielen Essen zu erholen.

»Ich liebe mexikanisches Essen, aber ich esse es nicht oft, weil ich mich einfach nicht beherrschen kann«, sagte Safe.

Wren kicherte. »Nicht wahr? Nur ein Ungläubiger kann Chips in der Schüssel und Salsa ungegessen lassen.«

Zwischen ihnen herrschte Schweigen, aber es war ein angenehmes Schweigen. Safe hatte sich schon lange nicht mehr so wohl mit einem anderen Menschen gefühlt, abgesehen von seinem SEAL-Team.

»Bo?«

»Ja?«

»Danke.«

»Wofür?«

»Für alles. Dass du mir im *Aces* geholfen hast. Dafür, dass du dafür gesorgt hast, dass ich mich so sicher wie möglich gefühlt habe, als ich an einem fremden Ort aufgewacht bin. Dass du mich zu meiner Wohnung gebracht hast, um meine Sachen zu holen. Dass du es nicht komisch fandest, als ich ausgeflippt bin, weil ich unter das Bett sollte. Dass du mit mir mit der Polizei geredet hast. Mich zur Arbeit bringst und abholst. Mir Kleidung besorgt hast. Dass du mir angeboten hast, mir etwas über Sicherheit beizubringen. *Alles.*«

Safe wollte ihr sagen, dass alles, was sie gerade aufgezählt hatte, Dinge waren, die jeder normale, anständige Mensch tun würde, aber selbst er wusste, dass das nicht stimmte. Also antwortete er stattdessen einfach: »Gern geschehen.«

»Erzählst du mir mehr von deiner Schwester?«

»Susie?«, fragte Safe erstaunt.

»Es sei denn, du hast noch eine?«

Er lachte und ließ sich tiefer in die Couch sinken, den Kopf auf dem Kissen hinter sich, die Beine ausgestreckt, die Hände auf den Bauch gelegt. »Nein, Suz ist die einzige Schwester, die ich habe. Gott sei Dank. Sie ist eine Nervensäge.«

»Ist sie das?«, fragte Wren überrascht.

»Nein, nicht wirklich. Aber ich glaube, alle Geschwister sollen so denken. Das ist eine Regel oder so.«

»Ich wollte immer einen Bruder oder eine Schwester haben«, sagte Wren wehmütig.

Sicher wollte er mehr wissen, aber er drängte nicht. »Sie ist vier Jahre jünger als ich. Achtundzwanzig.«

»Und sie hat zwei Kinder?«, fragte Wren.

»Mh-hm. Sie wurde in ihrem ersten Studienjahr überfallen. Sie war auf einer Party, und dort wurde etwas in ihr Getränk gemischt. Der Typ, der es getan hat, hat sie mit auf sein Zimmer genommen, und zwei seiner Freunde sind ihm gefolgt. Wie ich dir schon erzählt habe, wurden sie erwischt, weil einer von ihnen alles gefilmt hat.« Safe holte tief Luft. Allein der Gedanke daran, was seine Schwester hatte durchmachen müssen, machte ihn wieder wütend.

»Sie war fest entschlossen, Anzeige zu erstatten. Es war extrem schwer für sie. Sie brach die Schule ab und suchte sich einen Job in der Nähe von zu Hause. Eine Zeit lang waren wir nicht sicher, ob sie es schaffen würde. Aber wir haben sie unterschätzt. Ja, sie hat auch heute noch einige Probleme. Ich habe dir erzählt, dass sie Angst vor der Dunkelheit und Probleme hat, wenn sie neue Leute kennenlernt. Aber sie ist lustig, die tollste Mutter aller Zeiten, und irgendwie hat sie immer noch diese süße, unschuldige Art, die sie immer hatte.«

»Ich möchte etwas fragen, aber ich möchte nicht beleidigend sein«, sagte Wren leise.

»Frag«, ermutigte Safe sie.

Sie nickte, sagte aber lange Zeit nichts. Safe nutzte die Gelegenheit, um sie zu mustern. Sie hatte es sich am anderen Ende der Couch neben der Armlehne gemütlich gemacht. Sie hatte sich ein Kissen in den Schoß geklemmt und starrte ins Leere. Ihr kurzes schwarzes Haar war ein wenig zerzaust und in ihren braunen Augen lag eine Fülle von Emotionen, die Safe nicht zu deuten vermochte.

»Ihr Ältester ist fünf, richtig?«, fragte Wren schließlich.

»Ja. Anders. Inez, ihre Tochter, ist drei.«

»Das heißt also, sie hat ihn mit dreiundzwanzig bekommen. Empfangen mit zweiundzwanzig. Du sagtest, sie wurde angegriffen, als sie im ersten Studienjahr war. Wie alt war sie also, achtzehn? Neunzehn?«

»Ja.«

Wren sah ihn an. »Also ... hat sie das, was passiert ist, in etwa drei Jahren überwunden?«

Safe war nicht beleidigt über ihre Frage. Würde er seine Schwester und seinen Schwager Tomas nicht kennen, wäre er auch neugierig. »Sie ist nicht darüber hinweggekommen. Nicht so, wie du vielleicht denkst. Was passiert ist, wird immer ein Teil von ihr sein. Es hat sie auf eine Weise verändert, die mich unglaublich traurig macht. Aber sie war entschlossen, sich von diesen Männern nicht um ihr Leben bringen zu lassen.

Sie lernte Tomas kennen, als sie im Supermarkt in unserer Heimatstadt arbeitete. Sie räumte Regale ein, und Tomas war dort Filialleiter. Bei ihnen hat es klick gemacht. Fast sofort. Er war geduldig mit ihr. Er hat sie zu nichts gedrängt, was sie nicht zu geben bereit war. Es dauerte eine Weile, bis Susie zustimmte, mit ihm auszugehen, und zu Tomas' Ehrenrettung sei gesagt, dass er nicht mit der Wimper zuckte, als ihre erste Verabredung im Haus meiner Eltern stattfand, wo nicht nur unsere Eltern anwesend waren, sondern auch ich.«

»Du?«, fragte Wren.

»Ja. Ich war in Virginia stationiert, aber ich wollte auf keinen Fall versäumen, für Susie da zu sein. Sie fragte mich, ob es eine Möglichkeit gäbe, Urlaub zu bekommen, um den Mann kennenzulernen, mit dem sie sich vielleicht treffen wollte. Natürlich war ich dabei.«

Wren sah ihn auf eine Weise an, die Safe nicht verstand.

»Was denkst du?«, fragte er sie.

»Ich ... ganz ehrlich? Ich verstehe das nicht. Überhaupt nicht. Ich meine, deine Eltern waren da. Warum gibst du das Geld aus und nimmst dir frei, nur um für ein Abendessen nach Hause zu fahren?«

»Weil Susie mich darum gebeten hat«, sagte Safe. »Und weil ich wusste, was für ein großer Schritt das für sie war und dass sie große Angst hatte. Zuerst musste sie das Treffen an einem für sie sicheren Ort abhalten, und das war das Haus, in dem sie aufgewachsen war. Tomas konnte in Anwesenheit ihrer Familie nichts in ihr Getränk oder so tun. Und ich glaube, sie wollte von ihrer Familie die Gewissheit bekommen, dass er ein so guter Kerl ist, wie sie gehofft hatte.«

»Hmmm.«

Safe wusste nicht, was dieser tiefe Ton bedeutete, aber er fuhr fort: »Gott sei Dank hat Tomas angesichts dieses seltsamen Arrangements nicht mit der Wimper gezuckt. Er war ein perfekter Gentleman, und bei den nächsten vier Verabredungen waren auch meine Eltern anwesend. Mein Schwager ist perfekt für Susie. Sie ergänzen einander. Sie ist eine furchtbare Köchin, und er liebt es, Stunden damit zu verbringen, eine Mahlzeit genau richtig zuzubereiten. Er fährt nicht gern Auto, und sie genießt die Freiheit des Fahrens. Sie sind beide ziemlich zurückhaltend und entspannt, und wenn sie mal einen schlechten Tag hat – und ja, die hat sie natürlich –, tut er, was er tun muss, um ihr zu helfen, ihn zu überstehen. Anders war eine Überraschung für sie beide, aber eine sehr willkommene Überraschung. Sie haben erst nach seiner Geburt geheiratet.«

»Ich bin froh, dass sie ihn gefunden hat.«

»Ich auch«, stimmte Safe zu.

Er merkte, dass Wren noch etwas anderes auf dem Herzen hatte. Aber er drängte sie nicht. Die Frau neben ihm war nach außen hin stark und stoisch, aber er hatte das Gefühl, dass unter der Oberfläche eine Menge aufgewühlter Emotionen steckten.

Was sie als Nächstes sagte, machte Safe klar, dass er recht hatte. Und die tiefe Wut, die er bei der Gerichtsverhandlung seiner Schwester empfunden hatte, kam wieder zum Vorschein.

»Dass ihr Zuhause, *dein* Zuhause, ein sicherer Ort ist, kann ich auch nicht verstehen. Meines war ein Haus des Schreckens, und ich kann nur hoffen, dass es längst zerstört ist. Niedergebrannt, plattgewalzt. Irgendwas.«

Safe setzte sich auf. Das war ein schweres Gespräch für zwei Menschen, die sich gerade erst kennengelernt hatten, aber je länger er Wren kannte, desto weniger seltsam kam ihm ihre Verbindung vor. »Wenn du darüber reden willst, bin ich bereit zuzuhören«, sagte er.

»Es ist keine schöne Geschichte«, warnte sie. »Ich meine, es ist wahrscheinlich nichts, worüber zwei Menschen, die sich mögen und sich gerade erst kennengelernt haben, so schnell reden sollten.«

»Scheiß drauf«, sagte Safe eindringlich. »Ich glaube, unser Kennenlernen war sowieso alles andere als normal.«

»Stimmt.«

Als sie nach einem Moment nichts sagte, stand Safe auf. Er ging in die Küche und stellte einen Becher mit Milch in die Mikrowelle. Während sie heiß wurde, holte er eine Tasse aus dem Schrank und füllte sie mit Kakaopulver. Als die Milch heiß war, nahm er sie aus der Mikrowelle und goss sie über die pulverisierte Schokolade. Nachdem er das Getränk umgerührt hatte, schaltete er das Deckenlicht aus und kehrte zur Couch zurück. Der Raum fühlte sich weicher an, wenn das Licht aus war. Vielleicht weniger einschüchternd? Safe wusste nur, dass er dafür sorgen wollte, dass Wren sich wohlfühlte.

»Wofür ist das?«, fragte sie leise, nachdem sie einen kleinen

Schluck von dem Getränk genommen hatte, das er ihr zubereitet hatte.

»Ich habe von meiner Schwester und meiner Mutter gelernt, dass Schokolade in fast jeder Situation hilft.«

Wren verzog die Lippen zu einem kleinen Lächeln. »Ich glaube, da haben sie nicht unrecht«, erwiderte sie.

»Ich werde dich nicht verurteilen, Wren. Ich mag eine gute Kindheit gehabt haben, tolle Eltern, aber das heißt nicht, dass ich nicht weiß, welche Scheiße den Menschen passiert. Ich habe auf meinen Missionen viele schreckliche Situationen erlebt. Kinder, die auf der Straße betteln. Frauen, die missbraucht werden. Leid. Hunger. Ich helfe, wo ich kann, aber jedes Mal, wenn ich so etwas sehe, tut es mir im Herzen weh.«

Nach einem Moment sprach Wren. Sie schaute in ihre Tasse mit heißer Schokolade statt zu ihm, und Safe wünschte sich nichts sehnlicher, als sie in die Arme zu nehmen, aber er würde ihr den nötigen Freiraum lassen, um zu sagen, was sie zu sagen hatte.

»Ich weiß nicht, wer mein Vater ist. Ich glaube, ich war vier oder fünf Jahre alt, als meine Mutter mir erzählte, dass sie ihn zufällig in einer Kneipe kennengelernt hatte. Sie hat ihn gevögelt und dann seine Brieftasche gestohlen, als sie ihn schlafend in dem Motel zurückließ, in das sie gegangen waren. Sie sagte mir, dass er nichts taugte, wegen Mordes im Gefängnis gesessen hatte und dass ich Glück hätte, dass sie ihre Schwangerschaft zu spät bemerkte, um mich abzutreiben.«

»Scheiße, Wren.«

»Es gab Zeiten, in denen ich mir wünschte, sie hätte es getan. Mich loswerden, meine ich. Sie hat mich nicht geliebt. Nicht mal ein bisschen. Ich war immer eine Last. Das hat sie mir immer wieder gesagt. Sie sagte mir, ich sei dumm, wenn ich meine Hausaufgaben nicht verstand, ärgerte sich darüber, dass sie Geld ausgeben musste, um mich zu versorgen. Und *besonders* hasste sie es, dass meine Anwesenheit sie manchmal davon abhielt, flachgelegt zu werden. Sie ging los und suchte sich einen x-beliebigen Mann, brachte ihn mit nach Hause und fickte ihn die ganze Nacht. Wenn er gut im Bett war, behielt sie ihn so lange wie möglich bei sich. Sie spielte die Rolle der armen, alleinstehenden Mutter. Wenn es ihr passte, führte sie mich vor, aber meistens musste ich in meinem Zimmer bleiben.«

Scheiß drauf, sie nicht zu berühren. Safe rückte näher und griff nach einer ihrer Hände. Dankbar, dass sie sich nicht zurückzog, hielt er ihre Hand fest, während sie fortfuhr.

»Als ich im *Aces* war, kannte ich das Gefühl, K.-o.-Tropfen bekommen zu haben, weil meine Mutter das ständig mit mir gemacht hat. Sie hat mir etwas in mein Getränk oder meine Mahlzeiten getan. Sie wollte, dass ich aus dem Weg bin, ruhig bin und niemandem sagen kann, was sie tut. Ich ging in mein Zimmer, legte mich auf mein Bett und spürte, wie das Zimmer sich drehte. Eine sehr lange Zeit habe ich nicht verstanden, woher diese Gefühle kamen. Aber als ich schließlich herausfand, dass ich mich nur so fühlte, wenn meine Mutter kochte, hörte ich auf, die Dinge zu essen, die sie für mich machte. Ich kochte mir meine eigenen Mahlzeiten und achtete darauf, nur Lebensmittel zu verwenden, die versiegelt waren.«

Safe wurde schlecht. Und er war in Wrens Namen verärgert. »Wie alt warst du?«

Wren zuckte mit den Schultern. »Sechs? Sieben, vielleicht?«

Das mexikanische Essen, das er vorhin gegessen hatte, drohte wieder hochzukommen. »Und die Sache mit dem Verstecken unter dem Bett?«

»Als ich ungefähr acht war, begannen einige der Männer, die sie mit nach Hause brachte ... Interesse an mir zu zeigen. Sie setzten sich neben mich auf die Couch und legten eine Hand auf meinen Oberschenkel oder spielten mit meinem Haar. Meine Mutter fand das *lustig*. Eines Abends setzte sie sich mit mir zusammen und erklärte mir, dass Männer nur an einer

Sache interessiert seien – und dafür würden sie gutes Geld bezahlen. Sie erklärte mir, was Sex ist, und teilte mir mit, dass die Zeit kommen würde, in der sie von mir einen Beitrag zum Haushalt erwartet. Sie sagte, ich könne mit Blowjobs anfangen. Sie schien fast begeistert bei der Vorstellung, wie viel Geld sie damit verdienen könnte, ihr eigenes Kind für Sex zu prostituieren.«

»Willst du mich verarschen?«, fragte Safe. Die Frage war harsch, aber er schaffte es, seinen Tonfall weitgehend ruhig und gleichmäßig zu halten.

»Nein. Sie wollte, dass ihre Achtjährige Sex mit den Männern hat, die sie nach Hause bringt, weil sie wusste, dass die Perversen dafür bezahlen würden. Ich wollte das natürlich nicht tun. Die Typen, die bei uns zu Hause rumhingen, waren eklig. Sie waren übergewichtig, ihnen fehlten Zähne oder sie stanken. Ich begann, so viel Zeit wie möglich in der Schule zu verbringen. Ich nahm an außerschulischen Programmen teil, fälschte die Unterschrift meiner Mutter. Ich tat alles, was ich konnte ... aber irgendwann musste ich trotzdem nach Hause. Da fing ich an, mich unter meinem Bett zu verstecken. Ich habe versucht, mich von denjenigen fernzuhalten, die Mom jede Nacht gevögelt hat.«

Safe rückte näher an Wren heran. »Haben sie ...« Seine Stimme versagte. Er konnte nicht einmal daran denken, was sie erlitten haben könnte.

»Nein. Ich bin zuerst zu meiner Lehrerin gegangen und habe ihr erzählt, was los war, aber sie dachte wohl, ich würde mir das ausdenken. Ich meine, wer würde schon glauben, dass eine Mutter ihrer Tochter so etwas antut? Dann rief ich eines Tages die Hotline gegen Kindesmissbrauch an. Die Polizei kam, um mit Mom zu reden. Sie hat ihren Charme spielen lassen, und die Beamten haben ihr geglaubt. Sie erfand eine Geschichte darüber, dass ich ständig lügen würde, um Aufmerksamkeit zu bekommen. Führte sie im Haus herum. Es war sauber genug, mein Zimmer sah für sie wie ein normales Mädchenzimmer aus, denke ich.

Die Polizisten setzten sich mit mir zusammen und sagten mir, dass ich ins Gefängnis kommen könnte, wenn ich log. Dann gingen sie. An diesem Abend war Mom besonders sauer. Sie tat etwas in ein Glas Wasser und zwang mich, es zu trinken. Sie setzte sich buchstäblich auf mich und schüttete es mir in den Rachen. Ich wusste, das war's für mich. Wenn ich dortbliebe, würde sie einen Mann machen lassen, was er wollte. Also bin ich weggelaufen.«

»Wie alt warst du?«, fragte Safe.

»Zehn. Und ich bin zuerst nicht sehr weit gekommen. Ich wurde unter einem Busch in einem Park ohnmächtig, etwa anderthalb Kilometer von unserem Haus entfernt. Am nächsten Tag wachte ich auf, orientierungslos und schwindelig. Ich war immer noch unter dem Strauch. Als ich in die Äste schaute, starrte mich ein Vogel an. In diesem Moment beschloss ich, dass ich fertig war. Ich würde nie wieder in dieses Haus zurückkehren. Ich wusste, was passieren würde, wenn ich es täte. Also lief ich kilometerweit. Ich wusste nicht, wohin ich ging oder was ich tun würde, ich wollte einfach nur weg. Es war beängstigend, aber ich hatte mehr Angst davor, dass meine Mutter mich findet, als vor den Menschen auf der Straße.

Ich blieb ein paar Nächte bei einer psychisch kranken Frau, die eigentlich sehr nett war. Sie teilte das wenige Essen, das sie hatte, und ich blieb in ihrem Zelt. Aber dann verschwand sie, und ich war wieder auf mich allein gestellt. Schließlich beschlossen ein paar der Obdachlosen, mit denen ich herumhing, dass ich einfach zu jung für die Straße war, und brachten mich zu einem Polizeirevier.

Ich sagte ihnen, dass ich Wren Defranco heiße – das war der Nachname der Frau, bei der ich die ersten Nächte verbracht hatte. Und ich habe keine Ahnung, ob der Vogel in dem Busch, unter dem ich aufgewacht bin, ein Zaunkönig war oder nicht, aber ich konnte ihnen meinen richtigen Namen nicht sagen, denn dann hätten sie meine Mutter angerufen, um mich abzuholen. Als sie keine Aufzeichnungen über mich fanden und auch keine Vermisstenanzeige, landete ich im Pflegesystem ... und das war's.«

Safe war ehrlich gesagt fassungslos. Diese Frau ... sie ... *verdammt*, er konnte nicht einmal denken.

»Ganz ehrlich? Mein Leben im Pflegesystem war viel besser als das zuvor. Ich hatte immer ein Dach über dem Kopf. Ich musste nicht befürchten, unter Drogen gesetzt zu werden. Und die meisten Orte waren anständig. Ich habe vorhin die Frage nach deiner Schwester gestellt, weil es lange gedauert hat, bis ich den Wunsch verspürte, mit einem Mann zusammen zu sein. Einige Jahre, viel später als die meisten Teenager-Mädchen anfangen, über Jungs nachzudenken. Die Dinge, die meine Mutter mir über Sex erzählte, waren beängstigend und blieben in meinem Kopf hängen. Ich war ein seltsamer Teenager und blieb für mich. Ich hatte auch keine Verabredungen. Ich kann mir nicht vorstellen, dass Susie so etwas durchmacht und sich dann so schnell nach ... du weißt schon ... auf eine Beziehung einlässt.«

Safe war nicht sicher, was er sagen sollte. Im Moment kämpfte er mit ziemlich extremen Gefühlen. Wut auf ihre Mutter. Unglauben, dass eine Zehnjährige auf der Straße lebte. Ehrfurcht vor Wrens unglaublicher Stärke und Widerstandsfähigkeit.

»Ich habe dir das alles nicht erzählt, damit du Mitleid mit mir hast. Mir geht's gut. Ich habe es überstanden. Ich bin *überhaupt* nicht wie meine Mutter. Ich habe mir Jobs besorgt, um meinen Lebensunterhalt zu bestreiten, habe Kurse an einer Volkshochschule belegt und mir den Arsch aufgerissen, um dahin zu kommen, wo ich heute bin.«

Safe drückte ihre Hand. »Ich bewundere dich. Du bist unglaublich.«

Aber Wren schüttelte den Kopf. »Nein, ich war so lange im Überlebensmodus, dass ich alles getan habe, was nötig war, um einen Fuß vor den anderen zu setzen.«

»Richtig – und das macht dich unglaublich. Hast du je wieder von ihr gehört?«

Wren wusste, von wem er sprach. »Nein. Und ich will es auch nicht. Es ist mir egal, wo sie ist oder was sie tut.«

Gedanken schwirrten durch Safes Kopf. Darüber, den Namen ihrer Mutter zu erfahren. Dass Tex sie finden sollte. Ob er zu dem Miststück gehen sollte, wo auch immer sie sich jetzt aufhielt, und ihr klarmachen sollte, dass sie ein Stück Scheiße war und wie toll ihre Tochter war, trotz ihrer Kindheit.

Aber er verwarf diese Gedanken schnell wieder. Wenn Wren nichts mehr mit ihrer Mutter zu tun haben wollte, würde er das respektieren.

»Wren?«

»Ja?«

»Ich würde dich gern umarmen. Wenn das okay ist.«

Sie sah durch die Wimpern zu ihm auf, dann drehte sie sich um und stellte die inzwischen leere Tasse auf den Tisch neben sich. Dann lehnte sie sich zu ihm.

Safe schloss die Augen, als sie die Arme um ihn legte. Er erwiderte die Umarmung, senkte den Kopf und vergrub ihn an ihrer Hals- und Schulterbeuge. Er nahm einen tiefen Atemzug. Dann noch einen.

Sein Leben hatte sich in dem Moment verändert, in dem diese Frau in diesem Flur im *Aces Bar and Grill* in seine Arme gefallen war. Und heute Abend hatte es sich erneut verändert. So vieles an den kleinen Dingen, die sie gesagt hatte, machte jetzt Sinn. Wren war durch die Hölle und zurück gegangen, und erstaunlicherweise war sie auf der anderen Seite verbeult und angeschlagen, aber in einem Stück herausgekommen. Er schwor sich im Geiste, die Art von Mann und Freund zu sein, auf die sie sich verlassen konnte.

Wren zog sich leicht zurück, und Safe lockerte sofort seinen Griff. »Danke, dass du zugehört hast. Dass du mich nicht verurteilst.«

»Unsere Erfahrungen machen uns zu dem, was wir sind«, sagte Safe. »Nimm Blink zum Beispiel. Er redet nicht viel, aber wenn er es tut, haben seine Worte eine Bedeutung. Und Susie. Sie hat Narben von dem, was passiert ist, aber sie hat sich nicht davon abhalten lassen, ihr Herz zu öffnen. Meine Eltern sind jetzt überfürsorglich, auch wenn Susie schon erwachsen war, als sie überfallen wurde. Und du, Wren Defranco, bist ein wunderbares Beispiel für Widerstandsfähigkeit. Ich habe großen Respekt vor dir.«

Sie errötete und sah zu Boden.

»Sieh mich an. Bitte?«

Sie hob den Blick zu ihm.

»Es tut mir leid, dass ich heute Morgen so anmaßend war. Wegen deines Jobs und deiner bevorstehenden Reise.«

Aber Wren schüttelte den Kopf. »Das muss es nicht. Dass du das gesagt hast, hat die Bedenken bestätigt, die ich bereits hatte. Ich meine, die Leute auf der Arbeit tun so, als sei es keine große Sache, und ich habe angefangen, meine eigenen Sorgen wegen der Reise infrage zu stellen. Dein Machogehabe hat mir gezeigt, dass ich nicht verrückt bin.«

»Du bist nicht verrückt. Aber es stand mir nicht zu, darauf zu bestehen, dass du nicht aufbrichst. Wie du schon sagtest, es ist dein Job. Und es gibt viele Orte, an die ich nicht gehen will, aber gehen muss, weil es mein Auftrag ist. Mein Team und ich werden alles in unserer Macht Stehende tun, um sicherzustellen, dass du das nötige Wissen hast, um es zu überstehen, okay?«

Sie nickte schnell. »Ich weiß das zu schätzen. Auch wenn

meine Kollegen es für dumm und übertrieben halten, will ich alles wissen, was ihr mir zu sagen habt.«

»Das könnte für uns beide lange Nächte bedeuten. Für dich mit deiner Arbeit und für mich mit meiner. Wir bereiten uns darauf vor, wieder aufzubrechen, wie ich beim Abendessen erwähnt habe. Ich bin mir also nicht sicher, wie unser Zeitplan aussehen wird. Und ich werde diesen Psycho Matt auch nicht vergessen. Ich besorge dir morgen einen Schlüssel für meine Wohnung und wir kümmern uns um dein Transportmittel. Wir können einen neuen Schlüssel für deinen Wagen besorgen, aber wirst du mir erlauben, dich von meinen Freunden von der Arbeit abholen zu lassen? Morgens kann ich dich meistens hinbringen, aber wenn wir eine Mission vorbereiten, kann ich nicht sagen, wie lange ich arbeite.«

»Du musst nicht –«

»Ich weiß. Aber ich möchte es. Bitte lass mich dafür sorgen, dass du sicher nach Hause kommst. Du wirst nie wieder allein für deine Sicherheit verantwortlich sein müssen, nicht wenn ich es verhindern kann.«

Ihre Augen füllten sich mit Tränen.

»Nein! Nicht weinen! Ich kann es nicht ertragen, wenn Frauen weinen. Es zerreißt mich innerlich.«

Wren kicherte. »Tut mir leid.«

Safe wischte ihr sanft mit dem Daumen über die Wange, als eine Träne fiel. Dann beugte er sich langsam vor, damit sie Zeit zum Protestieren hatte, und küsste sie auf die Stirn. »Dein Leben hat sich verändert, als du mich um Hilfe gebeten hast, Wren. Zum Besseren. Ich weiß, das klingt verdammt eingebildet, aber ich werde alles in meiner Macht Stehende tun, um die ersten Jahre deines Lebens wiedergutzumachen, indem ich dir alles gebe, was du brauchst.«

»Du musst mir nichts geben«, erwiderte sie. »Ich brauche nur jemanden, dem ich vertrauen kann. Der mich nicht im Stich lässt.«

»Ich wünschte, ich könnte dir versprechen, dass ich immer dieser Mensch sein werde, aber ich bin nicht perfekt. Irgendwann werde ich etwas Dummes tun, das dich wahrscheinlich enttäuschen wird. Aber ich *kann* dir versprechen, dass du mir vertrauen kannst. Wenn ich Mist baue, musst du es mir sagen, obwohl ich es wahrscheinlich schon wissen werde. Gib mir die Chance, dir zu beweisen, dass nicht jeder so ist wie die Vollpfosten, die du als Kind kanntest.«

Wren lächelte bei diesem Wort. »Sie waren in der Tat ganz sicher Vollpfosten.«

»Und ich bin es nicht. Nun ... es ist spät. Du bist müde. Ich habe die Tüten, die Julie für dich gepackt hat, ins Gästezimmer gestellt. Du kannst sie morgen früh durchgehen, um etwas zum Anziehen zu finden. Wenn das in Ordnung ist.«

»Das ist es. Mit all den Chips und der Salsa in meinem Bauch kann ich heute Abend auf keinen Fall etwas anprobieren.«

Safe lächelte und war froh, dass das Gespräch an Intensität verloren hatte. Aber er konnte es sich nicht verkneifen, noch etwas hinzuzufügen. »Meine Eltern und meine Schwester werden dich lieben. Und Anders und Inez werden dich im Handumdrehen um den kleinen Finger wickeln.«

»Du willst, dass ich deine Familie kennenlerne?«, fragte Wren schockiert.

»Natürlich will ich das. Du wirst auch bald meine andere Familie, mein SEAL-Team, kennenlernen. Und die pensionierten SEALs und ihre Ehefrauen. Mich gibt es nur im Paket. Wenn du mit mir zusammen bist, bekommst du sie auch. Und glaub mir, es mag nach einer guten Sache klingen, aber du wirst schon bald sehen, dass meine Familie auch ganz schön nerven kann.«

Daraufhin beugte Wren sich wieder vor und umarmte ihn fest.

Safe erwiderte die Umarmung. Es fühlte sich wie ein

Versprechen an. Ein Neuanfang. Es fühlte sich gut an, dass Wren sich ihm gegenüber geöffnet hatte. Er war schon vorher von ihr beeindruckt gewesen, aber jetzt, da er über ihre Kindheit Bescheid wusste, war er es noch mehr.

»Ich hatte kein großes Glück mit Familien, aber ich möchte, dass deine mich mag.«

»Das wird sie«, versicherte er ihr.

Er wollte diese Frau. Wollte sie in seinem Bett, in seinen Armen, in seinem Leben. Aber in den wenigen Tagen, die sie sich kannten, war es für sie beide sehr intensiv gewesen. Er musste es langsam angehen. Beweisen, dass er jemand war, dem sie vertrauen konnte. Der heutige Abend war ein guter Anfang gewesen. Sie hatte sich ihm gegenüber geöffnet. Hatte ihm von ihrer Kindheit erzählt. Er würde sie nicht respektlos behandeln, indem er sich an sie heranmachte. Egal wie sehr er es wollte.

»Komm schon«, sagte er, löste sich von ihr und stand auf. Er hielt ihr eine Hand hin. »Ich könnte die ganze Nacht hier sitzen und mit dir reden, aber Kevlar würde mir in den Hintern treten, wenn ich morgen zu spät komme, und dein Chef wäre wahrscheinlich auch nicht glücklich darüber.«

Sie legte eine Hand in seine und stand auf. Safe konnte sich nicht dazu überwinden, sie loszulassen, und so ging er mit ihrer Hand in der seinen den Flur entlang in Richtung ihres Schlafzimmers.

»Ich sollte meine Tasse ins Spülbecken stellen«, protestierte sie.

»Ich hole sie später«, sagte Safe. Als er die Tür zum Gästezimmer erreichte, nahm er ihr Gesicht in die Hände. »Du bist hier sicher«, sagte er, da er dafür sorgen wollte, dass sie das auch wirklich verstand. »Meine Tür ist offen, wenn du etwas brauchst. Wenn du aufstehen und dir einen Snack holen willst, kannst du das gern tun. Mein Haus ist dein Haus. Mir ist klar, dass du noch eine Menge Sachen brauchst, um alles zu ersetzen, was dieses Arschloch zerstört hat, und darum werden wir uns kümmern. In der Zwischenzeit kannst du tun, was du willst und wann du willst. Ich bin nicht dein Chef, Wren. Du bist dein eigener Chef.«

Sie lächelte zu ihm hoch. »Danke.«

»Schlaf ein wenig. Wir sehen uns morgen früh. Wieder Frühstücksflocken?«

»Natürlich.«

Safe grinste, dann konnte er sich nicht davon abhalten, sich zu ihr hinunterzubeugen und sie erneut auf die Stirn zu küssen. »Gute Nacht.«

»Nacht.«

Safe ließ die Hände sinken und tat sein Bestes, lässig auszusehen, als er von ihr wegging. Er wollte sich umdrehen, um zu sehen, ob sie ihn beobachtete. Um noch einen Blick auf sie zu erhaschen, aber er widerstand dem Drang.

Kleine Schritte. Er wollte, was seine Schwester hatte. Was seine Eltern hatten. Was Kevlar hatte. Und er wollte es mit dieser Frau.

KAPITEL ZEHN

Die nächsten Tage fühlten sich für Wren sowohl normal als auch unwirklich an. Ihre Zeit auf der Arbeit war normal. Die Planungen für ihre Reise nach Afrika gingen weiter. Viele Besprechungen, viele Papiere, die sie durchsehen, viele Namen, die sie sich einprägen musste, da sie in der Lage sein musste, sowohl wichtige Medienvertreter als auch Regierungsbeamte zu erkennen und sich mit ihnen zu unterhalten.

Das Unwirkliche war ihre Zeit außerhalb der Arbeit. Matt war immer noch nicht gefunden worden. Die unbekannten Anrufe gingen weiter, und mit jedem Anruf wuchs Wrens Besorgnis. Ihr war klar, dass sie wahrscheinlich der Polizei oder Bo davon erzählen sollte, aber er steckte bis zum Hals in den Vorbereitungen für seine Mission und konnte wirklich nicht noch mehr Stress gebrauchen. Er hatte schon so viel für sie getan, mehr als irgendjemand sonst, und lästige Anrufe waren das Letzte, womit sie ihn zusätzlich belasten wollte.

Außerdem hatte er bereits dafür gesorgt, dass sie jeden Tag von der Arbeit abgeholt wurde, und so konnte sie die Sorgen um Matt in den Hintergrund drängen. Einmal war es eine Frau namens Alabama. Sie sprach leise, war aber lustig. Am nächsten Tag war es Jessyka, die Besitzerin von *Aces Bar and Grill*. Sie entschuldigte sich ausgiebig für das, was Wren passiert war, und versicherte ihr, dass sie alles in ihrer Macht Stehende tun würde, um zu verhindern, dass dies jemand anderem passierte.

Heute waren es eine Frau namens Caroline und ein großer, einschüchternder Mann, den sie als ihren Ehemann Wolf vorstellte. Sie hatten sie zu einem frühen Abendessen auf dem Marinestützpunkt mitgenommen.

Wren war anfangs eingeschüchtert gewesen, sowohl von den Sicherheitsvorkehrungen, um auf den Stützpunkt zu gelangen, als auch von Wolf. Aber als sie mit dem Essen fertig waren, hatte sie sich entspannt. Caroline war bodenständig und so verdammt offen. Sie hatte viel über die SEALs im Allgemeinen gesprochen und erklärt, dass ihr Mann im Ruhestand war, aber er und seine ehemaligen Kameraden nun die neueren SEAL-Teams, die abwechselnd in der Gegend waren, berieten und ihnen halfen.

Wolf hatte sich ab und zu in das Gespräch eingemischt, schien aber überwiegend zufrieden damit zu sein, seiner Frau das Reden zu überlassen.

Als sie auf die Rechnung warteten, stützte Wolf die Ellbogen auf den Tisch und sagte: »Du könntest keinen Besseren bekommen als Safe.«

Aus irgendeinem Grund errötete Wren.

»Ich versuche, keine neugierige Klatschtante zu sein, aber als er anrief und fragte, ob ich bereit sei, dich heute abzuholen, war ich überrascht. Nicht wegen der Bitte, sondern weil er sich noch nie so sehr für eine Frau eingesetzt hat wie für dich.«

»Oh, ist das schlimm?«, platzte Wren heraus.

»Ganz und gar nicht. Es ist gut. Sehr gut sogar. Aber ich wollte sichergehen, dass du weißt, dass von Männern wie Safe ... viel erwartet wird. Sie werden gebeten, sich in gefährliche Situationen zu begeben, vor denen die meisten Menschen *weglaufen.* Sie sehen eine Menge schlimmer Dinge, befolgen Befehle und dürfen nicht darüber sprechen, was sie tun und sehen. Beziehungen zu Angehörigen einer Spezialeinheit sind schwierig. Oft haben Männer in solchen Positionen Schwierigkeiten, Beziehungen zu anderen Menschen als ihren Teamkameraden aufrechtzuerhalten.«

»Okaaaaay«, sagte Wren, der nicht gefiel, worauf das Gespräch hinauslief.

»Du machst ihr Angst«, schimpfte Caroline. »Mein Mann versucht hier, auf schreckliche Weise zu erklären, dass Safe an *niemandem* jemals so interessiert war wie an dir. Und das bedeutet, dass du anders bist. Wichtig. Wir wissen, dass die Sache mit euch neu ist und dass du mit dem Arschloch, das dir wehtun wollte, ein ernstes Problem hast, aber glaube nicht eine Sekunde lang, dass Safe nicht voll und ganz an dir hängt.«

»Er würde wahrscheinlich jedem helfen, der sich in meiner Situation befindet«, sagte Wren.

»Ja und nein«, entgegnete Wolf. »Er würde jedem helfen wollen, der ihn um Hilfe bittet, aber er würde denjenigen nicht einladen, in seinem Haus zu wohnen, und er würde auch nicht seine Freunde einbeziehen, wie er es bei dir getan hat.«

»Oh.«

»Ja, *oh*«, stimmte Caroline mit einem Lächeln zu. »Er ist ein guter Mann. Einer der besten. Du könntest es wirklich nicht besser treffen.«

»Wirklich?«, fragte Wolf mit einer hochgezogenen Augenbraue.

Caroline lachte. »Anwesende natürlich ausgenommen«, erklärte sie mit einem Augenzwinkern.

»Bist du bereit zu gehen?«, fragte Wolf.

»Sobald die Kellnerin das Abendessen bringt, das ich für Bo bestellt habe«, antwortete Wren.

»Er braucht jemanden wie dich«, sagte Wolf. »Er ist so daran gewöhnt, sich um andere zu kümmern, dass er jemanden wie dich braucht, der ihm den Gefallen erwidert. Ich habe gehört, sein Team trifft sich bald mit dir wegen deiner bevorstehenden Reise.«

»Ja, Bo hat sich deswegen gestresst. Ich glaube, weil er Angst hat, dass er auf seine Mission gehen muss, bevor wir uns treffen können.«

»Wenn es so ist, werden mein Team und ich einspringen.«

Wren begann zu verstehen, dass die Dinge zwischen Bo und seinen Freunden so liefen. Es war ein so fremdes Konzept für sie, aber sie stellte fest, dass es ihr gefiel. Sehr sogar. Es gefiel ihr zu wissen, dass Bo die Art von Menschen in seinem Leben hatte, die immer für ihn da waren, egal was passierte. Und da sie diese Art von Rücksichtnahme einfach dadurch bekam, dass sie mit ihm zusammen war, war sie doppelt dankbar.

»Danke«, sagte sie zu Wolf.

Er nahm ihren Dank achselzuckend hin, was nicht weiter verwunderlich war, denn jeder, der ihr in letzter Zeit geholfen hatte, hatte dasselbe getan.

Nachdem die Kellnerin die Tüte mit der Mahlzeit auf den Tisch gestellt hatte, stand Caroline auf. »Wir müssen jetzt los.«

»Sind wir in Eile?«, fragte Wren.

»Irgendwie schon. Wir sind in Safes Haus mit jemandem verabredet«, sagte sie.

Wren runzelte die Stirn. »Sind wir das?«

»Na ja, *du* bist es.«

»Mit wem?«

»Remi.«

Sie runzelte verwirrt die Stirn. »Warum?«

»Nach dem zu urteilen, was sie mir erzählt hat, kann sie es kaum erwarten, dich zu treffen. Sie hat von Kevlar viel über dich gehört und sagte, dass sie es satthat, darauf zu warten, dich endlich von der Arbeit abholen zu dürfen. Also sagte sie Safe, dass sie vorbeikommt und dir Gesellschaft leistet, während die Jungs in ihren Besprechungen sind. Sie sagte auch etwas davon, dass sie dir mit all den Klamotten helfen würde, die Julie dir gegeben hat.«

»Oh.«

»Ich habe gehört, dass sie es übertrieben hat und du noch keine Zeit hattest, alles durchzugehen.«

Eigentlich hätte es Wren peinlich sein müssen, dass so viele Leute über ihr Leben Bescheid zu wissen schienen. Aber stattdessen fühlte es sich überraschend gut an. »Hatte ich nicht«, gab sie zu. »Normalerweise bin ich müde, wenn ich nach Hause komme, und wenn Bo nach Hause kommt, möchte ich mich mit ihm unterhalten.«

Caroline strahlte Wren an, als sie zu Wolfs großem schwarzen Geländewagen gingen. Sie sah selbst ihn grinsen.

Wren freute sich zwar auf das Treffen mit Remi, war aber auch ein wenig gestresst von der Vorstellung. Bo hatte oft über die andere Frau gesprochen, und die Tatsache, dass sie eine berühmte Cartoonistin war, machte sie noch nervöser. Sie war ohnehin nicht sehr gut in gesellschaftlichen Situationen, und sie wollte unbedingt einen guten Eindruck auf eine von Bos besten Freundinnen machen.

»Mach dir keine Sorgen. Du wirst Remi lieben, und sie wird dich lieben«, sagte Caroline, als könnte sie Wrens Gedanken lesen.

Die Fahrt zurück zu Bos Haus verging wie im Flug, und als sie in die Einfahrt bogen und sofort ein hellblauer Honda Civic neben ihnen parkte, wurde Wren noch nervöser. »Kommt ihr mit rein?«, fragte sie Caroline und Wolf.

»Nein, wir müssen nach Hause. Jessyka bringt ihre Kinder vorbei, damit sie und Benny essen gehen können. Du kommst schon klar, Wren, bestimmt.«

Wren nickte. »Danke, dass ihr mich nach Hause gebracht habt.«

»Gern geschehen. Und mach dir keine Sorgen, der Mist mit

diesem Arschloch wird bald vorbei sein. Ich weiß es«, sagte Caroline nachdrücklich.

»Das hoffe ich auch. Bis dann.«

»Tschüss!« Caroline winkte, bevor Wren die Tür schloss.

Wren atmete tief durch und wandte sich der Frau zu, die aus dem Civic stieg. Sie war ein paar Zentimeter größer als Wren, und ihr rötlich-braunes Haar war zu einem unordentlichen Dutt am Hinterkopf zusammengebunden. Um ihr Gesicht herum hingen Strähnen, die sich zu weigern schienen, von ihrem Haargummi gebändigt zu werden.

»Hi! Ich bin Remi«, sagte die Frau, bewegte sich jedoch nicht von ihrem Wagen weg. »Ist es seltsam, dass ich hier bin? Wenn ja, kann ich gehen. Ich wollte dich unbedingt kennenlernen, weil ich von Vincent so viel Gutes über dich gehört habe. Das ist Kevlars richtiger Name. Ich weiß, die Sache mit den zwei Namen kann verwirrend sein. Ich bin gerade mit ein paar Cartoons fertig geworden, für die ich einen Abgabetermin hatte, und bevor ich mit einem neuen Projekt anfange, dachte ich, ich könnte vielleicht vorbeikommen und wir könnten etwas Zeit miteinander verbringen. Aber wenn du keine Lust hast oder zu müde bist, verstehe ich das.«

Sie platzte mit allem heraus, und die Nervosität der anderen Frau verringerte irgendwie die von Wren. »Ist schon gut. Ich habe auch schon viel von dir gehört, und ich freue mich, dich kennenzulernen. Und ich muss sagen, dass ich deinen Cartoon liebe. Pecky, der reisende Taco ist großartig.«

»Danke.«

»Ich meine, wer mag keine sprechenden Tacos?«, sagte Wren mit einem kleinen Grinsen.

»Nicht wahr? Das habe ich auch gedacht, als ich mit dem Zeichnen angefangen habe«, entgegnete Remi.

»Ich sollte das wohl für Bo in den Kühlschrank stellen«, sagte Wren und deutete auf die Tüte in ihrer Hand.

»Bo? Oh, Entschuldigung. Safe. Ja, klar. Ich dachte, ich

könnte dir vielleicht helfen, die Sachen durchzusehen, die du bei *My Sister's Closet* bekommen hast. Julie hat mir gesagt, dass sie es wahrscheinlich übertrieben hat, Sachen für dich zum Anprobieren zu finden.«

Wren lächelte, als sie den Weg zur Tür hinaufging. »Das hat sie. Aber ich weiß das alles sehr zu schätzen.«

»Nun, ich bin kein Modefreak. Ich meine, normalerweise sitze ich zu Hause in Jogginghose und T-Shirt und zeichne, aber ich kann dir vielleicht helfen, die Sachen zu ordnen, wenn du sie durchgehst.«

»Jede Hilfe, die ich bekommen kann, würde ich zu schätzen wissen. Und zu Hause in Jogginghose zu sitzen klingt himmlisch«, sagte Wren, als sie die Tür aufschloss und hineinging.

»Ja und nein. Ich meine, da war das eine Mal, als ich dem Postboten die Tür öffnete, um für ein Paket zu unterschreiben, und ich hatte seit ein paar Tagen nicht geduscht, weil, du weißt schon ... Abgabetermin ... und mein Haar sah wahrscheinlich aus wie bei Medusa – es wird superkraus, vor allem wenn es feucht ist – und ich hatte einen Kaffeefleck auf meinem Ober- teil und mir nicht die Mühe gemacht, mich umzuziehen, weil ich gerade mit meiner Zeichnung beschäftigt war, und ich hatte zwei verschiedenfarbige Socken an. Ich sah wahrscheinlich aus wie eine Vogelscheuche.«

»Aber ich wette, du hast dich wohlgefühlt. Versuch mal, unbequeme Pumps zu tragen, um dich größer zu machen, als du wirklich bist, weil groß irgendwie gleichbedeutend mit Autorität ist, ein ebenso unbequemes Kostüm zu tragen und«, Wren hielt inne und erschauderte übertrieben, »eine Strumpfhose.«

»Oh, der Schreck!«, rief Remi und schlug sich mit dem Handrücken an die Stirn, um eine Ohnmacht vorzutäuschen.

Sie kicherten beide. Und Wren wusste in diesem Moment, dass es zwischen ihr und Remi gut laufen würde. Sie eilte in die Küche, um das Essen in den Kühlschrank zu stellen, und hielt inne, um Bo eine kurze SMS zu schicken, in der sie ihm mitteilte, dass das Abendessen auf ihn wartete und dass Remi zu Besuch war und sie die Kleider durchgehen würden, die Julie ausgesucht hatte.

Sie bekam sofort eine SMS zurück, in der stand, dass er in einer Stunde zu Hause sein sollte und sich für das Essen bedankte.

Lächelnd wandte Wren sich wieder an Remi, die sich neugierig in dem kleinen Wohnbereich umsah. »Ich war noch nie hier«, sagte sie zu Wren, als sie bemerkte, dass sie mit dem Schreiben fertig war. »Es ist schön.«

Wren fand es mehr als schön. Es war nicht groß, aber es war gemütlich. Heimelig. Beides waren Dinge, die Wren bisher nur selten erlebt hatte. »Das ist es«, stimmte sie zu. »Soll ich die Tüten holen und herbringen? Oder können wir in mein Schlafzimmer gehen?«

»Oh, mach dir nicht die Mühe, alles hinauszuschleppen. Lass uns in dein Schlafzimmer gehen. Vielleicht können wir alles auf das Bett legen und du kannst gleich entscheiden, was du auf keinen Fall haben willst. Dann kannst du die Sachen anprobieren, die du anprobieren musst, und ich gebe meinen Senf dazu ... aber Vorsicht, ungefähr genauso scharf könnte es auch sein.«

Wren lachte. »Oh, das bezweifle ich. Wenn ich in weiten Hosen leben könnte, würde ich es tun, aber leider brauche ich professionelle Kleidung für meinen Job. Und ich denke, die Meinung einer anderen Frau wäre von unschätzbarem Wert. Meistens bin ich aufgeschmissen, wenn ich in Secondhand-läden gehe, um Arbeitskleidung auszusuchen.«

»Du kaufst in Secondhandläden ein? Die liebe ich auch! Vielleicht können wir ja mal zusammen hingehen?«

Wren fühlte sich, als hätte sie eine außerkörperliche Erfahrung. Sie hätte nie gedacht, dass sie jemanden finden würde, der tatsächlich in einem Secondhandladen einkaufen wollte. Schon gar nicht in Kalifornien. Okay, es war furchtbar voreingenommen von ihr, so etwas zu denken, bevor sie überhaupt jemanden aus diesem Staat kennengelernt hatte, aber sie war nachsichtig mit sich selbst. »Ja, das würde mir gefallen«, sagte Wren.

Ehe sie sichs versah, steckten sie knietief in Stoffen, während sie versuchten, alles zu ordnen, was Julie ausgesucht hatte. Wren hatte noch nie so viel Designerkleidung auf einem Fleck gesehen. Sie hatte keine Ahnung, wie viel die Kleider zum normalen Preis kosten würden, aber sie wusste, dass es Tausende sein mussten.

»Wahrscheinlich kann ich mit ein paar der Kostüme auskommen«, überlegte sie und fühlte sich überwältigt. »Ich kann sie mit verschiedenen Blusen unter den Jacketts kombinieren.«

»Ich weiß nicht so recht. Wenn es dein Job ist, mit den Medien zu sprechen, willst du nicht zu oft in denselben Sachen gesehen werden«, warf Remi ein.

Sie hatte recht. Wren wusste es, aber sie konnte nicht begreifen, wie viel die ganze Kleidung auf ihrem Bett und dem Boden wert war.

Die nächste Stunde verging wie im Flug, und Wren merkte, dass sie tatsächlich Spaß hatte. Remi war in den Wohnbereich gegangen, um sich zu setzen, und Wren probierte jedes Outfit an und ging ins andere Zimmer, als würde sie bei einer Modenschau auf dem Laufsteg stolzieren. Remi bewunderte alles, und dann entschieden sie gemeinsam, ob ihnen das Outfit gefiel oder nicht.

Einige der Kleider passten nicht richtig. Andere waren unbequem. Aber Wren gefielen viel mehr Sachen, als sie gedacht hatte. Julie hatte erstaunliche Arbeit geleistet, um zu entscheiden, was ihr gut stehen könnte ... und das alles nur anhand von einer Größe und Bos Beschreibung von ihr. Und die Unterwäsche, die sie extra für sie gekauft hatte, gehörte zum Bequemsten, was Wren je getragen hatte.

Sie hatte gerade das letzte Teil aus der letzten Tüte angezogen – ein kleines schwarzes Kleid. Es wäre für die Arbeit unpassend, da es etwas zu kurz und zu tief ausgeschnitten war. Und sobald Wren es anzog, wollte sie es haben.

Die meiste Zeit ihres Lebens hatte sie versucht, den Kopf über Wasser und Männer auf Abstand zu halten. Aber als sie das Kleid überstreifte und den Reißverschluss schloss, fühlte sie sich *sexy*.

Trotzdem ...

»Ich weiß nicht so recht«, rief Wren den Flur hinunter, da sie zögerte, es Remi zu zeigen.

»Komm raus!«, beharrte ihre neue Freundin lachend. »Ich will es sehen!«

Wren hatte keine Schuhe, die zu dem Kleid passten, also stapfte sie barfuß den Flur entlang.

Als sie in der Tür auftauchte, weiteten sich Remis Augen. »Heilige Scheiße, Wren ... das ist ... du siehst *fantastisch* aus!«

Wren biss sich auf die Lippe. »Findest du?«

»Oh ja. Auf jeden Fall. Dreh dich«, befahl Remi.

Wren machte eine langsame Drehung, dann wandte sie sich wieder der anderen Frau zu.

»Es ist mir egal, was du mit dem Rest der Sachen machst, aber das hier *musst* du behalten!«

»Es ist nicht sehr praktisch. Ich habe keine Ahnung, wann und wo ich das Ding überhaupt tragen soll. Es ist nicht so, als würde ich zu irgendwelchen formellen Anlässen eingeladen. Und zum Essengehen ist es ein bisschen zu viel.«

»Nein, ist es nicht. Außerdem gibt es bei der Marine ab und zu formelle Bälle. Das wäre perfekt!«, schwärmte Remi.

»Finde ich auch.«

Wren drehte sich um und sah Bo im Eingangsbereich stehen. Sie und Remi waren so in ihre kleine Modenschau vertieft gewesen, dass keine von beiden gehört hatte, wie er das Haus betrat.

Aus irgendeinem Grund war Wren peinlich berührt.

Bo ging langsam auf sie zu, und es fühlte sich an, als seien sie in diesem Moment die einzigen beiden Menschen im Universum. Er ließ den Blick vom Dekolleté des Kleides über ihren Oberkörper hinunter zu ihren Beinen wandern.

Wren fuhr mit ihren plötzlich feuchten Handflächen an den Seiten des Kleides entlang und stellte einmal mehr fest, wie kurz es war. Der Stoff reichte bis zur Mitte ihrer Oberschenkel und hatte Spaghettiträger, die es auf ihren Schultern hielten.

»Du bist wunderschön«, sagte Bo leise.

Wren sah an sich herunter und sagte: »Mit den richtigen Schuhen würde es noch besser aussehen.«

Sie spürte Bos Finger unter ihrem Kinn, und sie hob den Kopf, um ihn auf sein Drängen hin anzuschauen. »Es ist perfekt«, sagte er, wobei er Remis Worte wiederholte. Er ließ die Hand von ihrem Gesicht zu ihrem Arm wandern, dann glitt er mit seiner großen, warmen Handfläche nach unten und legte sie auf ihre Taille. Er beugte sich vor, bis seine Lippen ihr Ohr streiften, und sie erschauderte bei der Berührung.

»Wunderschön«, flüsterte er. Er drückte ihre Taille, bevor er tief einatmete und einen Schritt zurücktrat.

Wren fühlte sich fast beraubt durch den Verlust seiner Berührung. Irgendetwas war in diesem Moment zwischen ihnen passiert, und sie war sich nicht sicher was.

Nein, das war eine Lüge. Sie wusste es. Zwischen den beiden herrschte eine intensive Chemie, und sie musste sich zusammenreißen, um sich ihm nicht an den Hals zu werfen und ihn anzuflehen, sie mit in sein Schlafzimmer zu nehmen, ihr das schöne Kleid auszuziehen und sie zu vernaschen.

»Ich habe es dir gesagt, Wren. *Perfekt.*«

Remis Worte rissen Wren zurück in die Gegenwart. Sie hatte die Anwesenheit der anderen Frau ganz vergessen.

Sie tat ihr Bestes, um so zu tun, als sei sie nicht kurz davor gewesen, zu Bos Füßen zu einer Pfütze zu zerfließen, und wandte sich der Couch zu. »Ich bin mir nicht sicher, welches der anderen Outfits ich auf den Rückgabestapel legen soll, wenn ich dieses nehme.«

»Warte, warum solltest du das tun?«, fragte Bo.

»Weil. Ich kann mir auf keinen Fall alle Sachen leisten, die Julie mir mitgegeben hat.«

»Nein«, sagte Bo. Er führte es nicht näher aus.

Wren runzelte die Stirn. »Nein ... was?«

»Wenn etwas, das sie dir mitgegeben hat, passt und es dir gefällt, dann behalte es.«

Wren starrte ihn einen Moment lang an und sagte dann: »So einfach ist das nicht, Bo.«

»Doch, ist es.«

»Entschuldige, habe ich einen Geldbaum in deinem Garten übersehen? Denn nur so könnte ich mir alles leisten, was sie ausgesucht hat. Bo, alles, was ich anprobiert habe, ist Designerware. Ein einziges Outfit kostet Hunderte, wenn nicht Tausende von Dollar. Selbst als Secondhandware kann ich mir nicht mehr als ein paar davon leisten. Die Jeans und die Freizeitkleidung, klar. Aber nicht die Designerklamotten.«

Daraufhin griff er in seine Gesäßtasche und holte sein Handy heraus.

»Bo?«

Er antwortete nicht, sondern drückte nur eine Taste auf seinem Handy. Offensichtlich hatte er es auf Lautsprecher gestellt, denn Wren konnte es klingeln hören.

»Bo!«, zischte sie.

Aber sie war zu spät.

»Hi, Safe. Was gibt's?«

»Hey, Julie. Ich rufe wegen der Kleider an, die du Wren mitgegeben hast.«

»Ja? Passen sie? Wenn nicht, ich habe heute noch ein paar Sachen bekommen, die ich durchsehen kann.«

»Nein, was du ihr mitgegeben hast, war gut, denke ich. Wren steht gerade in einem schwarzen Kleid vor mir. Übrigens eine ausgezeichnete Wahl.«

»Oh! Ich hatte gehofft, das würde funktionieren!«, rief Julie aus.

»Es funktioniert«, sagte Bo schroff.

Wren spürte, wie ihr die Röte in die Wangen stieg, weil sein Blick sich förmlich in sie hineinbrannte.

»Also, was gibt's?«, fragte Julie.

»Wren ist besorgt über die Kosten für die Sachen, die sie ausgesucht hat«, sagte er unverblümt.

Wren wollte am liebsten im Boden versinken und sterben.

»Sag ihr, dass sie den Rabatt für Freunde und Familie bekommt«, antwortete Julie.

»Du bist auf Lautsprecher, sie kann dich hören«, informierte Bo sie.

»Gut. Wren?«

»Ich bin hier«, brachte sie heraus.

»Safe versucht, nett zu sein, aber seine Ausführung ist definitiv mangelhaft. Mal abgesehen davon ... Ich weiß nicht, wofür du dich alles entschieden hast, aber wie klingt vierhundert?«

Wren schluckte schwer. Vierhundert war mehr, als sie für ein Outfit ausgeben konnte. Sie ging die Kleidungsstücke durch, die sie anprobiert hatte und die ihr gefielen, und verwarf im Geiste etwa drei Viertel der Outfits, die zu behalten sie gehofft hatte. »Das klingt fair. Ich komme wahrscheinlich mit zwei der Hosenanzüge aus.«

»Nein«, sagte Julie mit einem kleinen Lachen. »Vierhundert für alles, was du behalten willst.«

Wren blieb der Mund offen stehen. »Was?«

»Ist das zu viel? Dreihundert sind auch in Ordnung.«

»Julie, was ... *nein*. Jedes der Outfits in diesen Tüten muss mindestens doppelt so viel kosten.«

»Stimmt. Aber ich habe nicht so viel für sie bezahlt. Ich habe *gar nichts* für diese Kleider bezahlt. Sie wurden gespendet.«

In Wrens Kopf drehte sich alles. Sie schaute auf das Kleid hinunter, das sie trug, und die Sehnsucht schlug heftig zu. Sie wollte es. Wollte all die Dinge, die sie anprobiert hatte. Aber sie wollte niemanden ausnutzen. »Aber du hast Rechnungen zu bezahlen. Du kannst die Kleider in deinem Laden nicht einfach verschenken.«

»Warum nicht? Das ist genau das, was ich tue. Wren, du wirst es nicht wissen, aber ich brauche das Geld nicht. Und ich habe meinen Laden nicht eröffnet, um Geld zu verdienen. Ich habe ihn eröffnet, um etwas zurückzugeben. Als meine Art, mich dafür zu entschuldigen, dass ich in meinem früheren Leben ein Miststück war. Und so wie ich das verstanden habe, brauchst du diese Outfits. Ich würde sie dir umsonst geben, wenn du mich damit durchkommen ließest –«

»Nein«, sagte Wren nachdrücklich.

»Das habe ich mir gedacht. Also vierhundert für alles, was du willst. Safe kann die Sachen, die dir nicht passen, einfach zurückbringen. Bitte, lass mich dir helfen. Wir Frauen müssen zusammenhalten. Dieses Arschloch, das in deine Wohnung eingebrochen ist und deine Sachen kaputt gemacht hat, sollte nicht gewinnen.«

Wren schnürte sich die Kehle zu. Wie konnte das ihr Leben sein? Sie hatte so lange gekämpft, und irgendwie hatte sie es geschafft, nicht nur einen so großzügigen und freundlichen Mann wie Bo zu finden, sondern auch noch Leute wie Remi, Julie und Caroline. »Okay«, krächzte sie. »Ich danke dir.«

»Gern geschehen. Und bitte mach ein Foto von dir in diesem schwarzen Kleid. Ich will es sehen!«

»Wird gemacht.« Es war Bo, der antwortete: »Und wenn du mit Hurt auf den Marine-Ball gehst, wirst du es persönlich sehen ... wenn sie mit mir kommt.«

Remi quiekte auf der Couch, aber Wren konnte den Blick nicht von Bo abwenden.

»Oh! Das ist fantastisch!«

»Was ist der Marine-Ball?«, fragte Wren.

»Das ist eine Sache, die einmal im Jahr stattfindet, wo alle sich schick machen und feiern«, erklärte Julie ihr. »Das ist ein Riesenspaß.«

Bo lachte.

»Großartig, also ich bin begeistert, dass es mit den Klamotten funktioniert hat. Wenn du noch irgendetwas brauchst, lass es mich wissen«, sagte Julie.

»Nochmals vielen Dank.«

»Gern geschehen. Safe?«

»Ja?«

»Lass mal öfter von dir hören. Vor Wren habe ich dich schon viel zu lange nicht mehr gesehen.«

»Das bringt der Job mit sich«, sagte Bo.

»Ja. Ich werde Patrick bitten, mit deinem Kommandanten zu sprechen und ihm zu sagen, dass er dich und dein Team auf weniger Missionen schicken soll.«

»Damit bin ich einverstanden!«, rief Remi.

»Gut. Sag Hurt einen schönen Gruß von mir«, sagte Bo zu Julie. »Ich muss Schluss machen.«

»Passt auf euch auf. Bis dann, Wren und Remi!«

»Tschüss!«, rief Wren zur gleichen Zeit wie Remi.

Bo legte auf und steckte sein Handy in die Tasche. Er trat näher an Wren heran, warf aber einen Blick auf Remi. »Danke, dass du rübergekommen bist und Wren geholfen hast.«

»Klar doch. Und das ist mein Stichwort zu gehen«, sagte sie, während sie mit einem breiten Lächeln im Gesicht aufstand.

»Oh nein! Glaub nicht, dass du gehen musst, nur weil Bo zu Hause ist.«

»Das ist es nicht«, sagte sie, aber Wren hatte das Gefühl, dass es *genau* das war. »Wenn Safe zu Hause ist, bedeutet das, dass Vincent es wahrscheinlich auch ist. Und da das Team bald aufbricht, möchte ich so viel Zeit mit ihm verbringen wie möglich.«

Wren nickte. Sie wollte nicht daran denken, dass Bo gehen würde.

Wie aufs Stichwort hörte sie ihr Handy auf dem Küchentisch vibrieren, wo sie es bei der Anprobe hatte liegen lassen. Bevor sie an Bo vorbeigehen konnte, war er bereits einen Schritt nach vorn gegangen und hatte es genommen. Er schaute auf das Display und runzelte die Stirn.

»Unbekannt«, teilte er ihr mit, als er ihr das Telefon reichte.

Wren nahm es, lehnte den Anruf ab und drehte sich zu Remi um. Sie umarmte sie, bedankte sich für ihre Hilfe bei der Entscheidung, welche Outfits sie behalten sollte, und begleitete sie zur Tür. Sie spürte Bos Anwesenheit hinter ihnen mehr, als dass sie sie sah. Sie blieben an der Tür stehen, bis Remi in ihren Wagen gestiegen und vom Haus weggefahren war.

Dann schloss Bo die Tür und drehte sich zu Wren um. »Wer war das am Telefon?«

»Ich weiß es nicht«, sagte sie so beiläufig, wie sie konnte. »Es hieß unbekannt.«

»Warum hast du dich verkrampft, als ich sagte, es sei eine unbekannte Nummer?«

»Ist das ein Verhör?«, fragte sie abwehrend.

Daraufhin trat Bo auf sie zu, und Wren wich einen Schritt zurück. Das taten sie so lange, bis sie mit dem Rücken an der Wand des kleinen Eingangsbereichs stand. Bo beugte sich vor und legte die Hände neben ihren Schultern an die Wand. »Was ist los?«, fragte er.

»Nichts«, sagte Wren, ohne zu zögern.

»Blödsinn. Du hast dich verkrampft, als du dein Telefon vibrieren hörtest, und als ich es genommen habe, hast du dich noch mehr verkrampft. Rede mit mir, Wren.«

Sie hatte eine Entscheidung zu treffen. Sie konnte weiter lügen und behaupten, dass alles in Ordnung war. Leugnen, dass die unbekannten Anrufe sie in Panik versetzten. Oder sie könnte es zugeben. Bo würde tun, was er konnte, um ihr zu helfen, das wusste Wren mit absoluter Sicherheit. Aber es fiel ihr extrem schwer, um Hilfe zu bitten.

Aber sie war nicht mehr acht. Und dies war Bo. Er hatte sich während der letzten Woche mehr für sie eingesetzt als jeder andere Mensch in ihrem ganzen Leben.

Was ein *weiteres* Problem war. Er hatte schon so viel getan.

»Ich weiß nicht, wer es ist«, platzte sie heraus und sah zu ihm auf. Sie merkte, dass sie nach ihm gegriffen hatte und mit beiden Händen den Stoff seines Tarnuniformhemdes umklammerte. »Aber seit meiner Verabredung mit Matt bekomme ich jeden Tag zwei oder drei Anrufe, manchmal auch mehr.«

Zu ihrer Erleichterung flippte Bo nicht aus. Er nickte einfach. »Okay.«

»Okay? Was soll das heißen?«, fragte Wren.

»Es heißt, dass ich mit Tex reden werde. Ich werde ihm von den Anrufen erzählen. Er wird sie zurückverfolgen. Herausfinden, wer angerufen hat.«

»Es sind wahrscheinlich nur Telefonverkäufer. Sie haben meine Nummer von irgendwoher bekommen und sind sehr hartnäckig, wenn es darum geht, jemanden an die Strippe zu bekommen.«

»Das ist möglich«, sagte Bo vernünftig. »Wurden irgendwelche Nachrichten hinterlassen?«

Wren schüttelte den Kopf.

»Was eigentlich nichts heißen muss. Hast du einen der Anrufe entgegengenommen?«

»Nein«, gab Wren zu und kam sich auf einmal dumm vor.

»In Ordnung. Wenn du wieder einen Anruf bekommst, darf ich dann rangehen? Bevor ich Tex kontaktiere und ihn von etwas anderem abziehe, an dem er gerade arbeitet, sollte ich vielleicht versuchen, den Anrufer dazu zu bringen, dass er verdammt noch mal aufhört.«

Wren fühlte sich durch diesen kleinen Wutausbruch tatsächlich besser. Sie hatte weniger das Gefühl, dass sie überreagierte. Und wenn die Anrufe unproblematisch waren, wollte sie auf keinen Fall, dass Bo diesen Tex anrief, von dem sie gehört hatte, dass er sehr beschäftigt und offenbar ein Genie in Sachen Technik war.

»Konnte er etwas über Matt herausfinden?«, fragte Wren.

»Nichts Brauchbares. Er hat sein gelöschtes Profil auf der Dating-Webseite gefunden, aber es ist keine Überraschung, dass alle Informationen dort gefälscht waren, und er hat einen Computer in einer öffentlichen Bibliothek benutzt, um es einzurichten, sodass Tex auf diese Weise nicht herausfinden konnte, wo er wohnt. Und die Adresse, die er für die Einrichtung des Kontos verwendet hat, führte zurück zu einer Tankstelle. Es gibt also noch nichts Konkretes, aber Tex gibt nicht auf. Wenn du einen weiteren Anruf erhältst, lässt du mich das erledigen?«, fragte Bo und wiederholte seine ursprüngliche Frage.

»Ja. Ich bin froh, wenn du ihn annimmst. Um zu sehen, ob es Matt ist oder nur ein Telefonverkäufer.«

»Danke. Können wir jetzt das Thema wechseln?«

Wren nickte.

Er lächelte auf sie herab und sagte: »Du siehst wirklich umwerfend aus in diesem Kleid.«

Wren sah reflexartig an sich hinunter – und stellte fest, wenn *sie* ihr Dekolleté deutlich sehen konnte, dann hätte er einen noch besseren Blick darauf, da er größer war als sie.

Er beugte sich hinunter und vergrub die Nase an der Stelle

zwischen ihrem Hals und ihrer Schulter, nahe dem Träger des Kleides.

»Bo?«, flüsterte sie, während sie den Stoff seines Hemdes noch fester umklammerte.

»Hmmm?«, antwortete er, und die Antwort vibrierte auf ihrer Haut.

Wren spürte, wie ihre Brustwarzen hart wurden, und schluckte schwer. Sie vergaß, was sie eigentlich sagen wollte. Sie konnte nur an der Wand stehen und ... fühlen.

»Ich habe Abendessen für dich im Kühlschrank.« Das war nicht das, was sie sagen wollte, aber andererseits konnte sie im Moment auch nicht wirklich denken.

Bo hob den Kopf und lächelte wieder. »Ja?«

»Mh-hm. Caroline und Wolf haben mich zum Essen eingeladen, und ich dachte, dass du vielleicht hungrig bist, wenn du nach Hause kommst. Also habe ich dir ein Sandwich und einen Salat zum Mitnehmen bestellt. Aber wenn du schon gegessen hast ...« Sie brach ab.

»Ich habe noch nicht gegessen. Ich bin am Verhungern. Ein Sandwich und ein Salat hören sich fantastisch an. Danke.«

»Gern geschehen.«

Bo war nicht zurückgewichen, und Wren hatte sein Hemd nicht losgelassen. Sie leckte sich über die Lippen und sah, wie Bo der Bewegung mit dem Blick folgte. Dann ließ er ihn hinunter zu ihrer Brust wandern.

Ihre Brustwarzen kribbelten, und Wren hatte das Gefühl, dass Bo eine ziemlich gute Vorstellung davon bekam, wie sehr es ihr gefiel, ihm so nahe zu sein.

Dann blickte er wieder zu ihr hinauf und beugte den Kopf nach unten. Langsam. So verflucht langsam, dass Wren dachte, sie würde sterben, wenn er sich nicht verdammt noch mal beeilte. Sie hob das Kinn und wartete.

Zu ihrer Enttäuschung hielt er inne, als seine Lippen über ihren schwebten. »Wren?«, flüsterte er.

»Ja?«, hauchte sie.

Dann schloss er den Abstand zwischen ihnen. Seine Lippen streiften über ihre. Einmal. Zweimal.

Beim dritten Mal trat er näher und drückte seine Brust an ihre. Wren legte die Arme um ihn und zog ihn fester an sich.

Es war das zweite Mal, dass sie sich küssten, und irgendwie war es besser als das erste Mal. Wren fühlte sich in Bos Umarmung sicher. Geschätzt. Beschützt. Als seien sie die einzigen beiden Menschen auf der Welt, und das hätten sie auch sein können, so wenig achteten sie auf ihre Umgebung.

Als er schließlich den Kopf hob, atmeten sie beide schwer.

»Hi«, platzte sie heraus.

Er grinste. »Hi«, wiederholte er. »Habe ich dir schon gesagt, dass ich dieses Kleid *wirklich* mag?«

Jetzt war Wren an der Reihe zu lächeln. »Ja, das hast du schon ein- oder zweimal gesagt.«

»Gut. Aber ich glaube, ich sollte sagen, so sehr mir dieses Kleid auch gefällt, weil ich deine umwerfenden langen Beine und deine Titten sehen kann –«

Wren konnte das Lachen nicht unterdrücken, das ihren Mund verließ. »Nicht dass ich viel Busen hätte«, sagte sie mit einem kleinen Schulterzucken.

»Was du hast, ist perfekt«, sagte Bo mit Nachdruck. Eine Hand lag an ihrer Taille und er streichelte sie mit dem Daumen, wobei das Gefühl sogar durch den Stoff des Kleides hindurch direkt zwischen ihre Beine ging. »Aber ich wollte eigentlich sagen, dass ich dich zwar in diesem Kleid liebe, dich aber genauso gern in Jogginghose und meinen T-Shirts mag. Ich mag es, wenn du entspannt bist und es dir in der Ecke meiner Couch oder in meinem Sessel gemütlich machst. Zu wissen, dass du im Zimmer neben meinem schläfst, sicher, wieder einmal in meinem Hemd ... und nicht viel mehr.«

Im Gegensatz zu seiner Berührung schossen seine Worte

direkt in Wrens Herz. Wer wollte nicht wissen, dass der Kerl, in den sie verknallt war, sie in lockerer Kleidung genauso mochte wie in einem schicken Kleid? »Bo«, flüsterte sie überwältigt.

»Ich wollte nur sichergehen, dass du weißt, dass ich dich nicht wegen dem küsse, was du anhast. Ich küsse dich deinetwegen. Wegen dem, was du überwunden hast. Denn auch wenn das Leben dir übel mitgespielt hat, bist du trotzdem ein netter Mensch und du arbeitest so hart, und ein Teil von mir stirbt jedes Mal, wenn du überrascht bist, wenn andere etwas Nettes für dich tun. Ich möchte dir beweisen, dass nicht jeder es auf dich abgesehen hat und dass es Menschen gibt wie mich und meine Freunde, die keine geheimen Absichten haben, wenn wir mit dir zusammen sind.«

Wren schloss die Augen und lehnte ihre Stirn an Bos Schulter. Sie spürte seine Hand, mit der er ihr Haar streichelte. Es fühlte sich gut an, von ihm gehalten zu werden, aber sie musste diese Worte hören. Irgendwie war er unter ihre Schutzschilde gelangt. Und je mehr Zeit sie mit ihm und seinen Freunden verbrachte, desto mehr bröckelten diese Schutzschilde.

»Tu mir nicht weh«, flüsterte sie an ihm. »Wenn du mit mir spielst oder mir nur an die Wäsche willst, würde mich das umbringen.«

»Ich werde dir beweisen, dass du mir vertrauen kannst, und wenn es das Letzte ist, was ich tue«, sagte Bo.

Wren nahm einen tiefen Atemzug. Die Dinge waren ziemlich heftig und sie brauchte eine Pause. »Gut, also ... es sieht so aus, als hätte ich einen Haufen neuer Kleidung, die ich aufhängen muss, und den Rest muss ich einpacken, um ihn in Julies Laden zu bringen. Und du musst dich umziehen und etwas essen.«

»Setzt du dich zu mir, während ich esse?«, fragte Bo.

»Wenn du das willst«, sagte Wren achselzuckend.

»Ich will es«, versicherte er ihr.

»In Ordnung. Ich ziehe mich um und treffe dich in der Küche.«

»Abgemacht. Wren?«

»Ja?«

»Ich komme gern zu dir nach Hause. Ich dachte nur, das solltest du wissen.«

Eine Erinnerung blitzte in Wrens Gehirn auf. Sie war nicht sicher, wie alt sie war, aber sie war jung. Sie war von der Schule nach Hause gekommen und hatte ein leeres Haus vorgefunden, erleichtert, dass ihre Mutter nicht da war. Sie hatte sich schnell etwas zu essen geholt, weil sie nicht sicher war, ob sie später etwas essen würde oder nicht; manchmal machte ihre Mutter Abendessen, und manchmal sagte sie Wren, sie solle auf ihr Zimmer gehen und nicht herauskommen.

An jenem Abend, als ihre Mutter zur Tür hereinkam, hatte sie einen Blick auf Wren geworfen, angewidert die Lippen verzogen und ihr gesagt, sie solle ihr verdammt noch mal aus den Augen gehen. Dass das Letzte, was sie sehen wollte, wenn sie nach Hause kam, Wrens hässliches Gesicht war.

Bos Worte konnten die schlimmen Erinnerungen zwar nicht auslöschen, aber sie trugen viel dazu bei, dass sie ein wenig mehr verblassten.

Wren stellte sich auf die Zehenspitzen und küsste Bo. Es war ein kurzer Kuss, aber er war nicht weniger innig. Er sollte zeigen, wie viel ihr seine Worte bedeuteten.

Gemeinsam gingen sie in den Flur zu ihren Schlafzimmern, Bos warme Hand auf ihrem Rücken. Vor ihrem Zimmer blieb sie stehen, und Bo schob sich an ihr vorbei, um in seines zu gehen. An der Tür drehte er sich noch einmal um und lächelte ihr zu, bevor er drinnen verschwand.

Wren schloss die Tür zu ihrem Zimmer und lehnte sich einen Moment lang mit einem kleinen Lächeln dagegen. Dann stieß sie sich ab und griff nach dem Reißverschluss auf ihrem Rücken. Die schönen Kleider, die sie anprobiert hatte, lagen auf ihrem Bett verstreut, und sie konnte es kaum erwarten, sie in ihren Schrank zu hängen. Aber sie freute sich mehr darauf, den Abend mit Bo zu verbringen, über seinen Tag zu reden und ihn weiter kennenzulernen, als die schönsten Kleider zu verstauen, die sie je besessen hatte.

KAPITEL ELF

Am nächsten Morgen, bei einer Schüssel Frühstücksflocken, konnte Safe den Blick nicht von Wren abwenden. Sie hatte eines ihrer neuen Outfits an, und es passte ihr perfekt. Die schwarze Hose ließ ihre Beine länger aussehen als sonst, und die passende Jacke über einer blassrosa Bluse wirkte feminin und professionell zugleich.

»Ich habe das Sicherheitstreffen für heute Abend geplant«, sagte Safe.

»Ach ja?«

»Ja, ist siebzehn Uhr dreißig in Ordnung? Ich denke, dass wir bis dahin ohne Probleme von deinem Bürogebäude zum Stützpunkt kommen können. Ich kann dich abholen.«

»Oh, okay.«

»Du klingst nicht so sicher«, sagte Safe und versuchte, die Emotionen in ihrem Gesicht zu lesen.

»Nein, das bin ich. Ich ... ich weiß nur, dass du nicht willst, dass ich nach Afrika fliege, und ich bin auch nervös wegen der Reise. Ich habe Angst, dass meine Nervosität noch größer wird, wenn ich höre, was alles schiefgehen könnte.«

Safe konnte das nachempfinden. Und sie hatte nicht

unrecht. Über die Tatsache zu sprechen, dass sie entführt werden oder buchstäblich ins Kreuzfeuer zwischen verfeindeten politischen Parteien geraten könnte, stand nicht gerade auf der Liste der Dinge, die man gern besprach. Aber es musste getan werden. »Besteht die Chance, dass einige deiner Kollegen ihre Meinung ändern und mitkommen?«

Wren zuckte mit den Schultern. »Ich bezweifle es. Aber ich werde heute noch einmal versuchen, mit ihnen zu reden. Ich glaube, ein paar von ihnen, wie vielleicht Luke und Oliver, sind interessiert, aber sie haben zu viel Angst, in den Augen der anderen schwach zu wirken, wenn sie zustimmen.«

»Idioten«, konnte Safe nur murmeln.

In diesem Moment vibrierte Wrens Telefon neben ihr auf dem Tisch.

Beide starrten es einen Moment lang an, bevor Wren Safe ansah. »Unbekannt«, flüsterte sie, als könnte derjenige, der am anderen Ende der Leitung war, es irgendwie hören.

»Darf ich?«, fragte er, während er eine Hand über dem Telefon schweben ließ.

Wren nickte.

Safes Herzschlag beschleunigte sich. Wenn das Matt war, hatte er dem Arschloch ein paar klare Worte zu sagen. »Hallo?«, blaffte er in den Hörer. »Wer ist da?«

»Ähm ... ist Wren Defranco da?«, fragte eine tiefe Männerstimme.

»Ich habe gefragt, wer da ist«, erwiderte Safe.

»Mein Name ist Easton Farris. Ich bin auf der Suche nach Wren Defranco. Ist das ihre Nummer?«

»Warum wollen Sie mit ihr sprechen?«, fragte Safe.

»Es ist eine private Angelegenheit.«

»Und ich sage Ihnen, wenn Sie mir nicht in den nächsten zwei Sekunden sagen, was Sie von ihr wollen, sperrt sie diese Nummer und Sie werden nie mit ihr sprechen können, Ende der Geschichte«, knurrte Safe.

Er spürte Wrens Hand auf seinem Arm und sah zu ihr auf. Sie biss sich auf die Lippe, während sie ihn anstarrte. Er holte tief Luft und versuchte, seine Muskeln zu entspannen.

»Ich bin ihr Halbbruder.«

»Was?«, fragte Safe schockiert. Das zu hören hatte er überhaupt nicht erwartet. »Moment ...« Er stellte das Telefon auf Lautsprecher. »Sagen Sie das noch mal«, befahl er.

»Ich bin Wrens Halbbruder. Wir haben den gleichen Vater.«

»Aber ... das ist unmöglich«, flüsterte Wren.

Easton hörte sie deutlich.

»Wren? Heilige Scheiße, ich kann nicht glauben, dass ich dich gefunden habe! Es ist möglich. Mein Vater hat deine Mutter in einer Kneipe kennengelernt, als er zwanzig war. Er ging mit ihr in ein Motel und sie schliefen miteinander. Als er aufwachte, war sie weg. Er hat sie nie wiedergesehen.« Easton sprach schnell, als erwartete er, jeden Moment abgewürgt zu werden. »Ich habe mich mit meiner Ahnenforschung befasst und einen dieser DNA-Tests gemacht. Ich war schockiert, dass ich als naher Verwandter einer Wren Defranco identifiziert wurde. Und noch erstaunter war ich, als es hieß, wir hätten den gleichen Vater.«

»Ich habe so einen Test vor ein paar Jahren aus Spaß gemacht«, sagte Wren. Jetzt war es an Safe, eine Hand auf ihren Arm zu legen, um sie zu stützen. Ihre Augen waren weit aufgerissen, als sei sie nicht sicher, was gerade geschah. »Mir wurde gesagt, mein Vater sei ein Verbrecher. Dass er wegen Mordes im Gefängnis gesessen hat.«

Easton schnappte nach Luft. »Das ist eine Lüge. Als er in dem Motel aufwachte, stellte er fest, dass seine Brieftasche weg war, denn das Miststück, mit dem er geschlafen hatte – oh ... äh ... Entschuldigung. Deine Mutter hatte sie genommen. Wenn also irgendjemand ein Verbrecher war, dann nicht mein Vater.«

»Sie *ist* ein Miststück«, bestätigte Wren.

»Hör zu. Ich weiß, dies ist ein Riesenschock. Aber als ich die Informationen, die ich gefunden hatte, meinem ... *unserem* ... Vater mitteilte, bestand er darauf, dich kennenzulernen.«

»Warum?«, fragte Wren.

»Warum? Weil du seine *Tochter* bist. Er wusste vorher nicht einmal, dass du existierst, aber jetzt, da er es weiß, will er dich kennenlernen. Hör zu, wir wollen nichts von dir außer deiner Zeit. Unser Vater ist ein toller Kerl. Er lebt in Mission Viejo, südlich von Los Angeles. Ich weiß nicht, wo genau du wohnst, aber er ist bereit, dorthin zu reisen, wo du ihn treffen willst. Oder dich einfliegen zu lassen. Ohne Bedingungen.«

»Mission Viejo?«, fragte Wren verwirrt.

»Ja.«

»Sie wird darüber nachdenken müssen«, sagte Safe entschieden. »Sie können nicht erwarten, dass sie einfach nach L. A. fliegt, um sich mit jemandem zu treffen, von dem sie keinen Beweis hat, dass er mit ihr verwandt ist.«

»Sie haben recht. Natürlich. Ich kann alle Informationen schicken, die ich von der Webseite habe, auf der ich sie gefunden habe. Außerdem ist mein Vater nicht irgendein Kerl. Er ist Tyler Farris. Einer der Gründer von Farris Morgan, dem Energietransportunternehmen.«

»Heilige Scheiße, wirklich?«

»Ja.«

»Ich habe mich dort um einen Job beworben«, sagte Wren.

»Wirklich? Wahnsinn! Also gut. Die Welt ist ein Dorf. Nun, mein Vater ist seit sechsundzwanzig Jahren verheiratet, und meine Mutter ist aufgeregt und nervös, weil sie dich auch kennenlernen will. Du hast außer mir noch zwei weitere Halbbrüder, zwei Nichten und einen Neffen. Ganz zu schweigen von Tanten, Onkeln und Cousins. Wir sind eine große Gruppe, und wir würden dich gern zumindest deiner Familie vorstellen.«

Familie, murmelte Wren tonlos und sah Safe mit Tränen in den Augen an.

»Schicken Sie mir die Informationen, die Sie haben. Ich schreibe Ihnen meine E-Mail-Adresse«, sagte Safe. »Nachdem die Leute, die ich kenne, Sie und Tyler überprüft haben, um sicherzugehen, dass Sie auch wirklich die Wahrheit sagen, werden wir uns melden.«

»Ich lüge nicht, und Sie können uns so viel überprüfen, wie Sie wollen. Wir wollen nur die Tochter kennenlernen, von der mein Vater nicht einmal wusste, dass er sie hat. Er hat drei Söhne, und ich glaube, er wollte immer ein Mädchen. Wren?«

»Ja?«

»Was du über deine Mutter gesagt hast ... hast du ... war deine Kindheit ... okay?«

Safes Nasenflügel blähten sich vor Ärger auf, als er Wren ansah.

»Nein«, sagte sie schlicht.

»Verdammt. Okay, also ... es tut mir leid. Mein Vater hat nichts von dir gewusst. Wenn er es gewusst hätte, hätte er getan, was er konnte, um sich um dich zu kümmern.«

Wren nickte, aber Easton konnte sie natürlich nicht sehen. Er konnte nicht wissen, wie emotional seine Worte sie machten.

»Schicken Sie die Informationen«, sagte Safe. »Wir bleiben in Kontakt.«

»In Ordnung. Danke. Auch im Namen meines Vaters und des Rests unserer Familie hoffe ich wirklich, dass du es in Betracht ziehen wirst, wenigstens mit uns zu sprechen.«

»Bis dann«, sagte Safe und legte auf. Er legte das Handy ab, stand dann sofort auf und zog Wren auf die Beine. Er umarmte sie fest und wusste, wie gestresst sie war, als sie sich an ihn klammerte.

Ein oder zwei Minuten vergingen, bevor Safe sich zurückzog, um Wren in die Augen sehen zu können. »Das war heftig. Ist alles in Ordnung mit dir?«

Sie sah zu ihm auf, die Augen voller Tränen. »Ich habe eine Familie«, flüsterte sie.

»Sieht ganz so aus. Aber bevor du dich zu sehr aufregst, musst du mich die Dinge überprüfen lassen. Um sicherzugehen, dass er echt ist.«

»Er wusste von der Brieftasche, die meine Mutter gestohlen hat. Woher sollte er das wissen, wenn sein Vater nicht dabei war?«

Da hatte sie recht.

»Ich habe mich bei Farris Morgan beworben.«

»Das hast du gesagt.«

»Das war meine erste Wahl, aber ich hatte den Job bei BT Energy schon angenommen, bevor Farris überhaupt mit den Vorstellungsgesprächen begonnen hatte. Also habe ich meine Bewerbung zurückgezogen. Wäre das nicht ein seltsamer Zufall gewesen, wenn ich meinen Vater getroffen und keiner von uns beiden etwas davon gewusst hätte?«

»Ich bin jedenfalls froh, dass du hier bist und nicht in L. A.«, sagte Safe.

Sie schenkte ihm ein zittriges Lächeln. »Und er ist nicht einmal so weit weg von hier. Das ist so verrückt!«

»Wenigstens hat es dich von dem Treffen heute Nachmittag abgelenkt.«

Wren kicherte. »Stimmt.«

»Ist das okay für dich?«, fragte Safe ernst.

»Ich weiß es nicht. Ein Teil von mir ist begeistert. Der andere Teil ist vorsichtig. Ich meine, ich habe die Erfahrung gemacht, dass, wenn etwas zu schön ist, um wahr zu sein, es das meistens auch ist. Aber andererseits, was haben diese Leute davon, wenn sie über ihre Identität lügen? Es ist nicht so, als sei ich in Sachen Geld etwas wert. Sie haben mehr zu verlieren als ich, wenn sie mich als Familie anerkennen.«

»Sie könnten dich benutzen, um Informationen über BT Energy zu bekommen, die sie stehlen können«, schlug Safe vor.

»Stimmt. Wirst du sie wirklich für mich überprüfen?«

»Natürlich.«

»Und wenn ich mich entschließe, mich mit ihnen zu treffen, wirst du dann mit mir kommen?«

»Versuche, mich davon abzuhalten«, knurrte Safe praktisch.

Wren sah auf eine Weise zu ihm auf, die er nicht deuten konnte.

»Was?«, fragte er schroff, da er selbst ein wenig überwältigt war von dem, was er gerade erfahren hatte.

»Es ist nur ... *du*. Alles. Ich fühle mich, als sei ich in einem Traum. Einem guten«, sagte sie schnell mit einem kleinen Lächeln.

»Die Dinge waren ziemlich verrückt, mit diesem Matt, deiner Wohnung, uns, deiner bevorstehenden Reise, meiner bevorstehenden Mission und jetzt das ... Aber ich sage dir eins. Ich würde nicht eine verdammte Minute davon ändern. Wir werden das durchstehen. Vielleicht werden wir in ein paar Jahren zurückblicken und lachen. Vielleicht schreiben wir ein Buch darüber, wie alles abgelaufen ist.«

Safe ging ein Risiko damit ein, das zu sagen. Aber ihm wurde klar, dass es das war, was er wirklich wollte. Diese Frau an seiner Seite. Über viele Jahre hinweg. Darauf zurückblicken, wie sie sich kennengelernt hatten und was alles passiert war. Mit etwas Glück würden sie genau das haben – Jahrzehnte zusammen.

»Ja«, sagte Wren wehmütig.

»Es ist gut, dass das Rätsel des unbekannten Anrufers jetzt hoffentlich gelöst ist«, sagte er. »Und wir haben das Schloss in deiner Wohnung ausgetauscht. Alabama und Fiona sind fast fertig mit dem Aufräumen dort und –«

»Warte, *was*? Das haben sie getan? Warum?«

»Weil ich mit ihren Ehemännern gesprochen habe, und die haben mit ihren Frauen gesprochen, und sie wollten helfen. Also haben die vier – denn Abe und Cookie würden ihre

Frauen auf keinen Fall ohne Verstärkung dorthin lassen, wenn man bedenkt, dass wir dieses Arschloch Matt noch nicht gefunden haben – die letzten paar Tage damit verbracht, zu reparieren, was sie konnten, und alles zu entsorgen, was nicht mehr zu retten war. Ich sollte dir wahrscheinlich auch sagen, dass Summer und Cheyenne einkaufen gegangen sind und all deine Teller, Tassen und Gläser ersetzt haben, sowie das Silberbesteck, das nicht mehr gerade zu biegen war. Mir wurde gesagt, dass nichts zusammenpasst, aber dass es ›ungewöhnlich und flippig und verdammt cool‹ ist. Ihre Worte, nicht meine.«

»Bo ...«

»Ich weiß. Es ist eine Menge. Und ich weiß, du hast gerade gesagt, dass du jetzt eine Familie hast. Aber Schatz ... du hattest schon eine. *Hier*. Bei mir und meinen Freunden, und jetzt *deinen* Freunden. Wir kümmern uns umeinander, und da du zu mir gehörst, bist du eine von uns.«

»Ich kann das alles nicht begreifen«, sagte Wren mit einem leichten Kopfschütteln.

»Das musst du im Moment auch nicht. Wir müssen beide zur Arbeit. Ich hole dich um siebzehn Uhr ab, und wir gehen noch schnell etwas essen, bevor wir zum Stützpunkt fahren. Meine Teamkameraden haben recherchiert, was ihrer Meinung nach für dich geeignet ist und was sie dir in der kurzen Zeit, die wir haben, beibringen können.«

»Oh Mist! Ich habe den Rest deines Teams noch gar nicht kennengelernt«, sagte Wren.

»Nein, mach dir deswegen keinen Stress. Sie lieben dich bereits. Du brauchst dir keine Sorgen zu machen«, sagte Safe.

»Sicher«, murmelte Wren.

»Das musst du wirklich nicht«, beharrte Safe. »Sie haben alles über dich von mir gehört. Wren dies, Wren das. Sie haben mich damit genervt, dich endlich persönlich kennenzulernen. Du musst einfach nur du selbst sein. Sie werden dich lieben.«

»Ich glaube nicht, dass ich heute noch mehr Stress ertragen kann«, sagte Wren.

Safe küsste sie. Er beugte sich einfach vor und presste seine Lippen auf ihre. Es war nicht leidenschaftlich, aber er war dennoch gerührt von der Erfahrung. Er liebte es, sie berühren und küssen zu können, wann immer er wollte. Neue Beziehungen waren immer aufregend, aber das hier war mehr. Besser. Er fühlte sich mit ihr so wohl, als seien sie schon seit Jahren zusammen und nicht erst seit der kurzen Zeit, in der er sie tatsächlich kannte.

»Du bist der Inbegriff des Sprichworts, dass man nie weiß, wie stark man sein kann, bis man keine andere Wahl hat. Du schaffst das, Wren. Egal was das Leben dir in den Weg gelegt hat, du hast durchgehalten. Und jetzt hast du mich. Du musst nicht mehr allein mit der Scheiße fertigwerden. Du kannst dich auf mich stützen. Und auf unsere Freunde, okay?«

»Ich fange an, es zu glauben«, sagte Wren.

»Gut. Jetzt komm schon. Kevlar tritt mir in den Arsch, wenn ich zu spät komme. Los geht's.«

»Herrisch«, stichelte Wren.

»Du hast ja keine Ahnung«, sagte Safe, während er an die Dinge dachte, die er mit ihr im Schlafzimmer machen wollte. Dafür war es definitiv noch zu früh, aber er wäre kein Mann, wenn er nicht wenigstens darüber nachdenken würde.

»Versprechen, Versprechen«, sagte sie frech.

Safes Schwanz zuckte in seiner Hose. Gott, diese Frau würde ihn umbringen. Aber wenigstens würde er als glücklicher Mann sterben.

KAPITEL ZWÖLF

Wrens Tag war blitzschnell vergangen. Sie musste über viele Dinge nachdenken – ihren Vater, ihren Halbbruder, das Treffen mit Bos Team und Dinge über ihre Reise in den Südsudan, von denen sie nicht sicher war, ob sie sie hören wollte.

Sie hatte versucht, ihre Kollegen zu überreden, sie zu dem Treffen zu begleiten, aber wie erwartet waren sie nicht bereit dazu. Also beschloss Wren, so viele Notizen wie möglich zu machen und sie dann an alle zu schicken. Wenn sie sie lesen wollten, gut. Wenn nicht, war das ihr Problem. Warum sie keine Informationen darüber haben wollten, wie sie so sicher wie möglich sein konnten, war ihr ein Rätsel, aber sie hatte keine Zeit, darüber nachzudenken, denn Bo fuhr gerade vor dem Gebäude vor.

Sie kam ihm entgegen und stieg in seinen Jeep. Er beugte sich zu ihr und küsste sie, als hätten sie das seit Jahren jeden Tag getan. Es fühlte sich normal, angenehm und aufregend an, alles zur gleichen Zeit. Ihr gefiel es, wie ihre Beziehung sich entwickelte. Bo verlangte nie mehr von ihr, als sie zu geben bereit war, was sie zu schätzen wusste. Sie lebte zwar mit ihm zusammen, und er mochte jeden ihrer Gedanken beherrschen, aber sie war noch nicht bereit, mit ihm zu schlafen. Das war ein großer Schritt, und sie wollte sicher sein, dass er genau der war, für den er sich ausgab, bevor sie das tat.

Denn sie verliebte sich in ihn. Und wenn sie mit ihm ins Bett ging und sich herausstellte, dass er sie nur für Sex benutzte, war Wren nicht sicher, ob sie den Verrat überleben würde. Vielleicht war diese Denkweise Bo gegenüber nicht fair, aber er schien auch noch nicht darauf erpicht zu sein, ihre aufkeimende Beziehung in eine körperliche Beziehung zu verwandeln. Vielleicht war er sich also auch bei ihr noch unsicher.

»Hi«, sagte er, als sie sich angeschnallt hatte. »Wie war dein Tag? Hast du die anderen dazu gebracht, heute Abend zu kommen?«

»Er war gut. Und nein.«

Bo zog eine Grimasse, zuckte aber mit den Schultern. »Ihr Pech. Wir werden dir alle Informationen geben, die du brauchst, damit du notfalls *allen* den Arsch retten kannst, okay?«

Wren lachte. »Na schön. Bekomme ich auch einen Umhang?«

»Du kannst alles haben, was du willst«, erklärte Bo ihr mit einem Zwinkern. »Sind Burritos zum Mitnehmen als Abendessen in Ordnung?«

»Hast du mich ernsthaft gefragt, ob mexikanisch in Ordnung ist?«, fragte Wren.

»Na ja, es ist kein richtiges mexikanisches Essen, bei dem wir uns Hinsetzen. Es ist nur von einem dieser Fast-Food-Läden.«

»Ein Burrito ist ein Burrito. Und die Antwort ist ja, das ist absolut in Ordnung.«

»Perfekt.«

Es dauerte etwa fünfzehn Minuten, zum Imbiss zu fahren, ihr Essen zu holen und dann den Stützpunkt zu erreichen. Bo nahm ihre Hand, sobald sie aus dem Wagen ausgestiegen waren, und sie gingen in ein unscheinbares Gebäude.

»Arbeitest du hier?«

»Ja und nein. Manchmal benutzen wir die Besprechungsräume hier, aber wir haben überall auf dem Stützpunkt Konferenzräume, die wir benutzen, je nachdem, wie sensibel die Informationen sind, über die wir sprechen oder die wir von außen erhalten.«

Das machte Sinn.

Er führte sie in den ersten Stock und einen Flur hinunter. Alle Türen sahen gleich aus, und er öffnete eine auf halber Strecke des Flurs. Wren schluckte schwer, als sie sah, dass alle Männer bereits um den großen runden Tisch im Inneren versammelt waren.

Sie kannte Kevlar, aber die anderen nicht. Und als sie im Geiste zählte, stellte sie fest, dass ein paar mehr Leute hier waren als nur Bos Team.

Während sie unbeholfen neben Bo stand, fragte sie sich, was sie wohl dachten. Ob sie enttäuscht waren, dass ihr Freund mit ihr zusammen war. Tief sitzende Unsicherheiten aus ihrer Vergangenheit durchfluteten Wren. Sie wollte unbedingt, dass Bos Teamkameraden sie mochten. Oder dass sie es zumindest nicht hassten, dass sie mit ihm zusammen war.

Einen Moment lang herrschte Stille – die sich für Wren wie eine Ewigkeit anfühlte, aber wahrscheinlich nur ein paar Sekunden dauerte –, dann trat ein Mann vor.

»Ich bin Preacher. Du musst Wren sein. Ich muss sagen, wir sind alle ein wenig verärgert, dass Safe uns nicht angerufen hat, um neulich Abend zu helfen, deine Sachen zu holen.«

»Und *ich* muss sagen, dass es wahrscheinlich gut gewesen wäre, wenn ein paar von euch dabei gewesen wären. Vielleicht wäre Matt dann nicht entkommen«, erwiderte Wren mit einem leichten Schulterzucken.

»Siehst du? Sogar deine Freundin weiß, dass du an diesem

Abend ein Dummkopf warst«, sagte einer der anderen Männer zu Bo.

Wren konnte ein kleines Lächeln nicht zurückhalten.

»Mh-hm. Ich stelle euch jetzt vor, damit wir essen und mit dem Treffen beginnen können«, sagte Bo. »Leute, das ist Wren Defranco. Wren, du kennst natürlich Kevlar. Das sind Blink, MacGyver, Flash und Smiley. Und diese beiden«, sagte er und nickte in Richtung zweier zusammenstehender Männer, »sind Dude und Mozart. Sie sind in Wolfs SEAL-Team. Sie sind jetzt im Ruhestand, hängen aber trotzdem hier herum.«

»Hi«, sagte Wren und winkte allen zu, was ihr sofort wie eine Albernheit vorkam.

Aber zu ihrer Erleichterung wurde sie von niemandem darauf angesprochen, und alle begannen, am Tisch Platz zu nehmen. Bo führte sie zu einem Stuhl, und zu ihrer Überraschung tippte Blink MacGyver auf die Schulter und bedeutete ihm mit dem Kopf, weiterzurutschen, da er aus irgendeinem Grund wohl neben ihr sitzen wollte.

Sie hatte keine Zeit, darüber nachzudenken, denn Mozart begann, in einem Karton auf dem Tisch zu wühlen und Namen zu rufen, während er den anderen Männern etwas zuwarf, das wie belegte Brote aussah. Wren war dankbar, dass sie ihren Burrito nicht vor allen anderen essen musste, wenn diese nicht aßen, denn das wäre ihr verdammt unangenehm gewesen.

Alle stürzten sich auf ihre Mahlzeit, und Wren tat das Gleiche. Sie war am Verhungern. Es war ein langer Tag auf der Arbeit gewesen, und der Burrito war genau das Richtige.

»Geht es dir gut?«

Sie drehte sich zu Blink um und betrachtete den Rotschopf, während sie den Bissen, den sie gerade genommen hatte, kaute und hinunterschluckte. Sie erinnerte sich daran, was Bo ihr über ihn erzählt hatte. Wie jeder in seinem Team bei einem Einsatz verletzt oder getötet worden war. Wie schwer es ihm gefallen war, damit fertigzuwerden. Wie er eingegriffen und

Remi davor bewahrt hatte, von einem von Bos früheren Teamkameraden getötet zu werden. »Ja. Warum sollte es nicht so
sein?«, fragte sie.

»Du hast eine schwere Zeit hinter dir«, sagte Blink.

Wren stieß einen Atemzug aus. »Ich gebe zu, dass es
schrecklich war, betäubt zu werden. Genauso wie zu erfahren,
dass meine Wohnung durchwühlt wurde, und zu wissen, dass
das Arschloch immer noch da draußen ist und wahrscheinlich
darauf wartet, mich wieder in die Finger zu bekommen. Aber
ganz ehrlich, das Zusammenleben mit Bo war bisher keine
große Belastung. Zu meiner Arbeit und zurück chauffiert zu
werden ... das ist gar nicht schlecht. Alles in allem ist mein
Leben im Moment eigentlich ganz gut.«

Blink starrte sie einen Moment lang ausdruckslos an.

Gerade als Wren dachte, sie hätte etwas Falsches gesagt,
zuckten Blinks Lippen ein wenig nach oben. »Du erinnerst
mich an Remi. Unverwüstlich, praktisch, stark.«

Wren fühlte sich innerlich warm und wohlig. Sie mochte
Remi. War beeindruckt von ihr. Besonders nachdem sie von Bo
gehört hatte, was sie durchgemacht hatte, als sie gestern Abend
sein Haus verlassen hatte. Blinks Kompliment fühlte sich
fantastisch an. »Danke«, sagte sie leise.

Er nickte, dann wandte er die Aufmerksamkeit wieder
seinem Sandwich zu.

»Wren?«

Sie drehte sich zu Bo um.

»Du musst heute Abend daran denken zu atmen, okay?«

»Hm?«

»Wir werden über vieles reden, was dich vielleicht erschrecken wird. Aber das ist es, was wir tun. Wir reden über alle
Worst-Case-Szenarien. Nehmen sie auseinander. Wir besprechen, was wir tun würden, wenn das Schlimmste passiert.
Wenn man im Voraus weiß, was passieren kann, ist es einfacher, damit umzugehen, wenn eines dieser Dinge eintritt. Du

hast gesagt, dass du über den Südsudan recherchiert hast, also weißt du einiges von dem, worüber wir reden werden, aber wir werden wahrscheinlich auch Dinge ansprechen, an die du nicht gedacht hast. Ich möchte nur, dass du nicht in Panik gerätst, okay?«

Wren nickte. »Ich bin nicht naiv. Ich meine, in manchen Dingen bin ich es wahrscheinlich schon, aber mein Leben war nicht immer Friede, Freude, Eierkuchen. Ich weiß, dass eine Menge Mist passieren kann. Und ja, ich habe recherchiert, aber ganz ehrlich? Obwohl ich heute Morgen so nervös war, habe ich mich darauf gefreut, mit dir und deinen Freunden zu reden. Ihr seid die Experten. Ich nehme jeden Rat an, den ich bekommen kann. Ich habe keine andere Wahl, als auf diese Reise zu gehen, aber ich kann dafür sorgen, dass ich auf alles vorbereitet bin.«

»Du wirst schon klarkommen«, sagte Bo nachdrücklich. »Egal was passiert, du hast die innere Stärke und die Intelligenz, es durchzustehen.«

Das zweite fantastische Kompliment innerhalb weniger Minuten reichte fast aus, um Wren zum Weinen zu bringen. »Ich hoffe es«, sagte sie leise.

»Ich weiß es«, sagte Bo ohne jeden Zweifel in der Stimme.

Das Gespräch am Tisch war allgemein und entspannt, bis Kevlar aufstand und sich räusperte.

Wren konnte nicht anders, als sich anzuspannen. Dies war nicht nur ein Treffen, um Bos Freunde kennenzulernen. Es gab einen sehr ernsten Grund, warum sie alle hier waren.

»Okay. Ich dachte mir, wir fangen an. Remi wartet zu Hause auf mich, und ich bin sicher, Cheyenne und Summer und ihre Kinder warten auf Dude und Mozart. Wir sind hier, um über Wrens Sicherheit zu sprechen, wenn sie in ein paar Wochen in den Südsudan reist. Wir waren alle schon einmal in dieser Region und wissen, in was für eine Scheiße sie da hineinläuft … Tut mir leid, Wren, aber es ist wahr.«

»Ist schon okay«, versicherte sie ihm. »Ich weiß.«

»Am *besten* wäre es, du würdest gar nicht erst dorthin reisen. Willst du dir ein Bein brechen? Einen Virus einfangen? Einen neuen Job suchen?«, schlug Preacher vor, wobei er sie hoffnungsvoll ansah.

»Nichts davon steht auf meiner unmittelbaren Agenda«, erklärte Wren ihm.

»Dachte ich mir. Aber ich musste es wenigstens versuchen«, sagte er achselzuckend.

Wren war nicht verärgert, sie respektierte ihn dafür, dass er sagte, was alle anderen denken mussten.

Sie zuckte ein wenig überrascht zusammen, als Bo unter dem Tisch ihre Hand ergriff. Er sah sie nicht an, sondern legte nur ihre ineinander verschlungenen Hände auf ihren Oberschenkel. Es fühlte sich gut an, seine Unterstützung zu haben, vor allem wenn sie wusste, dass sie gleich einige unangenehme Dinge hören würde.

»Wir alle wissen, dass für den Südsudan im Moment eine Reisewarnung der Stufe vier gilt«, fuhr Kevlar fort. »Es herrscht ein bewaffneter Konflikt zwischen verschiedenen politischen und ethnischen Gruppen. Kriminalität und Gewalt sind an der Tagesordnung. Ausländische Staatsangehörige haben bewaffnete Raubüberfälle, sexuelle und andere Übergriffe, Autodiebstähle, Schießereien, Entführungen und andere Gewaltverbrechen erlebt.«

Wren hatte das Gleiche über das Land gelesen, in das sie freiwillig einreisen wollte, aber als sie hörte, wie Kevlar die verschiedenen Tragödien aufzählte, die während ihres Aufenthalts dort passieren könnten, wurde ihre Situation noch realer.

»Du bist zwar keine Journalistin im eigentlichen Sinne, aber da du trotzdem eng mit den Medien zusammenarbeiten wirst, musst du die entsprechenden Papiere von der südsudanesischen Medienbehörde erhalten. Weißt du, ob du die bekommen hast?«, fragte Kevlar.

Wren setzte sich aufrechter hin. »Das haben wir. Mein Chef, Colby Johnson, hat dort einen Verbindungsmann, der uns bei unserer Reiseroute hilft und dafür sorgt, dass wir die richtigen Dokumente haben.«

»Gut. Außerdem solltest du wissen, dass unsere Regierung nur begrenzt in der Lage ist, US-Bürgern in diesem Land konsularische Notfallhilfe zu leisten. Ich gehe davon aus, dass für dich eine strenge Ausgangssperre gilt, ebenso wie für die wenigen Mitarbeiter der US-Regierung, die sich im Land befinden. Sie müssen sich in gepanzerten Fahrzeugen fortbewegen und dürfen sich nicht außerhalb von Juba aufhalten. Weißt du schon, was ihr dort vorhabt?«

Wren nickte. »Wir werden Juba auch nicht verlassen. Die Pipeline soll nördlich und südlich der Stadt verlaufen, aber wir sind nicht dort, um die geplanten Standorte zu besichtigen. Wir sind dort, um dem Südsudan die positiven Auswirkungen der Pipeline auf sein Land zu erläutern. Ich weiß nichts über gepanzerte Fahrzeuge, aber ich hoffe, dass Colbys Kontaktmann das unter Kontrolle hat.«

»Alles klar. Also ... angesichts des Gewaltpotenzials ist es für mich eine Selbstverständlichkeit zu sagen, dass du niemals allein losziehen solltest. Geh *nirgendwo* zu Fuß hin, auch nicht in Gruppen. Wenn jemand vorschlägt, die Straße hinunter in ein Restaurant zu gehen, das er gesehen hat, dann tu das nicht. Bleib im Hotel. Wenn möglich, stelle sicher, dass die Zimmer, in denen ihr euch trefft, keine Fenster haben. Geh unter keinen Umständen zu irgendwelchen öffentlichen Demonstrationen oder Versammlungen. Mach keine Foto- oder Videoaufnahmen, auch nicht von eurem Fahrzeug aus. Das Fotografieren, auch an öffentlichen Orten, wird streng kontrolliert.«

Wrens Blick war auf Kevlar fixiert. Mit jedem Wort, das er sagte, wurde sie angespannter. Bo hatte sie gewarnt, und obwohl sie das meiste dessen, was der andere Mann sagte, bereits wusste, war es immer noch schwer zu glauben, dass BT Energy diese Reise für eine gute Idee hielt.

»Hast du ein Testament, eine Bevollmächtigung und deine Versicherungsempfänger in Ordnung gebracht?«, fragte Smiley mit ernster Miene.

Wren nickte. »Ja.«

»Gut. Kannst du uns sagen, wie euer Zeitplan aussieht?«, fragte Kevlar.

»Es ist eine viertägige Reise. Tag eins ist im Grunde genommen uninteressant, da wir die meiste Zeit des Tages unterwegs sein werden. Am zweiten Tag gibt es ein Treffen mit den Regierungsbeamten, die die Reise genehmigt haben. Außerdem gibt es eine Frage-und-Antwort-Runde mit einigen hohen Tieren, die maßgeblich an der Genehmigung der Pipeline beteiligt waren. Danach werde ich dem staatlichen Medienprogramm ein kurzes Interview über das Projekt geben.

Am dritten Tag kommen einige der verschiedenen ethnischen Gruppen, um Fragen zu stellen, damit wir genau erklären können, wohin die Pipeline führt und welche Vorteile das südsudanesische Volk davon hat. Ich werde diese Sitzung leiten und als Moderatorin für Colby und die anderen Jungs fungieren, die eine Art Podiumsdiskussion halten werden. Am Nachmittag haben wir noch etwas Freizeit, bevor wir zu einem Abendessen im Haus des Präsidenten gehen werden. Ich weiß nicht, ob er dort sein wird oder nicht, aber anscheinend ist es eine große Sache.

Der letzte Tag ist ein weiterer Reisetag. Morgens fahren wir zum Flughafen und dann geht es nach Hause.«

Im Raum war es einen Moment lang still, bevor Dude leise »Scheiße« sagte.

Wren war sich nicht sicher, welcher Teil des Plans ihn am meisten beunruhigte. Aber sie musste nicht lange warten, um es herauszufinden.

»Mein Gott, dieser Zeitplan ist ein Desaster«, sagte Dude

und fuhr sich mit einer Hand durch die Haare. »Wer zum Teufel hat sich ausgedacht, dass es eine gute Idee ist, Vertreter verschiedener ethnischer Gruppen in einem Raum zu versammeln? Das wird nicht gut ausgehen. Und wenn ihr zum Haus des Präsidenten geht, werdet ihr nur zur Zielscheibe.«

»Richtig, also ... dies ist wahrscheinlich ein guter Zeitpunkt, um über Einzelheiten zu sprechen«, sagte Kevlar. »Erstens, sollte es bei einem der Interviews zu einem Gewaltausbruch kommen, ist es deine erste Aufgabe, dich auf den Boden zu werfen. Flach hinlegen.«

»Und auf dem Bauch zum Ausgang kriechen«, fuhr Flash fort.

»Wenn du keine Tür erreichen kannst, verstecke dich hinter einem Möbelstück. Ein umgeworfener Stuhl, ein Tisch, irgendetwas. Halte den Kopf unten und bedecke ihn mit deinen Armen«, fügte Mozart hinzu.

»Zieh keine Aufmerksamkeit auf dich«, sagte Bo. »Und das gilt für alles, was du tust und wohin du gehst. Sobald du das Land betrittst, bis zu dem Moment, in dem du es verlässt. Nicht schreien, nicht zu laut lachen. Zieh dich nicht auffällig an. Lass deinen ganzen Schmuck zu Hause, auch wenn du ohnehin kaum welchen trägst. Du musst sogar deine Uhr in deiner Tasche lassen. Hol dein Handy in der Öffentlichkeit *nicht* heraus. Halte den Kopf unten und sei still.«

Wren konnte den Blick nicht von Bo abwenden. Sie leckte sich nervös über die Lippen und nickte.

»Jetzt ist wahrscheinlich ein guter Zeitpunkt, um über Kleidung zu reden«, sagte Smiley.

»Ja«, stimmte Kevlar zu. »Ich weiß nicht, was du normalerweise bei so etwas trägst ...« Er verstummte, während er darauf wartete, dass sie seine Frage beantwortete.

»Professionell. Röcke, die über das Knie gehen, Jacketts, Blusen.«

Kevlar schüttelte bereits den Kopf. »Nein. Keine Röcke.

Pack nicht einmal einen ein. Wenn es deinem Chef nicht gefällt, Pech gehabt. Wenn ihr erst einmal dort seid, ist es zu spät für ihn, sich zu beschweren. Immer in Hosen. Vorzugsweise Cargohosen. Nicht diese schicken, nutzlosen Hosenanzüge, für die es in Afrika sowieso viel zu heiß sein wird.«

»Und Stiefel«, fügte Dude hinzu. »Die zum Wandern, nicht die hochhackigen Designer-Stiefel.«

»Es wird heiß sein, und obwohl ich zum Schutz langärmelige, feuchtigkeitsregulierende Hemden empfehlen würde, kannst du wahrscheinlich auch mit einem kurzärmeligen durchkommen«, sagte Preacher.

Wren machte wohl eine Grimasse, denn Dude stand auf, legte die Hände auf den Tisch und lehnte sich zu ihr. »Du und deine Kollegen werdet sowieso auffallen wie Affen in der Antarktis. Ihr werdet Zielscheiben auf der Stirn haben, sobald ihr in diesem Land ankommt. Die Wahrscheinlichkeit, dass einer oder alle von euch Opfer irgendeiner Art von Gewalt werden, um entweder ein Zeichen zu setzen oder zu versuchen, Geld von den reichen Amerikanern zu erpressen, liegt im Grunde bei hundert Prozent. Würdest du lieber versuchen, dich in Rock und Stöckelschuhen in Sicherheit zu bringen, oder in Hose und Schuhen, in denen du laufen kannst?«

»Letzteres«, sagte Wren leise. »Es ist nur so, dass ... von mir wird erwartet, dass ich immer ein bestimmtes Image verkörpere. Denkt an einen Wetterfrosch oder an jemanden in den Abendnachrichten.«

»Aber die machen ihren Job nicht mitten in einem Land, in dem gerade ein Bürgerkrieg tobt«, gab Preacher zurück.

»Wenn dein Chef hier wäre, würden wir ihm das Gleiche sagen. Keine Anzüge und Krawatten. Keine nutzlosen Lederschuhe. Man muss mit dem Schlimmsten rechnen und erleichtert sein, wenn das Beste eintritt. Wenn du in den Dschungel südlich der Stadt verschleppt wirst, musst du vorbereitet sein.

Baumwollkleidung ist in einem heißen Klima wie in Afrika kein Vergnügen«, erklärte Flash.

Schließlich wurde ihr klar, dass die vier Tage, die sie im Südsudan verbringen würde, die vier anstrengendsten ihres Lebens sein würden.

»Im Hotel solltest du nicht allein in einem Zimmer sein«, fuhr MacGyver fort. »Vertraust du einem deiner Kollegen genug, um mit ihm ein Zimmer zu teilen?«

Wren dachte einen Moment nach und sagte dann: »Wahrscheinlich Luke. Er ist ungefähr so alt wie ich, und ich glaube, er wäre heute Abend mitgekommen, wenn er nicht gedacht hätte, dass die anderen sich über ihn lustig machen würden.«

So ziemlich alle Männer um sie herum verdrehten die Augen. Es war offensichtlich, dass sie nicht viel von jemandem hielten, der nicht das Richtige tun konnte, selbst wenn es nicht das war, was er in den Augen anderer tun sollte.

»Tu, was du tun musst, aber bleib nachts *nicht* allein. Es ist für einen Angestellten des Hotels viel zu einfach herauszufinden, dass du allein bist, in welchem Zimmer du bist, und sogar jemandem einen Schlüssel zu geben«, sagte MacGyver.

»Und nimm eines dieser Alarmdinger mit. Die, die wie ein Türstopper aussehen. Man legt es unter die Tür und es macht ein furchtbares Geräusch, wenn jemand versucht, die Tür zu öffnen. So können sie dich zumindest nicht überraschen.«

»Wir müssen über die Möglichkeit einer Entführung sprechen«, sagte Blink leise.

»Richtig«, seufzte Kevlar. »Sieben Amerikaner von einem erfolgreichen Energiekonzern an einem Ort ist, als würde man einem hungrigen Esel eine Karotte vor die Nase halten.«

Die Analogie war lustig, aber Wren war nicht in der Stimmung zu lachen. Ganz und gar nicht.

»Sie könnten jederzeit zuschlagen. Wenn ihr den Flughafen verlasst, wenn ihr zum Hotel fahrt, wenn ihr in euren Besprechungen seid, auf dem Weg zum Anwesen des Präsidenten ... buchstäblich jederzeit, also musst du bereit sein«, sagte Dude.

»Sei wachsam. Wenn etwas passiert, denk daran, was wir vorhin gesagt haben. Zieh keine Aufmerksamkeit auf dich. Sei gefügig. Tu, was sie dir sagen«, erklärte Smiley.

»Ich soll nicht versuchen zu fliehen?«, fragte Wren.

»Nein!«, riefen mindestens drei der Jungs gleichzeitig.

»Wenn du das tust, werden sie wahrscheinlich auf dich schießen«, erklärte Kevlar.

»Am besten ist es, wenn du leise mitgehst. Ich weiß, das klingt beängstigend und kontraintuitiv«, sagte Mozart, »aber wir werden einen Lebenszeichen-Plan aufstellen. Da Safe und sein Team im Einsatz sein werden, kannst du einem von uns alle paar Stunden eine E-Mail schicken. Uns wissen lassen, dass es dir gut geht. Wenn du dich nicht meldest, können wir unsere Verbindungen nutzen, um sofort herauszufinden, was los ist.«

Wren blickte zu Bo hinüber. Er starrte seinen Freund mit einem leichten Stirnrunzeln an.

»Wenn du entführt wirst, haben wir die Möglichkeit, Leute darauf anzusetzen«, stimmte Dude zu.

»Darf ich etwas sagen?«, warf Wren ein.

»Natürlich«, sagte Kevlar zu ihr.

»Was werdet ihr tun können? Ihr wüsstet nicht einmal, wo ich bin. Und es ist nicht so, dass ihr immer noch SEALs seid. Ich meine, ihr seid es, das klang unhöflich ... aber ihr seid nicht im aktiven Dienst. Ihr könnt nicht einfach in ein Flugzeug springen und mich holen.«

»Erstens, du hast recht. Das können wir nicht. Aber das heißt nicht, dass wir nicht andere Leute kennen, die das können«, erklärte Dude. »Und wir *werden* wissen, wo du bist.«

Wren runzelte verwirrt die Stirn.

»Ich denke, es ist Zeit, zum anderen Teil des heutigen Treffens zu kommen«, sagte Kevlar.

MacGyver stand auf und ging hinüber zu einem schmalen Tisch an einer der Wände. Er hob einen kleinen Karton auf, den Wren zuvor nicht bemerkt hatte, und stellte ihn auf den Konferenztisch. »Wren? Kannst du bitte herkommen?«

Wren sah Bo an, aber seine Aufmerksamkeit galt MacGyver und dem, was sich in dem Karton befand. Sie stand auf, wobei sie sich etwas seltsam fühlte, da sie Bos Hand loslassen musste, und ging zu MacGyver hinüber.

»Wir haben ein paar Dinge für dich zusammengestellt. Denk daran, das sind alles Überlebensmittel für den schlimmsten Fall, nicht Dinge, von denen wir wollen, dass du sie überhaupt benutzen musst, okay?«

Aus irgendeinem Grund war Wren gespannt darauf, was diese Männer als »Überlebensmittel« bezeichneten. Sie nickte.

Das Erste, was MacGyver aus der Schachtel zog, war ein kleiner Plastikumschlag mit etwas Weißem darin.

»Das ist nur etwas Baumwolle, die mit Vaseline überzogen ist. Wir dachten, es könnte entweder in deinen Stiefel passen oder in die versteckte Tasche hier«, erklärte MacGyver, während er einen Gürtel herauszog.

Wren nahm den Gürtel von ihm und bemerkte den versteckten Reißverschluss auf der Innenseite. Sie öffnete den Reißverschluss, wobei sie sich ein wenig wie Inspektor Gadget vorkam. Sie nahm die kleine Plastiktüte von MacGyver und steckte sie in die kleine Tasche des Gürtels. »Wäre es nicht praktischer, etwas Geld oder einen Ausweis darin zu haben als das hier?«, fragte sie.

»Wenn du mitten im Dschungel bist, hättest du dann lieber Geld und einen Ausweis oder eine Möglichkeit, ein Feuer zu machen?«, fragte Kevlar.

»Ach, dafür ist die Baumwolle also da?«, fragte Wren und kam sich dumm vor.

»Ja. Die Kombination aus Vaseline und Baumwolle ist ein ausgezeichneter Anzünder.«

Wren runzelte verwirrt die Stirn. »Aber wie soll ich es anzünden? Wollt ihr mir beibringen, wie man zwei Stöcke aneinanderreibt, um Funken zu erzeugen?«

Die Männer lachten. »Nein. Ich meine, wir *könnten* es dir beibringen, aber diese Methode ist schwierig. Und es würde zu lange dauern. Sieh dir die Schnalle des Gürtels an, den du in der Hand hältst«, sagte Preacher.

Wren hob die Schnalle an, um sie zu untersuchen. »Ich verstehe das nicht.«

»Darf ich?«, fragte MacGyver und streckte eine Hand aus.

Ohne zu zögern, legte Wren ihm den Gürtel in die Hand. Er drehte die Schnalle und zeigte darauf. »Siehst du diesen kleinen Stab hier?«

Sie nickte.

»Das ist ein Feuerschläger.«

Wren schaute MacGyver verwirrt an. »Feuer… was?«

Sie sah den Ausdruck der Überraschung – oder vielleicht der Bestürzung? – auf seinem Gesicht.

»Es tut mir leid. Ich habe keine Ahnung vom Campen oder vom Leben im Freien.«

»Ist schon gut, Wren«, sagte Bo, stand auf und stellte sich neben sie. Er nahm MacGyver den Gürtel ab. »Wir können üben, wenn wir zu Hause sind. Aber im Grunde genommen ist ein Feuerschläger mit einem Zeug überzogen, das Funken erzeugen kann, wenn man es abreibt. Dieser hier ist winzig, was es schwieriger macht, ihn zu benutzen, aber da er unauffällig bleiben soll, ist es unerlässlich, dass jemand, der dich durchsucht, ihn nicht findet oder erkennt, wozu er da ist.«

Bei seinen Worten musste Wren schwer schlucken. Der Gedanke, dass jemand sie »durchsuchen« würde, klang nicht lustig. Ganz und gar nicht.

»An dieser Gürtelschnalle befindet sich der Stab zum Anzünden des Feuers, der Feuerschläger, und mit dem Stift, der in die Löcher des Gürtels passt, reibst du daran, um Funken zu erzeugen. Wenn du ein paar kleine Zweige, irgendein Gras und die mit Vaseline bestrichene Baumwolle aufstapelst und dann so gegen den Stab schlägst«, Bo löste den kleinen Stift und fuhr damit am Feuerstäbchen entlang, woraufhin Funken auf den Tisch sprühten, »dann bekommst du Feuer.«

»Oh!«, rief Wren aus. »Das ist cool.«

Bo lächelte. »Das ist es.«

»Okay. Kann man den Gürtel danach wieder zusammenbauen?«

Bo nickte und zeigte ihr, wie es funktionierte.

»Was noch?«, fragte Wren, gespannt darauf, was für andere supergeheime Navy-SEAL-Sachen sie für sie hatten.

»Lippenstift«, sagte MacGyver und hielt ihr einen hin.

Wren zog die Stirn in Falten. »Ich trage normalerweise keinen«, informierte sie ihn.

»Das musst du auch nicht. Dieser hier basiert auf Erdöl. Auch hier, wenn du ein Stück abschneidest – oder besser abschabst –, kannst du damit ein Feuer entfachen.«

»Gut. Und Entführer würden sich wahrscheinlich nicht so sehr daran stören, wenn ich einen Lippenstift bei mir hätte.«

»Genau«, sagte Smiley von der anderen Seite des Tisches.

Wren nickte ihm kurz zu und drehte sich dann wieder zu MacGyver um. Bo war nicht zu seinem Platz zurückgekehrt. Er blieb neben ihr, was Wren zu schätzen wusste.

»Safe sagte, er würde dir ein Paar Stiefel besorgen. Du musst sie einlaufen, bevor du aufbrichst, das heißt, du wirst sie wahrscheinlich schon zur Arbeit tragen müssen. Er wird die Schnürsenkel hierdurch ersetzen ... Paracord.«

»Ich habe schon Armbänder aus diesem Zeug gesehen«, sagte Wren, als sie es ihm abnahm und mit den Händen darüberfuhr. »Wofür soll ich das verwenden?«

»Du kannst damit einen Unterschlupf bauen, Stöcke zusammenbinden, eine Angelschnur improvisieren, es als Stauschlauch benutzen, Fallen errichten, verstreutes Material, das du findest, zu einem Rucksack zusammenbinden, ein Feuer entfachen – es brennt sehr schnell – oder Kabelbinder durchschneiden.«

»Okay, das meiste davon wird für mich nicht funktionieren. Ich habe keine Ahnung, wie man einen Unterschlupf baut, und ich bin sicher, dass ich beim Fischen oder Fallenbauen hoffnungslos überfordert wäre. Aber ... du machst doch sicher Witze über das Durchschneiden von Kabelbindern.«

»Tut er nicht«, erwiderte Flash. Er lächelte nicht, sondern war völlig ernst. »Wenn deine Hände mit Kabelbindern gesichert sind, kannst du das Paracord aus deinen Schuhen nehmen und es wie eine Säge benutzen, um das Plastik zu schwächen, bis es reißt. Mach mit dem Seil eine Schlaufe, lege es um die Kabelbinder und deine Füße. Dann bewegst du deine Füße hin und her, als würdest du Fahrrad fahren, und schließlich erhitzt die Reibung das Plastik und du kannst es brechen.«

»Wow, ernsthaft?«

»Das werden wir auch noch üben«, versprach Bo. Er legte eine Hand auf ihren Rücken.

»Gut, okay. Was noch?«, fragte Wren.

MacGyver zog einen kleinen schwarzen Metallgegenstand hervor, und Wren beugte sich vor, um ihn genauer zu betrachten.

»Das ist eine Haarspange«, erklärte Mozart ihr. »Wir haben einen Freund, der bei der Delta Force war, und seine Frau hat so eine benutzt, um sich in Ägypten aus einer misslichen Lage zu befreien. Ich weiß, dass du kurze Haare hast, aber du könntest sie als dekoratives Accessoire verwenden. Zumindest können wir hoffen, dass das jeder denken würde.«

Wren nahm sie aus MacGyvers Handfläche. Es war tatsächlich eine einfache Schnappspange. Aber selbst ihrem ungeübten Auge war klar, dass es viel mehr war.

»Es kann ein Schraubenzieher, ein Lineal, ein Schraubenschlüssel sein, aber die gezackte Kante kann alles Mögliche durchschneiden. Segeltuch, Kabelbinder ... praktisch alles. Die Kante kann auch mit dem Feuerschläger verwendet werden, falls nötig.«

Bo griff nach der Haarspange und löste sie. Dann schob er sie seitlich sanft in ihr Haar und verschloss sie. »Sie passt zu deinem Haar, also ist es nicht so auffällig.«

Aus irgendeinem Grund errötete Wren. Seine Hände in ihrem Haar zu spüren fühlte sich wirklich gut an. Es war weder der richtige Zeitpunkt noch der richtige Ort, um darüber nachzudenken, wie seine Berührung sich an anderen Stellen ihres Körpers anfühlen würde, aber sie konnte ihre Gedanken nicht unterdrücken.

»Und dann ist da noch das hier«, sagte MacGyver und lenkte ihre Aufmerksamkeit wieder auf ihn. Er hielt ihr etwas entgegen, das in seinen großen Fingern winzig aussah. Es war ein Messer. Ein sehr kleines Klappmesser. Er schnippte mit dem Handgelenk und die Spitze kam zum Vorschein, scharf und tödlich.

»Wir dachten, das könnte auch in deinen Stiefel passen«, sagte Dude. »Oder vielleicht in die versteckte Tasche in deinem Gürtel. Aber es ist schwieriger zu verstecken als die anderen Dinge, die wir für dich gefunden haben. Vielleicht fällt Safe eine andere Möglichkeit ein, es zu verstecken, irgendwo, wo es für jemanden, der nach versteckten Waffen sucht, nicht offensichtlich ist.«

»Es ist nicht groß genug, um es wirklich als Waffe zu benutzen, und du willst dich auf keinen Fall mit deinem Entführer anlegen«, sagte Blink.

»Richtig. Wenn der schlimmste Fall eintritt und du entführt wirst, wie wir gesagt haben, sei gefügig. Sprich nicht, wenn du nicht musst. Schrei sie nicht an, versuche, nicht zu weinen. Bleib so stoisch wie möglich. Iss, was sie dir geben, denn du weißt nie, wann du wieder etwas zu essen bekommst«, sagte

Flash ernst.

»Und trink Wasser. Es ist ein Glücksspiel, weil du nicht weißt, ob es sauber ist, aber ohne Wasser wirst du schwächer, und wenn sich eine Chance zur Flucht ergibt, bist du vielleicht nicht stark genug, um sie zu ergreifen«, fügte Smiley hinzu.

»Apropos Flucht, du musst clever vorgehen. Wahrscheinlich wirst du entweder in einen Unterschlupf in der Stadt gebracht, wo die Entführer sich versteckt haben, oder sie bringen dich in den Dschungel. Wahrscheinlich Letzteres, denn das ist leichter zu verteidigen und es gibt weniger Leute, die ihre Gefangenen sehen können«, erklärte Preacher.

»Die Stadt wäre besser, leichter zu entkommen, aber nicht unbedingt sicherer. Denn eine Amerikanerin, die allein unterwegs ist, ist nicht sicher. Ganz und gar nicht«, überlegte Kevlar.

»Aber der Dschungel ist auch nicht gerade gut. Du müsstest herausfinden, welchen Weg du einschlagen musst, um in Sicherheit zu gelangen – und ich verwende den Begriff *Sicherheit* sehr großzügig, da jeder, dem du begegnest, dir potenziell Schaden zufügen könnte. Dann musst du Wasser, Nahrung und eine Unterkunft finden.«

»Dschungel ist definitiv besser«, sagte Bo entschieden. »Dort kann sie sich verstecken und warten, bis Hilfe kommt.«

Wren drehte sich der Kopf. Es hatte zwar Spaß gemacht, all die Sachen zu sehen, die die Jungs für sie mitgebracht hatten, aber der Gedanke daran, allein mitten in einem afrikanischen Dschungel zu sein, gefiel ihr überhaupt nicht. Niemand hatte Tiere und Insekten erwähnt, aber sie nahm an, dass so ziemlich alles in den Bäumen sie mit einem Biss töten könnte.

Sie verdrängte den Gedanken und platzte heraus: »Welche Hilfe wird kommen? Ich meine, das Außenministerium hat bereits gesagt, dass Amerikaner auf sich allein gestellt sind, wenn sie das Land betreten, und ihr habt mehr als einmal darauf hingewiesen, dass mich wahrscheinlich niemand zu sich nach Hause zu Tee und Keksen einladen würde, wenn ich ihm begegne.«

Sie versuchte nicht, witzig zu sein, aber sie sah, dass die Männer am Tisch ein wenig mit den Lippen zuckten.

»Ich denke, das ist mein Stichwort, Tex miteinzubeziehen«, sagte Mozart. Er griff nach einem Telefon, das in der Mitte des Tisches stand, und drückte einige Tasten.

Innerhalb weniger Sekunden konnte Wren ein Klingeln aus dem Lautsprecher hören.

»Wurde auch Zeit«, beschwerte sich der Mann am anderen Ende der Leitung mit leichtem Südstaatenakzent.

KAPITEL DREIZEHN

Safe hatte keinen Spaß, aber dieses Treffen musste stattfinden. Es wäre besser gewesen, wenn alle von Wrens Kollegen dabei gewesen wären, aber sie waren Macho-Trottel und wollten nicht zugeben, dass sie vielleicht etwas von einem Haufen Navy SEALs lernen konnten.

So sehr er auch Wrens offensichtliche Freude über einige der Dinge genoss, die seine Freunde für sie mitgebracht hatten, so sehr lasteten die Gründe, warum sie sie brauchen könnte, auf Safes Gemüt. Der Gedanke, dass sie in eine Situation geraten könnte, in der sie die Überlebensausrüstung, mit der sie ausgestattet war, tatsächlich brauchen könnte, verursachte ihm Übelkeit.

Aber er war auch sehr stolz darauf, wie sie mit der riesigen Menge an Informationen umging, mit der sie überhäuft wurde. Er würde sich in den nächsten Tagen mit ihr zusammensetzen, alle weiteren Fragen beantworten, die sie hatte, und sich vergewissern, dass sie mit der gesamten Ausrüstung umgehen konnte. Er würde ihr helfen, geeignete Kleidung und Schuhe zu kaufen. Safe würde *alles* tun, um diese alberne Reise, auf die sie sich begab, ein wenig sicherer zu machen. Mit ein bisschen

Glück würde sie nichts von dem brauchen, was sie heute Abend bekommen hatte, und es wäre alles einfach vollkommen übertrieben.

Der einzige Grund, warum er sie nicht noch mehr gedrängt hatte, von der Reise zurückzutreten – er verstand wirklich, dass sie ihren Job verlieren konnte, wenn sie es verweigerte –, war der Mann, der im Moment am anderen Ende der Leitung war.

»Tex! Danke, dass du dich bereit erklärt hast, dich uns heute Abend anzuschließen«, sagte Mozart.

»Ich habe im Moment nichts anderes zu tun«, erwiderte er.

Alle lachten darüber. Tex hatte immer etwas zu tun. Jemanden, den er überwachte.

»Wren? Bist du da?«

»Ähm ... ja, ich bin hier«, sagte sie und warf Safe einen Seitenblick zu.

Um sie zu beruhigen, trat Safe näher und legte eine Hand auf ihren Rücken.

»Das Wichtigste zuerst. Du musst dir keine Sorgen mehr um Matt Smith machen. Ich habe ihn gefunden.«

»Was?«

»Das hast du?«

»Wo war er?«

Die Fragen kamen von Safes Teamkameraden, und er ließ sie gern die Fragen stellen, auf die er unbedingt die Antworten wissen wollte. Wren schnappte nach Luft, die Muskeln unter seiner Hand verkrampften sich und er trat näher, um sie zu beruhigen.

»Sein richtiger Name ist Barry Simpson und er wird in zwei Staaten gesucht. Gegen ihn liegt ein Haftbefehl aus Wyoming wegen terroristischer Bedrohung vor und ein weiterer aus Washington wegen sexueller Nötigung und Stalking. Aus einer Vorahnung heraus habe ich alle Matt Smiths auf anderen Dating-Apps recherchiert und die Informationen über sie alle miteinander abgeglichen. Der Idiot hat genau dieselben Informationen in seinen Profilen verwendet. Er hat es vermasselt und das WLAN in dem Motel, in dem er in Chula Vista übernachtet hat, benutzt, um eines davon einzurichten. Der Haftbefehlstrupp des Sheriffs war auf dem Weg, um ihn festzunehmen, bevor euer Treffen begann.«

»Ernsthaft?«, flüsterte Wren.

»Ja.«

»Wow.«

Safe war ebenso schockiert, aber gleichzeitig auch erfreut.

»Machen wir weiter. Hast du all die Sachen bekommen, die die Jungs für dich mitgebracht haben?«, fragte Tex.

»Ja.«

»Und den Zehenring?«

»Den haben wir uns für den Schluss aufgehoben«, sagte Dude. »Wir haben ihr noch nichts davon erzählt.«

»Verstehe. Also ... falls du entführt wirst, nehmen die Entführer, wenn sie keine Vollidioten sind, deinen ganzen Schmuck. Uhren, Ohrringe, Halsketten, Armbänder. Alles. Ich bin ein großer Fan davon, Peilsender in Ohrringe einzubauen. Aber da ich dir davon abraten würde, irgendeinen Schmuck mitzunehmen, nicht einmal eine verdammte Uhr, und weil ich nicht will, dass meine Technik in einen afrikanischen Dschungelfluss geworfen wird, habe ich mir etwas Neues ausgedacht. Einen Zehenring.«

Safe sah, wie Wren verwirrt die Stirn runzelte.

»Tex ist ein Meister im Herstellen von Ortungsgeräten«, erklärte er. »Wenn wir auf Mission gehen, haben wir alle eins.«

»Ich hatte einen Peilsender in meinem Neoprenanzug, als ich in Hawaii im Meer zurückgelassen wurde«, erklärte Kevlar. »Deshalb wurden Remi und ich so schnell gerettet. Tex merkte, dass ich für einen normalen Tauchausflug zu lange im Wasser gewesen war, und er kontaktierte einen ehemaligen SEAL, der in Hawaii lebt, um nach mir zu sehen. Gott sei Dank.«

»Du hast gefragt, welche Hilfe ankommen würde, wenn im

Südsudan die Kacke am Dampfen ist«, sagte Preacher. »*Wir werden es sein*. Nun, vielleicht nicht speziell wir, aber Tex kennt praktisch jeden. Er wird herausfinden, wer am nächsten dran ist und wer ein- und ausreisen kann, ohne die Regierung zu verärgern – unsere und ihre –, und dann werden sie dich holen.«

Wren starrte auf den winzigen, fast zierlichen Ring, den MacGyver ihr jetzt hinhielt.

»Wir dachten uns, dass Entführer offensichtlichen Schmuck nehmen ... Ringe, Halsketten und dergleichen. Aber sie müssten nicht nur deine Schuhe, sondern auch die Socken ausziehen, um den Zehenring zu finden. Und da er einfach aussieht und kein Geld wert ist, ist die Wahrscheinlichkeit groß, dass sie ihn in Ruhe lassen«, sagte Kevlar.

»Ich habe zwar einige Peilsender, die man verschlucken kann, aber der Empfang ist nicht so gut wie bei einem tragbaren. Und wenn du zu lange weg bist ... nun, ich will nicht zu anschaulich werden, aber dein Körper würde das Ding irgendwann wieder ausscheiden, und das würde die Möglichkeit, ein Team direkt zu dir zu führen, zunichtemachen«, sagte Tex.

»Wenn etwas passiert, darfst du *nicht* aufgeben«, sagte Blink mit leiser Stimme. »Egal was passiert. Tex wird dich beobachten. Wenn du irgendwo anders als im Hotel oder auf dem Gelände des Präsidenten landest, wird Tex Alarm schlagen und jemand wird dich und deine Kollegen holen. Verstanden?«

Wren presste die Lippen aufeinander und nickte. Safe sah, dass sie die Finger um den Ring geschlossen hatte und ihn fest in der Faust hielt.

»Ich ... ich weiß nicht, was ich sagen soll«, sagte sie leise.

»Was auch immer es ist, ich hoffe, es ist kein Dankeschön«, meckerte Tex am anderen Ende der Leitung.

Safe lachte, ebenso wie seine Freunde.

»Tex hasst es, wenn man ihm dankt«, erklärte Dude, als er Wrens Verwirrung sah.

»Oh, na gut, okay. Wenn dann etwas passiert und dieser kleine Zehenring ins Spiel kommt, muss ich einfach mein Erstgeborenes nach dir benennen«, sagte Wren.

»Noch eins?«, fragte Tex.

Keiner konnte sich das Lachen verkneifen.

»Glaub mir, niemand will Tex heißen«, sagte Mozart.

»Du brauchst mir weder zu danken noch eines deiner Kinder nach mir zu benennen«, sagte Tex, nachdem alle aufgehört hatten zu lachen. »Ich mache meine Arbeit nicht, weil ich möchte, dass jemand in meiner Schuld steht oder weil ich die Dankbarkeit will. Ich tue es, weil ich es hasse, das Böse gewinnen zu sehen. Das macht mich wütend. Und je mehr ich dem Bösen in der Welt Einhalt gebieten kann, desto größer ist die Chance, dass das Gute sich durchsetzt. Und so wie ich das sehe, brauchen wir davon ganz sicher mehr.«

»Ich stimme zu«, sagte Wren leise.

»Mh-hm ... also, während du dich mit mir wohlig warm fühlst, ist jetzt ein guter Zeitpunkt, um dir zu sagen, dass ich deinen Vater überprüft habe. Tyler Farris ist echt. Neunundvierzig, drei Kinder, einmal verheiratet. Lebt in Mission Viejo und ist einer der beiden Geschäftsführer von Farris Morgan. Seine Firma ist seriös und nimmt keine dubiosen Verträge an.«

Safe verkrampfte sich. Ja, er hatte Tex wegen Wrens Vater kontaktiert und ihn gebeten, den Mann zu überprüfen, aber er hatte nicht erwartet, dass er so schnell handeln würde. Er hätte es besser wissen müssen.

»Ich habe ihn gebeten zu sehen, was er herausfinden kann«, sagte er zu Wren. »Ich wollte sichergehen, dass er in Ordnung ist. Dass du nicht noch mehr Schaden nimmst, wenn du dich entschließt, mit ihm zu reden oder ihn oder deine Halbbrüder zu treffen.«

Wren sah ihn an, aber Safe konnte nicht deuten, was sie dachte. Er war nervös, während er sich fragte, ob sie verärgert oder erfreut war.

Dann, während er sie beobachtete, traten ihr Tränen in die Augen, und sie drehte sich um, lehnte sich an ihn und ließ den Kopf auf seiner Schulter ruhen, während sie reglos dastand, die Arme an den Seiten.

Safe schloss sie sofort in seine Arme.

»Wren?«, fragte Tex. »Hast du mich gehört?«

Wren nickte.

»Sie hat dich gehört«, antwortete Safe für sie.

»Gut. Soweit ich das beurteilen kann, ist Tyler ein guter Mann. Safe hat mir erzählt, was deine Mutter über ihn gesagt hat, und es scheint, dass das eine Lüge war. Er hat in den letzten zwanzig Jahren nicht einmal einen Strafzettel bekommen. Und glaub mir, ich habe *versucht*, Dreck über ihn zu finden. Also, deine *Mutter* –«

Wren regte sich in Safes Armen. Sie wirbelte zum Tisch herum und schrie: »Nein!«, um Tex zu unterbrechen. »Ich will es nicht wissen. Ich will ihren Namen nie wieder hören. Sie ist aus meinem Leben verschwunden, und da soll sie auch bleiben.«

»In Ordnung.« Tex' Stimme war jetzt sanft.

Wren atmete tief ein und ließ sich dann an Safes Seite sinken. Er legte einen Arm um ihre Taille und hielt sie fest.

»Also ... gibt es noch etwas, das Wren wissen sollte, bevor sie nächste Woche auf die Reise geht?«, fragte Kevlar Tex.

»Nur, dass sie sich klug verhalten soll. Wachsam. Und nur weil Safe und die anderen dir raten, gefügig zu sein, heißt das nicht, dass du nicht tun solltest, was du kannst, um dich zu schützen. Und, Wren? Wenn sich die Gelegenheit ergibt, verschwinde verdammt noch mal. Spiel nicht die Märtyrerin und bleib, weil ihr nicht alle gleichzeitig fliehen könnt. Wenn Hilfe kommt, wird sie für euch alle kommen, auch wenn ihr nicht zusammen seid, verstanden?«

Wren schniefte einmal, holte tief Luft und sagte: »Ja.«

»Gut. Ich muss jetzt Schluss machen. Meine Frau hat mich

gerade wissen lassen, dass das Abendessen fertig ist, und ich will es nicht verpassen, abends mit meiner Familie zusammenzusitzen, wenn ich es vermeiden kann. Gute Reise. Ich werde dich im Auge behalten.«

Und einfach so beendete Tex das Telefonat.

Dude schnaubte. »Gute Reise. Wie auch immer«, murmelte er.

»Wren?«, fragte Kevlar.

Sie sah zu ihm hinüber. »Ja?«

»Du hast deinen Vater nie kennengelernt?«

Safe wollte das Gespräch an dieser Stelle am liebsten abbrechen. Er wollte nicht, dass Wren über etwas redete, das offensichtlich schwierig für sie war, aber sie sprach, bevor er die Fragen seines Teamleiters unterdrücken konnte.

»Nein. Meine Mutter hat mir immer gesagt, dass er ein Stück Scheiße ist. Ein Verbrecher. Ein Mörder. Ich bin durch einen One-Night-Stand entstanden. Vor Kurzem rief mein Halbbruder aus heiterem Himmel an. Das hat mich erschreckt, weil ich dachte, es sei Matt. Er sagte, sie hätten nichts von mir gewusst und dass sie alle – er, seine beiden Brüder, mein Vater und meine ... ich schätze, meine Stiefmutter – mich gern einmal treffen würden.«

»Und sie sind in Mission Viejo?«, fragte Kevlar.

Wren nickte.

»Gut, sag Bescheid, und wenn du von deiner Reise und wir von unserer Mission zurück sind, fahren wir mit dir hin, wenn du willst. Um dir den Rücken zu stärken.«

Wren starrte Kevlar mit großen Augen an. »Warum?«

»Warum was? Warum wir mit dir kommen würden? Weil du jetzt eine von uns bist«, sagte Kevlar schlicht.

»Ich ... ich ... das ist so verwirrend«, flüsterte Wren.

»Was?«, fragte Smiley.

»Alles. Dass ihr euch mit mir wegen meiner Sicherheit trefft. Dass ihr all das Zeug gebracht habt. Tex und der Peilsender ...« Sie öffnete die Faust und sah auf den kleinen Ring in ihrer Handfläche hinunter. »Julie und die Klamotten, Remi, die mir geholfen hat auszusuchen, was ich behalten soll, Matt, der gefunden wurde, Caroline und Wolf, die mich zum Mittagessen eingeladen haben. Ich weiß nicht, was ich mit all dem anfangen soll.«

»Mein Vorschlag?«, sagte Blink mit einem kleinen, nachdenklichen Lächeln. »Mach einfach mit.«

»Genau. Mitmachen«, wiederholte Wren. Dann sah sie zu Safe auf und sagte: »Es ist vorbei.«

»Erst wenn wir hören, dass er tatsächlich in Gewahrsam ist«, warnte Kevlar.

»Glaubst du, dass er entkommen kann?«, fragte Wren mit einem Stirnrunzeln.

»Ganz ehrlich? Nicht wirklich. Tex hätte nicht so selbstsicher geklungen, hätte es dir nicht einmal gesagt, wenn er nicht glauben würde, dass es beschlossene Sache ist.«

Wren entspannte sich an Safe.

Er war erleichtert, dass Simpson gefunden worden war, natürlich war er das ... aber ihn überkam auch ein Gefühl der Enttäuschung, dass es für sie keinen Grund mehr gab, in seinem Haus zu bleiben.

»Natürlich würde ich vorschlagen, da deine Sachen zerstört wurden, dass du noch nicht sofort in deine Wohnung zurückkehrst. Zumindest so lange, bis du Möbel und so etwas bekommst.« Kevlar zwinkerte Safe zu.

»Ja. Da wir mit der Missionsplanung beschäftigt waren und du dich ebenso intensiv auf diese Reise vorbereitet hast, macht es keinen Sinn, zu dir nach Hause zurückzukehren, wenn man bedenkt, wie viele Dinge du noch mit Safe durchgehen musst«, stimmte Preacher zu.

»Ganz genau. Wie willst du den Umgang mit dem Feuerschläger lernen, wenn du am anderen Ende der Stadt wohnst?«, fügte Flash hinzu.

Safe konnte nicht anders, als mit den Augen über seine Freunde zu rollen. Sie waren nicht gerade subtil. Er schätzte es, dass sie die Flügelmänner für ihn spielten, aber sie übertrieben es ein wenig.

»Das könnt ihr später besprechen. Ich will nach Hause zu Remi«, sagte Kevlar.

»Und ich will einfach nur nach Hause«, sagte Smiley mit einem Gähnen.

»Morgen früh um dieselbe Zeit?«, fragte MacGyver Kevlar.

Ihr Teamleiter stand auf und nickte feierlich. »Es sieht so aus, als würden wir in etwa vier Tagen aufbrechen.«

»Scheiße, ich dachte, wir hätten noch eine Woche?«, fragte Preacher.

»Das dachte ich auch«, sagte Kevlar achselzuckend.

So war das Leben als Navy SEAL. Sie alle wussten, dass sie jeden Moment einberufen werden konnten. Die Tatsache, dass sie für diesen Einsatz eine lange Vorlaufzeit hatten, war etwas ungewöhnlich. Aber da sie in den Tschad zurückkehrten, wo sie erst vor ein paar Wochen gewesen waren, brauchten sie die zusätzliche Zeit, um sicherzustellen, dass ihre Pläne äußerst solide waren – um sicher zu sein, dass sie nicht zu einem dritten Einsatz zurückkehren mussten.

Diesmal würde es keine unerwarteten offenen Probleme geben.

»In Ordnung. Fahrt vorsichtig nach Hause. Wir sehen uns alle morgen früh«, sagte Kevlar und entließ sie damit.

Safe trat von Wren zurück, als jeder seiner Freunde auf sie zukam und ihr sagte, dass sie für sie da waren, wenn sie etwas brauchte, Fragen hatte oder einfach nur reden wollte.

Mozart und Dude waren die Letzten, die sich verabschiedeten.

»Ich vertraue Tex mit meinem Leben. Und was noch wichtiger ist, ich vertraue ihm mit dem Leben meiner Frau«, sagte Dude.

»Er hat alle unsere Frauen schon einmal gerettet«, fügte Mozart hinzu. »Wenn das Schlimmste passiert, vertraue darauf, dass er für dich da ist.«

»Was ist, wenn sie den Zehenring nehmen?«, fragte Wren nervös.

»Er hat uns versichert, dass er eine Art Technologie eingearbeitet hat, die die Temperatur der Person, die ihn trägt, verfolgen kann. Wenn er entfernt wird, wird es offensichtlich sein und er wird wissen, dass das Schlimmste passiert ist. Er wird Hilfe schicken«, sagte Dude knapp.

Mozart nickte.

Wren holte tief Luft. »Okay.«

»Okay«, wiederholte Mozart.

»Wir müssen dich mit unseren Frauen zusammenbringen«, sagte Dude. »Sie alle haben Remi kennengelernt und lieben sie. Jetzt bist du dran.« Er schaute Safe an. »Sieh zu, dass du das hinbekommst, wenn sie zurückkommt. Bring sie ins *Aces.*«

»Ich bin mir nicht sicher –«

»Wenn du vom Pferd fällst, steigst du wieder auf«, sagte Dude sanft und unterbrach Wren. »Ich weiß, dass dort etwas Schlimmes passiert ist, aber Jessyka fühlt sich schrecklich deswegen und hat einige Änderungen vorgenommen. Wenn du bereit bist, ihr noch eine Chance zu geben, verspreche ich dir, dass du eine andere Erfahrung machen wirst.«

Sie nahm einen tiefen Atemzug und nickte. »In Ordnung.«

»Gut. Safe wird es einrichten. Wir bleiben in Kontakt«, sagte Dude. Er nickte ihr zu und ging zur Tür, Mozart an seiner Seite.

Dann waren nur noch Safe und Wren im Raum.

»Wow«, sagte sie. »Mir dreht sich der Kopf.«

»Ja, das war eine ganze Menge. Woran denkst du am meisten?«, fragte Safe, drehte sie zu sich und legte die Arme locker um ihre Taille. Er dachte, sie würde den Peilsender erwähnen. Oder eines der anderen Geräte, die sie bekommen hatte. Oder vielleicht sogar die Informationen, die sie über ihren Vater erhalten hatte. Aber sie überraschte ihn.

»Ich will noch nicht zurück in meine Wohnung. Ich weiß, Kevlar hat gesagt, dass Matt, oder Barry, oder wie auch immer er heißt, wahrscheinlich schon verhaftet wurde, aber ... ich würde gern bleiben. Zumindest, bis du gehst.«

»Du kannst so lange bleiben, wie du willst. Auch wenn ich zu meiner Mission aufbreche«, antwortete Safe, ohne zu zögern. In der Vergangenheit hatte ihn der Gedanke, dass jemand während seiner Abwesenheit in seinem Haus war, erschaudern lassen. Aber zu wissen, dass diese Frau da war, inmitten seiner Habseligkeiten, seine Lebensmittel aß, an seinem Tisch saß, unter seinem Dach schlief ... das fühlte sich richtig an.

»Okay. Ich kann deine Post holen und so«, sagte sie.

»Mach dir darüber keine Gedanken. Ich kann sie aussetzen. Ich bekomme sowieso nichts Wichtiges, das ist alles Müll. Ich *will* dich dort haben. Ich will, dass du dich sicher und wohlfühlst. Du bist nicht mehr auf dich allein gestellt«, erinnerte Safe sie. »Du hast mich, mein Team, Remi, und Wolfs Team und deren Frauen. Du hast eine SEAL-Familie, Wren.«

»Wir haben uns gerade erst kennengelernt«, flüsterte sie.

»Wenn du es weißt, weißt du es«, erwiderte Safe. »Meinst du, ich habe das schon mal gemacht? Eine Frau kennengelernt, bin innerhalb weniger Tage mit ihr zusammengezogen und habe ihr die wichtigsten Menschen in meinem Leben vorgestellt? Die Antwort ist ein klares Nein. Du hast etwas an dir, das so besonders ist. Ich weiß es, und ich bin nicht so dumm, mich davon abzuwenden. Ich lasse es, lasse *dich* nicht kampflos durch meine Finger gleiten. Es könnte sein, dass es mit uns nicht funktioniert ... aber was, wenn es das tut? Bleib in meinem Haus, Wren. Bitte.«

»Okay.«

»Okay«, wiederholte er. »Bist du bereit, nach Hause zu gehen?«

»Ja.«

»Morgen, wenn ich dich abhole, gehen wir einkaufen. Mal sehen, was wir finden können, das nicht nur professionell aussieht, sondern auch funktionell ist. Wir gehen noch einmal die ganzen Überlebenssachen durch, die die Jungs dir mitgebracht haben, und stellen sicher, dass du sie benutzen kannst. Einverstanden?«

»Klingt gut.«

»Heute Abend werden wir uns entspannen. An nichts denken. Ein wenig Trash-TV schauen.«

Sie lächelte. »Das klingt *perfekt*. Um ehrlich zu sein, habe ich ein wenig Kopfweh. Bo?«

»Ja, Schatz?«

»Ich mache mir Sorgen um mich und diese Reise, aber ich mache mir auch Sorgen um dich. Und jetzt auch um all die anderen Jungs. Du reist bald ab, und ich weiß, dass du mir nichts über deine Mission sagen kannst, aber ich mache mir trotzdem Sorgen.«

»Ich wünschte, ich könnte dir diese Sorgen nehmen, aber ganz ehrlich? Es ist ein gutes Gefühl, dass jemand sich um mein Wohlergehen sorgt. Das ist ein neues Gefühl für mich.« Safe wünschte, er könnte ihr versichern, dass es ihm gut gehen würde. Dass ihre Mission erfolgreich sein und er vielleicht sogar vor ihrer Abreise in den Südsudan wieder zu Hause sein würde. Aber das konnte und würde er ihr nicht antun.

Blink war eine gute Erinnerung daran, dass nicht alle Missionen so verliefen, wie sie geplant waren. Er könnte verletzt werden – oder schlimmer noch, getötet. Er hasste das, aber das gehörte zum Leben eines Navy SEALs dazu. Ja, er und seine Kameraden waren gut ausgebildet ... aber das hatte Blinks Team nicht geholfen.

Also würde er Wren beruhigen, so gut er konnte, und

hoffen, dass alles sich zum Guten wendete. Er wollte eine Chance, diese Frau besser kennenzulernen. Er wollte sie zu der Seinen machen, in jeder Hinsicht, die zählte. Aber zuerst mussten sie beide ihre bevorstehenden Reisen überstehen. Sobald sie zurück waren, würde er daran arbeiten, ihre Beziehung zu vertiefen.

»Nun, ich sorge mich. Ich mache mir Gedanken. Vergiss das nicht, wenn du unterwegs bist, um die Welt vor bösen Jungs zu retten.«

Safe grinste. »Glaub mir, ich werde es nicht vergessen.«

»Gut.«

Safe drehte sich um und half ihr, die Sachen wieder in den Karton zu packen, dann hob er sie hoch, nahm ihre Hand in seine freie und ging zur Tür.

Safe war klar, dass er und sein Team auf demselben Kontinent sein würden, *falls* es für Wren und ihre Kollegen schiefging. Sie wären die nächste verfügbare Hilfe. Safe wusste es. Kevlar wusste es. Dude und Mozart wussten es. Und Tex wusste es auch.

Keiner hatte etwas laut gesagt, aber er hatte es im Hinterkopf. Kevlar und die anderen dachten wahrscheinlich schon über die Konsequenzen nach. Ihre Mission so schnell wie möglich abzuschließen, um notfalls über die Grenze vom Tschad in den Südsudan gelangen zu können.

Als Wren zu ihm hochlächelte, schickte Safe ein Gebet nach oben, dass es ihr gut gehen würde. Dass sie nach Afrika reisen, ihr Ding machen und ein paar Tage später wieder nach Hause kommen würde. Dass all ihre Planung und Vorsichtsmaßnahmen umsonst gewesen waren.

Aber wenn er als SEAL etwas gelernt hatte, dann, dass nichts jemals nach Plan lief. Safe hoffte nur, dass Wren im Falle des Falles einen kühlen Kopf bewahren und auf sich aufpassen würde, bis Hilfe eintraf.

KAPITEL VIERZEHN

Wren war in Panik. Es war zehn Uhr abends, und Bo würde in vier Stunden zum Marinestützpunkt aufbrechen, um seinen Einsatz zu beginnen. Sie war nicht bereit.

In den letzten paar Tagen hatte sie es geleugnet. Geleugnet, dass er weggehen würde. Dass *sie* gehen würde. Je näher das Datum rückte, an dem sie und die anderen von BT Energy in den Südsudan reisten, desto mehr Angst bekam sie. Und das wollte etwas heißen, denn Wren war nicht leicht zu erschrecken.

Sie hatte schon eine Menge schrecklicher Dinge erlebt. Aber das hier?

Es war gar nicht so schlimm gewesen, als Bo und seine Navy-SEAL-Freunde ihr all diese Überlebensutensilien gegeben hatten. Sie hatte sich gut gefühlt, dass sie sich genügend sorgten, um ihr zu helfen.

Aber als Bo sie dazu brachte, den Umgang mit dem Feuerschläger zu üben, als er ein paar Kabelbinder hervorholte, um zu sehen, ob sie das Paracord in ihren Schnürsenkeln benutzen konnte, um sich daraus zu befreien ... da wurde ihr immer klarer, wie besorgt er wirklich darüber war, dass sie in den

Südsudan reiste.

Und wenn Bo beunruhigt war, sollte Wren es auch sein, das wusste sie. So wuchs die Furcht. Mit jedem Tag, der verging, und je näher der Zeitpunkt ihrer Abreise rückte, desto mehr wünschte sie sich, ihr Chef würde absagen.

Und nun war die Zeit gekommen, dass Bo zu seiner eigenen Mission aufbrach. Und auch um ihn machte sie sich Sorgen. Sie kannte die Einzelheiten seiner Reise nicht, denn er konnte sie ihr nicht nennen, aber sie hatte genug mitbekommen, um zu wissen, dass es gefährlich war, was auch immer er und seine Teamkameraden in Afrika tun würden. Mehr als gefährlich. Und der Gedanke, dass dieser Mann möglicherweise nicht zurückkam, dass sie ihn nie wiedersehen würde, war etwas, worüber sie nicht nachdenken wollte.

Die letzten Wochen waren für Wren lebensverändernd gewesen. Bo war ... nun ja, er war unglaublich. Rücksichtsvoll, lustig, zärtlich, respektvoll. Und sie wollte mehr.

Aber da ihrer beider Leben bald sehr gefährlich werden würde, war sie sich nicht sicher, ob sie die Gelegenheit für mehr haben würde. Und das war beschissen.

»Worüber denkst du so angestrengt nach?«, fragte Bo.

Sie saßen auf seiner Couch und zögerten beide, ins Bett zu gehen, weil das bedeutete, dass sie sich verabschieden mussten. Bo hatte ihr bereits gesagt, dass er sie nicht wecken würde, wenn er ging, und wenn sie sich Gute Nacht sagten, würde das das letzte Mal vor ihrer Rückkehr sein, dass sie einander sahen. *Falls* sie beide zurückkehrten.

Wren fröstelte.

»Ist dir kalt? Hier«, sagte Bo, zog eine Decke von der Rückenlehne des Sofas und hielt sie ihr hin.

In einem impulsiven Entschluss setzte Wren sich auf und rutschte zu ihm hinüber. Sie zog die Knie an, lehnte sich an ihn und schmiegte sich an seine Seite. »Ist das okay?«, flüsterte sie.

»Oh ja«, sagte Bo in einem Tonfall, der Wren glauben ließ, dass er das vielleicht, nur vielleicht, genauso brauchte wie sie.

Er legte einen Arm um ihre Schultern und drückte sie an sich, während er sich gegen die Kissen lehnte. Er streckte die Beine vor sich aus und seufzte, als sie es sich beide aneinander bequem machten.

Es vergingen einige Augenblicke, bevor er fragte: »Hast du heute etwas von dem Detective gehört?«

Wren nickte. »Matt ... Entschuldigung, *Barry*, wurde wegen der terroristischen Drohungen nach Wyoming ausgeliefert. Da es sich dabei um Bundesanklagen handelt, sind sie ernster. Dann muss er nach Washington, um sich dort vor Gericht zu verantworten.«

»Wirst du aussagen müssen?«

Wren zuckte mit den Schultern. »Wenn er wegen Körperverletzung und Stalking angeklagt wird, vielleicht.«

»Es war mir ernst damit, dass du die nächste Woche bis zu deiner Abreise hierbleibst«, sagte Bo. »Du brauchst nicht in deine Wohnung zurückzukehren.«

»Ich weiß. Und ich weiß es zu schätzen. Ich mag dieses Haus. Es ist gemütlich.«

»Klein und ein bisschen heruntergekommen«, korrigierte Bo lachend.

Aber Wren stimmte in sein Lachen nicht ein. Sie hob den Kopf und begegnete seinem Blick. »Es ist klein, ja, aber es ist sauber. Es liegen keine Zigarettenstummel auf den Tischen und Böden. Es gibt Lebensmittel im Kühlschrank und im Vorratsschrank. Es riecht nach Waschmittel und dem zitronigen Reiniger, den du benutzt. Die Türen lassen sich sicher verschließen, und ich muss mir keine Sorgen über Schimmel in den Wänden und Kakerlaken machen, die mir nachts in die Ohren krabbeln.«

»Wren«, sagte Bo in einem traurigen Tonfall.

Aber sie schüttelte den Kopf. »Nein, du brauchst kein

Mitleid mit mir zu haben. Durch meine Kindheit weiß ich die Dinge, die ich habe, besser zu schätzen. Die Dinge, die ich mir verdient habe. Es ist scheiße, dass Barry all meine Besitztümer zerstört hat, aber es waren nur Sachen. Er hat mir nicht wehgetan, dank dir und Kevlar. Und ihr habt alle mehr als euren Teil dazu beigetragen, dass ich wieder auf die Beine komme. Aber hier bei dir zu sein hat mir etwas Wichtiges klargemacht.«

»Und das wäre?«, fragte Bo, während er sie noch fester hielt.

Wren legte den Kopf wieder auf seine Schulter. »Dass ich ein sehr einsames Leben geführt habe. Ich habe mir eingeredet, dass ich versuche, geselliger zu werden, nur weil ich mich auf einer Dating-Seite angemeldet habe. Aber in Wirklichkeit habe ich die Menschen immer weggestoßen, weil ich Angst hatte, verletzt zu werden. Davor, eine Beziehung zu führen wie die, die meine Mutter hatte, als ich klein war. Ich war so besorgt, mich vor Verletzungen zu schützen, dass ich mich stattdessen isoliert habe. Ich habe so oft den Job gewechselt, weil das einfacher war, als mich zu öffnen, als echte Freundschaften zu schließen.

Und jetzt habe ich das getan, was zu tun ich mich in der Vergangenheit immer geweigert habe. Ich habe Freunde gefunden. Ich weiß nicht, wie es passiert ist, aber ich habe endlich erkannt, was ich in meinem Leben verpasst habe. *Verbindung.* Ich schätze, ich hatte Angst, sobald jemand mein wahres Ich kennenlernt, würde er mich verurteilen und mich als unzulänglich empfinden. Und das würde viel mehr schmerzen, als überhaupt keine Freunde zu haben.

Aber du und deine Freunde habt mich akzeptiert. Ohne Vorbehalte. Ihr habt mir bei den Vorbereitungen für meine Reise geholfen, obwohl ihr mit meiner Entscheidung, in den Südsudan zu gehen, nicht einverstanden seid. Caroline, Julie, Remi und andere Frauen, die ich noch gar nicht kenne, haben mir geholfen, ohne etwas dafür zu wollen. Das ist so selten.«

Sie holte tief Luft und sah wieder zu Bo auf. »Ich bleibe

hier, bis ich abreise. Warum sollte ich in meine Wohnung zurückwollen, wenn ich einige der schönsten Erinnerungen meines bisherigen Lebens in diesem Haus hatte? Mit dir zu lachen, während wir fernsehen, gemeinsam Abendessen zu kochen, morgens an deinem Tisch zuckerhaltige Kinderfrühstücksflocken zu essen. Mitten in der Nacht aufzuwachen, um auf die Toilette zu gehen, und du steckst den Kopf aus deinem Zimmer, weil du mich gehört hast, und fragst mich mit deiner verschlafenen Stimme, ob es mir gut geht. Es wird vielleicht nicht einfach sein, mich zum Gehen zu bewegen, wenn wir beide zurückkommen.«

Wren hatte den letzten Teil nicht ausplaudern wollen, aber sie bereute es nicht. Sie war nicht mutig genug, diesem Mann zu sagen, wie viel er ihr bedeutete, aber das hieß nicht, dass sie es ihm nicht auf versteckte Weise sagen konnte.

Er hob eine Hand, um ihr Gesicht zu umfassen, und sein Blick war intensiv, als er sie anstarrte. Er sprach nicht, sondern lehnte sich nur zu ihr. Wren neigte eifrig das Kinn, um den Kuss zu empfangen, von dem sie wusste, dass er kommen würde. Als seine Lippen ihre berührten, kribbelte es von ihrem Kopf bis zu ihren Zehen.

Ein kleines Stöhnen entwich ihr, was Bo dazu veranlasste, seine Hand in ihren Nacken zu legen und den Kuss zu vertiefen. Mit dem Daumen streichelte er die empfindliche Haut dort, während er ihren Mund verschlang.

Bo bewegte sich auf der Couch, bis er auf dem Rücken lag, und zog sie auf sich herunter. Seine Hand lag immer noch in ihrem Nacken, die andere drückte auf ihr Kreuz. Sie spürte seine Erektion an ihrem Bauch, aber er stieß nicht mit den Hüften und tat auch sonst nichts, was ihr seine Umarmung hätte unangenehm machen können.

Als sie mit einer Hand an seiner Seite hinunterfuhr und nach oben rutschte, um die Schnalle seines Gürtels zu erreichen, ergriff Bo sanft ihr Handgelenk und führte ihre Hand zurück auf seine Brust.

»Willst du nicht ... ich meine ... wir können ...« Wren wollte mit den Augen rollen, weil sie nicht sagen konnte, was sie wollte.

»Ich will dich«, sagte Bo unverblümt. »Aber wenn ich zum ersten Mal mit dir schlafe, möchte ich es nicht überstürzen. Ich möchte mir Zeit nehmen können. Ich möchte mich daran erinnern, wie du dich unter mir anfühlst, über mir, und wie du dich anfühlst, wenn ich tief in deinem Körper bin.«

Wrens Inneres zog sich zusammen.

»Was ich *nicht* will, ist eine Art Verzweiflungsfick, der überstürzt ist, weil ich abreise. Wir werden beide zurückkommen, Wren. Wenn wir zu Hause sind, können wir die Chemie und die Verbindung, die wir haben, in aller Tiefe erforschen. Ich bin froh, dass du mein Haus magst, denn wenn es nach mir ginge, würdest du nie gehen. So ernst ist es mir mit dir.«

Der erste Teil gefiel ihr nicht, das mit dem Verzweiflungsfick, aber ... er hatte recht. Sie *fühlte* sich ein wenig verzweifelt. »Du kannst nicht wissen, was passieren wird. Du bist derjenige, der mich vor all den schrecklichen Dingen gewarnt hat, die mir auf dieser Reise passieren können.«

»Du *wirst* nach Hause kommen«, sagte Bo mit solcher Überzeugung, dass Wren keine andere Wahl hatte, als ihm zu glauben. »Und das werde ich auch. Ich habe schon Hunderte von Missionen hinter mir. Diese wird *nicht* die sein, die mich auslöscht, vor allem nicht, wenn ich zu dir nach Hause kommen kann.«

»Bo«, flüsterte Wren überwältigt.

»Das Leben ist hart«, sagte er. »Wenn man am Tiefpunkt ist, versucht das Leben, einen noch tiefer zu stürzen. Am Ende setzen sich die Menschen durch, die den Mittelfinger heben und sagen, dass sie sich auf keinen Fall unterkriegen lassen. Ich zähle darauf, dass du genau das tun wirst. Ich hoffe und bete, dass deine Reise stinklangweilig ist und genau wie geplant verläuft. Aber wenn nicht, denk an alles, was wir dir gesagt haben, bleibe ruhig und erinnere dich daran, dass du nicht allein bist. Es gibt eine Gruppe von ehemaligen und aktuellen Navy SEALs, die alles tun werden, um dich zu finden.«

»Ich glaube, das ist nicht ganz so einfach«, sagte Wren. »Ich meine, ihr braucht doch eine Erlaubnis, um ins Land zu kommen, oder? Von unserer Regierung, euren Vorgesetzten und den südsudanesischen Leuten.«

»Wenn du in Gefahr bist, kann mich niemand fernhalten.«

Seine Worte ließen ihr Tränen in die Augen steigen.

»Nicht weinen«, befahl er schroff.

»Ich kann nicht anders. Du bist so süß.«

»Willst du, dass ich ein Arsch bin?«, fragte er.

Wren lachte. »Nein.«

»Das ist besser«, sagte er sanft und strich ihr mit dem Daumen über die Wange.

»Können wir hier schlafen?«, platzte sie heraus.

Anstatt zu sagen, wie unbequem die Couch im Vergleich zu einem Bett war, oder zu argumentieren, dass er seinen Schlaf brauchte, bevor er zu seiner Mission aufbrach, nickte Bo einfach. Er schob sie so weit, bis sie sich an seine Seite schmiegte, mit dem Rücken zu den Kissen, ein Bein über seine Oberschenkel gelegt und den Arm auf seiner Brust. Dann griff er nach der Decke und deckte sie beide zu.

»Du würdest in deinem Bett wahrscheinlich besser schlafen«, fühlte sie sich genötigt zu murmeln.

»Ich würde nicht schlafen«, erwiderte er. »Ich würde an dich denken.«

»Ich werde dich vermissen«, gab Wren zu.

»Nicht so sehr, wie ich dich vermissen werde«, konterte Bo.

Ein paar Minuten vergingen, ohne dass einer von ihnen sprach, dann sagte Wren leise: »Ich dachte, betäubt zu werden sei das Schlimmste, was mir passieren könnte. Es hat mir so viele Erinnerungen an meine Kindheit beschert, an die Angst vor meiner Mutter und ihren Liebhabern. Aber ... es stellte sich heraus, dass es eines der besten Dinge war, die mir je passiert sind.«

»Nein«, sagte Bo streng. »Dass du gegen deinen Willen unter Drogen gesetzt wurdest, gehört nicht zu den besten Dingen, die dir je passiert sind.«

»Aber es hat mich zu dir geführt«, protestierte Wren und hob den Kopf, um ihn besser sehen zu können.

»Ich hätte dich so oder so gefunden«, erklärte Bo.

»Wie?«

»Ich weiß es nicht. Aber bei der Verbindung, die wir haben, ist es unmöglich, dass wir nicht irgendwann zueinander gefunden hätten.«

Oh Mann, das war eines der süßesten Dinge, die jemals jemand zu ihr gesagt hatte.

»Du warst mir schon aufgefallen«, fuhr er fort. »An dem Abend im *Aces*. Ich habe dich mit diesem Arschloch gesehen und mich gefragt, was du mit ihm machst. Ich hätte einen Weg gefunden, mit dir zu reden. Ich weiß nicht wie, aber ich fühlte mich zu dir hingezogen, noch bevor wir ein Wort miteinander gewechselt hatten. Dass du unter Drogen standest, war also *keine* gute Sache. Es war nicht der Auslöser für unser Kennenlernen.«

Wren gefiel das. Sehr sogar. »Okay, Bo.«

»Mach die Augen zu, Wren.«

Das wollte sie nicht. Sie wollte das Gefühl auskosten, in seinen Armen zu liegen. Keiner von ihnen wusste, was die Zukunft bringen würde, und wenn sie ehrlich war, wollte sie ihn anflehen, nicht zu gehen. Ihr zu helfen, einen Ausweg zu finden, nicht in den Südsudan reisen zu müssen. Aber diese Art Frau war sie nicht.

Wren legte den Kopf zurück auf seine Brust und schloss die

Augen, wie Bo es ihr befohlen hatte. Sie hatte vorgehabt, wach zu bleiben, bis es Zeit für ihn war zu gehen, aber die Wärme seines Körpers an ihrem, das Geräusch seines Herzschlags an ihrem Ohr, das Gefühl, wie sein Brustkorb sich hob und senkte, all das führte dazu, dass sie innerhalb weniger Minuten einschlief.

Safe schlief nicht. Keine einzige Sekunde. Er konnte im Flugzeug auf dem Weg zum Tschad schlafen. Im Moment war er zu sehr damit beschäftigt, sich jede Sekunde einzuprägen, in der er Wren in den Armen hielt.

Ihre Hand von seinem Schwanz wegzuziehen war eines der schwersten Dinge, die er je getan hatte. Er wollte ihre Hände auf ihm spüren. Ihren Mund. Wollte sie nackt ausziehen und sich in ihr verlieren.

Aber er hatte nicht gelogen, die Zeit reichte nicht aus, um all das zu tun, was er bei ihrem ersten intimen Zusammensein tun wollte. Er brauchte mindestens eine ganze Nacht.

Stattdessen hielt er Wren im Arm, während sie schlief. Je mehr er über ihre Kindheit und ihr Leben erfuhr, desto mehr war er von dieser Frau beeindruckt. Viele Menschen wären nicht in der Lage zu überleben, was sie erlebt hatte. Sie hätten zu Drogen oder Alkohol gegriffen, um damit fertigzuwerden. Hätten die falschen Freunde gefunden. Irgendetwas.

Aber seine Wren hatte einen Kern aus Stahl.

Er hatte keinen Zweifel, dass sie Auslöser hatte. Dass sie Momente hatte, in denen sie aufgeben wollte. Aber das hatte sie nicht getan. Sie setzte immer wieder einen Fuß vor den anderen und fand Wege zum Erfolg.

Er *hasste* es, dass sie in den Südsudan reiste. Er hatte ein sehr ungutes Gefühl bei dieser Reise, aber er hatte nicht gelogen. Sollte ihr dort etwas zustoßen, würde er sich von niemandem davon abhalten lassen, zu ihr zu gelangen. Safe hatte bereits mit Kevlar darüber geredet, der die ganze Situation mit ihrem Kommandanten besprochen hatte. Sie würden sich im Tschad befinden, einem Land, das an den Südsudan grenzte. Nach ihren sehr detaillierten Plänen sollte ihre eigene Mission höchstens eine Woche dauern. Das bedeutete, dass sie in dem Moment, in dem Wren Afrika erreichte, in wenigen Stunden im Südsudan sein konnten, wenn es sein musste.

Safe betete, dass das nicht nötig sein würde. Aber wenn jemand es wagte, ihr etwas anzutun, würde er bereit sein – und derjenige wäre tot. Punkt.

Er hatte kein Problem damit, Bösewichte zu töten. Er hatte es immer wieder ohne Gewissensbisse getan. Männer und Frauen, die sich entschieden hatten, andere zu verletzen. Die geplant hatten, Hunderte von unschuldigen Menschen zu ermorden. Aber der Gedanke, dass nur eine bestimmte Person verletzt wurde, *seine* Person, ließ seine sonst so ausgeglichenen Gefühle außer Kontrolle geraten.

Er drehte den Kopf und atmete tief ein, roch Wrens Shampoo und ihren einzigartigen Duft.

Er brauchte sie.

Er presste die Lippen aufeinander und war mehr denn je entschlossen, diesen Einsatz zu überstehen und nach Hause zu kommen, um seine Beziehung zu Wren zu vertiefen. Nichts und niemand würde ihn davon abhalten, sie wissen zu lassen, wie es sich anfühlte, geschätzt zu werden. In einer Beziehung an erster Stelle zu stehen. Geliebt zu werden.

Da war es.

Liebte Safe sie?

Wahrscheinlich ...?

Er hatte noch nie so für eine Frau empfunden. Er hatte noch nie jeden wachen – und schlafenden – Moment mit jemandem verbringen wollen. Er hatte noch nie mit jemandem so viel gemeinsam gehabt wie mit Wren. Safe konnte es kaum erwarten zu sehen, was ihre Zukunft bringen würde. Er wusste, dass sie alles durchstehen konnten, solange sie zusammenarbeiteten.

Zwei Uhr morgens kam viel zu früh. Noch bevor die Uhr an seinem Handgelenk vibrierte, wusste Safe, dass es Zeit war zu gehen. Er schlüpfte unter Wren heraus, und sie bewegte sich kaum. Sie war erschöpft, nicht nur von den langen Arbeitsstunden, sondern auch vom Stress der letzten Wochen. Stress wegen ihrer Arbeitssituation, wegen Barry, wegen der Frage, was sie mit ihrem verloren geglaubten Vater machen sollte, und wegen der Sorge um seine Mission.

Safe duschte schnell, putzte sich die Zähne und zog sich an. Dann ging er zurück zur Couch und beugte sich über die noch schlafende Wren. Er hatte ihr gesagt, dass er sie nicht aufwecken würde, wenn er ging, aber er war egoistisch. Er musste noch ein letztes Mal mit ihr reden.

Er küsste sie auf die Stirn und schüttelte sie sanft. »Wren?«

»Hmmm?«

»Ich gehe jetzt.«

Das weckte sie auf. Wren öffnete die Augen und musterte ihn mit ihren dunkelbraunen Augen. »Sei vorsichtig. Wenn wir zurückkommen, werde ich dein Versprechen auf eine ganze Nacht voller Liebe einlösen.«

Safe grinste. »Abgemacht. Sei *du* vorsichtig«, erwiderte er.

»Das werde ich.«

Sie starrten einander einen Moment lang an, bevor Safe sich hinunterbeugte und sie sanft auf die Lippen küsste. Er wollte mehr, viel mehr, aber es brachte ihn jetzt schon um.

Er stand auf, drehte sich um und ging zur Tür, ohne sich noch einmal umzusehen. Wenn er das tat, würde er vielleicht nicht gehen.

Er atmete tief durch, öffnete die Haustür, ging hinaus und schloss hinter sich ab. Einen Moment lang stand er mit geschlossenen Augen auf der Eingangstreppe und betete, dass

Wren sicher sein würde. Dass seine Mission wie geplant und ohne Überraschungen verlaufen würde. Dann ging er zügig zu seinem Jeep und versuchte, in den SEAL-Modus überzugehen. Er hatte einen Job zu erledigen.

Danach würde er seine Belohnung bekommen. Wren.

KAPITEL FÜNFZEHN

Wren war in ihrem ganzen Leben noch nie so gestresst gewesen. Wenn sie immer noch nicht wüsste, wie gefährlich diese Reise sein könnte, würde sie sie vielleicht ein bisschen mehr genießen. Aber sie konnte nur an die Geschichten denken, die sie im Internet gelesen und die sie von Bo und seinen Freunden gehört hatte.

Die Woche nach Bos Abreise war ... hart. Obwohl sie erleichtert war, dass die Bedrohung durch Matt/Barry vorbei war, verspürte sie immer noch das Bedürfnis, ständig über ihre Schulter zu schauen. Wolf hatte ihr geholfen, einen neuen Autoschlüssel zu besorgen, und das Schloss zu ihrer Wohnung war längst ausgetauscht worden. Remi war eines Abends mit ihr in die Wohnung gegangen und hatte ihr geholfen, alles einzuräumen, was ihre neuen Freunde für sie gekauft hatten, und im Internet nach einigen größeren Dingen wie Möbeln zu suchen.

Aber Wren hatte sich einsam gefühlt, seit Bo aus der Tür gegangen war.

Was verrückt war. Bei der Arbeit war sie den ganzen Tag von Menschen umgeben gewesen. Jeden Tag hatte sie mit Remi und Caroline per SMS kommuniziert. Sie hatte auch von Mozart gehört, der anfing, sich bei ihr zu melden, sobald Bo gegangen war. Das gehörte zu seinem »Lebensbeweis«-Plan, den er und Dude ausgearbeitet hatten. Sie sollte einem der beiden mindestens zweimal am Tag eine SMS oder E-Mail schreiben. Wren nahm an, dass manche Frauen es ablehnen würden, sich so oft melden zu müssen, aber sie war nicht »manche Frauen«.

Sie hatte die meiste Zeit ihres Lebens allein verbracht, daher war es beruhigend zu wissen, dass es da draußen so viele Menschen gab, die sich dafür interessierten, was mit ihr geschah.

Aber selbst bei all der Kommunikation mit Bos Freunden – jetzt auch *ihren* Freunden – konnte Wren nicht aufhören, sich zu fragen, wo Bo war, was er tat, ob es ihm gut ging oder nicht. Sie nahm an, dass Ersteres der Fall sein musste, sonst hätte Wolf oder jemand anderes es ihr gesagt. Aber das machte ihre Sorgen nicht kleiner.

Es war seltsam, ohne ihn in seinem Haus zu sein. Sie vermisste ihn. Und zwar sehr. Nach Hause zu kommen und einen leeren Raum vorzufinden war viel schwieriger gewesen, nachdem sie Bo kennengelernt hatte. Sie hatte es vermisst, mit ihm zu kochen. Zusammen zu lachen. Sich nach seinem Tag zu erkundigen. Fernzusehen. Zu reden.

Am Abend vor ihrer Abreise in den Südsudan setzte Wren sich hin und schrieb einen Brief an Bo, den sie in seinem Haus hinterließ. Falls ihr etwas zustoßen sollte, wollte sie ihn wissen lassen, wie sehr sie sich um ihn sorgte. Wie sehr er ihr Leben verändert hatte. Es war rührselig und wahrscheinlich viel zu viel, aber sie tröstete sich mit der Tatsache, dass er ihn nie zu Gesicht bekommen würde, solange es auf ihrer Reise keine Probleme gab.

Und bis jetzt hatte es keine gegeben. Die Flüge verliefen ereignislos – Wren hatte darauf geachtet, dass sie in den Flugzeugen kein Eis in ihren Getränken hatte, nachdem sie gehört hatte, was Caroline, Wolf und seinen Freunden vor langer Zeit auf einem Flug passiert war – und sie waren jetzt alle im Hotel im Herzen von Juba.

Colby benahm sich, als sei er der König der Welt, und wollte die ganze Aufmerksamkeit auf sich lenken, was für Wren in Ordnung war. Sie erinnerte sich an Bos Ratschläge, unbemerkt zu bleiben. Nicht aufzufallen. Die beiden Männer, die Colby als Sicherheitspersonal mitgebracht hatte, Bob und Tom – was Wren zum Schmunzeln brachte, da dies der Name einer sehr beliebten morgendlichen Radiotalkshow war, die sie manchmal hörte –, fielen auf wie ein bunter Hund. Sie waren ganz in Schwarz gekleidet, sprachen miteinander über kleine Funkgeräte, die an Gurten befestigt waren, die sie um die Brust trugen, und bestanden darauf, jeden Raum zu »durchsuchen«, bevor sie ihn betraten.

Wrens Meinung nach verhielten sie sich eher wie die Filmversion eines Leibwächters als ein echter. Nicht dass sie allzu viel Erfahrung mit echten Leibwächtern hatte, aber sie hätte gehofft, dass sie sich nicht wie diese Männer verhielten.

Die anderen fünf Mitarbeiter, die in den Südsudan gereist waren – Aaron, Luke, Dallas, Archie und Oliver – hatten sich bisher ziemlich ruhig verhalten. Archie und Dallas hingen mit Colby herum, gingen dorthin, wo er hinging, und taten alles, was er ihnen auftrug. Die anderen drei hatten sich in dem Raum, den BT Energy im Hotel gemietet hatte, Laptops für ihre Besprechungen und Treffen eingerichtet, um mit dem Team in Kalifornien zu kommunizieren und die Recherchen und den Papierkram für die Pipeline fortzusetzen. Die Installation sollte in drei Monaten beginnen, wenn alles nach Plan verlief.

Aber das war natürlich nicht der Fall. Die Kämpfe südlich der Hauptstadt nahmen zu, sodass es schwierig war, Arbeiter zu rekrutieren, und über den genauen Verlauf der Pipeline wurde immer noch intensiv verhandelt. Es gab Meinungsverschiedenheiten, weil die Regierung die Pipeline an einer bestimmten Stelle verlegen wollte, während die Einheimischen dagegen protestierten, dass sie auf »ihrem« Territorium verlegt wurde.

Colby war nicht erfreut gewesen, als Wren am Flughafen in Kalifornien angekommen war. Statt der femininen Röcke und Hosenanzüge, die er im Büro zu sehen gewohnt war, hatte sie eine Cargohose, die Bo ihr besorgt hatte, ein langärmeliges Hemd aus leichtem, feuchtigkeitsregulierendem Material und ihre neuen Stiefel angezogen. Während der letzten Woche hatte sie sie überall getragen – außer bei der Arbeit –, um sie einzulaufen.

Aber zum Umziehen war es zu spät gewesen, und jetzt, da Wren in Afrika war, war sie doppelt dankbar für die Vorschläge von Bos Team. Hätte sie einen Rock getragen, hätte sie bestimmt viel mehr Blicke geerntet.

»Sind Sie bereit für die Pressekonferenz heute Nachmittag?«, fragte Colby.

Sie saßen gerade alle um einen Tisch in dem gemieteten Raum und besprachen das Programm für den Nachmittag.

»Ja«, sagte Wren.

»Sie dürfen nicht von der Tagesordnung abweichen«, warnte Colby.

Wren tat ihr Bestes, um ihren Ärger zu unterdrücken. »Ich weiß.«

»Ich meine es ernst. Wenn Sie etwas sagen, was nicht im Drehbuch steht, könnten Sie verhaftet werden. Und wir werden nichts dagegen tun können.«

»Ich *weiß*«, wiederholte Wren, wobei ihre Ungeduld deutlich zu hören war.

»Ich meine ja nur«, sagte er, während er sich in seinem Stuhl zurücklehnte. »Und ich bin mir nicht sicher, ob Ihr Outfit angemessen ist. Wir wollen den Menschen in diesem Land ein sanftes, sicheres Auftreten vermitteln. Wir wollen sie davon überzeugen, dass diese Gaspipeline eine gute Sache ist und keine militaristische Machtübernahme. Und wenn ich Sie in diesen Stiefeln und dieser Hose sehe, ganz zu schweigen von dem männlichen Hemd und Ihren kurzen Haaren, wird das alles andere als sanfte Stimmung verbreiten. Ich habe Sie eingestellt, um BT Energy ein weibliches Gesicht zu geben, und ich bin mir nicht sicher, ob Sie das im Moment tun.«

Wren versteifte sich, tat aber ihr Bestes, sich ihre Irritation nicht anmerken zu lassen. Sie brauchte diesen Job. Aber sie musste auch in Sicherheit sein. Wenn Colby Bo erlaubt hätte, mit der Gruppe zu sprechen, hätte er verstanden, warum sie so gekleidet war. Und vielleicht würden er und die anderen nicht die teuren Anzüge und Krawatten tragen, die sie gerade anhatten. Sie fielen auf jeden Fall unangenehm auf. Selbst in das Luxushotel passten sie nicht hinein.

»Es tut mir leid, aber laut den Experten, die ich konsultiert habe, ist der Südsudan kein sicherer Ort für Ausländer, insbesondere für Frauen. Was ich trage, ist zu meiner Sicherheit. Und ich bezweifle, dass irgendjemand an meine Kleidung denken wird, wenn ich spreche. Die Menschen werden sich eher dafür interessieren, was ich sage. Wie BT Energy ihnen helfen kann«, sagte sie so ruhig, wie sie konnte.

»Sie sind naiv«, erwiderte Colby. »Sie wurden eingestellt, *weil* Sie eine Frau sind. Weil wir wollen, dass die Leute sich mehr für das interessieren, was sie sehen, als für das, was sie hören. Ich werde darauf bestehen müssen, Ihre Garderobe für zukünftige Reisen zu genehmigen.«

Oh, *verdammt* nein. Das lag Wren auf der Zunge, aber sie hielt den Mund.

Sie hatte nicht geahnt, dass ihr Chef so frauenfeindlich war, als sie den Job angenommen hatte. Wenn er dachte, sie würde ihn in ihren Sachen herumstöbern lassen, hatte er sich gewaltig geirrt.

Die Erinnerungen an ihre Mutter, die ihr immer wieder

sagte, dass sie lange Haare haben müsse, weil Mädchen so Jungs anzogen, überwältigten Wren fast. Als Kind hätte sie ihr langes schwarzes Haar mit einer Schere abgeschnitten, wenn sie nicht so viel Angst davor gehabt hätte, was ihre Mutter mit ihr tun würde. Auf der Straße hatte sie es gleich als Erstes getan. Und sie hatte nie wieder zurückgeblickt. Sie liebte ihr kurzes Haar. Es war einfach zu pflegen, zu stylen, und sie fühlte sich nicht weniger weiblich, weil es nicht lang war. Zum Teufel, die kleinen Spangen in ihrem Haar mochten zwar praktische Überlebenshilfen sein, aber ehrlich gesagt fühlte sie sich dadurch süß.

Und jetzt drohte Colby, ihr sogar dieses kleine Selbstvertrauen in ihr Aussehen zu nehmen. Was für ein Vollpfosten.

Wren wollte über die jugendliche Beleidigung lächeln, achtete aber darauf, keinerlei Emotionen in ihrem Gesicht zu zeigen.

»Ich stimme Wren irgendwie zu, ich bin mir nicht sicher, ob es wichtig ist, was sie trägt«, sagte Luke. »Ich wünschte, *ich* hätte eine Cargohose und ein bequemeres Hemd wie sie an. Diese Anzüge heben uns auf eine Weise hervor, die nicht sehr angenehm ist.«

»Es ist mir scheißegal, was angenehm ist und was nicht«, sagte Colby mit finsterer Miene. »Wenn Sie BT Energy repräsentieren, werden Sie immer professionell aussehen.«

»Sicher«, sagte Luke mit gedämpfter Stimme.

Colby begann, sie alle über die Details der Pipeline zu belehren, die sie bereits kannten. Darüber, wie wichtig diese Reise war und wie viel Geld sie damit verdienen würden.

Wren sah zu Luke hinüber und flüsterte ein tonloses Dankeschön. Er nickte ihr zu und wandte dann die Aufmerksamkeit wieder ihrem Chef zu.

Dankbar, dass sie mit dem jüngsten Mitglied ihres Teams das Zimmer teilte und nicht mit Archie oder Dallas, seufzte Wren. Colby hatte sie anzüglich angestarrt, als sie um dieses

Arrangement gebeten hatte, aber zu ihrer Erleichterung waren auch Bob und Tom der Meinung, dass es sicherer sei, wenn sie nicht allein in einem Zimmer war.

Die Minuten dehnten sich, während Colby jeden Aspekt der Pipeline durchging. Obwohl sie alle sehr gut über das Projekt Bescheid wussten, hatte er das Bedürfnis, sich selbst sprechen zu hören.

Wren vermutete, dass er nervös war wegen der Frage-und-Antwort-Runde, die sie veranstalteten. Einige wichtige Regierungsvertreter würden kommen, um mit ihnen zu reden. Nun ja, hauptsächlich, um mit Colby zu sprechen, der über den aktuellen Stand der Kosten und des Baubeginns berichten würde.

Dallas und Aaron halfen Colby während der Sitzung mit den Regierungsvertretern, und bevor die Sitzung begann, wurden die anderen entlassen. Wren war erleichtert, ein wenig Freizeit fern von Colby zu haben, den sie wie zum ersten Mal sah. Bei ihrer Einstellung hatte sie sich über die Gelegenheit gefreut und Colby als Geschäftsführer respektiert. Jetzt? Sie wollte das hier nur schnell hinter sich bringen und nach Hause fliegen. Weg von seiner überheblichen Miene und seinen abschätzigen Blicken.

Die Fragerunde dauerte etwa anderthalb Stunden, und als Wren in den Raum zurückkehrte, fand sie die Hotelangestellten vor, die die Pressekonferenz vorbereiteten, die sie leiten würde.

Der große Tisch wurde weggeräumt und durch Stuhlreihen ersetzt. Am vorderen Ende des Raumes wurde ein Podium für Wren aufgestellt und Mikrofone eingerichtet. Sie hatte kein Problem damit, in der Öffentlichkeit zu sprechen, aber aus irgendeinem Grund fühlte diese Pressekonferenz sich anders an. Wahrscheinlich lag es an all den Warnungen von Bo und seinem Team, die in ihrem Kopf herumschwirrten. Das, und

Colbys kritische Bemerkungen über ihre Kleidung und ihr Aussehen.

Als die Konferenz schließlich begann, war Wren überrascht, wie wenige Leute gekommen waren. Auf den etwa dreißig Plätzen im Saal saßen fünf Personen. Es waren alles Männer, und sie sahen unglaublich gelangweilt aus.

Wren räusperte sich und begann mit ihrer Präsentation.

Sie verlief einwandfrei. Sie erläuterte alle Vorteile der Pipeline und was sie für das Land Südsudan bedeuten würde. Sie erklärte, wie sie funktionieren würde, woher das Gas käme und wohin es fließen würde. Sie dachte, sie hätte ihre Sache gut gemacht, aber als sie fertig war, hatten die Männer immer noch denselben gelangweilten Gesichtsausdruck.

Schließlich kam ihr in den Sinn, dass die Regierung wahrscheinlich handverlesen hatte, wer die Informationen, die sie weitergab, hören durfte. Es lief zwar eine Videokamera von einem der staatlichen Fernsehsender, aber Wren fragte sich, ob die Aufnahmen jemals das Licht der Welt erblicken würden.

Sie fragte, ob jemand Fragen habe, und war nicht überrascht, als dies nicht der Fall war. Ihre erste internationale Pressekonferenz war eine ziemliche Enttäuschung. Die fünf Zuschauer verließen den Raum und es wurde still.

Colby stieß sich von der Wand im hinteren Teil ab und verließ wortlos den Raum, Bob und Tom dicht auf den Fersen. Archie und Dallas folgten schnell.

»Das hast du gut gemacht, Wren«, sagte Oliver, als sie weg waren.

»Danke.«

»Fand das sonst noch jemand ... na ja ... seltsam?«, fragte Luke.

»Äußerst«, stimmte Aaron zu.

Wren war erleichtert zu wissen, dass sie nicht die Einzige war, die von der vermeintlichen Pressekonferenz ein komisches

Gefühl bekommen hatte. »Wie war das Treffen mit den hohen Tieren?«, fragte sie Aaron.

»Gut, denke ich. Colby hat die meiste Zeit geredet. Wir saßen nur da und haben genickt.«

»Bestand der Eindruck, dass sie mit dem Projekt zufrieden waren?«, fragte Luke.

»Ja ... Ich meine, es wirkte alles ziemlich roboterhaft auf mich. Als hätten die Anwesenden kein Mitspracherecht oder so«, erklärte Aaron.

»Ich habe das Gefühl, dass wir hier nur Teil eines großen Werbezirkus sind«, sagte Oliver. »Als sei es egal, was wir tun oder sagen, die Regierung wird trotzdem tun, was sie will.«

»Hoffen wir einfach, dass sie diese Pipeline haben will«, brummte Aaron. »Sonst haben wir eine Menge harter Arbeit umsonst geleistet.«

»Was glaubt ihr, wie das Abendessen auf dem Anwesen des Präsidenten morgen sein wird?«, fragte Luke.

»Das lässt sich nicht sagen«, erwiderte Oliver. »Entweder wird es so sein wie heute, mit uns und ein paar handverlesenen Leuten, die sich nicht trauen, etwas zu sagen, was als kontrovers angesehen werden könnte, oder es wird ein einziges Chaos sein.«

Wren musste ihm zustimmen. Sie hatte keine Ahnung, was sie erwarten sollte, selbst nach all den Nachforschungen, die sie angestellt, und dem, was sie von Bo über das Land erfahren hatte.

»Wir müssen wachsam bleiben«, platzte sie heraus. Die Männer hatten sich nicht die Mühe gemacht, mit den SEALs zu sprechen, aber das bedeutete nicht, dass sie sie nicht in Sicherheit wissen wollte. »Wenn wir das Hotel verlassen, sind wir verwundbar. Ein Haufen Amerikaner, die für ein Energieunternehmen arbeiten, wäre ein schönes Ziel für eine Gruppe, die schnelles Geld will.«

»Wir werden nicht entführt«, sagte Oliver mit einem Augenrollen.

»Ich sage nicht, dass wir das werden«, schnauzte Wren, »aber wir sind auch nicht mehr in Riverton. Wir müssen vorsichtig sein.«

»Das werden wir sein«, entgegnete Aaron.

»Wir gehen heute Abend ein Bier trinken«, sagte Oliver zu ihr. »Willst du mitkommen?«

Wren riss die Augen auf. »Was? Außerhalb des Hotels? Nein!«

Alle drei Männer lachten.

»Du klingst so empört«, sagte Aaron. »Es wird schon gut gehen. Bob und Tom kommen auch mit.«

»Das ist keine gute Idee«, entgegnete Wren. »Warum bleiben wir nicht hier und gehen in die kleine Bar im Erdgeschoss?«

»Darum. Wir wollen etwas von der Kultur in diesem Land erleben. Willst du die ängstliche Amerikanerin sein, die sich hier verkriecht?«, stichelte Oliver.

Wren weigerte sich, seinen Köder zu schlucken. »Ja.«

»Dein Pech«, sagte er achselzuckend. Dann wandte er sich an Aaron und Luke. »Treffen wir uns in einer Stunde in der Eingangshalle?«

»Klingt gut.«

»Okay.«

Wren konnte nur den Kopf darüber schütteln, wie dumm ihre Kollegen sich benahmen. Sie hatten zwar nicht alles gehört, was Bo und sein Team zu sagen hatten, aber trotzdem. Sie hatten wie sie selbst die gleichen Informationen vom Außenministerium über die Gefahren des Landes erhalten. Warum sie das Gefühl hatten, sich in einer Art Sicherheitsblase zu befinden, war ihr ein Rätsel.

Sie ging mit Luke zu ihrem Zimmer, und sobald sie drinnen

waren, drehte sie sich zu ihm um. »Bitte geh nicht, Luke. Es ist nicht sicher.«

»Es wird schon gut gehen. Colby hat es sogar vorgeschlagen. Er sagte, es sei eine Möglichkeit, den Leuten, die hier leben, etwas guten Willen zu zeigen. Du weißt schon, etwas Geld ausgeben, mit den Einheimischen reden. Damit sie sehen, dass wir mehr sind als unantastbare Geschäftsleute. Es ist unser einziger freier Abend.«

»Das ist *dumm*«, sagte Wren. »Du hast die gleichen Warnungen gelesen wie ich. Dass man nicht herumlaufen soll, vor allem nicht nach Einbruch der Dunkelheit.«

Aber Luke zuckte mit den Schultern. »Wir werden zu acht sein. Niemand wird sich mit acht Männern anlegen. Es ist wahrscheinlich besser, wenn du nicht mitgehst. Als Frau und so.«

Zum ersten Mal verspürte Wren nicht den Drang, jemanden zu schlagen, als dieser eine Bemerkung darüber machte, dass Frauen schwächer als Männer seien.

»Im Ernst, wir kommen schon klar. Wir haben Bob und Tom dabei. Wir trinken ein oder zwei Bier und kommen dann zurück. Morgen haben wir das Treffen mit den Anführern der verschiedenen ethnischen Gruppen und fahren dann zum Anwesen des Präsidenten, um dort zu plaudern.«

Der Gedanke, die morgige Diskussion moderieren zu müssen, machte Wren verdammt nervös. Ein falsches Wort, und die Männer könnten einander an die Gurgel gehen. Die Spannungen zwischen den verschiedenen Gruppen im Land waren extrem hoch. Sie würde teilweise dafür verantwortlich sein, alle ruhig zu halten. Das war eine Menge Druck.

»Ich halte das wirklich für keine gute Idee«, sagte sie zu Luke, nicht bereit, das Thema fallen zu lassen.

»Zur Kenntnis genommen«, sagte er. »Ich ziehe jetzt diesen Affenanzug aus und ziehe mir eine Jeans an. Du kannst gern zusehen«, sagte er mit einer hochgezogenen Augenbraue.

Wren verdrehte die Augen und machte sich auf den Weg ins Bad. Sie war sich bewusst, dass Luke sie necken wollte, aber sie wollte ihn nicht ermutigen, dass die beiden jemals eine Affäre haben würden.

Luke rief ihr zu, dass er mit dem Umziehen fertig sei, und Wren kehrte ins Zimmer zurück. Danach redeten sie nicht mehr viel. Er überprüfte seine E-Mails auf dem Laptop, während Wren durch die Kanäle des Fernsehers schaltete, um etwas zu sehen.

»Ich muss mich mit den Jungs treffen. Ich bin in ein paar Stunden zurück. Wenn nicht, wurden wir entführt und du musst die Behörden verständigen.« Luke grinste, als er das sagte.

»Das ist nicht lustig«, schimpfte Wren.

»Komm schon, es war ein *bisschen* lustig«, erwiderte Luke. »Entspann dich, Wren. Wenn du bei BT Energy dazugehören willst, musst du dich entspannen.« Dann winkte er und ging zur Tür.

Nachdem sie hinter ihm zugefallen war, stand Wren auf und schob den Riegel vor. Sie war nervös, allein im Hotel zu sein, aber nicht nervös genug, um zu riskieren, mit dem Rest der Gruppe zu gehen.

Sie setzte sich auf das Bett, holte ihr Handy heraus und öffnete ihre E-Mails. Sie tippte eine kurze Nachricht an Mozart, um sich zu melden, wie er es verlangt hatte.

Fünf Minuten später vibrierte ihr Telefon mit einer Antwort-E-Mail.

Du hast die richtige Entscheidung getroffen, nicht auszugehen. Safe und sein Team haben das mit den Gefahren ernst gemeint. Noch ein Tag, dann bist du auf dem Weg nach Hause. Ich werde morgen früh nach deiner E-Mail schauen.

. . .

Wren war erschöpft. Die Reise und der Stress der Treffen machten ihr zu schaffen. Aber sie wusste, dass sie nicht einschlafen konnte, bevor Luke und die anderen wohlbehalten zurück waren. Sie war kein großer Fan ihrer Kollegen, aber das hieß nicht, dass sie wollte, dass ihnen etwas zustieß.

Vier Stunden später hörte Wren ein leises Klopfen an der Tür. Sie sprang aus dem Bett und schaute durch den Spion. Vor Erleichterung wurde ihr fast schwindelig, als sie Luke dort stehen sah. Sie schob den Riegel zurück und öffnete die Tür.

»Tut mir leid, dass ich dich geweckt habe«, sagte er ein wenig verlegen, als er das Zimmer betrat. Er roch nach billigem Bier und Schweiß. Aber Wren war trotzdem sehr froh, ihn in einem Stück zu sehen.

»Wie war es?«, fragte sie.

»Okay«, sagte Luke achselzuckend. »Wir haben viel Geld ausgegeben, viel ekelhaftes, warmes Bier getrunken, und jetzt sind wir zurück. Du hättest mitkommen sollen. Es war in Ordnung.«

Wren ging zu ihrem Bett zurück und kroch unter die Decke, während Luke ins Bad ging. Er kam heraus, zog sein Hemd und seine Jeans aus und ließ beides auf dem Boden liegen. Dann legte er sich auf sein eigenes Bett, und Wren hätte schwören können, dass er innerhalb weniger Sekunden schnarchte.

Sie nahm an, dass er wahrscheinlich bewusstlos geworden war, aber sie war zu erleichtert, ihn wieder im Hotel zu haben, um sich darum zu kümmern.

»Es geht ihr gut«, sagte Preacher zu Safe.

Safe holte tief Luft und nickte. Sie waren immer noch im Tschad, und sie hatten getan, wozu sie gekommen waren. Die hochrangige Zielperson, die sie eliminieren sollten, nachdem er für seinen Bruder eingesprungen war, existierte nicht mehr.

Es war sein Zwilling, den sie beim letzten Mal eliminiert hatten. Der Zwilling, von dem niemand wusste. Der *wahre* Terroristenführer hatte seinen Bruder aus Sicherheitsgründen beauftragt, für ihn in der Öffentlichkeit aufzutreten. Der Mann war kein Idiot.

Und als sein Zwilling von Safe und seinem Team ausgeschaltet wurde, hatte der Anführer keine andere Wahl gehabt, als aus seinem Versteck zu kommen, um seinen Anhängern zu versichern, dass es den USA doch nicht gelungen war, ihn zu ermorden. Das war sein einziger Fehler gewesen.

Die Informationen waren schnell in die Staaten gelangt, und das SEAL-Team wurde in den Tschad geschickt, um den ursprünglichen Auftrag zu erfüllen.

Eigentlich hätten sie gestern auf dem Heimweg nach Kalifornien sein sollen ... aber ihr Kommandant hatte ein paar Beziehungen spielen lassen. Seit er von der Reise von BT Energy in den Südsudan erfahren hatte, war er genauso besorgt darüber wie Safe und der Rest des Teams. Also blieben sie für weitere achtundvierzig Stunden hier. Nur für den Fall.

Es war dieses »nur für den Fall«, das Safe vor Sorge fast um den Verstand brachte. »Ich weiß«, sagte er verspätet zu Preacher.

»Wir hätten es schon erfahren, wenn etwas passiert wäre«, stimmte Flash zu.

»Noch ein Tag«, warf MacGyver ein.

Safe nickte. Er wollte mit Wren sprechen. Um selbst zu hören, wie die Dinge liefen. Um sich zu vergewissern, dass es ihr gut ging. Aber das konnte er nicht. Er musste den Informationen vertrauen, dass sie in Sicherheit war.

»Noch ein Tag«, sagte er leise. Es würden die längsten vierundzwanzig Stunden seines Lebens werden. Solange er nicht von ihrem Kommandanten erfuhr, dass die Mitarbeiter von BT Energy in einem Flugzeug saßen und auf dem Heimweg waren, würde er sich nicht entspannen können.

KAPITEL SECHZEHN

Wren wünschte sich nichts sehnlicher, als den Rest des Tages zu verschlafen, aber das konnte sie nicht. Sie war verpflichtet, an der Präsidentensache teilzunehmen, was bedauerlich war, denn nach der Sitzung von heute Morgen lagen ihre Nerven blank.

Das Treffen mit den verschiedenen ethnischen Gruppen war unglaublich angespannt gewesen. Es wurde viel gestritten und Korruptionsvorwürfe wurden hin und her geschleudert. Wren schaffte es kaum, alle so ruhig zu halten, dass sie nicht begannen, sich im Konferenzraum zu prügeln. Sie tat ihr Bestes, um zu erklären, wie die Pipeline allen zugutekäme, aber die anwesenden Männer waren mehr damit beschäftigt zu erfahren, wie viel Geld ihre Gemeinden bekommen würden.

Es war anstrengend gewesen, und in Kombination mit der wenigen Ruhe, die Wren in der Nacht zuvor bekommen hatte, wollte sie nur noch schlafen. Aber Colby hatte ihnen allen unmissverständlich mitgeteilt, dass sie zum Anwesen des Präsidenten fahren würden, und ihnen befohlen, sich um Punkt achtzehn Uhr in der Eingangshalle zu treffen.

Wren konnte nur daran denken, es bis morgen früh zu

schaffen, wenn sie in ein Flugzeug steigen und zurück nach Kalifornien fliegen würden. Sie hatte keine Ahnung, ob diese Reise etwas gebracht hatte. Ob es ihnen gelungen war, die Menschen im Südsudan und die Männer an der Macht davon zu überzeugen, dass die Pipeline eine gute Idee war. Das Projekt war bereits genehmigt worden, aber diese Reise sollte die Details klären und eine glänzende PR-Kampagne sein, um die Bürger davon zu überzeugen, dass die Partnerschaft mit BT Energy und der Regierung für alle von Vorteil sein würde.

Sie hatte keine Ahnung, wer heute Abend bei dem Essen dabei sein würde. Sie wusste nicht einmal, was sie erwarten würde. Sie nahm an, dass es etwas zu essen geben würde. Vielleicht Getränke. Noch mehr Plauderei mit irgendwelchen Wichtigtuern. Sie würde ein fröhliches Lächeln aufsetzen, um alle Anwesenden davon zu überzeugen, dass mit dem Projekt und BT Energy alles in Ordnung war.

Aber der Glanz war für Wren verflogen. Sie wollte einfach nur zu Hause sein.

Sie wollte Bo sehen. Wollte mit Remi scherzen. Wollte ein Treffen mit ihrem Vater arrangieren.

In den letzten Tagen hatte sie viel über Tyler Farris nachgedacht. Ihr ganzes Leben lang hatte sie angenommen, dass er kein guter Kerl sei. Dass er ihre Mutter im Stich gelassen hatte. Dass er sogar jemanden umgebracht hatte. Und zu erfahren, dass nichts davon stimmte und er in Wirklichkeit ein sehr erfolgreicher, prominenter und beliebter Geschäftsmann war, war ein Schock gewesen.

Doch im Nachhinein betrachtet hätte es das nicht sein sollen. Ihre Mutter war ein furchtbarer Mensch. Die Tatsache, dass sie in Bezug auf ihren Vater gelogen hatte, hätte überhaupt keine Überraschung sein dürfen.

Trotzdem war Wren neugierig, nachdem der Schock über seine Existenz verblasst war. Hatte sie überhaupt Ähnlichkeit mit ihm? Hatten sie irgendwelche gemeinsamen Eigenschaften? Und sie hatte drei Halbbrüder. Ganz zu schweigen von zwei Nichten und einem Neffen!

Zu wissen, dass ihr Vater sie kennenlernen wollte, war beängstigend und aufregend zugleich. Sie wollte ihn auch kennenlernen. Wenigstens einmal. Vielleicht würden sie sich nicht verstehen. Vielleicht würde er sie nicht mögen. Aber sie war an einem Punkt angelangt, an dem sie ihn zumindest von Angesicht zu Angesicht treffen wollte. Mit eigenen Augen sehen, was für ein Mann er war.

Und Wren hatte keinen Zweifel daran, dass Bo mit ihr kommen würde. Er würde an ihrer Seite bleiben und sie davor beschützen, dass jemand etwas Verletzendes sagte oder tat, während sie sich einem Teil ihrer Vergangenheit stellte, von dem sie nicht geglaubt hatte, dass sie ihn jemals erleben würde. Den sie nicht hatte erleben *wollen*.

Und dann war da noch ihre Beziehung zu Bo selbst. Sie wollte so viel mehr mit ihm. In der Nacht vor seiner Abreise zusammen auf der Couch zu schlafen war so neu und ungewohnt gewesen. Natürlich hatte sie Sex schon gehabt, aber sie hatte noch nie die Nacht mit einem Mann verbracht. Sie hatte noch nie jemandem so sehr vertraut, dass sie ihre Deckung auf diese Weise völlig fallen lassen konnte.

Sie hatte in Bos Armen fest geschlafen. Sie wollte es wieder tun. Sie wollte auch mehr von seinen Küssen. Seine Berührungen. Wollte mit ihm intim sein. Ihn tief in ihrem Körper aufnehmen und zusehen, wie er sich in ihr verlor. Genauso wie sie sich in ihm verlieren wollte.

»Machst du dich jetzt fertig oder was?«, fragte Luke, als er aus dem Bad kam.

Wren seufzte. Sie war gerade dabei, sich in der Vorstellung zu verlieren, wie es wäre, mit Bo zusammen zu sein, und Luke musste es einfach ruinieren. »Ja«, antwortete sie.

»Wir fahren in fünfzehn Minuten los. Setz deinen Arsch lieber in Bewegung. Ich gehe noch ein Bier trinken, bevor wir losfahren. Wenn es heute Abend Bier gibt, ist es hoffentlich besser als der Mist, den wir gestern Abend getrunken haben.« Luke erschauderte. »Warme Pisse, so hat es geschmeckt.«

»Vielleicht war es das«, sagte Wren mit einem kleinen Grinsen.

»Gemein«, entgegnete Luke kopfschüttelnd. »Ich hatte keine Ahnung, dass du so gemein bist, als ich zugestimmt habe, das Zimmer mit dir zu teilen.«

Wren lachte und war froh, das Lächeln auf Lukes Gesicht zu sehen. Die Neckerei tat gut. Es löste etwas von der Spannung in ihren verkrampften Muskeln.

»In Ordnung, ich gehe jetzt runter. Wir sehen uns gleich. Aber komm nicht zu spät. Du weißt, wie angespannt Colby war. Und Bob und Tom waren auch nicht viel besser.«

»Ich werde da sein«, sagte Wren.

Luke verließ das Zimmer, und Wren ging ins Bad. Sie steckte sich eine Spange ins Haar und vergewisserte sich, dass ihr Zehenring noch fest um den zweiten Zeh ihres rechten Fußes saß. Dann ging sie ins Schlafzimmer und zog sich eine saubere Cargohose an, dann den Gürtel mit dem Feuerschläger. Sie vergewisserte sich, dass sich in der Geheimtasche noch die mit Vaseline eingeschmierte Baumwolle befand. Sie schnappte sich den Lippenstift und steckte ihn in eine der vielen Hosentaschen. Dann setzte sie sich auf das Bett und zog ihre Stiefel an. Sie kontrollierte, dass das winzige Messer noch unter der Einlage des linken Stiefels steckte. Zum Glück konnte sie es beim Gehen nicht spüren.

Schließlich, als sie alle supergeheimen Dinge, die die SEALs ihr gegeben hatten, an ihrem Platz hatte, atmete Wren tief durch und betrachtete sich im Spiegel über der Kommode. Sie biss sich auf die Lippe. Sie sah nicht aus wie eine Soldatin. Sie sah aus wie eine Frau, die guten Schlaf brauchte und bereit war, zelten zu gehen oder so.

Sie vermutete, dass Colby mit ihrer Kleidung nicht ganz

unrecht hatte. Sie sah ganz und gar nicht wie die gepflegte, professionelle Frau aus, die sie bei ihrem Vorstellungsgespräch bei BT Energy gewesen war. Aber das hier war nicht das sonnige Kalifornien, und sie hatte ihr hübsches Aussehen der Sicherheit geopfert.

Wren wandte sich von ihrem Spiegelbild ab, griff zu ihrem Handy und schickte Mozart eine kurze E-Mail. Sie ließ ihn wissen, dass sie gleich zu der Veranstaltung auf dem Anwesen des Präsidenten aufbrechen würde. Sie versicherte ihm, dass sie sich wieder melden würde, wenn sie zurück im Hotel sei, und dankte ihm, dass er ihr Ansprechpartner war.

Sie steckte das Telefon in ihre Hosentasche, verließ das Zimmer und ging in die Eingangshalle. Noch eine gesellschaftliche Pflichtveranstaltung, dann war sie frei. In zwölf Stunden würden sie sich auf den Weg zum Flughafen machen. Sie konnte es kaum erwarten.

Alle stiegen in zwei kleine Minivans. Bob, Tom, Colby, Luke und Aaron stiegen in den einen, Wren, Dallas, Archie und Oliver in den anderen. Beide waren mit einheimischen Fahrern und einem weiteren Mann besetzt, die jeweils als Mitglieder des Sicherheitsteams des Präsidenten vorgestellt wurden. Ein Mann, der eine Art Polizeiuniform trug und ein Motorrad mit Blinklichtern fuhr, führte die Gruppe an.

Sie fuhren vom Hotel weg auf eine sehr belebte Straße. Überall waren Menschen, die ihren Geschäften nachgingen, was Wren eigentlich ein gutes Gefühl gab. Frauen mit Paketen, Männer, die sich an Straßenecken unterhielten, Ladenbesitzer, die ihre Waren verkauften. Es schien alles so ... normal zu sein.

Sie waren erst etwa zehn Minuten gefahren, als Wren merkte, dass etwas nicht stimmte. Sie befanden sich nicht mehr in der Stadt, sondern fuhren mit hoher Geschwindigkeit auf einer Straße, die wie eine Landstraße aussah.

»Wohin fahren wir? Ist das der Weg zum Haus des Präsidenten?«, flüsterte sie Dallas zu, der neben ihr saß.

»Nein«, sagte der ältere Mann knapp.

»Bleibt ruhig«, sagte der vermeintliche Sicherheitsmann des Präsidenten vom Beifahrersitz aus. Er drehte sich um und richtete das Gewehr, das er in der Hand hielt – eines, wie es alle Militär- und Polizeibeamten im Lande trugen –, auf die Insassen des Minivans. »Macht keine Dummheiten.«

Wren erstarrte.

Das konnte doch nicht wahr sein. Natürlich hatten Bo und die anderen davor gewarnt, dass es so kommen könnte. Aber es kam ihr trotzdem völlig unwirklich vor.

»Wohin fahren wir? Wo bringen Sie uns hin?«, verlangte Archie zu wissen.

»Keine Fragen!«, blaffte der Mann.

»Scheiß drauf!«, sagte Archie. »Sie können uns nicht einfach von unserem Hotel wegbringen, ohne uns zu sagen, wohin wir fahren!«

»Kann ich nicht?«, sagte der Mann mit einem bösartigen Grinsen. »Sieht aus, als hätten wir genau das getan. Und jetzt halt die Klappe. Tut, was wir euch sagen, und es wird euch nichts passieren.«

»Klar, sicher werden wir das«, murmelte Oliver.

»Das ist doch Blödsinn!«, rief Dallas aus. »Wissen Sie, wer wir sind?«

»Natürlich. Was glaubt ihr, warum wir euch mitnehmen? Eure Firma wird Geld zahlen, um euch zurückzubekommen. Nun, zumindest den Anführer. Euch? Da bin ich mir nicht so sicher.« Der Mann, der die Waffe auf sie richtete, lachte.

»Passiert das wirklich?«, fragte Oliver niemand Bestimmtes. »Werden wir wirklich entführt?«

Wren wollte ihn am liebsten ohrfeigen. *Natürlich* passierte es. Sie waren gewarnt worden. Immer und immer wieder, und doch hatte niemand diese Möglichkeit ernst genommen. Außer ihr und Bo.

Sie wollte in ihre Tasche greifen und ihr Telefon herausholen, aber es würde sowieso nicht funktionieren. Es funktionierte nur, wenn sie WLAN hatte, und hier draußen im Nirgendwo gab es definitiv kein WLAN.

Sie fragte sich, was in dem anderen Wagen vor sich ging. Flippte Colby aus? Hatten Bob und Tom versucht, etwas zu unternehmen, um diese Entführung zu verhindern? Sie war sich nicht sicher, was sie in einem Van tun konnten, wenn ein Gewehr auf sie gerichtet war.

Sie fuhren eine gefühlte Ewigkeit, aber es waren wahrscheinlich nur etwa dreißig Minuten. Genügend Zeit, um die Stadt Juba weit hinter sich zu lassen. Die Straße war zu hartem Schotter geworden, und alle im Van wurden durchgeschüttelt wie Popcorn in der Mikrowelle. Das flache, trockene Land wurde von immer mehr Bäumen abgelöst, bis die unbefestigte Straße, auf der sie fuhren, vollständig von üppigem Dschungel umgeben war.

Schließlich kam der Wagen zum Stehen.

»Macht keine Dummheiten«, ermahnte ihr Entführer sie. Dann befahl er: »Steigt aus.«

Oliver packte den Türgriff, und plötzlich war der Wagen von bewaffneten Männern umstellt. Sie tauchten wie aus dem Nichts auf. Die Tür wurde aufgerissen und Oliver wurde mit einer Hand an der Vorderseite seines Hemdes herausgezogen. Er sackte auf Händen und Knien zu Boden. Jemand trat ihm in den Magen, und er fiel mit einem Stöhnen in den Dreck.

Wren verkrampfte sich, als die anderen ohne viel Aufhebens aus dem Fahrzeug gezerrt wurden. Sie schaffte es, sich auf den Beinen zu halten, und tat ihr Bestes, niemandem in die Augen zu sehen. Sie wurden alle dorthin gedrängt, wo der Rest ihrer Kollegen stand.

»Ich verlange, dass Sie uns zurück ins Hotel bringen!«, rief Colby.

Keiner hörte auf ihn. Wren schaute sich verstohlen um und konnte nicht alle Männer zählen, aber es waren über ein Dutzend, mehr als genug, um ihre Gruppe zu überwältigen. Jeder Mann hatte ein Gewehr oder eine andere Waffe in der Hand. Sie trugen zerfetzte und zerrissene Kleidung und ihre Haut war schmutzig. Es sah so aus, als hätten sie schon eine ganze Weile im Dschungel gelebt.

»Durchsucht sie«, befahl der Mann, der auf dem Motorrad gesessen hatte und die kleine Kolonne anführte.

Innerhalb weniger Sekunden wurde Wren von hinten gepackt, und ein anderer Mann stand vor ihr und fuhr mit den Händen ihre Beine rauf und runter. Sie hielt still, obwohl sie seine Berührungen hasste, aber sie wusste auch, dass die Dinge für sie, wenn sie protestierte – oder ihm ins Gesicht trat, wie sie es eigentlich wollte –, in kürzester Zeit noch viel schlimmer werden würden.

Er griff in ihre Tasche, holte grinsend ihr Handy heraus und warf es auf ein Tuch, das in der Nähe auf dem Boden ausgebreitet worden war. Dann schob er eine Hand in die Tasche an ihrem Oberschenkel und hielt den Lippenstift hoch, den sie vorhin dort hineingesteckt hatte.

Er grinste und sagte etwas in einer Sprache, die sie nicht verstand. Der Mann, der ihre Ellbogen festhielt, antwortete – und zu ihrer Überraschung wurde der Lippenstift wieder in ihre Tasche gesteckt. Der Mann setzte seine Suche fort, wobei er die kleine Spange in ihrem Haar entweder nicht bemerkte oder sich nicht darum scherte. Er zog ihr Hemd hoch, die Körbchen ihres BHs herunter und suchte nach allem, was sie dort versteckt haben könnte. Wren fühlte sich gedemütigt, aber sie wehrte sich trotzdem nicht. Sie stand stocksteif da und ließ ihn tun, was ihm befohlen worden war.

Schließlich schüttelte er mit einem angewiderten Blick den Kopf und griff in seine Hose.

Wren erstarrte in der Annahme, dass es das sei. Das war der Moment, in dem sie vergewaltigt werden würde.

Aber stattdessen zog er Kabelbinder heraus. Der Mann hinter ihr drückte ihre Arme nach vorn und präsentierte ihre Handgelenke. Die Handschellen wurden befestigt und extrem fest angezogen. Sie zuckte zusammen, hielt jedoch den Mund. Auf keinen Fall wollte sie diese Männer verärgern. Sie war ihnen hilflos ausgeliefert. Die Männer wussten es, und sie wusste es. Und als einzige Frau in einer Gruppe von Männern steckte sie in großen Schwierigkeiten.

Sie behielt alle Ratschläge der SEALs im Hinterkopf und tat ihr Bestes, um gefügig zu sein. Um keine Aufmerksamkeit auf sich zu ziehen.

Das konnte sie vom Rest ihrer Kollegen nicht behaupten. Colby versuchte, sich gegen die Männer zu wehren, die ihn durchsuchten. Er fluchte und empörte sich, als sie ihm seine teure Uhr, sein Handy, sein goldenes Armband und alles andere abnahmen, was er bei sich trug.

Auch den anderen wurde alles weggenommen, was Geld wert war. In den Unterlagen, die sie alle vor der Reise erhalten hatten, waren sie davor gewarnt worden, etwas Teures oder Auffälliges zu tragen, aber die meisten Männer hatten diesen Rat offensichtlich ignoriert.

Der Stapel ihrer Habseligkeiten auf dem Tuch war ziemlich groß geworden, und als ihre Entführer sicher waren, dass sie alles bekommen hatten, was sie finden konnten, band einer von ihnen die Ecken des Tuchs zu einer Art Tasche zusammen, stieg wieder in einen der Minivans und fuhr den Weg zurück, den sie gekommen waren.

»Lauft«, befahl der Verantwortliche.

Auch allen anderen wurden die Hände vor dem Körper gefesselt. Ihre Kollegen sahen ein wenig zerzaust und sehr verängstigt aus. Wren vermutete, dass auch sie den gleichen Gesichtsausdruck hatte.

Zu ihrer Überraschung brüllte Bob plötzlich: »Jetzt!«

Bob, Tom, Luke und Aaron lösten sich von der Gruppe und liefen in den Dschungel.

Sofort ertönten Schüsse aus allen Richtungen. Wren ging in die Hocke und versuchte, sich so gut wie möglich zu schützen, ohne Deckung und ohne ihre Hände benutzen zu können.

Die Männer schrien, während sie Schüsse abfeuerten, der Lärm war ohrenbetäubend, und als alles wieder ruhig war, öffnete Wren die Augen und sah sich um.

Sie schnappte nach Luft, als sie vier Körper sah, die einige Meter entfernt regungslos zwischen den Bäumen lagen. Luke, Aaron, Bob und Tom waren alle tot. Welche Strategie sie auch immer auf dem Weg hierher im Van ausgeheckt hatten, war offensichtlich nicht so aufgegangen wie geplant.

Wren fragte sich, was sie zu erreichen gehofft hatten. Wo wollten sie hin? Wie glaubten sie, mehr als einem Dutzend bewaffneter Entführer entkommen zu können? Das war dumm und so eine verdammte Verschwendung!

Als sie an Luke dachte, wie jung er war und wie aufgeregt er gewesen war, als er für die Reise ausgewählt worden war, wäre Wren am liebsten in Tränen ausgebrochen. Sie bemühte sich sehr, sie zurückzuhalten. Sie wusste, wenn sie eine Szene machte, könnte sie die Nächste sein, die als Blutlache endete.

»Will noch jemand versuchen zu fliehen?«, rief der Mann, der das Kommando hatte.

Keiner sagte ein Wort.

Der Anführer marschierte auf Colby zu und drückte ihm den Lauf seines Gewehrs unter das Kinn. Colby zuckte zurück und wollte einen Schritt nach hinten machen, wurde aber von einem anderen Entführer aufgehalten, der direkt hinter ihm stand.

»Es ist heiß!«, beschwerte er sich und meinte damit offensichtlich das Metall des Gewehrlaufs auf seiner nackten Haut.

»Das liegt daran, dass ich gerade deine Freunde erschossen habe«, spottete der Anführer. »Bleib ruhig, tu, was wir sagen, und vielleicht lassen wir dich am Leben. Du solltest hoffen, dass deine Leute bereit sind zu zahlen, um dich zurückzubekommen. Andernfalls ...« Er schoss eine Kugel in den Dreck zu seinen Füßen.

Colby und alle anderen zuckten überrascht und erschrocken zusammen.

»Sie werden zahlen«, murmelte Colby. »Ich bin der Geschäftsführer. Sie werden für mich bezahlen!«

Wren runzelte die Stirn, als ihr die Tragweite seiner Worte bewusst wurde. Wollte er damit sagen, dass sie für ihn bezahlen würden ... aber nicht für die anderen?

Sie hatte keine Zeit, darüber nachzudenken, bevor sie alle in den Dschungel geführt wurden.

Wren versuchte, ruhig zu bleiben, und nutzte vorsichtig und verstohlen jede Gelegenheit, sich umzusehen, bis sie die Männer gezählt hatte, die sie als Geiseln hielten. Es waren zwanzig. Auf jedes der verbleibenden fünf Mitglieder ihrer Gruppe kamen vier Entführer. Im Moment gab es absolut keine Chance zu entkommen. Aber genau wie Tex vorausgesagt hatte, war der Zehenring bei der Durchsuchung ihres Körpers nicht gefunden worden. Der Mann hatte sich nicht einmal die Mühe gemacht, ihr die Stiefel auszuziehen.

Sie musste hoffen, dass dieser Tex, wo auch immer er war, wusste, dass ein Ausflug in den Dschungel nicht gerade auf dem offiziellen Reiseplan stand. Dass er Hilfe rufen würde.

Wren hasste es, dass ihre Entführung letztendlich andere in Gefahr bringen würde. Es war scheiße, dass Colby nicht auf alle Warnungen gehört hatte, diese Reise anzutreten, und jetzt waren seine Leibwächter sowie Luke und Aaron tot.

»Tut, was wir sagen, dann passiert euch nichts«, sagte einer ihrer Entführer, der Archie am Arm packte, als dieser stolperte. Das war der Schlüssel. Tun, was sie sagen. Gefügig sein. Sich bedeckt halten. Keine Aufmerksamkeit auf sich lenken.

Es würde eines der schwersten Dinge sein, die sie je getan hatte, aber Wren hatte nicht ihre beschissene Kindheit durchlebt, hatte nicht einen Mann gefunden, dem sie endlich ihr wahres Ich anvertrauen konnte, hatte nicht herausgefunden, dass ihr Vater kein Versager war, nur um jetzt zu sterben. Im Dschungel des Südsudan, wo ihre Leiche verrotten würde. Nein, sie würde alles tun, was nötig war, um zu überleben.

Tex würde wissen, dass etwas nicht stimmte. Mozart würde es auch wissen, wenn er ihre Lebensbestätigungs-E-Mail nicht bekäme. Sie würden Hilfe schicken. Daran musste sie glauben. Sonst würde sie zerbrechen.

KAPITEL SIEBZEHN

»Mh-hm. Verstanden. Gibt es schon irgendwelche Informationen? Gut. Schick die Koordinaten und halte mich auf dem Laufenden. Wir rücken jetzt aus.«

Safe starrte Kevlar an, während er mit jemandem am Telefon sprach. Er wusste ganz genau, dass die Informationen, die er erhielt, nichts Gutes verhießen. Und er hatte auch keinen Zweifel, um wen es sich handelte.

Seit dem Tag, an dem Wren im Südsudan angekommen war, hatte er auf diesen Moment gewartet.

»Wren?«, fragte er, sobald Kevlar aufgelegt hatte.

Der Teamleiter nickte einmal.

»Lagebericht?«, fragte Preacher dringlich.

»Die Gruppe wurde entführt, als sie auf dem Weg zum Anwesen des Präsidenten war. Sie wurden nach Südosten gefahren, genau wie wir es erwartet hatten – in Richtung Dschungel, wo es mehr Verstecke gibt«, sagte Kevlar.

»Wie sieht der Plan aus?«, fragte Flash.

Safe war froh, dass seine Freunde die Fragen stellten. Er konnte sich nicht dazu überwinden zu sprechen.

»Tex arbeitet daran, Koordinaten zu bekommen. Wir

werden nach Lototuru, Uganda fliegen, einen Unterschlupf suchen und nach Norden gehen, die südlichste Grenze des Südsudan überqueren und in den ostafrikanischen Bergwald Richtung Mount Kinyeti eindringen. Laut Informationen gibt es im Dschungel am Fuße des Berges ein Lager der Rebellen. Es ist zweifelhaft, dass wir sie abfangen können, was ideal wäre. Wir müssen einen Weg finden, sie aus dem Lager herauszuholen, wenn wir dort sind.«

»Scheiße«, fluchte Smiley.

»Irgendwelche Verluste?«, fragte Blink.

Safe hielt den Atem an, während er auf Kevlars Antwort wartete.

»Unbekannt.«

Das war nicht gerade das, was er hören wollte, aber er nahm an, dass es besser war als die Alternative.

Safe beugte sich vor und hob seinen Rucksack auf. Er war einsatzbereit, schon seit sie ihre eigene Mission beendet hatten. Er hasste es, dass ihr Worst-Case-Szenario eingetreten war, aber er hatte Vertrauen in Wren. Sie war zäh und klug. Sie würde durchhalten, bis sie zu ihr gelangten.

Alles andere war undenkbar.

Wren fühlte sich elend. Ihr war heiß, sie war müde, und obwohl sie ihre Stiefel eingelaufen hatte, hatte sie an jedem Fuß mindestens zwei Blasen. Es war eine Sache, an einem Tag mit zweiundzwanzig Grad in Riverton ihre Stiefel und Socken zu tragen. Es war eine ganz andere Sache, durch einen Dschungel und durch Bäche zu stapfen, und das bei Temperaturen von mindestens dreißig Grad. Ihr Hemd war schweißdurchtränkt, ebenso wie ihre Hose. Ganz zu schweigen davon, dass ihre Hände sich durch die Kabelbinder um ihre Handgelenke taub anfühlten.

Alles in allem waren die Entführung und der Marsch durch den Dschungel echt ätzend. Die Fahrt zu dem Ort, an dem sie aus dem Van hatten aussteigen müssen, war größtenteils durch die Savanne gegangen, flaches Land mit hohen Gräsern, die im Wind wehten. Aber jetzt waren sie wirklich im Dschungel. Und obwohl der Schatten angenehm war, war es so schwül, dass Wren das Gefühl hatte, unter Wasser zu atmen.

»Wann halten wir an?«, fragte Dallas zum gefühlt hundertsten Mal.

Genau wie die letzten neunundneunzig Male, die er diese Frage gestellt hatte, antwortete keiner ihrer Entführer.

»Es ist so heiß«, jammerte Archie, während er versuchte, sich mit der Schulter über die Stirn zu wischen.

So schlecht sie sich selbst fühlte, desto größeres Mitleid hatte Wren für ihre Kollegen. Sie waren völlig unvorbereitet auf diese Wanderung. Es machte ihr nicht gerade Spaß, aber Gott sei Dank hatte sie Stiefel an und ihr Hemd war aus einem feuchtigkeitsregulierenden Material gefertigt. Es klebte dennoch an ihr, aber es war offensichtlich, dass die anderen *wirklich* litten.

Ihre langärmeligen Baumwollhemden und Jacketts mussten die reinste Folter sein. Sie hatten die Jacken aufgrund von ihren vorn gefesselten Händen nicht ausziehen können, aber sie hatten ihr Bestes getan, um den Stoff von den Schultern zu schieben. Die Halbschuhe an ihren Füßen waren in dieser Umgebung völlig unpassend.

Aber noch schlimmer als das Unbehagen und die Angst war, dass sie, wenn sie nicht den Mund hielten, alle getötet werden würden, bevor sie gerettet werden konnten.

Bei diesem Gedanken wackelte Wren mit den Zehen ihres rechten Fußes und spürte den Ring, der sicher in ihrem Stiefel steckte. Sie fühlte sich nicht mehr ganz so allein und hilflos mit dem Wissen, dass Tex irgendwann sehen würde, wo sie war, und Hilfe schickte.

»Ich brauche etwas Wasser«, befahl Colby.

Niemand machte Anstalten, ihm das Gewünschte zu bringen.

»Haben Sie mich gehört?«, fragte er den Mann, der ihm am nächsten war. »Wenn Sie nicht wollen, dass wir hier auf dem Waldboden tot umfallen, brauchen wir Wasser. Wenn Sie glauben, Sie bekommen Geld für einen toten Mann, dann irren Sie sich.«

Zu ihrer Überraschung blieb der Mann, der anscheinend das Sagen hatte und an der Spitze der kleinen Prozession ging, stehen. Er drehte sich um und schlenderte zurück zu Colby.

Wren versteifte sich, denn der Mann sah nicht glücklich aus.

Ohne ein Wort zu sagen, hob er seine Waffe und holte nach Colby aus.

Der Gewehrkolben traf ihren Chef im Gesicht, und er ging zu Boden wie ein Sack Kartoffeln. Stöhnend ging er auf die Knie, blieb aber zusammengekauert auf dem Boden sitzen und hielt sich mit den Händen das nun blutende Gesicht.

Der Rebell gestikulierte mit dem Gewehr in Richtung der anderen. »Ist noch jemand durstig?«, fragte er.

Alle schüttelten schnell den Kopf.

»Verdammte schwache Amerikaner«, murmelte er, bevor er sich wieder an die Spitze der Gruppe stellte. »Weiter!«, rief er.

Colby lag immer noch stöhnend auf dem Dschungelboden.

»Steh auf«, flüsterte Wren, mehr zu sich selbst als zu den anderen.

»Steh auf, Mann«, forderte Oliver Colby auf.

»Ich kann nicht«, stöhnte er.

»Wenn du es nicht tust, werden sie dir noch mehr wehtun«, fügte Archie hinzu.

Oliver griff nach unten und packte unbeholfen Colbys Oberarm. »Ich helfe dir, komm schon.«

Irgendwie brachte Oliver Colby auf die Beine. Wren unterdrückte das Keuchen, das ihr zu entweichen drohte, als sie sein Gesicht sah. Der Gewehrkolben hatte eine mindestens fünf Zentimeter lange Wunde in seine Wange gerissen. Sie war keine Expertin, aber selbst sie wusste, dass es wahrscheinlich genäht werden musste. Und eine offene Wunde in einer Umgebung wie dieser konnte nur zu Problemen führen.

Die Gruppe setzte sich wieder in Bewegung, und Wren tat ihr Bestes, um zu schlucken. Sie war genauso durstig wie die anderen, aber es war mehr als offensichtlich, dass ihre Entführer nicht vorhatten, ihnen etwas von dem Wasser in den Feldflaschen zu geben, die sie alle um die Brust trugen.

Es musste mindestens eine weitere Stunde vergangen sein, als der Anführer schließlich an einem kleinen Bach zum Stehen kam. »Fünf Minuten!«, rief er. »Dann machen wir uns wieder auf den Weg.«

»Wasser!«, rief Archie aus und fiel sofort neben dem Bach auf die Knie.

»Warte! Es ist wahrscheinlich verseucht«, sagte Oliver.

»Wenn wir Durchfall kriegen, sind wir am Arsch«, fügte Dallas hinzu.

»Wir sind schon am Arsch«, murmelte Colby, der neben Archie auf die Knie sank.

Ausnahmsweise stimmte Wren mit ihrem Chef überein. Sie erinnerte sich daran, was Smiley ihr gesagt hatte ...

... ohne Wasser wirst du schwächer, und wenn sich eine Chance zur Flucht ergibt, bist du vielleicht nicht stark genug, um sie zu ergreifen.

Sie verstand diese Worte jetzt viel besser. Sie fühlte sich so schwach wie ein Kätzchen. Fast schwindelig vor Dehydrierung. Bei dem vielen Schwitzen brauchte sie Flüssigkeit.

Archie und Colby versuchten, mit ihren gefesselten Händen Wasser zu schöpfen und es an ihre Lippen zu bringen, aber Wren war zu ungeduldig, um es auf diese Weise zu tun.

Sie legte sich auf den Bauch, die Arme unangenehm unter sich, beugte sich hinunter und trank direkt aus dem Bach.

Als sie sahen, dass ihre Methode viel effizienter war, machten die anderen es ihr nach, und bald schlürften alle fünf laut und gierig.

Wren hörte, wie ihre Entführer um sie herum lachten, aber das war ihr egal. Sie konzentrierte sich darauf, das Wasser zu trinken – das verdammt fantastisch schmeckte –, und nicht auf die Männer, die sich über sie lustig machten, weil sie im Dreck lagen.

Sie konnte praktisch spüren, wie ihre Zellen die dringend benötigte Flüssigkeit aufsaugten. Jeder Muskel in ihrem Körper schmerzte, da sie so viel körperliche Aktivität nicht gewohnt war, aber sie weigerte sich, zu viel darüber nachzudenken. Wenn sie das täte, würde sie nicht mehr aufstehen und weiterlaufen können.

»Ich glaube nicht, dass ich noch einen Schritt gehen kann«, beschwerte Archie sich.

»Meine Füße tun so verdammt weh«, stimmte Oliver zu.

»Es ist so heiß«, fügte Dallas hinzu.

Wren hielt den Mund. Sie stimmte allen dreien zu, aber es würde nicht helfen, über ihre Probleme zu meckern. Das hatte sie als Kind auf die harte Tour gelernt. Und besonders in dieser Situation war es besser, den Mund zu halten, den Kopf zu senken und von einer Minute zur nächsten zu überleben. Das war alles, was sie tun musste. Bo würde kommen. Oder einer seiner Freunde von der Spezialeinheit. Tex wusste, dass sie hier draußen war, sie musste nur geduldig sein.

Sie überlegte, ob sie den anderen sagen sollte, dass Hilfe auf dem Weg war. Dass sie einen Peilsender bei sich hatte ... aber das war weder der richtige Zeitpunkt noch der richtige Ort. Sie waren von Rebellen umgeben, die sie belauschen konnten, und auf keinen Fall wollte sie, dass jemand irgendwann sein großes Maul aufriss und den Überraschungseffekt zunichtemachte, den ihre Rettung vielleicht hatte.

Aber Wren hatte schreckliche Angst. Es gefiel ihr nicht, die einzige Frau in einer so großen Gruppe von Männern zu sein. Sie hatte das Gefühl, dass jeder an die Reihe würde kommen wollen, wenn erst mal einer beschloss, sie sexuell zu missbrauchen. Sie hatte schon gesehen, wie lüstern einige der Männer sie ansahen. Es gefiel ihr nicht, wie der Mann, der sie durchsucht hatte, auf ihre nackten Brüste gestarrt hatte.

»Ich möchte einen Anruf tätigen«, sagte Colby zu einem der Männer, die sie bewachten.

Sie zuckte zusammen. Das war sicher nicht die richtige Art, um unbemerkt zu bleiben. Hatte er seine Lektion nicht schon gelernt?

»Willst du das?«, fragte der Mann.

»Ja«, sagte Colby, der selbstsicherer klang, da einer ihrer Entführer mit ihm sprach. »Wenn Sie uns als Geiseln halten, müssen die Treuhänder von BT Energy benachrichtigt werden. Das kann ich tun.«

»Oh, sie werden benachrichtigt werden«, sagte der Mann. Dann lachten er und seine Rebellenkumpel.

Der verantwortliche Mann ging auf sie zu.

»Oh Scheiße«, sagte Dallas leise.

Wren stimmte seiner Einschätzung voll und ganz zu.

»Haltet ihn fest«, befahl der Anführer seinen Männern, wobei er in Olivers Richtung nickte.

»Was? Nein! Halt!«, kreischte Oliver mit hoher Stimme«, als er von drei Männern gepackt und auf die Beine gezogen wurde.

»Wir werden eure Leute benachrichtigen«, sagte der Anführer mit einem Grinsen. »Sie werden unmissverständlich wissen, dass wir es ernst meinen, Geld zu wollen. Und dass wir es bald wollen.« Dann nickte er den Männern zu, die Oliver festhielten, und sie zwangen ihn auf die Knie und rissen ihm die Arme über den Kopf. Dann drückten sie ihn nach vorn, bis sein Gesicht im Dreck lag. Einer der Männer setzte sich auf seine Schultern, um ihn zu fixieren. Ein anderer packte seine Handgelenke und hielt sie auf dem Boden, wobei er eine Hand aufspreizte.

Der dritte zückte eine riesige Machete.

»Oh Gott, nein! Nicht!«, flehte Archie.

Wren konnte sich nicht bewegen. Sie war wie erstarrt vor Angst, als der Rebell die Machete an Olivers Hände führte – und ihm ruhig und methodisch den Zeigefinger und den Daumen abschnitt.

Ihr Kollege schrie, und Wren wusste, dass sie die Laute, die aus seinem Mund kamen, noch jahrelang in ihren Albträumen hören würde.

Sofort spritzte Blut aus Olivers Hand. Das Wasser, das Wren gerade getrunken hatte, drohte wieder hochzukommen, aber sie zwang sich, heftig zu schlucken. Sie atmete durch die Nase und sah zu, wie die Rebellen lachten und mit Olivers Fingern spielten. Sie warfen sie hin und her, als seien sie eine Art Ball.

Oliver war immer noch vornübergebeugt, und Wren konnte hören, wie er stöhnte und am Boden würgte.

Der Anführer kam zu Colby hinüber, der immer noch neben dem Bach saß. »Irgendwelche anderen Forderungen?«, höhnte er.

Colby schüttelte nur den Kopf, den Blick auf Oliver gerichtet.

»Hätte ich auch nicht gedacht. Steh auf. Wir haben noch einen weiten Weg vor uns.«

Schockiert stand Wren auf, ebenso wie Archie und Dallas. Colby saß weiterhin da und starrte den armen Oliver an.

»Steh auf«, befahl der Anführer.

Aber Colby schien in einer Art Trance zu sein. Wahrscheinlich ein Schock.

»Steh auf«, flüsterte Wren.

Doch er tat es nicht.

Der Anführer bewegte sich schnell. Er holte mit dem Bein aus und trat gegen Colbys Schulter. Er fiel um, und als er auf der Seite lag, kamen weitere Rebellen herbei und begannen, ihn zu treten.

Wren wollte sie anschreien, damit sie aufhörten, aber ihr Selbsterhaltungstrieb ließ sie schweigen. Sie wich einfach von dem Gedränge zurück, ebenso wie die beiden anderen Männer.

Eine Minute später traten die Rebellen zurück und blickten grinsend auf den blutenden und zerschundenen Mann am Boden. Sein schick gebügelter Anzug war schmutzig und zerrissen. Er war mit Schweiß und jetzt auch mit Blut befleckt. Die klaffende Wunde in seinem Gesicht nässte immer noch, und jetzt hatte er am ganzen Oberkörper Wunden, die von den Stahlstiefeln der Entführer stammten. Sie konnte neue Verletzungen durch sein schmutziges weißes Hemd hindurch sehen.

»Hebt ihn hoch«, befahl der Anführer Archie und Dallas. Ohne zu zögern, gingen sie auf ihren Chef zu und halfen ihm auf die Beine.

»Wenn er stehen bleibt, ist er tot«, sagte der Anführer zu seinen Männern, dann drehte er sich um und ging in den Dschungel.

»Ich kann nicht«, murmelte Colby.

»Du musst«, sagte Archie zu ihm.

Während die beiden Männer Colby halfen, ging Wren langsam zu der Stelle hinüber, wo Oliver von den Männern, die ihn festgehalten hatten, auf die Beine gezogen worden war. Er war weiß wie die Wand, und sie konnte eine Lache aus Galle sehen, wo er gelegen hatte.

»Halte deine Hände an den Bauch und wickle dein Hemd so fest wie möglich um die Hand«, sagte sie leise. Während er dastand und auf seine blutende Hand starrte, wo seine Finger gewesen waren, handelte Wren schnell.

Sie packte seine Hände und drückte sie an seinen Bauch. Er

atmete vor Schmerz zischend ein, aber Wren zwang sich, ihn zu ignorieren. Sie tat ihr Bestes, um den unteren Teil seines Hemdes um seine Hand zu wickeln und es als Verband zu benutzen. Es war nicht gut, aber besser als nichts. »Halte deine Hände dort, während wir gehen«, sagte sie so ruhig wie möglich.

»Es tut weh«, flüsterte Oliver stotternd.

»Ich weiß«, sagte sie. »Aber du schaffst das. Du *musst* es tun. Verstehst du?«

»Sie werden dich vergewaltigen«, sagte er so schlicht, als würde er über das Wetter sprechen.

Wren wollte ihn am liebsten schlagen. Ihn fragen, warum zum Teufel er so etwas sagte. Aber sie wusste es. Er stand unter Schock. Das taten sie alle.

Stattdessen beeilte sie sich einfach, den Rebellen zu folgen, als diese wieder in den Dschungel gingen.

Als sie zurückblickte, um sich zu vergewissern, dass die anderen kamen – nicht dass sie etwas tun könnte, wenn sie es nicht taten –, sah sie Olivers Finger auf dem Boden liegen. Das war ein weiteres Zeichen dafür, dass ihre Entführer nicht die geringste Absicht hatten, etwas für ihr Überleben zu tun. Sie taten ihnen weh, weil es ihnen Spaß machte. Weil sie inmitten von Gewalt aufgewachsen waren und nichts anderes kannten.

Sie war sich bewusst, dass die Gruppe sich jeden Moment gegen sie wenden konnte. Es machte ihnen Spaß, Colby und die anderen Männer zu quälen, aber irgendwann würden sie ihren niederen Trieben nicht mehr widerstehen können. Sie hatten eine Frau, die ihnen ausgeliefert war. Wren hatte keinen Zweifel daran, dass sie ihr nicht nur einen oder zwei Finger abschneiden würden, wenn sie die Aufmerksamkeit auf sie richteten.

Sie zitterte, obwohl sie stark schwitzte, und bereute, dass sie Bo und die anderen nicht gefragt hatte, wie lange es dauern würde, bis jemand zu ihnen kam, falls sie entführt wurden.

Denn sie konnte spüren, wie die Uhr tickte. Ihre Zeit näherte sich, die Zeit, in der sie im Visier der Entführer landete.

Wren atmete tief durch und stärkte ihre Entschlossenheit.

Nein. Einfach *nein*. Sie würde alles tun, was nötig war, um zu verhindern, dass dies ihr Schicksal wurde. Sie würde ihre Zeit abwarten. Clever sein, genau wie die SEALs es ihr geraten hatten. Sie hatte die Werkzeuge, die sie ihr gegeben hatten. Sie würde sie benutzen. Sie musste nur auf den richtigen Zeitpunkt warten.

Als sie in das Lager stolperten, konnte Wren sich kaum noch auf den Beinen halten. Ihren Kollegen ging es auch nicht besser. Besonders Colby und Oliver. Sie hatten absolut keine Farbe im Gesicht und hatten in den letzten Stunden nicht viel gesagt.

Sie wurden zu einem großen Baum gebracht und auf den Boden gestoßen. Der nachlassende Druck an ihren Füßen war willkommen. Wren rutschte näher an den Baum heran, weg von ihren Entführern und hinter Archie und Colby.

»Wasser?«, fragte Dallas leise und hoffnungsvoll. Aber die Männer, die sie zu dem Baum gebracht hatten, hörten die Bitte entweder nicht oder ignorierten sie. Sie gingen auf ein großes Feuer zu, an dem alle anderen Männer sich versammelt hatten.

Als sie sich umsah, stellte Wren fest, dass die Zahl der Männer im Lager sich nicht sonderlich vergrößert hatte. Es schien, als hätte der Großteil der Gruppe sie durch den Dschungel eskortiert. Das war das erste Positive, das ihr seit ihrer Entführung auffiel. Je weniger Männer, desto leichter würde es sein, sie zu überwältigen, sobald Hilfe eintraf.

Oder ... vielleicht wäre es für Wren umso leichter, unbemerkt zu entkommen.

Leichte Gewissensbisse durchfuhren sie. Falls sie entkam

und ihre Kollegen zurückließ, würden die Entführer ihre Wut wahrscheinlich an ihnen auslassen. Aber die Schuldgefühle reichten nicht aus, um sie zum Bleiben zu bewegen.

Sie beobachtete, wie die Männer begannen, etwas aus Flaschen zu trinken. Sie nahm an, dass es irgendeine Art von Alkohol war. Wenn sie sich betranken, würde ihre Hemmschwelle sinken, und jede spärliche Moral, die sie haben könnten, würde verschwinden. Wenn eine Person es sich in den Kopf setzte, sie zu vergewaltigen, würden alle anderen nachziehen.

Nein, sie musste verschwinden. So schnell sie konnte.

Es war schon vor einer Weile dunkel geworden, und während manche Menschen Angst davor haben mochten, mitten in der Nacht allein im Dschungel Afrikas zu sein, gehörte Wren nicht zu ihnen. Die Tiere des Waldes waren ihr allemal lieber als eine Gruppe betrunkener Männer.

Der Anführer schritt zu Wren und ihren Kollegen hinüber, die sich an den Baum gelehnt hatten. »Morgen nehmen wir Kontakt zu euren Leuten auf. Mal sehen, wie viel ihnen euer Leben wert ist.«

Er lachte, dann nahm er einen großen Schluck aus der Flasche, die er in der Hand hielt.

»Bis dahin ... seid brav. Es gibt kein Entkommen von hier. Ihr wisst nicht, in welche Richtung ihr gehen sollt, und die Tiere in Afrika sind viel schlimmer als alles, was euch hier passieren könnte. Wenn ihr glaubt, dass ein paar verlorene Finger und blaue Flecke schlimm sind ... wartet, bis euch ein Gepard frisst. Ihr werdet ihn nicht kommen sehen. Er wird sich an euch heranpirschen und zuschlagen, bevor ihr merkt, dass er überhaupt da ist. Löwen, Leoparden, Nashörner, sie alle können schneller sein als ihr. Und von den giftigen Schlangen und Insekten will ich gar nicht erst anfangen ... Schlaft gut. Wir reden morgen früh weiter.«

Er lachte wieder, dann drehte er ihnen den Rücken zu und

ging zurück zu den anderen, die um das Feuer versammelt waren.

»Ich habe Hunger«, murmelte Dallas.

»Halt die Klappe«, schimpfte Archie.

»Sie müssen uns am Leben halten, wenn sie Lösegeld wollen«, argumentierte Colby schwach.

Wren war sich da nicht so sicher. Ja, die Treuhänder von BT Energy sollten klug genug sein, kein Geld zu schicken, solange sie keinen Beweis für ihr Leben hatten, aber in der Sekunde, in der auch nur ein Cent eingegangen war, würden ihre Entführer sie wahrscheinlich töten.

»Wenn du den Mund gehalten hättest, hätte ich noch meine Finger!«, zischte Oliver ihren Chef an.

»Das war nicht meine Schuld«, protestierte er.

»Zum Teufel, doch, das war es!«, brüllte Oliver praktisch.

Wren zuckte zusammen, als ein paar ihrer Entführer in ihre Richtung blickten.

»Ich habe ihnen nur gesagt, dass ich die Treuhänder erreichen kann.«

»Und daraufhin haben sie mir die Finger abgeschnitten!«, schrie Oliver.

Die Männer um das Feuer lachten.

»Halt die Klappe!«, sagte Archie zu Oliver.

»Warum? Er war es doch, der diese Reise für eine tolle Idee hielt. Und schau, was passiert ist! Wir hätten nicht mitkommen sollen. Er ist einfach zu gierig!«

Wren stimmte Oliver zu, aber es war viel zu spät für sie alle, die Reise jetzt noch infrage zu stellen.

»Im Ernst, halt die Klappe!«, zischte Dallas. »Willst du, dass sie herkommen und etwas anderes abschneiden?«

Wieder einmal stimmte Wren einem ihrer Kollegen zu.

Oliver und Colby verstummten. Sie sahen beide nicht glücklich aus, aber keiner von ihnen wollte noch mehr Aufmerksamkeit von ihren Entführern. Schließlich richteten die Rebellen ihre Aufmerksamkeit wieder auf die Mahlzeit, die sie aßen und nicht mit ihren Gefangenen teilten.

»Wir werden sterben«, sagte Oliver eine Weile später mit leiser, leerer Stimme.

»Nein, werden wir nicht«, erwiderte Colby ebenso leise.

»Wir sind mitten im afrikanischen Dschungel. Du wurdest grundlos verprügelt, meine Finger sind Futter für die verdammten Tiere in diesem Höllenloch, und Wren wird vergewaltigt werden. Lieber sterbe ich, als herauszufinden, welche Qualen sie noch für uns auf Lager haben.«

Wren wünschte sich wirklich, er würde aufhören, von ihrer Vergewaltigung zu reden. Sie konnte die Bilder schon jetzt kaum noch aus dem Kopf bekommen.

»Keiner weiß, wo wir sind. Ihr habt die Informationen gelesen; das Außenministerium schickt niemanden, um uns zu retten. Wir wurden *gewarnt*. Wir sind tot. Ich lasse mir lieber in den Kopf schießen, als zu verhungern«, fuhr Oliver fort. »Ich denke, deine Leibwächter und die anderen hatten Glück, dass sie erschossen wurden. Wenigstens sind sie schnell gestorben.«

Wren versuchte, sein Geschwätz zu verdrängen. Zu verzweifeln war das Schlimmste, was sie tun konnten. Noch etwas, das sie von Bo und seinem Team gelernt hatte. Positiv bleiben. Durchhalten, egal was passierte. Nicht aufgeben. Es klang so, als hätte Oliver genau das bereits getan.

»Ich habe Hunger«, wiederholte Dallas, als hätten sie ihn beim ersten Mal nicht gehört.

»Halt die Klappe. Den haben wir alle«, sagte Archie gereizt.

Ihre Kollegen verstummten. Wren nutzte die Gelegenheit, um ihre Umgebung zu studieren. Sie waren an einen großen Baum am Rande eines kleinen Lagers gebracht worden. In der Nähe des Feuers waren Planen über kleinere Bäume gespannt, die den Rebellen Schutz vor dem Wetter boten. Abgesehen vom Feuer war es in der Gegend stockdunkel. Hier draußen im Dschungel, ohne jede Art von Lichtverschmutzung, würde

Wren, sobald sie sich vom Feuer entfernte, die Hand vor Augen nicht sehen können.

Aber wenn *sie* nichts sehen konnte, konnten die anderen das auch nicht. Natürlich hatten ihre Entführer Taschenlampen, aber die Dunkelheit sollte ihr helfen ... falls sie es schaffte zu entkommen.

Das Gute war, dass die Rebellen darauf vertrauten, dass ihre Gefangenen gefesselt, verängstigt und nicht in ihrem Element waren. Und wenn sie hungrig und durstig blieben, würden sie weniger wahrscheinlich versuchen zu fliehen.

Scheiß drauf. Wren wollte von hier verschwinden. Sie wollte nicht sehen, was die Rebellen morgen früh für sie geplant hatten.

Gerade als sie diesen Gedanken hatte, begann es zu regnen. Und es war nicht nur ein sanftes Prasseln von Regentropfen. In der einen Sekunde war es klar, und in der nächsten waren sie bis auf die Haut durchnässt.

Die Männer am Feuer beschwerten sich nicht über den plötzlichen Regen, da sie wohl daran gewöhnt waren, sondern verzogen sich in ihre jeweiligen Unterstände und machten es sich mit ihren Alkoholflaschen gemütlich.

»Verdammte Scheiße!«, rief Colby aus.

»Ich kriege noch Leistenflechte«, meckerte Archie.

»Ich hasse Regen«, sagte Oliver fast traurig.

»Das ist beschissen«, fügte Dallas hinzu.

Aber Wren war begeistert. Sie hoffte, dass es weiter regnete. Das Geräusch würde hoffentlich ihre Flucht überdecken. Sie musste nur geduldig sein. Irgendwann mussten die Rebellen schlafen. Vielleicht würden sie sogar ohnmächtig werden von all dem Alkohol, den sie in sich hineinschütteten.

Inzwischen war sie erschöpft, aber nicht müde. Das machte keinen Sinn, aber auf keinen Fall würde sie unachtsam werden, um zu schlafen. Sie würde so lange wach bleiben, bis sich ihr die Gelegenheit bot, von dort zu verschwinden.

Der Rat, den Bo und sein Team ihr gegeben hatten, in den Dschungel zu fliehen, kam ihr wieder in den Sinn. Als sei Bo direkt bei ihr und würde ihr ins Ohr flüstern, hörte sie ihn sagen: *Such dir einen Ort, an dem du dich verstecken und auf Hilfe warten kannst.*

Das war genau das, was sie vorhatte. Sie würde sich so weit wie möglich von diesem verdammten Lager entfernen und dann warten. Sie hatte den Peilsender. Wen auch immer Tex in den Südsudan schickte, er würde direkt zu ihr kommen. Er würde wissen, wo das Lager war, denn er musste sie inzwischen aufgespürt haben. Er würde sehen, dass sie sich nicht mehr bewegte. Er würde annehmen, dass dies ein Rebellenlager war.

Sie stellte eine Menge Vermutungen an, aber Tex war nicht dumm. Sie kannte ihn nicht persönlich, aber er wurde offensichtlich von Bo und den anderen respektiert. Er würde aus dem Schlamassel schon schlau werden. Das musste er.

Genauso wie sie verschwinden musste. Sie wusste ohne Zweifel, je länger sie blieb, desto größer wurde die Gefahr. Sie hatte ihre Überlebensausrüstung. Sie würde sich durchschlagen, bis sie gerettet und zurück in die Staaten gebracht wurde. Dann würde sie nie wieder weggehen. Nie wieder.

KAPITEL ACHTZEHN

Safe wollte, dass alles schneller ging. Kevlar hatte von Tex einen Link mit Informationen von dem Peilsender in Wrens Zehenring erhalten. Sie bewegte sich tief in den Dschungel hinein. Ihr Team bewegte sich so schnell es konnte, aber es war nicht schnell genug.

Er konnte nicht aufhören, sich all die schrecklichen Dinge vorzustellen, die Wren durchmachen musste. Er hatte ihr in der kurzen Zeit, die ihnen zur Verfügung stand, so viel wie möglich beigebracht, aber er war nicht ins Detail gegangen, was die Rebellen mit einer Gruppe von Gefangenen anstellen würden. Er hatte aus erster Hand gesehen, wie brutal sie sein konnten. Und er hasste den Gedanken, dass Wren ihnen ausgeliefert war.

Sie waren ohne Zwischenfälle in Uganda angekommen. Bald würden sie über die Grenze in den Südsudan gehen, wo Kevlar gerade Pläne schmiedete, wie sie sich aus einem Hubschrauber in den Dschungel um den Mount Kinyeti abseilen konnten. Aber für Safe ging alles immer noch zu langsam voran.

Er starrte auf das tragbare GPS-Gerät, das Wrens Standort

anzeigte. Der Punkt auf dem Bildschirm hatte sich seit ein paar Stunden nicht mehr bewegt. Das konnte eines von mehreren Dingen bedeuten. Sie hatten das Lager der Rebellen erreicht; sie war tot und ihre Leiche war im Dschungel zurückgelassen worden; oder der Zehenring hatte eine Fehlfunktion oder war gefunden worden.

Keine der Möglichkeiten war gut, aber wenn er sich entscheiden müsste, würde Safe die erste wählen.

»Sie kommt schon klar«, sagte Blink leise neben ihm.

Safe warf einen Blick auf das neueste Mitglied ihrer Gruppe. »Das weißt du nicht.«

»Doch, das tue ich. Sie ist zäh. Zäher, als alle denken.«

Das war sie, aber Safe war sich nicht sicher, ob er in der Stimmung für sinnlose Beteuerungen war.

»Die meisten Frauen wären ausgeflippt, als wir anfingen, über die Möglichkeit einer Entführung zu sprechen. Aber Wren hat sich alles genau angehört. Sie hat unseren Rat gehört. Sie hat ihn sich zu Herzen genommen. Es wird ihr gut gehen.«

Safe holte tief Luft und schloss die Augen. Immer wieder schossen ihm die schlimmsten Szenarien durch den Kopf. Eines war schlimmer als das andere, aber er zwang sich, einen klaren Kopf zu bekommen.

Blink hatte recht. Wren *war* zäh. Sie hätte ihre schreckliche Kindheit nicht überlebt, wenn sie es nicht wäre. »Okay«, sagte er mit einem Ausatmen, als er die Augen öffnete.

»Okay«, wiederholte Blink. Er legte eine Hand auf Safes Schulter und ging hinüber zu Smiley und Flash, die ihre Ausrüstung durchgingen.

Zwei Minuten später sagte Kevlar: »Wir brechen in fünf Minuten auf. Stellt sicher, dass ihr alles Notwendige in euren Rucksäcken habt. Wir bewegen uns schnell und leicht, also nehmt nur das Nötigste mit. Los geht's.«

Safe musste seinen Rucksack nicht überprüfen. Er wusste bis ins kleinste Detail, was sich darin befand. Erste-Hilfe-

Ausrüstung, zwei Feldrationen, Wasserreinigungstabletten, Mückenschutzmittel, ein Multifunktionswerkzeug, ein Kompass, eine LED-Knickleuchte, ein Feueranzünder, eine faltbare Wasserflasche – derzeit voll –, Elektrolyttabletten, ein Signalspiegel, eine Wärmedecke, Paracord, Sicherheitsnadeln, ein Dosenöffner, Klebeband, eine Rasierklinge und ein Handschellenschlüssel. Die Gegenstände in der Sicherheitsausrüstung, die jeder SEAL bei sich trug, hatte er schon in der Schule auswendig gelernt. Er war auf alles gefasst und wollte einfach nur loslegen.

Zehn Minuten später kletterten die sieben Männer von der Ladefläche eines alten Pick-ups, der sie auf einem dunklen Feld absetzte, weniger als anderthalb Kilometer von der südsudanesischen Grenze entfernt, wo ein Hubschrauber wartete. Sie stiegen an Bord und begannen sofort, die Gurte anzulegen, mit denen sie sich in den Dschungel abseilen würden. Es bestand die Möglichkeit, dass der Hubschrauber von den Rebellen gehört wurde, aber ihn zu benutzen war viel schneller als die Überquerung des Berges, um zu dem Ort zu gelangen, an dem Wrens Peilsender sich befand. Außerdem würden sie ein paar Kilometer vom Ort des Pings entfernt abgesetzt werden, sodass sie hoffentlich das Überraschungsmoment nutzen konnten.

Der Plan war auf dem Flug nach Uganda besprochen und vereinbart worden. Safe würde das GPS mit Wrens Standort behalten und seine einzige Aufgabe war es, sie in Sicherheit zu bringen. Die anderen Mitglieder des Teams würden die acht Männer verfolgen. Natürlich wusste niemand, wer entführt worden war, außer Wren selbst. Aufgrund der begrenzten Informationen mussten sie davon ausgehen, dass die gesamte Gruppe entführt worden war. Es würde sich zeigen, wie sie die Gruppe herausholen konnten, je nachdem, in welchem Zustand alle waren.

Was die Rebellen anbelangte, so hatten sie ihre Entscheidung getroffen, als sie die Amerikaner entführt hatten, so die

Meinung von Safe. Sie würden, ohne zu zögern, eliminiert werden.

Es war noch nichts über eine Lösegeldforderung bekannt geworden, aber es war auch noch früh. Es war seit ihrer Entführung noch nicht einmal ein Tag vergangen. Safe und sein Team gingen davon aus, dass dies am Morgen geschehen würde, falls die Entführer Lösegeld fordern wollten.

Safe bewegte sich in seinem Sitz, als der Hubschrauber vom Boden abhob. Er war ruhig. Konzentriert. Er hatte Wren versprochen, dass sie gerettet werden würde, falls etwas passieren sollte. Er hatte nicht vor, dieses Versprechen jetzt zu brechen. Sie war ein Teil seiner Familie, und niemand legte sich mit einem der ihren an.

Wren schluckte schwer. Sie hatte schreckliche Angst, aber es war an der Zeit. Es hieß jetzt oder nie. Es regnete immer noch. Sie war bis auf die Haut durchnässt, aber sie merkte es kaum. Sie und die anderen hatten mit den größten Blättern um sie herum ein Regenfangsystem aufbauen können, sodass sie ein wenig trinken konnten. Es war nicht genug, nicht annähernd genug, aber es war immerhin etwas. Für den Moment würde es reichen müssen.

Die Männer um sie herum schliefen alle. Sie lagen auf dem Rücken oder auf der Seite. Wren hatte sich am Baumstamm zusammengerollt und versucht, sich hinter den Männern zu verstecken.

Wie lautete das Sprichwort? Aus den Augen, aus dem Sinn. Sie hatte gehofft, dass dies der Fall sein würde, denn die Rebellen tranken noch einige Stunden nach ihrer Ankunft. Zu ihrer Erleichterung waren die meisten von ihnen ohnmächtig geworden oder unter ihren Unterständen eingeschlafen. Das

Feuer war auch so weit ausgegangen, dass das Licht ihre kleine Ecke des Lagers nicht mehr erreichte.

Es war an der Zeit.

Erneut stiegen Schuldgefühle in Wren auf. Schuldgefühle, weil sie den anderen nicht gesagt hatte, was sie geplant hatte. Schuldgefühle darüber, was die Folgen ihres Verschwindens für ihre Kollegen sein würden. Sie hatte keinen Zweifel daran, dass ihre Entführer nicht glücklich darüber sein würden, dass sie fehlte.

Ganz langsam, ohne einen Laut von sich zu geben, drehte Wren sich auf den Rücken. Dann setzte sie sich auf und sah sich um. Keiner blickte in ihre Richtung. Alle schliefen. Sie rutschte auf dem Hintern, bis sie den großen Baum hinter sich gelassen hatte, und umrundete ihn.

Sie ging in die Knie und balancierte dann auf den Füßen, wobei sie tief blieb. Als sie einen letzten Blick auf ihre schlafenden Kollegen warf, erschrak sie, als sie sah, dass Oliver die Augen geöffnet hatte und sie direkt anstarrte. Er lag etwas abseits von den anderen, näher an dem Baum, hinter dem sie sich jetzt versteckte.

Wren erstarrte. Sie hatte keine Ahnung, was er tun würde, wenn er glaubte, sie würde fliehen. Er war wegen Colby verletzt worden. Würde er eine Warnung aussprechen und ihre Flucht vereiteln, nur um sich selbst zu schützen?

Sie war überrascht, als er ihr zuflüsterte: »Geh.«

»Es tut mir leid«, flüsterte sie.

Aber Oliver schüttelte den Kopf. »Das muss es nicht. Wir hätten auf dich hören sollen. Wir hätten zu diesem Training gehen sollen – oder besser noch, wir hätten diese Reise ablehnen sollen. Verschwinde, Wren.«

»Sie kommen«, sagte sie zu ihrer eigenen Überraschung. »Zu uns allen. Ich habe einen Peilsender. Sie kommen, Oliver. Du musst nur durchhalten, bis sie hier sind.«

Sie erklärte nicht, wer »sie« waren, und Oliver fragte nicht danach. Sie konnte ihn in der Dunkelheit des frühen Morgens kaum ausmachen, aber sie sah ihn nicken.

»Ich werde ihnen sagen, dass du pinkeln gegangen bist, ich ein Rascheln gehört habe und du nicht zurückgekommen bist.«

Sie schluckte schwer und wünschte, sie könnte alle Jungs retten, aber sie nickte einfach. »Ich werde den Boden ein bisschen aufscharren. Es so aussehen lassen, als sei ich von etwas angegriffen worden.«

»Viel Glück«, sagte Oliver.

»Dir auch.« Bevor sie es sich anders überlegen konnte, drehte Wren sich um und blieb in Deckung, bis sie tiefer in den Bäumen war, dann ging sie schnell in die Dunkelheit.

Als sie weit genug vom Lager entfernt war, dass sie glaubte, ein wenig Lärm machen zu können, suchte sie sich einen Ast, der auf dem Boden lag, kratzte im Dschungelboden und zerstörte die Vegetation in der Umgebung. Wahrscheinlich konnte sie damit niemanden lange täuschen, schon gar nicht jemanden, der wie die Rebellen im Dschungel lebte, aber hoffentlich waren sie zu sehr damit beschäftigt, jemanden wegen eines Lösegelds zu kontaktieren, als sich um eine dumme Amerikanerin zu kümmern, die sich mitten in der Nacht zum Pinkeln davongemacht hatte.

Mit den gefesselten Händen vor sich lief Wren schnell im Zickzack durch den Dschungel. Sie hatte keine Ahnung, wohin sie ging, nur dass sie vom Rebellenlager weg wollte. Sie musste die Handfesseln loswerden, aber noch wichtiger war, dass sie Abstand zwischen sich und die Gefahr bringen musste.

Es war viel schwieriger als gedacht, sich einen Weg durch die Bäume zu bahnen. Erstens war es verdammt dunkel. Zweitens war der Weg, den sie genommen hatten, um zum Lager zu gelangen, offensichtlich oft benutzt worden. Es war nur ein schmaler Pfad, aber dennoch begehbar.

Was sie jetzt tat ... war nicht einfach. Ganz und gar nicht. Das Gestrüpp brachte sie immer wieder zum Stolpern. Ständig fiel sie auf die Knie. Äste klatschten gegen ihr Gesicht. Und jede Minute schwor sie sich, dass sie hörte, wie jemand sie verfolgte, sodass sie in die Hocke ging und sich so klein wie möglich machte, um sich zu verstecken.

Sie bewegte sich nicht schnell genug, das wusste Wren, aber sie konnte einfach nicht schneller laufen. »Ein Fuß vor den anderen«, flüsterte sie in der Hoffnung, dass allein das Hören ihrer eigenen Stimme ihr die Kraft und Stärke geben würde weiterzugehen.

Aber erst als sie bemerkte, dass sie tatsächlich sehen konnte, wohin sie ging, setzte die Angst ein. Und zwar heftig.

Sie würden inzwischen wissen, dass sie weg war. Wahrscheinlich nahmen sie die Verfolgung auf. Höchstwahrscheinlich hinterließ sie eine leichte Spur, der einer der Rebellen folgen konnte. Sie konnten sich viel schneller bewegen als sie, denn sie waren nicht gefesselt, hatten Macheten und waren an den Dschungel gewöhnt.

Plötzlich wurde ihr schwindelig, und Wren merkte, dass sie hyperventilierte.

Sie beugte sich vor, stützte ihre gefesselten Hände auf die Oberschenkel und versuchte, ihre Atmung zu verlangsamen. »Du schaffst das. Du bist in Ordnung«, sagte sie sich leise.

Wren traf eine Entscheidung und ließ sich auf den Hintern plumpsen. Sie machte sich keine Gedanken über den Schmutz oder den nassen Boden. Sie war bereits durchnässt.

Sie fummelte an den Schnürsenkeln ihrer Schuhe herum und kämpfte darum, das nasse Paracord zu lösen. Sie überlegte, ob sie mit der winzigen Klinge in ihrem Schuh versuchen sollte, die Kabelbinder durchzuschneiden, verwarf die Idee aber wieder, weil sie das Plastik niemals erreichen würde, ohne sich ernsthaft zu verletzen.

Sie betete, dass das nasse Paracord genauso gut funktionieren würde wie das trockene Zeug, das sie bei den Übungen mit Bo benutzt hatte, und schaffte es, die Schnur in einer

Schlaufe durch das Plastik zu ziehen, so wie er es ihr beigebracht hatte. Sie steckte die Füße in die Schlaufe und begann, sie hin und her zu bewegen.

Als nichts passierte, stiegen ihr die Tränen in die Augen.

Sie blinzelte sie wütend weg. Sie durfte nicht weinen. Sie hatte nicht genügend Flüssigkeit in ihrem Körper, um sie für Tränen zu verschwenden. Und das hier musste funktionieren. Das musste es! Sie konnte mit gefesselten Händen weitergehen, aber es würde schwierig werden, sich gegen irgendetwas zu verteidigen, egal ob Mensch oder Tier.

Hartnäckig fuhr sie fort, das Paracord über dem Plastik hin und her zu bewegen. Sie wurde viel schneller müde als in Kalifornien, aber sie war fest entschlossen und weigerte sich aufzugeben.

Gerade als sie ihre Niederlage eingestehen wollte, spürte sie, wie ihre Handgelenke sich bewegten.

Als sie nach unten blickte, sah sie, dass das Plastik nachgab. Genau wie es sein sollte.

Wren nahm ihre Bemühungen wieder auf und lächelte breit, als das Plastik vollständig durchbrach. Ihre Handgelenke waren wund, aber sie war frei.

Als sie den Schrei eines Tieres hinter sich hörte, verschwand Wrens Freude. Schnell schnürte sie ihren Stiefel wieder zu und verstaute die Plastikteile der Handfesseln in einer der Hosentaschen. Sie wollte nichts zurücklassen, was jemanden darauf aufmerksam machen könnte, dass sie dort gewesen war. Wren zog auch das kleine Messer aus ihrem Stiefel und hielt es in der Hand. Es wäre keine gute Waffe gegen einen Rebellen mit einem Gewehr oder einer Machete, aber es war besser als nichts.

Wren fühlte sich besser, nachdem ihre Hände befreit waren, und setzte sich wieder in Bewegung, da sie so viel Abstand wie möglich zwischen die Rebellen und sich selbst bringen musste.

Wren erreichte einen Punkt, an dem sie körperlich nicht mehr weitermachen konnte. Sie war erschöpft, hungrig, durstig und stolperte mehr über ihre Füße, als dass sie lief. Sie musste einen Platz zum Verstecken finden, aber nichts um sie herum sah sicher aus. Es gab keine Höhlen, keine Bäume mit Löchern, in die sie kriechen konnte. Sie konnte nicht einmal auf einen Baum klettern und sich verstecken, wie es eine der Heldinnen in einem Buch getan hatte, das sie einmal gelesen hatte.

Dann hörte Wren ein Geräusch und erstarrte sofort vor Schreck. Es dauerte eine Minute, bis sie sich wieder bewegen konnte. Und dann erkannte sie, was sie gehört hatte.

Wasser.

So schnell ihre Füße sie trugen, was nicht sehr schnell war, ging Wren auf das Wasser zu. Sie fiel fast in den Bach, als sie ihn schließlich fand, und konnte im letzten Moment verhindern, direkt hineinzustürzen. Er sah tiefer aus als der, an dem die Rebellen angehalten hatten, damit sie und die anderen trinken konnten. Außerdem würde es schwieriger sein, dorthin zu gelangen, da es auf beiden Seiten steile Ufer gab.

Ein Geräusch zu ihrer Linken erregte ihre Aufmerksamkeit, und Wren blieb im Schutz der Bäume, um nachzusehen. Was sie sah, versetzte sie in Erstaunen. Eine Herde von Nashörnern. Sie wusste, dass man eine Gruppe dieser Tiere so nannte, denn diese Angabe war in einigen der Unterlagen enthalten gewesen, die sie vor der Reise von BT Energy erhalten hatte.

Es waren etwa zehn, die zusammen im Wasser standen, zum Glück flussabwärts von ihrem Standort. Sie wirkten entspannt, aber wachsam. Wren wusste, dass sie nicht besonders gut sehen konnten, also trat sie aus ihrem Versteck hervor. Sie glitt das Ufer hinunter zum Wasser und behielt sie im Auge, während sie sich zum Trinken hinunterbeugte. Sie war sicher, dass das Wasser nicht das sauberste war, aber sie brauchte etwas zu trinken.

Sie hörte auf, lange bevor sie gesättigt war, da sie ihr Glück nicht überstrapazieren wollte, und blieb im seichteren Wasser in der Nähe des Ufers hocken, um die Tiere zu beobachten.

Sie hatte schon einmal ein Nashorn gesehen ... in einem Zoo. Das hier war ganz anders. Das waren wilde Tiere, die tranken, sich abkühlten und entspannten, bevor sie loszogen und das taten, was ein Nashorn eben so tat. Sie waren schön, hässlich und furchterregend, aber Wren war voller Ehrfurcht.

Es dauerte nicht lange, da liefen sie los, überquerten den Bach und verschwanden in den Bäumen.

Der Anblick, wie sie so schnell verschwanden, ließ Wren wieder nervös werden. Es war durchaus möglich, dass sie beim Herumwandern auf wilde Tiere stieß. Hoffentlich würden sie sie hören, bevor sie sie sahen, und weglaufen.

Zitternd, obwohl es nicht kalt war, kletterte Wren das Ufer hinauf und ging zurück in die Bäume, auf die andere Seite des Baches, wo die Nashörner verschwunden waren.

Als sie sich umsah, hatte sie keine Ahnung, in welche Richtung sie gehen sollte. Oder was sie tun sollte.

Wasser, Nahrung, Unterschlupf.

Die Worte hallten in ihrem Kopf wider. Sie hatte Wasser gefunden, wusste aber nicht, wie sie Nahrung finden sollte – aber ehrlich gesagt klang Schlaf im Moment besser als Nahrung –, und sie musste ein Versteck finden. Mit diesem Gedanken im Hinterkopf setzte sie sich in Bewegung.

Gerade als sie glaubte, keinen Schritt mehr gehen zu können, sah Wren aus dem Augenwinkel etwas rechts von ihr. Sie war schon so lange gelaufen, dass die Sonne jetzt hoch am Himmel stand. Sie schien hell zwischen den dicken Ästen der Bäume hindurch, nicht direkt über ihrem Kopf, aber nahe dran.

Blinzelnd, um sicherzugehen, dass sie sah, was sie zu sehen glaubte, ging Wren wie ein Zombie auf die große Gruppe von Büschen am Waldboden zu. Sie war schon zuvor an Büschen vorbeigegangen, aber aus irgendeinem Grund war sie über etwa fünfzehn oder zwanzig von ihnen gestolpert, die alle in einer riesigen Gruppe direkt nebeneinanderstanden.

Sie hob einen schweren Stock auf, warf ihn auf die Vegetation und machte sich auf alles gefasst, was aus der Sicherheit der Büsche herausstürmen könnte.

Aber nichts geschah.

»Bitte seid leer«, murmelte sie, bevor sie sich auf Hände und Knie begab und sich in das Gewirr aus Blättern und Ästen hineinzwängte. Es war nicht leicht, denn die Äste waren eng miteinander verwoben, aber Wren drängte weiter. Wenn es ihr schwerfiel, in die Mitte dieser Pflanzen zu gelangen, erginge es jemand anderem genauso. Und sie würde denjenigen kommen hören.

Leider gab es keinen freien Platz, der sie einlud, eine kleine Höhle zu bauen, als sie so weit kam, wie sie es für möglich hielt, ohne auf der anderen Seite wieder herauszukommen. Aber das war Wren egal. Zum ersten Mal seit Tagen fühlte sie sich sicher. Was verrückt war, wenn man bedachte, dass sie allein mitten in einem afrikanischen Dschungel war, möglicherweise mit einer Gruppe wütender Rebellen im Nacken, die sie vergewaltigen und töten wollten.

Sie wackelte und verrenkte ihren Körper, bis sie ein paar Äste im Rücken hatte und andere in ihre Vorderseite stießen. Ein Stock drückte sich schmerzhaft in ihren Bauch und ein anderer kratzte an ihrem Kopf, aber das war Wren egal.

Sie ignorierte, welche Krabbeltiere bei ihr im Gebüsch lauern könnten, und schloss die Augen. Ihre Muskeln erschlafften, und der Schlaf überkam sie fast sofort.

KAPITEL NEUNZEHN

Safe hörte das Lager der Rebellen, bevor er es sah.

Die Männer schienen nicht einmal auf den Gedanken zu kommen, dass sie leise sein sollten, dass sie vielleicht nicht allein im Dschungel waren. Aber warum sollten sie? Sie hatten ihr Versteck gut gewählt. Es war kilometerweit von jeder Straße entfernt, und niemand würde sich in diesen Teil des Dschungels wagen, wenn er wüsste, was gut für ihn war.

Aber Safe hatte keine Angst vor den Gewehren, die die Männer trugen. Und auch keine Angst vor den Männern selbst. *Sie* waren es, die man fürchten musste, nicht die Arschlöcher, die unschuldige Männer und Frauen entführten.

Safe bewegte sich vorwärts und ging in Position. Er und seine SEAL-Kameraden hatten das Lager umstellt und kundschafteten die Lage aus, bevor sie handelten. Auf seine Bitte hin hatte Wren ihm auf der Webseite von BT Energy Bilder von den Männern gezeigt, mit denen sie unterwegs sein würde. Er konnte Dallas, Archie, Oliver und Colby sehen ... aber das war alles.

Wren war nicht bei ihnen. Aber das wusste er bereits, nachdem er sich den GPS-Peilsender angesehen hatte. Sie war etwa viereinhalb Kilometer entfernt und hatte sich bis vor etwa einer halben Stunde in gleichmäßigem Tempo bewegt.

Safe wollte sofort in ihre Richtung gehen, aber er musste erst sicherstellen, dass seine Teamkameraden die aktuelle Situation unter Kontrolle hatten.

»Hat jemand Sichtkontakt zu den anderen? Den Leibwächtern und den beiden anderen Männern?«, fragte Kevlar durch ihre Ohrhörer.

»Negativ.«

»Nein.«

»Keine Spur von ihnen.«

»Verdammt. Es besteht die Möglichkeit, dass sie sich aufgeteilt haben«, sagte Preacher.

Sekunden, nachdem sein Teamkamerad gesprochen hatte, konnte Safe hören, wie der Anführer der zusammengewürfelten Gruppe seine Gefangenen verspottete, als hätte er Preachers Vorschlag laut und deutlich gehört.

»Wollt ihr auch weglaufen? Tut es! Ich werde euch in den Rücken schießen, genau wie euren Freunden. Aber vielleicht lasse ich euch ein Stückchen weiter weglaufen. Damit ihr denkt, dass ihr es schafft, bevor BUMM!«

»Scheiße«, sagte Kevlar durch das Funkgerät. »Ich schätze, das beantwortet die Frage. Safe, hast du unser Mädchen auf dem Radar?«

»Ja«, sagte Safe, während er sich langsam von der Lichtung entfernte.

»Wir treffen uns mit euch um zweiundzwanzig Uhr am Abholpunkt. Wenn ihr nicht dort seid, werden wir euch abfangen, wo wir können.«

Safe bestätigte die Worte seines Teamleiters, bevor er sich umdrehte und den langen Weg um das Lager herum in die Richtung einschlug, in die Wren laut Peilsender gegangen war. Er trug ebenfalls einen Peilsender, sodass Kevlar jederzeit wusste, wo er war. Wenn also etwas ihn und Wren daran hinderte, sich mit seinem Team zu treffen – Gott bewahre –, würden sie zu *ihm* kommen. Daran hatte er nicht den geringsten Zweifel.

Seine einzige Aufgabe im Moment war es, Wren zu finden. Er hoffte, dass sie es geschafft hatte, sich davonzuschleichen, aber er war nicht gewillt zu bleiben, um herauszufinden, was die Rebellen wussten. Letzten Endes war das auch egal. Er würde sie finden, so oder so. Und wenn jemand sie für seine eigenen ruchlosen Zwecke aus dem Lager entführt hatte, würde er es bereuen.

Vollkommen konzentriert bahnte Safe sich seinen Weg durch den dichten Dschungel. Sein Respekt vor Wren wuchs mit jedem Schritt. Er hatte das erwartet. Er war darauf vorbereitet. Er hatte eine Machete, mit der er sich durch die stärksten Äste hacken konnte, die sich ihm in den Weg stellten. Wren hatte nichts außer ihrem Verstand und ihrer Entschlossenheit.

Wieder einmal war er dankbar für all die Vorsichtsmaßnahmen, die sie für diese Reise getroffen hatten – für den Peilsender, die Stiefel, die Wanderkleidung –, und konzentrierte sich auf seinen Weg und den GPS-Bildschirm mit dem blinkenden Punkt. Er wich einer Vogelnatter aus und war froh, dass er sie gesehen hatte. Gegen einen Biss dieser Schlange gab es kein Gegengift, und ihr Gift war tödlich, weil es die Blutgerinnung verhinderte und die inneren Organe der Beute stark bluten ließ.

Er sah auch einen Leoparden, der faul in einem Baum schlief, aber kein Interesse an Safe zu haben schien, der durch den Dschungel marschierte.

Als Safe bis auf einen halben Kilometer an die Stelle herankam, an der Wrens Punkt blinkte, wurde er langsamer. Er ging vorsichtiger. Leise. Wenn jemand bei ihr war, sie als Geisel hielt oder ihr wehtat, musste er sich vorsichtig nähern. Auf keinen Fall wollte er, dass Wren wegen seines überstürzten Handelns verletzt wurde.

Jedes Molekül in Safe drängte ihn dazu, nach vorn zu stürmen. Wrens Namen zu rufen. Aber er bewegte sich unauffällig, so wie es ihm beigebracht worden war. Er war nicht sicher, was er vorfinden würde, sobald er die Zielkoordinaten erreichte, aber er hoffte inständig, dass es Wren sein würde, lebendig. Wahrscheinlich verängstigt, aber erleichtert, ihn zu sehen.

Wren hatte keine Ahnung, wie lange sie geschlafen hatte, aber es konnte nicht allzu lange gewesen sein, denn es war noch hell draußen. Sie fühlte sich beschissen; kurze Nickerchen machten das immer mit ihr. Sie fühlte sich schlechter als davor. Das und die Äste, die versuchten, sie in der Mitte des Gebüschs zu zerschneiden, machten weiteren Schlaf unmöglich.

Erschöpfung erfüllte jede Zelle ihres Wesens, aber sie konnte es sich nicht erlauben, zu lange an einem Ort zu bleiben. Die Folgen könnten buchstäblich tödlich sein.

Sie begann, sich zu winden, um aus dem Kokon aus Ästen herauszukommen, als sie glaubte, etwas in der Nähe zu hören.

Zitternd legte Wren den Kopf schief und versuchte herauszufinden, was sie gehört hatte.

Dann setzte die Panik ein.

Jemand war da draußen. Oder *etwas*.

Langsam griff sie in ihre Tasche und holte das Messer heraus. Es würde nichts gegen einen der Rebellen ausrichten können, aber sie fühlte sich besser, eine Waffe in der Hand zu haben. Das einzig Gute an dieser Situation war, dass es fast unmöglich sein würde, sie aus dem Wirrwarr von Ästen herauszuziehen, das sie gerade umgab.

»Wren?«

Der Klang ihres Namens irritierte sie eine Sekunde lang.

»Wren? Bist du da?«

Heilige Scheiße! Das war Bo! Sie würde seine Stimme

überall wiedererkennen! Wrens ganzer Körper zitterte, als sie versuchte, sich aus dem Gebüsch zu befreien. Je mehr sie sich abmühte, desto mehr schien sie sich zu verheddern.

»Wren? Sag mir, dass du das da drinnen bist und dass es dir gut geht.«

Bos Stimme war jetzt nachdrücklicher. Herrisch.

»Bo!«, krächzte sie.

»Ganz ruhig, Süße. Ich bin da.«

Selbst mitten in Afrika, nachdem sie von Rebellen entführt worden war, klang Bo ruhig.

Wren kämpfte sich aus dem Gebüsch heraus, und sobald sie in Sichtweite war, wollte sie am liebsten weinen. Als sie aufblickte, sah sie Bo dort stehen, der überlebensgroß aussah. Er trug eine grüne Tarnhose und ein Hemd, einen Rucksack auf dem Rücken, und seine Gesichtsbehaarung war viel länger als vor einer Woche, fast ein Vollbart.

Er lächelte *nicht*. Nicht einmal ein bisschen.

Aber das störte Wren nicht. Er war hier! Er war gekommen!

In der einen Sekunde war sie auf Händen und Knien, und in der nächsten lag sie in seiner Umarmung. Wren drückte ihr Gesicht in die Lücke zwischen seinem Hals und seiner Schulter und hielt sich an ihm fest, als hinge ihr Leben davon ab. Und ehrlich gesagt tat es das auch irgendwie.

»Schhhh, ich habe dich«, murmelte er, während er sie so festhielt, dass es fast wehtat.

»Bo ...«, sagte sie gegen seine verschwitzte Haut.

»Ich bin hier«, sagte er. »Ich bin hier.«

Sie hatte keine Ahnung, wie lange sie so dastanden, Bos Arme um sie geschlungen, während Wren sich an ihn klammerte wie ein Koala. Schließlich holte sie tief Luft und hob den Kopf, aber sie ließ ihn nicht los.

»Wie? Ich glaube, es ist noch nicht einmal vierundzwanzig Stunden her, dass wir entführt wurden«, stotterte sie.

»Achtzehneinhalb«, antwortete er.

»Wieso bist du überhaupt hier?«

»Wir waren in der Gegend. Wir haben unsere Mission beendet und hatten nichts anderes zu tun.«

Dass Wren in diesem Moment etwas zum Lachen fand, war ein verdammtes Wunder. Aber sie kicherte. »Natürlich.«

»Aber im Ernst, wir haben im Tschad die Zeit totgeschlagen und darauf gewartet, dass euer Flug den Südsudan verlässt. Sobald das geschehen wäre, hätten wir uns selbst auf den Heimweg gemacht.«

»Moment«, sagte Wren mit einem Stirnrunzeln. »Ihr wart fertig, habt aber gewartet, bis ich mit meiner Reise fertig bin, bevor ihr aufbrecht?«

»Das habe ich gerade gesagt, glaube ich. Aber ja.«

Das war der Moment, in dem Wren sich vollkommen in diesen Mann verliebte. Sie war bereits so weit gewesen, aber zu wissen, dass er alles getan hatte, um sicherzustellen, dass sie sicher nach Hause kam, bevor er selbst ins Flugzeug stieg, machte seine Sorge um sie auf eine Art und Weise deutlich, wie Worte es nie könnten. Dass das, was zwischen ihnen geschah, nicht zwanglos war.

»Bo«, flüsterte sie, fast sprachlos.

»Atme, Wren. Ich weiß, das ist ... eine Menge. Aber du musst stark bleiben. Wir müssen jetzt los. Kannst du gehen? Bist du verletzt? Hast du Hunger?«

Wren verdrängte die Ehrfurcht, die sie empfand, dass dieser Mann und sein Team das Land absichtlich nicht verlassen hatten, weil sie noch da war, holte tief Luft und sagte: »Ja, nein, und eher durstig als alles andere. Ich habe heute Morgen etwas Wasser gefunden, aber nicht viel getrunken, weil ich Angst vor Krabbeltieren hatte.«

Auf ihre Antwort hin löste Bo die Arme von ihr und zog seinen Rucksack ab. Wren sah zu, wie er ihn einen Moment lang durchwühlte, bevor er eine Flasche Wasser herauszog, den Deckel abdrehte und sie ihr reichte.

Sie nahm sie ohne ein Wort und führte sie zum Mund. Das Wasser darin war warm, aber so verdammt gut. Sie trank ein paar Schlucke und zwang sich dann aufzuhören. »Willst du auch was?«, fragte sie.

Wren konnte den Ausdruck in seinen Augen nicht deuten, als er den Kopf schüttelte. »Nein, du brauchst es.«

Das tat sie. Wren spürte, wie ihr Körper die lebensrettende Flüssigkeit so schnell aufsaugte, wie sie sie trinken konnte. Es dauerte nicht lange, bis sie die ganze Flasche geleert hatte. Ihr Bauch tat ein wenig weh, aber es fühlte sich auch erstaunlich gut an, voll zu sein.

Bo nahm die Flasche und steckte sie zurück in seinen Rucksack, dann zog er etwas heraus, von dem Wren wusste, dass es eine Feldration war, und öffnete es. Sie wollte ihm gerade sagen, dass sie keinen Hunger hatte, als er etwas in einem kleinen grünen Plastikbehälter herauszog und den Rest der Feldration zurück in seinen Rucksack steckte. Dann schloss er den Reißverschluss und zog ihn wieder auf seine Schultern. Er öffnete das, was er aus der Feldration genommen hatte, und hielt es ihr hin. »Iss das.«

»Ich habe keinen Hunger«, sagte Wren.

»Ich weiß, aber du brauchst die Kalorien. Du bist die ganze Nacht gelaufen und warst gestresst, dein Körper braucht es.«

Wren wusste, dass er recht hatte, und nahm das kleine Quadrat. »Was ist das?«, fragte sie.

»Zitronen-Mohn-Kuchen.«

Wren nahm einen kleinen Bissen und sah dann überrascht zu ihm auf. »Der ist gut.«

Seine Lippen zuckten. »Ja. Manche Desserts sind besser als andere, aber dieses mochte ich schon immer gern. Du wirst durstig sein, wenn du fertig bist, und ich habe noch etwas Wasser für dich.« Er klopfte auf eine der Hosentaschen.

Jeder Muskel in Wrens Körper protestierte gegen die Tatsache, dass sie aufrecht stand und ging. Sie war sicher, dass sie am vorherigen Tag mehr gelaufen war als in ihrem ganzen Leben. Und jetzt, da sie etwas Wasser getrunken hatte, fing sie auch noch an zu schwitzen. Sie war verängstigt, unglücklich und erschöpft, aber kein einziges Wort der Beschwerde würde ihren Mund verlassen, denn Bo war da.

»Ich nehme an, der Zehenring hat funktioniert«, sagte sie, während er sie durch den Dschungel führte. Sie hatte keine Ahnung, wohin sie gingen, aber sie hatte kein Problem damit, Bo die Kontrolle darüber zu überlassen, wohin sie gingen und was als Nächstes passieren würde.

»Er hat funktioniert«, antwortete er. Dann, nach einem Moment des Zögerns, sagte er: »Kannst du mir sagen, was passiert ist?«

Wren seufzte. »Wir waren auf dem Weg zu der Sache im Haus des Präsidenten, aber anstatt dorthin gefahren zu werden, wurden wir aus der Stadt heraus in diesen Dschungel gebracht.«

»Lösegeld?«, fragte Bo.

Sie nickte. »Ja.«

»Ich weiß, das ist schwer, aber ich muss fragen. Wo sind die anderen? Wurdet ihr getrennt?«

Wren schluckte schwer, der Mohnkuchen setzte sich wie ein Stein in ihrem Bauch fest. »Nein. Ich schätze, sie haben sich einen Plan ausgedacht, um zu fliehen, als wir aus den Vans gestiegen sind. Sie sind tot.«

Bo blieb so abrupt stehen, dass Wren fast mit ihm zusammenstieß. Er drehte sich um und umarmte sie erneut fest. »Es tut mir leid.«

»Mir auch«, murmelte Wren an seinem Hals.

Dann fasste Bo sie an den Schultern und beugte sich vor, um ihr in die Augen sehen zu können. »Ich bringe dich hier raus.«

Sie nickte. Was hätte sie sonst tun sollen?

»Das hast du gut gemacht, Süße. Du hast einen kühlen

Kopf bewahrt und bist die Handfesseln losgeworden.« Er ließ den Blick hinunter zu ihren wunden Handgelenken wandern. Ihre Hände ruhten auf seiner Brust, und die Spuren waren deutlich sichtbar. »Und du hast dich versteckt, bis ich zu dir kommen konnte. Ich bin so stolz auf dich.«

Wren blinzelte. Wie oft in ihrem Leben hatte jemand ihr gesagt, dass er stolz auf sie war? Nie. Sie konnte sich nicht erinnern, dass ihr das jemals jemand gesagt hatte. Sie saugte seine Worte in sich auf und genoss sie in vollen Zügen, bevor die Realität sie einholte.

»Die anderen? Ich hatte Angst, unsere Entführer würden meine Flucht an ihnen auslassen.«

»Es geht ihnen gut. Der Rest meines Teams holt sie raus.«

Wren hatte eine Menge Fragen. Was würde mit den Rebellen geschehen? Was war mit ihren Sachen im Hotel? Was würde mit den Leichen der anderen Jungs geschehen? Wie würden sie ohne ihre Pässe aus dem Land kommen? Würde das Pipeline-Projekt jetzt überhaupt noch vorangehen? Waren ihre Kollegen sauer, dass sie sie auf der Lichtung zurückgelassen hatte?

Aber sie schluckte sie alle hinunter. Jetzt war nicht der richtige Zeitpunkt, um etwas zu fragen. »Okay.«

Bo musterte sie. Als wüsste er, dass sie vor Fragen platzte, sagte er: »Wir werden uns jetzt mit dem Team treffen. Wir werden von hier aus nach Uganda fliegen. Tex hat bereits veranlasst, dass für euch alle Ersatzpässe geliefert werden.«

Natürlich hatte der geheimnisvolle Tex Zugang zu Reisepässen. Der Mann hatte sie wahrscheinlich schon an die US-Botschaft in Uganda geliefert, bevor sie die USA überhaupt verlassen hatten. Aber darüber konnte Wren sich nicht aufregen. Hätte Colby doch nur ein wenig gesunden Menschenverstand walten lassen und die Reise abgesagt.

Wren bemerkte, dass Bo sie immer noch aufmerksam beobachtete, als würde er darauf warten, dass sie etwas sagte.

»Okay«, wiederholte sie verspätet.

»Wenn du eine Pause brauchst, sag mir Bescheid. Wir haben noch etwas Zeit, bevor wir uns mit meinem Team treffen müssen.«

Wren nickte. Die Wahrheit war, dass sie sich am liebsten mitten in diesem verdammten Dschungel hinlegen und tagelang schlafen würde. Aber da das im Moment nicht infrage kam, würde sie tun, was Bo ihr sagte, oder bei dem Versuch sterben.

»Knallhart«, sagte er, bevor er sich langsam nach vorn beugte. Seine Lippen auf ihren waren willkommen. Sie erdeten Wren. Ließen sie glauben, dass sie vielleicht, nur vielleicht, hier rauskommen würden.

Ohne ein weiteres Wort nahm Bo die Hand, mit der sie nicht den Kuchen hielt, und setzte sich wieder in Bewegung.

Safe war in seinem ganzen Leben noch nie so erleichtert gewesen, jemanden zu sehen. Er hatte wirklich nicht gewusst, in welchem Zustand Wren sein würde, wenn er sie fand. Er hatte sich so viele schreckliche Szenarien ausgemalt, dass ihm die Knie weich wurden, als er sie lebend und aufrecht sah, obwohl sie zerkratzt und schmutzig war und dunkle Ringe unter den Augen hatte.

Er hatte Angst, dass sie verletzt ... oder vergewaltigt sein könnte. Er hatte keinen Zweifel daran, dass die Rebellen genau daran gedacht hatten, aber zum Glück hatte Wren ihr Wohlergehen selbst in die Hand genommen und war aus dem Lager verschwunden, bevor sie etwas tun konnten.

Natürlich wusste er nicht mit Sicherheit, dass sie nicht vergewaltigt worden war, aber er hatte oft genug die Nachwirkungen von sexuellen Übergriffen erlebt, um die Anzeichen zu erkennen. Wren hatte nicht gezögert, sich von ihm anfassen zu lassen, hatte nicht den leeren Blick in den Augen, den er bei so vielen anderen Opfern gesehen hatte. Sie mussten ein langes, ausführliches Gespräch darüber führen, was genau sie durchgemacht, was sie überlebt hatte, aber zuerst musste er sie zum Treffpunkt bringen. Er hatte kein Problem damit, allein in diesem Dschungel zu sein, aber in diesem speziellen Fall fühlte er sich besser, wenn er seine Teamkameraden an seiner Seite hatte – und Wren.

Denn sie waren noch nicht außer Gefahr. In diesen Bäumen lauerten alle möglichen Bedrohungen. Die zwei- und vierbeinige Sorte gleichermaßen. Bis zum Treffpunkt waren es noch etwa drei Kilometer. Safe machte sich keine allzu großen Sorgen um die großen Tiere im Dschungel, sondern eher um die kleineren, wie Schlangen und giftige Insekten. Aber er hatte auch keinen Zweifel daran, dass in der Gegend noch andere Rebellengruppen ihr Lager hatten.

Die Männer, die Wren und ihre Kollegen entführt hatten, waren nicht die Einzigen, die diesen Wald als Versteck nutzten. Wenn sie noch jemandem begegneten, konnten die Dinge schnell unangenehm werden.

Safe wollte Wrens Hand nicht loslassen, aber er brauchte beide Hände frei, falls er sie beschützen musste. »Halte dich an meinem Rucksack fest«, sagte er. »Bleib dicht bei mir.«

»Wenn du glaubst, dass ich mich mehr als einen halben Meter von dir entferne, bist du verrückt«, erwiderte sie.

Safes Lippen zuckten, aber dann wurde er ernst. Es würde nicht einfach sein, durch den Dschungel zum Treffpunkt zu gelangen. Er wünschte sich, Wren müsste diese Reise nicht machen, aber wie er ihr gesagt hatte, war sie zäh. Sie konnte es schaffen.

Er wollte mit ihr reden, ihre Stimme hören, sich vergewissern, dass es ihr wirklich gut ging, aber er musste auf den Dschungel um sie herum hören. Aufmerksam sein für jede Art von Gefahr. Safe war nicht allzu überrascht, dass sie das zu verstehen schien und nicht versuchte, Small Talk zu machen. Möglicherweise war sie aber auch einfach zu müde, um zu sprechen.

Sie waren schon seit dreißig Minuten unterwegs und hatten nach Safes Einschätzung wahrscheinlich nur wenige Hundert Meter zurückgelegt. Ein Spaziergang im Dschungel war etwas ganz anderes als ein Spaziergang in der Nachbarschaft oder auf einem befestigten Weg. Es dauerte länger, sich einen Weg zu bahnen, und da sie nicht in einer geraden Linie gehen konnten, kamen immer mehr Schritte und Kilometer hinzu, während sie gingen.

Ein Geräusch zu ihrer Linken ließ Safe in seinen Bewegungen innehalten. Wren stieß mit ihm zusammen, aber er stabilisierte sie, indem er eine Hand nach hinten streckte.

»Was?«, flüsterte Wren.

Safe hörte die leisen Geräusche von jemandem, der sich näherte, und wusste bereits, dass sie keine Zeit hatten, sich zu verstecken, bevor sie von einem halben Dutzend Männern umzingelt waren. Alle hatten Gewehre in der Hand.

Mist.

Wren wimmerte hinter ihm.

»Hände hoch«, befahl einer der Männer.

»Bo?«, flüsterte Wren.

»Tu es«, sagte er. Er war gut. Aber nicht gut genug, um ein halbes Dutzend bewaffneter Männer auszuschalten. Sie würden erschossen werden, bevor er die Bedrohung entschärfen konnte. Ihre beste Chance war es, zu tun, was von ihnen verlangt wurde. Wren trug immer noch ihren Zehenring, und er hatte auch einen GPS-Peilsender bei sich.

Wren schrie, als sie von ihm weggerissen wurde, und es kostete Safe alles, um nicht auf den Mann einzuschlagen, der sie gepackt hatte. Er hielt sie fest, während Safe von seinem Rucksack, seinem Gewehr und seinem Ohrhörer befreit wurde und alle seine Taschen geleert wurden.

»Wer seid ihr? Was macht ihr in unserem Dschungel?«, fragte der Mann, der sie aufgefordert hatte, die Hände hochzunehmen.

»Wir waren auf dem Weg nach draußen«, sagte Safe und begegnete dem Blick des Mannes, ohne die auf ihn und Wren gerichteten Waffen zu beachten.

»Und warum wart ihr überhaupt hier? Das ist nicht gerade ein Ziel für Touristen ... und ihr seht alles *andere* als touristisch aus.«

Safe ging in seinem Kopf mögliche Szenarien durch. Er könnte Wren sagen, sie solle weglaufen, aber so, wie der Mann sie festhielt, würde sie nicht weit kommen. Er könnte lügen und behaupten, sie seien Touristen, aber dafür war der Mann, der sie befragte, offensichtlich zu schlau.

Safe beschloss, dass die Wahrheit in dieser Situation die beste Lösung war.

»Sie war mit ihren Kollegen in Ihrem Land. Sie haben mit der Regierung zusammengearbeitet, um eine Gaspipeline zu verlegen. Gestern Abend wurden sie entführt. Sie wurden hierhergebracht. Mein Team und ich sind gekommen, um sie zu retten.«

Nach seinen Worten herrschte Stille ... und für eine Sekunde hatte Safe Angst, dass er die falsche Entscheidung getroffen hatte.

Dann stieß der Mann ein angewidertes Grunzen aus und spuckte auf den Boden. »Lass mich raten. Die Regierung sagt, das Geld sei gut für den Südsudan. Für unsere Wirtschaft.«

Zum ersten Mal wandte Safe den Blick von dem Anführer dieser kleinen Gruppe ab und sah zu Wren hinüber. Ihr Gesicht war kreidebleich und sie zitterte. Ihr Entführer stand hinter ihr, hielt sie am Bizeps fest und zwang ihre Arme hinter ihren Rücken. Sie sah unbehaglich und verängstigt aus, aber nicht verletzt. Gott sei Dank.

»Das stimmt«, sagte sie mit nur leicht zitternder Stimme.

»Lügner! Sie sind alle *Lügner!* Sie nehmen den Bürgern das Geld weg. Wir verhungern, wir haben nicht genügend Wasser und Nahrung, um davon zu leben. Und sie leben wie Könige! Wer hat sie entführt?«, fragte der Mann Safe.

»Ich weiß es nicht«, antwortete er.

»Es waren etwa zwanzig von ihnen. Wir dachten, wir würden zu einem Abendessen auf das Gelände des Präsidenten fahren, aber stattdessen wurden wir hierher in den Dschungel gebracht. Wir wurden von einem Mann auf einem Motorrad angeführt«, sagte Wren.

Der Anführer spuckte wieder auf den Boden. »Die sind genauso korrupt wie die Regierung«, sagte er verbittert. »Sie erhalten Insider-Informationen. Und Geld, um Waffen zu kaufen.«

Safe war nicht sicher, ob der Hass dieser Gruppe auf die andere eine gute oder schlechte Sache war. »Sie ist ihnen in der Nacht entkommen. Ich habe sie gefunden und bringe sie dorthin, wo mein Team darauf wartet, das Land zu verlassen.«

Der Anführer starrte Safe einen langen, unbehaglichen Moment an. Er blickte zu Wren und dann wieder zu Safe. »Sie muss wichtig sein, damit die USA jemanden für sie schicken.«

»Sie ist wichtig für *mich*«, sagte Safe nachdrücklich.

»Gehört sie dir?«

»Ja.« Er zögerte nicht mit seiner Antwort. Denn Wren *gehörte* ihm. Sie war sein zu schätzen. Zu schützen. Zu lieben. Nicht auf die Art, wie dieser Mann seine Frage gemeint hatte, aber trotzdem.

»Ich muss mich mit meinen Männern beraten. Ihr kommt mit uns. Wir werden euch töten, wenn ihr etwas versucht«, sagte der Anführer.

Das war nicht das, was Safe hören wollte, aber es war nicht so schlimm wie die Alternative ... auf der Stelle erschossen zu werden.

Der Mann, der Wren festhielt, stieß sie von sich, woraufhin

sie nach vorn stolperte. Safe packte sie, bevor sie fallen konnte, und drückte sie an seine Seite.

Der Anführer begann, in die entgegengesetzte Richtung zu gehen, in der sie sein Team treffen wollten.

Innerlich seufzend ließ Safe sich seine Verärgerung und Sorge nicht anmerken. Die verschiedenen ethnischen Gruppen im Land kamen nicht miteinander aus. Und wenn diese Männer sauer auf die andere Gruppe waren, die Wren und ihre Kollegen entführt hatte, könnte ihnen das zugutekommen. Er würde nicht den Fehler machen, sie für die Guten zu halten, aber da sie sie nicht einfach bei Sichtkontakt erschossen hatten, wertete er das als einen Sieg.

Niemand sprach, als sie durch den Dschungel zu einem Ort stapften, von dem Safe nur annehmen konnte, dass es ein weiteres Rebellenlager war. Wenn er und Wren nicht rechtzeitig am Treffpunkt auftauchten, würde Kevlar sich einen Plan B ausdenken. Wahrscheinlich würde er die Zivilisten mit dem Hubschrauber wegschicken, während er und der Rest des SEAL-Teams sie verfolgten.

Sie mussten nur geduldig sein. Ruhig bleiben. Das war derselbe Rat, den Safe Wren für den Fall gegeben hatte, dass etwas passierte.

Sie gingen eine ganze Weile, und mit jedem Schritt spürte Safe, wie Wren ein wenig mehr an ihm zusammensackte. Sie war völlig am Ende, und er hasste es, dass er im Moment nichts für sie tun konnte.

Schließlich gingen sie an einem kleinen Bach entlang und kamen zu etwas, das wie eine riesige Höhle aussah. Sie lag fast versteckt in einem Hang und ließ sich verteidigen, was für die Rebellen noch wichtiger war. Niemand konnte sich von hinten anschleichen und sie waren vor den täglichen Regenschauern in diesem Teil des Landes geschützt.

Sie gesellten sich zu etwa einem Dutzend anderer Männer, und zu Safes Überraschung waren sogar ein paar Frauen in der

Gruppe. Sie wurden ins Innere der Höhle geführt, und der Anführer zeigte auf einen Platz an der Wand. »Ihr. Bleibt. Ich werde mit den anderen reden.«

Safe nickte. Er könnte für sie plädieren, den Mann daran erinnern, dass sie niemanden verletzen wollten, dass sie nur gehen wollten, aber er musste sich zuerst um Wren kümmern.

Er ließ sie auf den Boden sinken und hockte sich vor sie. »Wie kommst du zurecht?« Er kannte die Antwort auf seine Frage – nicht gut –, aber er fragte trotzdem.

»Mir geht es gut.«

Safe schnaubte. Ihr ging es nicht gut. Nicht einmal annähernd. Aber es hätte ihn nicht überraschen dürfen, dass sie es herunterspielte.

»Ich werde dir etwas zu essen holen. Und Wasser«, sagte Safe.

»Aber er hat gesagt, wir sollen hierbleiben«, protestierte Wren.

»Ich werde nicht hier sitzen, während du leidest. Ich bin gleich wieder da.« Dann stand Safe auf und wandte sich dem großen Raum zu. Der Anführer stand am Eingang der Höhle und unterhielt sich mit einigen anderen. Ein Mann war zurückgelassen worden, um sie zu bewachen. Er hob das Gewehr, das er in der Hand hielt, als Safe einen Schritt auf ihn zu machte.

Sofort hielt er die Hände an die Seiten, um zu zeigen, dass er unbewaffnet war, und sagte: »Bitte. Ich brauche meinen Rucksack. Meine Frau ist erschöpft. Sie braucht Wasser und Nahrung. Ich habe beides in meinem Rucksack.«

»Nein«, sagte der Mann streng.

Safe akzeptierte ein Nein nicht als Antwort. »Hören Sie. Es ist mir egal, ob Sie mir alles wegnehmen, was ich besitze. Ich habe Dinge bei mir, die für Sie alle nützlich sein werden. Aber bitte, sie wurde entführt, gefesselt, zu Tode erschreckt, dann ist sie geflohen und stundenlang durch den Dschungel gelaufen. Jetzt musste sie noch länger laufen. Sie ist diese Hitze nicht gewohnt, hat seit Ewigkeiten nichts mehr gegessen. Bitte lassen Sie mich für sie sorgen.«

Es war nicht der Mann, der auf seine Bitten reagierte, sondern eine der Frauen. Sie ging zu dem Mann hinüber, der das Gewehr in der Hand hielt, und sah ihn finster an. »Nimm es runter. Lass ihn seine Frau versorgen.«

»Er hat wahrscheinlich Waffen in seiner Tasche«, argumentierte der Mann.

Safe rührte sich keinen Zentimeter. Tatsache war, dass er *tatsächlich* Waffen in seiner Tasche hatte. Ein paar Messer. Eine Handfeuerwaffe.

»Gut«, sagte die Frau und ging zu Safes Rucksack hinüber, der in der Mitte der Höhle lag.

»Danke«, sagte Safe zu ihr. »Da sind zwei Feldrationen, Fertiggerichte, wir brauchen nur eins. Sie können die andere haben. Ich brauche auch einige der Wasserreinigungstabletten. Sie sind in einer kleinen Tüte in der Außentasche. Ja, genau die. Und wenn es Ihnen nicht zu viel Mühe machen würde, die zusammenklappbare Wasserflasche für uns zu füllen, wäre das eine große Hilfe.«

Er forderte sein Glück heraus, das wusste Safe, aber die Frau schien bereit zu sein, ihm zu helfen, also dachte er, es könnte nicht schaden, sie zu fragen. Zu seiner großen Überraschung und Erleichterung kam die Frau auf ihn zu und reichte ihm die Feldration und die Tabletten. Er nickte dankend, bevor die Frau die Höhle verließ, um hoffentlich etwas Wasser aus dem Bach zu holen.

Als er sich zu Wren umdrehte, bot sich ihm ein Anblick, der ihn erleichtert und gleichzeitig frustriert zurückließ. Sie hatte sich in den Dreck gelegt und war eingeschlafen. Er war froh, dass sie sich endlich ausruhen konnte, aber auch frustriert, dass sie nicht in einem Hubschrauber saß, der sie aus dem Land in Sicherheit brachte.

Er hasste es, sie zu wecken, aber er musste ihr ein paar

Kalorien zuführen. Und mehr Wasser. Dann würde er sie wieder schlafen lassen und währenddessen über sie wachen.

Safe setzte sich neben sie, legte ihr eine Hand auf die Schulter und schüttelte sie sanft. »Wren. Du musst aufwachen.«

»Nein«, stöhnte sie.

»Nur für ein kleines bisschen. Ich habe etwas zu essen für dich.«

»Ich habe keinen Hunger«, murmelte sie.

»Ich weiß, aber du musst etwas essen. Komm schon, setz dich auf. Das hier ist nicht schlecht. Chili und Makkaroni. Das Beste hast du schon gegessen, den Mohnkuchen, aber der Jalapeno-Käseaufstrich auf den Crackern ist auch nicht übel. Allerdings würde ich dir nicht raten, das getrocknete Rindfleisch zu essen, das schmeckt wie Hundefutter.«

Das brachte ihm ein kleines Lächeln ein. Wren seufzte und richtete sich auf. Safe schob sie so, dass sie vor ihm saß, den Rücken an seine Brust gelehnt, seine Beine auf beiden Seiten. Er schlang die Arme um sie, während er die Feldration öffnete.

Die Frau kam mit dem Wasser zurück, um das er gebeten hatte. Safe bedankte sich bei ihr, ebenso wie Wren.

Er benutzte etwas von dem Wasser, um das Chili und die Makkaroni zu erhitzen, und gab dann eine Reinigungstablette in die Flasche, zusammen mit dem Orangengetränkepulver, das der Feldration beilag. Das Getränk würde zwar seltsam schmecken, aber das Pulver enthielt Kohlenhydrat-Elektrolyte, und Wrens Körper brauchte jede Unterstützung, die er bekommen konnte. Ihre Situation war viel besser, als er es sich erhofft hatte, nachdem sie im Dschungel von einer weiteren Gruppe von Rebellen umzingelt worden waren, aber sie waren noch nicht außer Gefahr.

Während sie darauf warteten, dass die Nudeln heiß wurden, verteilte Safe etwas Käse auf einem Cracker und reichte ihn Wren. Sie aß ihn wortlos und bewegte sich fast roboterhaft, als sei sie weggetreten. Safe vermutete, dass sie noch im Halbschlaf war, am Ende ihrer Kräfte. Aber das war in Ordnung. Solange er ihr ein paar Kalorien und Wasser zuführen konnte, würde er sie so lange wie möglich schlafen lassen vor dem, was auch immer als Nächstes passieren würde.

Die drei Frauen, die er draußen gesehen hatte, betraten die Höhle, setzten sich ihm und Wren gegenüber und beobachteten sie schweigend. Safe ignorierte sie. Seine einzige Sorge galt im Moment der Frau, die in seinen Armen lag.

Er stützte das Kinn auf ihre Schulter, nahm einen Löffel der Makkaroni und pustete darauf, um sicherzugehen, dass es Wren nicht den Mund verbrannte, dann hielt er ihr den Löffel an die Lippen. Sie öffnete sie wortlos, und Safe konnte nicht umhin, eine tiefe Genugtuung darüber zu empfinden, dass er in der Lage war, sie zu versorgen.

Sie teilten sich die Makkaroni und aßen abwechselnd kleine Bissen. Er sorgte dafür, dass sie zwischen den Löffeln reichlich von dem Wasser mit Orangengeschmack trank. Als sie den Beutel mit der rehydrierten Mahlzeit fast aufgegessen hatten, seufzte sie und drehte sich in seinen Armen auf die Seite. Ihr Kopf ruhte auf seiner Brust, direkt über seinem Herzen.

»Kann ich jetzt schlafen?«, lallte sie.

»Schlaf, Wren. Ich habe dich«, beruhigte Safe sie. Er küsste ihre Stirn, als sie sich an ihn schmiegte. Sie war innerhalb weniger Sekunden eingeschlafen, und ihre tiefen Atemzüge hoben ihren Brustkorb unter seinen Armen.

»Geht es ihr gut?«, fragte der Anführer, als er auf sie zukam.

Safe bewegte sich nicht. Die Reste ihrer Mahlzeit waren um ihn herum verstreut, aber seine ganze Aufmerksamkeit galt dem Mann, der ihr Schicksal in den Händen hielt. »Erschöpft«, antwortete er.

Der Mann nickte. Dann fragte er: »Wie viel ist sie wert? Für ihre Firma. Wie viel würden sie zahlen, um sie zurückzubekommen?«

Safe verkrampfte sich. Dieses Gespräch fing nicht so an, wie er gehofft hatte. »Wie viel sie wert ist? Sie ist unbezahlbar«, sagte er. »Und wie viel BT Energy zahlen würde, um sie zurückzubekommen? Ich weiß es nicht. Sie wurde erst vor etwas mehr als einem Monat eingestellt. Sie gehört nicht zu ihren Führungskräften.« Er tat sein Bestes, um es so klingen zu lassen, als sei Wren nur irgendeine Angestellte. Niemand Wichtiges.

»Warum war sie dann hier?«

»Sie ist ihre PR-Verbindung. Für die Pressearbeit. Sie spricht mit den Medien. Sie erklärt das Projekt, hebt die Vorteile hervor.«

Der Anführer zog die Oberlippe zurück. »Also ist sie eine Lügnerin, genau wie die ganze Presse.«

Safe schüttelte den Kopf. »Nein. Sie konzentriert sich vielleicht mehr auf die Vorteile eines Projekts als auf die Nachteile, aber sie lügt nicht.«

Der Anführer starrte ihn einen langen Moment an. Schweiß tropfte an Safes Nacken hinunter. Er hatte das Gefühl, dass dieser Moment ein Wendepunkt war. Die Dinge konnten für sie jetzt in beide Richtungen gehen.

»Was ist mit dir? Wie viel würde die US-Regierung zahlen, um einen ihrer Soldaten zurückzubekommen?«

Es war gut, dass der Mann im Moment nicht wusste, dass er ein SEAL war. Safe zuckte mit den Schultern. »Wenn man bedenkt, dass mein Team und ich eigentlich gar nicht hier sein dürften, bin ich mir nicht sicher, ob sie *irgendetwas* zahlen würden, um mich zurückzuholen.« Das stimmte nicht ganz. Der Kommandant hatte ein paar Beziehungen spielen lassen, um ihnen die Erlaubnis zu erteilen, über die Grenze zu gehen, ihre Landsleute zu retten und wieder zu verschwinden, aber was den Präsidenten und andere Wichtigtuer anging? Ja, sie wussten nichts davon und würden diese Rettungsaktion nicht gutheißen.

»Hm«, sagte der Anführer mit einem enttäuschten Grunzen. »Wie viele von euch gibt es noch? Werden sie euch holen kommen?«

»Sechs. Und ja, sie werden kommen.«

»Wissen sie, wo ihr seid?«

Safe machte sich nicht die Mühe zu lügen. »Ja.«

»Wie?«

»Ich habe einen Peilsender bei mir. Und sie auch«, sagte Safe, wobei er in Wrens Richtung nickte.

»Selbst wenn wir euch jetzt töten, werden sie also kommen.«

Safe nickte und hielt den Atem an.

Das war es. Zeit der Entscheidung.

»Wann?«

»Wann was?«, fragte er verwirrt.

»Wann werden sie hier eintreffen?«

Safe rechnete schnell im Kopf und antwortete: »Ich würde sagen, innerhalb der nächsten drei Stunden.«

»Dann solltet ihr euch besser auf den Weg machen. Vielleicht könnt ihr sie auf dem Weg hierher treffen«, sagte der Anführer und wandte sich abrupt ab.

»Warten Sie!«, platzte Safe heraus.

»Was?«

Er konnte nicht glauben, dass er das fragen wollte, aber er konnte den Regen draußen sehen und hören. »Können wir ein paar Stunden bleiben? Sie kann im Moment wirklich nicht mehr laufen. Sie ist zu müde.«

»Und dein Team? Werden sie zuerst schießen und danach Fragen stellen?«

Das war eine berechtigte Frage. »Nein. Sie werden zuerst beobachten. Sie werden mit mir Kontakt aufnehmen, bevor sie etwas tun.«

Der Anführer legte den Kopf schief. »Du bist kein normaler Soldat, oder?«

»Nein.«

Sie starrten einander einen Moment lang an, bevor der Anführer sagte: »Lass mich das nicht bereuen.«

»Im Gegenteil, ich werde tun, was ich kann, um Sie für Ihre Hilfe zu entschädigen.« Um ehrlich zu sein, hatte der Mann ihnen nicht wirklich geholfen. Er hatte sie lediglich abgefangen. Wären sie nicht aufgehalten worden, hätten Safe und Wren in diesem Moment in einem Hubschrauber sitzen und den Südsudan verlassen können. Aber der Mann hatte ihnen nichts getan. Für Safe war das genug.

Der Anführer nickte und wandte sich ab. Der Mann, der sie mit dem Gewehr bewacht hatte, folgte ihm.

Er spürte, wie seine Muskeln sich zum ersten Mal entspannten, seit er erfahren hatte, dass Wren und ihre Kollegen entführt worden waren, und stützte den Kopf an der Wand hinter sich ab. Wren lag zusammengerollt in seinen Armen und schlief fest. Sie war so verletzlich wie eh und je, aber Safe würde nicht zulassen, dass ihr etwas zustieß. Er würde nicht schlafen, egal wie müde er war. Er verspürte nicht einmal den Drang, die Augen zu schließen. Er würde wachsam bleiben und auf sie aufpassen, bis seine Teamkameraden eintrafen.

Und er hatte keinen Zweifel, dass sie das tun würden. Er betete nur, dass er den Anführer dieser zusammengewürfelten Gruppe von Rebellen nicht angelogen hatte.

Wenn Kevlar und die anderen zuerst schossen, bevor sie die Situation einschätzen konnten, waren sie so gut wie tot. Aber sein Team war gut in dem, was es tat. Sehr gut sogar. Die Männer kundschafteten das Gebiet aus und holten alle Informationen ein, bevor sie zuschlugen. Safe musste nur auf ihr Signal warten und im Gegenzug die Entwarnung geben. Alles würde gut gehen. Es gab keine andere Möglichkeit.

KAPITEL ZWANZIG

Wren wachte abrupt auf. Sie war sich nicht sicher, was sie erschreckt hatte, aber als Bo ihr ins Ohr flüsterte: »Ganz ruhig, Süße. Uns geht es gut«, beruhigte sie sich sofort.

Als Wren sich umschaute, sah sie, dass sie sich in der Höhle befanden, zu der sie, wie sie sich vage erinnerte, von der jüngsten Gruppe von Rebellen geführt worden waren. Sie erinnerte sich, dass Bo sie versorgt hatte, aber die Erinnerungen waren verschwommen. Als seien sie ein Traum und nicht das wirkliche Leben.

Aber in diesem Moment standen etwa ein Dutzend sehr angespannt aussehende Rebellen mit Gewehren in der Hand am Eingang der Höhle.

»Was ist los?«, flüsterte sie.

»Die Jungs sind hier«, sagte Bo ruhig.

»Was? Welche Jungs?«, fragte Wren und drehte sich zu dem Mann um, der sie festhielt. Ihre Muskeln waren steif und es tat weh, sich herumzudrehen, aber sie musste sich bereit machen, sich zu bewegen. Zu laufen. *Irgendetwas* zu tun.

Aber Bo sah entspannt aus. Nun, so entspannt, wie er in Anbetracht ihrer derzeitigen Situation sein konnte.

»*Unsere* Jungs. Kevlar, Preacher und die anderen.«

Wren drehte sich um, um zum Höhleneingang zu sehen, konnte aber nichts hinter der Reihe der Rebellen erkennen. »Wo?«

»Sie sind da draußen. Ich habe Flashs Vogelruf gehört und geantwortet. Und jetzt warten sie darauf, dass ich den ersten Schritt mache.«

»Warum sitzen wir dann noch hier, wenn du etwas tun musst?«, fragte Wren.

»Weil du geschlafen hast.«

Sie starrte Bo an, als hätte er zwei Köpfe. »Warte, dein Team ist hier, um uns zu retten, und du tust nichts, weil *ich geschlafen habe*?«

»Ja«, sagte Bo. »Du warst erschöpft. Konntest dich nicht auf den Beinen halten. Konntest kaum essen. Du hast den Schlaf gebraucht.«

»Jetzt schlafe ich nicht«, sagte sie langsam, als sei er irgendwie verrückt geworden, während sie ein Nickerchen gemacht hatte.

Er grinste. »Nein.«

»Bo?«, fragte sie.

»Ja?«

»Ich bin verwirrt.«

»Stimmt, tut mir leid. Ich hatte ein Gespräch mit ihrem Anführer, während du dich ausgeruht hast. Er hat zugestimmt, dass wir hierbleiben dürfen, während du dich erholst. Ich sagte ihm, mein Team würde ihn und seine Freunde entschädigen. Jetzt sind die Jungs hier, und wir machen uns auf den Weg zurück in den Dschungel und hoffentlich in einen Hubschrauber, bevor jemand anderes uns bewirten kann.«

In diesem Moment hoben alle Männer in der Höhle ihre Gewehre und richteten sie auf den Dschungel.

Bo sagte, immer noch in lässigem Tonfall: »Kannst du aufstehen, Süße?«

Wren rückte von Bo weg, damit er aufstehen konnte. Sie tat das Gleiche, wobei sie bemerkte, dass Bo darauf achtete, zwischen ihr und den anderen zu bleiben.

»Das sind meine Männer!«, sagte Bo laut und bestimmt. »Sie werden Ihnen nichts tun. Uns geht es gut, Kevlar!«

»Sie haben zehn Sekunden, um Ihre Waffen niederzulegen, bevor wir Sie ausschalten!«, rief eine tiefe, bedrohliche Stimme aus Richtung der Bäume.

Keiner sagte ein Wort, aber einer der Rebellen drehte sich um und richtete sein Gewehr auf Bo.

Vielleicht lag es daran, dass sie noch halb schlief, oder vielleicht war es reiner Wahnsinn, aber Wren griff in die Tasche ihrer Cargohose und holte das winzige Messer heraus, das sie dort ... gestern versteckt hatte? Heute Morgen? Sie hatte keine Ahnung, wie spät es war, sie wusste nur, dass sie nicht zulassen würde, dass Bo etwas zustieß. Nicht ihretwegen.

Sie sprang um ihn herum und richtete das Messer auf den Mann. »Bleiben Sie zurück!«, schrie sie fast hysterisch.

Es war lächerlich. Sie hielt eine Klinge in der Hand, die nicht länger war als ihr kleiner Finger, und richtete sie auf einen Mann mit einem Gewehr, während ein Dutzend seiner Freunde – alle mit ihren eigenen Waffen – hinter ihm standen. Was sie mit diesem winzigen Messer zu tun gedachte, wusste sie nicht, aber sie war es leid, sich hilflos zu fühlen. Dass Leute Waffen auf die Köpfe ihrer Freunde richteten.

»Ganz ruhig, Wren«, sagte Bo hinter ihr.

»Nein!«, rief sie, ohne den Blick von dem Mann vor ihr abzuwenden. »Ich will einfach nur nach Hause! Ich habe hier im Südsudan tolle Leute kennengelernt, aber ich bin müde, verängstigt und hungrig, und ich will nur einen riesigen Cheeseburger und eine weiche Matratze, die nicht klatschnass ist!«

»Und das wirst du alles bekommen«, versicherte Bo ihr. Dann spürte sie, wie er sich gegen ihren Rücken drückte. Er griff nicht nach ihrem kleinen Messer. Er tat nichts, außer die Hände auf ihre Hüften zu legen und sich an sie zu lehnen. Sein warmer Atem kitzelte ihr Ohr. »Es ist in Ordnung, Wren. Es ist okay.«

Es war *nicht* in Ordnung. Ihre Hand zitterte, aber sie konnte nicht zurückweichen.

Der Mann, der das Gewehr auf sie richtete, ließ die Waffe sinken. Seine Lippen zuckten, während er sie anstarrte.

Das gab Wren den Rest. *Ausgelacht* zu werden. Sie versuchte, einen Schritt nach vorn zu machen, um dem Mann, der sie anlächelte, zu zeigen, dass sie nicht zögern würde, ihn zu erstechen. Zugegeben, ihre winzige Klinge würde wahrscheinlich kaum in der Lage sein, seine Haut zu durchdringen, aber sie würde den Schaden anrichten, den sie konnte.

Aber Bo verstärkte seinen Griff, legte einen Arm um ihre Brust und drückte sie fest an sich.

Sie zappelte, aber Bo hielt sie fest. »Es ist vorbei, Wren.«

»Hey.«

Überrascht von der vertrauten Stimme, blickte Wren auf und sah Kevlar am Eingang der Höhle stehen. Er lächelte nicht gerade, aber er sah auch nicht so aus, als würde er jeden in Sichtweite abschlachten wollen. Die anderen fünf Männer von Bos Team standen verteilt hinter ihm. Sie sahen alle aufmerksam und wachsam aus, aber niemand gab Schüsse ab, was sie als Gewinn ansah.

»Hey«, antwortete Bo.

»Alles klar bei euch?«, fragte Preacher.

»Ja.«

»Zeit für euch zu gehen«, sagte der Anführer der neuesten Entführergruppe. Um fair zu sein, sie waren nicht gefesselt worden. Man hatte ihnen Wasser gegeben, und jetzt, da alle ihre Waffen gesenkt hatten, schienen sie nicht bereit zu sein, in nächster Zeit zu schießen.

»Vielen Dank für die Gastfreundschaft«, sagte Bo.

Wren wollte am liebsten schnauben, aber sie konnte es sich verkneifen.

Der Mann musterte Bo einen schrecklich langen Moment, dann nickte er.

»Kann ich einen Moment mit meinem Freund sprechen ... allein?«, fragte Bo.

Wren war sicher, dass er zu weit gegangen war, und so war sie überrascht, als der Anführer nickte. Dann sagte er: »Sie bleibt, wo sie ist.«

Wren wollte auf keinen Fall von Bo getrennt werden, aber sie drückte die Knie durch, als er nickte und den Arm von ihr löste.

»Ich bin gleich wieder da. Versuche, niemanden abzustechen, während ich weg bin.«

Wren funkelte ihn an. »Das ist nicht lustig.«

»Nein, ist es nicht«, sagte Bo mit ernster Miene. »Aber gib mir drei Minuten, dann sind wir hier weg.«

»Wenn du oder jemand anderes erschossen wird, verzeihe ich dir das nie«, warnte sie.

Dann küsste Bo sie vor den Augen seines Teams, dem Dutzend Rebellen und den Frauen. Es war nicht leidenschaftlich. Es war nicht lange. Aber er zögerte nicht, sich vorzubeugen und ihre Lippen mit seinen eigenen zu bedecken.

»Zur Kenntnis genommen«, sagte er, als er den Kopf hob. Er streichelte ihre Wange mit einer sanften Berührung, dann drehte er sich um und ging auf Kevlar zu.

Wren konnte immer noch seine Finger auf ihrem Gesicht spüren, als sie ihm dabei zusah, wie er mit seinem Teamleiter sprach. Innerhalb weniger Sekunden drehte Kevlar sich um, um etwas zu den anderen Männern zu sagen, und alle sechs nahmen ihre Rucksäcke ab und begannen, sie auszuladen.

Feldrationen, Verbandszeug, Feuerschläger, Angelschnur, Paracord, Klebeband und mehr wurden auf einen Haufen in der Nähe des Höhleneingangs geworfen.

Während sie das taten, ging Bo zu Wren zurück. »Bereit zu gehen?«, fragte er.

»Warum geben sie ihnen ihre Sachen?«, fragte sie.

»Weil ich versprochen habe, sie zu entschädigen, wenn sie uns helfen. Mach dir keine Sorgen, wir brauchen weder die Feldrationen noch die anderen Sachen, weil wir in weniger als einer Stunde aus diesem Dschungel herauskommen.«

»Wirklich? Woher weißt du das?«

»Weil ich es weiß.«

Das war keine Antwort, aber Wren dachte sich, dass jetzt nicht der richtige Zeitpunkt war, um ins Detail zu gehen. Sie wollte raus. Aus dieser Höhle, diesem Dschungel, diesem Land. »Okay.«

»Okay«, stimmte er mit einem Nicken zu. Dann ging er zu seinem Rucksack hinüber, den er dort abgestellt hatte, wo sie gesessen hatten, und setzte ihn auf.

»Wurdet ihr verfolgt?«, fragte der Anführer Kevlar, als Wren und Bo auf den Höhleneingang zugingen.

Kevlar schnaubte zur Antwort. »Nein. Und ich gehe davon aus, dass Sie wissen, wo das andere Lager sich befand. Wenn Sie sich beeilen, können Sie wahrscheinlich alles aufsammeln, was Sie für Ihre Sache als nützlich erachten.«

Der Anführer hob die Augenbrauen. »Ja?«

»Ja«, sagte Kevlar zu ihm. »Sie werden ihre Vorräte nicht mehr brauchen.«

Diese Worte schienen die Einstellung des Anführers gegenüber Kevlar und seinem Team zu verändern. »Es waren zwanzig Männer in diesem Lager.«

»Ja, waren«, stimmte Kevlar zu.

Der Anführer nickte ohne ein weiteres Wort.

»Bereit?«, fragte Bo Wren.

Sie nickte eifrig.

Er legte ihr eine Hand auf den Rücken und drängte sie zum Ausgang. Im Dschungel war es genauso heiß und feucht, wie sie es in Erinnerung hatte, aber plötzlich war sie froh, wieder unter den Bäumen zu sein. Sie und Bo waren nicht bedroht worden, nicht wirklich. Und doch hatte sie das Gefühl, dass die Männer, die sie zurückließen, genauso tödlich waren wie diejenigen, die sie gestern entführt hatten.

»Die anderen? Colby? Dallas, Archie und Oliver?«

»In Sicherheit«, sagte Flash.

Wren nickte, dann runzelte sie die Stirn. »Warten sie irgendwo im Dschungel auf uns?«

Sie hörte, wie jemand schnaubte, aber die Frage war aufrichtig gewesen.

»Nein, Wren. Wir haben sie mit einem Hubschrauber abgeholt. Sie sind in Uganda und warten auf uns.«

»Moment, ihr seid nicht mit ihnen gegangen? Warum nicht?«, fragte Wren.

»SEALs lassen keine SEALs zurück. Punkt«, erklärte Blink ihr.

Sie drehte sich zu dem Mann um, der nie viel zu sagen schien. Er sah sie nicht an, sondern konzentrierte sich darauf, durch den Dschungel zu kommen, wo auch immer ihr Ziel lag. Sie schluckte schwer, denn die Erkenntnis, was diese Männer getan hatten, traf sie hart. Sie waren in ein Land gekommen, von dem sie ihr immer wieder gesagt hatten, dass es nicht sicher war, dass sie es nicht betreten sollte, und sie hatten nicht nur ihre Kollegen gerettet, sondern hatten auch sie und Bo geholt, einfach weil sie einen der ihren nicht zurücklassen wollten.

Sie dachte, sie hätte Loyalität verstanden. Tapferkeit. Aber sie hatte keine Ahnung.

»Wolltest du den Kerl wirklich mit dieser winzigen Klinge abstechen?«, fragte MacGyver mit einem kleinen Grinsen.

Wren spürte, wie sie errötete. Wenn sie darüber nachdachte, was sie getan hatte, wurde ihr jetzt klar, wie dumm es gewesen war. Sie hätte die ohnehin schon angespannte Situation leicht so weit eskalieren lassen können, dass die Rebellen und die SEALs meinten, sie hätten keine andere Wahl, als zu schießen. Zum Glück hatte niemand ihre Drohung ernst genommen.

»Er hat Bo bedroht«, murmelte sie.

»Sie ist für dich bestimmt«, sagte Smiley zu seinem Teamkameraden.

»Das ist sie«, stimmte Bo zu. »Hast du es noch? Das Messer?«

Wren nickte.

»Gut. Behalte es.«

»Meinst du, ich werde es noch einmal brauchen?«, fragte Wren alarmiert.

»Nein. Aber der Gedanke, dass du es hast und bereit bist, es zu benutzen, um mich zu beschützen, bereitet mir innerlich ein wohlig warmes Gefühl.«

Wren konnte nicht glauben, dass sie lächelte. Sie stank fürchterlich, hatte Blasen an den Füßen, lief mit einem Team von Navy SEALs durch einen afrikanischen Dschungel, hatte keinen Pass, keine Wechselkleidung und ihr Bauch grummelte entweder vor Hunger oder drohendem explosiven Durchfall, und doch war sie erstaunlich ruhig.

»Wie auch immer«, sagte sie.

Bo griff nach ihrer Hand, und Wren gab sie ihm gern. Ihre Handflächen waren verschwitzt und schmutzig, aber nichts hatte sich so beruhigend angefühlt, wie Bo festzuhalten. Er war gekommen, um sie zu holen, genau wie er es versprochen hatte. Schlimme Dinge waren passiert, einige ihrer armen Kollegen waren getötet worden. Doch irgendwie war sie noch am Leben.

Wren hatte immer ihr Bestes getan, um stark zu bleiben, um weiterzumachen, nur um andere zu ärgern, wie ihre Mutter, aber sie begann zu erkennen, dass sie wirklich zäher war, als sie je gedacht hatte.

Je länger sie liefen, je heißer es wurde und je mehr Wrens

Muskeln schmerzten, desto mehr entschied sie, dass sie doch nicht so zäh war. Sie konnte nur daran denken, ein heißes Bad zu nehmen und dann drei Tage lang durchzuschlafen. Sie beschloss, dass sie Riverton nie wieder verlassen würde. Sie würde mit Freuden eine häusliche Katzendame werden, wenn das bedeutete, dass sie nie wieder etwas durchmachen musste, was auch nur im Entferntesten mit dem vergleichbar war, was sie im Moment tat.

Gerade als sie glaubte, keinen Schritt mehr machen zu können, blieb Kevlar stehen. »Wir sind da.«

Wren blickte sich verwirrt um. »Da, wo?«, fragte sie.

»Da, wo wir abgeholt werden.«

Wren konnte nur Bäume sehen. Es gab keinen Landeplatz, keine Straße, auf der ein Fahrzeug fahren konnte.

Dann hörte sie ein unverwechselbares Geräusch. Einen Hubschrauber.

»Vertraust du mir?«

Sie drehte sich zu Bo um und antwortete, ohne nachzudenken: »Ja.«

Smiley lachte. »Sie hat nicht gezögert. Aber wir werden sehen, wie sie sich fühlt, wenn sie sieht, wie wir in unsere Mitfahrgelegenheit *einsteigen*.«

Sie sah Bo unbehaglich an, als er an sie herantrat und eine Hand an ihren Hals legte. Innerlich zuckte sie zusammen, denn sie war schweißnass, und Bo sollte sicherlich nicht ihren ekligen, verschwitzten Hals berühren. Aber er schien es nicht einmal zu bemerken. Sein Blick war auf ihren gerichtet.

»Wir gehen nach oben. Die Jungs im Hubschrauber lassen ein Seil herunter und wir werden hochgezogen. In fünf Minuten sind wir hier weg.«

Das hörte sich alles andere als lustig an. Sie fühlte sich verpflichtet, ihn auf etwas hinzuweisen. »Als ich das letzte Mal versucht habe, eine Strickleiter hochzuklettern, war ich in der neunten Klasse, und glaub mir, es ist nicht gut gelaufen. Also, überhaupt nicht.« Sie hörte mehr als eine Person um sich herum lachen, aber sie hielt den Blick auf Bo gerichtet.

»Ich habe dich.«

Sie wollte noch mehr protestieren. Aber die Wahrheit war, dass sie diesem Mann wirklich vertraute. Mit ihrem Leben. Wie könnte sie auch nicht? Er war in den verdammten Südsudan gekommen, um sie vor Entführern zu retten. Wenn er ihr sagte, dass sie von einer riesigen Klippe springen und sicher unten ankommen würden, würde sie ihm glauben.

»Die Night Stalkers wissen, was sie tun«, sagte Blink neben ihnen.

Sie riss den Blick von Bo los und schaute den anderen Mann an. »Die was?«

»Night Stalkers. Sie sind von der Armee, aber sie sind in Ordnung.«

Die SEALs lachten alle.

»Mein Bruder ist einer«, erklärte Blink ihr.

»Ein Stalker?«, fragte Wren.

»Ein Night Stalker, ja. Sie sind die Besten der Besten, wenn es um Hubschrauberpiloten geht.«

»Du hast einen Bruder?«, fragte MacGyver mit einer hochgezogenen Augenbraue.

»Ja. Mein Zwilling«, sagte Blink.

»Im Ernst?«, rief Flash aus.

»Im Ernst.«

»Wow. Ich wette, das Armee-Marine-Footballspiel ist bei euch zu Hause ziemlich stressig«, scherzte Smiley.

»Nein, wir wissen, dass die Marine überlegen ist«, sagte Blink mit einem Achselzucken.

»Was zum Teufel? War das ein Scherz?«, fragte Smiley. »Von *Blink*?«

Aber Wren war zu besorgt über das, was von ihr verlangt wurde und daran zu scheitern, um über Footballergebnisse zu scherzen. Sie legte eine Hand auf Blinks Arm. »Ist er da oben?«

»Mein Bruder?« Blink schüttelte den Kopf. »Nein. Zuletzt habe ich gehört, dass er auf einem Schiff im Nahen Osten ist, um Spezialeinheiten an Orte zu bringen, an denen sie offiziell nicht sein sollten. Aber ich garantiere, wer auch immer da oben ist, weiß, was er tut. Sie werden uns alle ruckzuck hier rausholen.«

»Heilige Scheiße, jetzt hat der Mann *ruckzuck* gesagt. Wir sind alle tot und das hier ist ein anderes Universum, oder?«, scherzte Smiley.

Kevlar gab seinem Freund einen Klaps auf den Hinterkopf. »Halt die Klappe, Smiley. Ganz im Ernst.«

Aber ihre Scherze sorgten dafür, dass Wren sich ein wenig mehr entspannte. Wenn sie sich wirklich Sorgen um diese Rettung machen würden, würden sie einander nicht aufziehen.

»Er hat recht«, sagte Bo und lenkte ihre Aufmerksamkeit wieder auf ihn. »Diese Piloten sind die Besten der Besten. Sie werden so tief wie möglich runterkommen, bevor sie das Seil herunterlassen. Sobald du in Sicherheit bist, ziehen sie dich hoch und in die Kabine.«

Wren nickte. Was hätte sie sonst tun können? Sie hatte buchstäblich keine andere Wahl, als bei diesem verrückten Plan mitzumachen. Entweder wurde sie in einen Hubschrauber verfrachtet, der über dem Dschungel schwebte, oder sie musste zurück in die Stadt wandern, was sie in nächster Zeit nicht tun wollte.

Das Geräusch des Hubschraubers wurde immer lauter, und bald begannen die Bäume über ihnen, im Abwind zu wehen. Sie kniff die Augen zusammen, als sie in den Himmel blickte. Sie konnte den Hubschrauber nicht deutlich sehen, sondern nur flüchtige Blicke durch die wehenden Bäume erhaschen.

Sie erschrak, als wie aus dem Nichts ein langes Seil auftauchte, und fiel gegen Bo.

»Ruhig«, sagte er, während er sie zum Seil schob.

Wren wollte nicht als Erste gehen. Sie wollte nicht an das

Ende des Seils gebunden und in den Abgrund gezogen werden. Aber sie wollte auch kein Baby sein.

Zu ihrer Überraschung begann Blink, sich selbst an dem Seil zu befestigen. Dann tat Bo das Gleiche, wobei er etwa einen Meter Seil zwischen sich und Blink ließ. Er drehte sich zu ihr um und hielt ihr eine Hand hin. »Komm her, Wren.«

Sie schritt wie in Trance vorwärts. Kevlar kam näher und begann, das Ende des Seils um sie und Bo zu wickeln. Er machte eine Schlaufe und sagte ihr, sie solle sich daraufstellen.

»So hast du einen Halt und kannst dein Körpergewicht abstützen, wenn du hochgezogen wirst. Halte dich einfach an Safe fest. Du schaffst das schon.«

Wren fühlte sich nicht so. Ja, das Seil war um Bo gewickelt worden und er hielt sie fest an sich gedrückt, aber trotzdem lag zwischen ihr und dem sicheren Tod durch eine Bauchlandung auf dem Boden nur ein mickriges Stück Seil.

»Sieh mich an«, befahl Bo, als sie eine Bewegung in dem Seil spürte.

Sie schluckte schwer und tat genau das. Seine goldbraunen Augen waren auf sie fixiert. »Ich bin stolz auf dich.«

Wren schnappte nach Luft, als das Seil sich um ihre Taille straffte. Ihr Knie knickte ein, bevor sie es durchdrückte und ihr Gewicht auf der kleinen Schlinge um ihren Fuß hielt. Sie erhoben sich über den Boden, erst langsam, dann immer schneller. Bo hatte ihr schon einmal gesagt, dass er stolz auf sie war, aber jedes Mal, wenn er es sagte, fühlte es sich besser und besser an.

»Ich meine es ernst«, sagte er in ihr Ohr, als sie zum Hubschrauber hochgezogen wurden. »Du hast keine Ahnung, mit welcher Hysterie wir es bei Geiselbefreiungen schon zu tun hatten.«

»Das sagst du nur so«, erwiderte Wren, während sie verzweifelt versuchte, sich von dem Geschehen abzulenken.

»Nein, das tue ich nicht«, beharrte Bo. »Wir mussten einmal

einen Regierungsbeamten vom Dach eines Gebäudes befreien, und er hat sich nicht nur in die Hose gepisst – was ich ihm ehrlich gesagt nicht übel nehme, denn wir mussten Scharfschützenfeuer ausweichen –, aber er hat mich am Hals gepackt und fast erwürgt, als wir den Hubschrauber erreichten. Kevlar musste ihn k. o. schlagen, um seinen Griff zu lockern, nur damit ich atmen konnte.«

»Heilige Scheiße!«, keuchte Wren.

»Ja. Also glaub mir, wenn ich dir sage, dass du das großartig machst, Süße.«

Sie blickte nach unten – und erstarrte, als sie merkte, dass sie den Boden nicht mehr sehen konnte. Dann schaute sie nach oben, was fast noch schlimmer war. Alles, was sie sehen konnte, waren die Unterseite und die Kufen des Hubschraubers. Sie hatte keine Ahnung, wie sie in das Ding hineingelangen sollten, so wie sie an diesem winzigen Seil baumelten.

»Wenn wir nach Hause kommen, schließe ich uns in meinem Schlafzimmer ein – du schläfst nicht mehr im Gästezimmer – und mache stundenlang Liebe mit dir. Ich habe es ernst gemeint, was ich dem Rebellen in der Höhle gesagt habe. Du gehörst mir ... und ich werde es dir immer und immer wieder beweisen, bis du vor Orgasmusmüdigkeit ohnmächtig wirst.«

Das erregte ihre Aufmerksamkeit, und Wren nahm an, dass Bo das auch so gemeint hatte. »Das gibt es gar nicht«, protestierte sie, aber tief in ihrem Inneren hoffte sie, dass es so war.

»Natürlich gibt es das. Und ich werde es dir auch beweisen. Ich liebe dich, Wren Defranco. Du bist die Frau, mit der ich den Rest meines Lebens verbringen möchte. Du hast immer wieder bewiesen, dass du knallhart bist. Es ist nicht leicht, mit einem SEAL zusammen zu sein, aber ich habe nicht den geringsten Zweifel daran, dass du es schaffen kannst.«

»Bo«, flüsterte sie.

»Ich muss dich meiner Familie vorstellen. Susie, ihrem

Mann, den Kindern. Meinen Eltern. Wir müssen ein Treffen mit deinem Vater arrangieren, damit du ihn und deine Brüder kennenlernen kannst. Wir müssen besprechen, was du davon hältst, selbst Kinder zu haben. Ich möchte welche, aber ich will Zeit mit dir allein verbringen, bevor wir überhaupt darüber nachdenken. Und wenn du keine Kinder willst, werde ich damit fertig.«

In Wrens Kopf drehte sich alles. »Ich will Kinder«, platzte sie heraus.

Er lächelte sie an. »Gut. Und jetzt halt dich fest und lass sie die ganze Arbeit machen.«

Eine Sekunde lang war Wren verwirrt. Ihre ungeborenen Kinder sollten die ganze Arbeit machen? Aber sie wurde in die Realität zurückgeholt, als sie spürte, wie jemand an dem Seil um ihre Taille zerrte. Für eine Millisekunde geriet sie in Panik, bis sie spürte, wie sie an beiden Oberarmen fest gepackt und nach oben gezogen wurde. Nur wenige Augenblicke später war auch Bo da und hielt sie fest, während er sie drängte, nach hinten zu rutschen, weg von der offenen Hubschraubertür.

Blink gab ihr einen Daumen nach oben, während er neben der Tür hockte. Das Seil wurde wieder heruntergelassen, und Wren wusste, dass es nur eine Frage der Zeit war, bis der Rest von Bos Team mit ihnen im Hubschrauber saß und sie auf dem Weg waren.

Er hatte sie erfolgreich von dem abgelenkt, was geschah ... aber fast sofort begann sie, sich zu sorgen, dass seine Worte genau das gewesen waren. Eine Ablenkung.

Bis er sich zu ihr beugte und die Lippen auf ihr Ohr legte. In dem Hubschrauber war es laut, und eine echte Unterhaltung war fast unmöglich. Aber sie hörte ihn, als er direkt in ihr Ohr sprach.

»Ich bin stolz auf dich. Ich liebe dich.«

Wren konnte sich keine schöneren Worte von dem Mann vorstellen, den sie liebte. Und obwohl sie diese Worte nicht zu

Bo gesagt hatte, spürte sie tief in ihrem Herzen, dass dieser Mann ihr gehörte. Wie könnte sie ihn *nicht* lieben?

Der Rest von Bos Team wurde schnell in den Hubschrauber gezogen, dann drehten sie ab und flogen davon.

Wren schloss die Augen und erlaubte sich zum ersten Mal, seit sie in dem Land angekommen war, sich völlig zu entspannen. Sie hatte keine Ahnung, was ihre Zukunft bringen würde, was die Zukunft von BT Energy und dem Pipeline-Projekt, an dem sie alle so hart gearbeitet hatten, bringen würde. Aber was auch immer es war, sie hatte keinen Zweifel daran, dass sie Bo an ihrer Seite haben würde.

KAPITEL EINUNDZWANZIG

Die Reise über die Grenze verlief ereignislos, wofür Safe sehr dankbar war. Nicht jede Extraktion verlief so reibungslos wie diese. Er hatte nicht gelogen, als er Wren die Geschichte erzählt hatte, dass er von jemandem, den er rettete, fast zu Tode gewürgt worden war. Aber sie hatten noch einen sehr langen Weg vor sich, bevor sie wieder in Kalifornien waren.

Wren war wieder unsicher auf den Beinen, als sie neben ihm in Richtung des Wagens ging, der das Team dorthin bringen sollte, wo Dallas, Archie, Oliver und Colby sich hoffentlich noch versteckten. Kevlar hatte von einem Kontaktmann vor Ort in Uganda erfahren, dass sie angekommen und in Sicherheit waren, aber solange sie sie nicht alle gesehen hatten, würde niemand sich entspannen. Verdammt, sie würden sich erst beruhigen, wenn sie auf dem Weg zurück nach Riverton waren.

Sie verbrachten die Nacht in Uganda, bevor sie zum Flugplatz fuhren, um einen Flug nach Deutschland zu nehmen, wo alle in einem Militärkrankenhaus untersucht werden sollten. Dann wären sie endlich auf dem Weg zurück in die Staaten.

Er konnte spüren, wie angespannt Wren war, während sie

gingen, aber er unterbrach ihre Gedanken nicht. Er hatte ihr viel erzählt, als sie in den Hubschrauber gezogen wurden, aber jedes einzelne Wort kam von Herzen. Er wünschte sich eine Zukunft mit Wren, aber sie mussten noch eine Menge durchstehen, bevor einer von ihnen sehen konnte, ob das überhaupt möglich war.

Kevlar führte sie an, als sie auf den Rücksitz des Pick-ups kletterten und in die nächste Stadt fuhren, um sich mit Wrens Kollegen zu treffen. Sie war angespannt, als sie in der Mitte seines Teams saß, aber es war der sicherste Platz für sie, während sie zu ihrem Ziel fuhren. Alle waren in Alarmbereitschaft. Auch wenn sie nicht mehr im Südsudan waren, war Uganda auch nicht gerade der sicherste Ort für amerikanische Soldaten und Zivilisten.

Sie erreichten das Haus, in dem Wrens Kollegen sein sollten, und Safe atmete erleichtert auf, als sich die Tür öffnete und Archie und Oliver heraustraten. Er und sein Team sprangen von der Ladefläche des Wagens, und Safe half auch Wren beim Aussteigen. Als der Wagen losfuhr, bemerkte Wren schließlich die beiden Männer. Sie lief praktisch zu ihnen hin und umarmte erst Archie und dann Oliver fest.

»Geht es euch gut?«

»Ja. Und dir?«, fragte Oliver.

»Mir geht's gut. Es tut mir so leid, dass ich euch verlassen habe. Waren sie ... waren sie sauer?« Wren stolperte über die Frage.

»Sie waren sauer«, erklärte Archie ihr. »Aber du hast das Richtige getan. Sie wollten ... du weißt schon ... dir wehtun. Also ist es gut, dass du entkommen bist.«

»Danke, Archie. Ich weiß, dass ich dich meistens nerve, und du hattest es satt, dass ich immer nur von Sicherheit rede. Ich bin nur froh, dass sie meine Flucht nicht an euch ausgelassen haben«, antwortete Wren.

»Nur wegen deiner Freunde«, sagte Oliver. »Sie wollten uns

auf jeden Fall umbringen. Sie hatten nur keine Gelegenheit dazu. Als sie merkten, dass du weg warst, schickten sie sechs Männer in den Dschungel, um dich zu finden und zurückzubringen. Dann stritten sie sich darüber, was sie mit uns machen sollten. Der Anführer holte eine Videokamera heraus. Eine echte Kamera aus den Achtzigern, und befahl Colby, etwas zu sagen. Er weigerte sich, also fingen ein paar Typen wieder an, ihn zu verprügeln. Sie waren so sehr damit beschäftigt, dass sie nicht einmal sahen, wie deine Freunde sich ins Lager schlichen. Bevor jemand wusste, was geschah, war es vorbei. Sie waren alle tot.«

Wrens Augen wurden groß. Sie warf einen Blick auf Safe, bevor sie sich wieder ihren Freunden zuwandte. »Heilige Scheiße!«

»Ja. Und ich schätze, die sechs Typen, die sie dir hinterhergeschickt haben, haben das gleiche Schicksal erlitten, denn sie sind nicht zurückgekommen, und dich haben sie auch nicht gefunden, nehme ich an.«

»Nein«, stimmte Wren zu.

»Wir haben sie abgefangen«, sagte Smiley ohne jede Emotion.

»Gut«, sagte Oliver. »Jedenfalls haben sie uns Wasser gegeben, meine Hand verbunden, Colby geholfen, so gut sie konnten, und dann sind wir in den Dschungel zum Sammelpunkt gegangen.«

»Als du nicht aufgetaucht bist, haben sie uns weitergeschickt, während sie nach dir gesucht haben ... und jetzt sind wir hier«, beendete Archie die Geschichte.

»Wo sind Colby und Dallas? Geht es ihnen gut?«, fragte Wren.

»Colby hat Schmerzen, sie haben ihn übel zugerichtet. Sein Gesicht, wo er den Schnitt hat, ist auch entzündet. Er hat sich drinnen hingelegt. Und Dallas ist bei ihm. Er passt auf ihn auf«, sagte Archie.

»Er schleimt sich bei ihm ein, meinst du«, murmelte Oliver.

»Und deine Hand?«, fragte Wren.

»Mir fehlen immer noch zwei Finger, es tut höllisch weh. Aber ich bin am Leben«, sagte Oliver.

»Nun ... ich bin nur froh, dass es euch gut geht«, sagte Wren zu den beiden.

»Ja. Wir alle hätten deine Sorgen ernster nehmen sollen«, erwiderte Oliver leise.

Wren zuckte nur mit den Schultern.

»Können wir das nach drinnen verlagern?«, fragte Safe.

»Sind wir noch in Gefahr?«, wollte Archie wissen.

»Nein«, entgegnete Safe, »aber ich bin sicher, dass Wren gern etwas essen und trinken würde. Und duschen.«

»Duschen?«, fragte sie atemlos und sah zu ihm auf.

Er lachte. »Ja, mit Wasser und allem.«

Archie und Oliver traten zurück, als Wren sie bei dem Versuch, ins Haus und vermutlich zu einer Dusche zu gelangen, praktisch umrannte.

»Stell dich nie zwischen ein Mädchen und ihre Dusche«, scherzte Oliver.

Erst als sie drinnen waren, sah Safe, dass Wren zögerte.

»Was? Was ist denn los?«, fragte er und zog sie zur Seite. Der Rest seines Teams suchte bereits in den Schränken und holte Dinge heraus, von denen er annahm, dass sie daraus eine Mahlzeit für alle zubereiten wollten.

»Ich habe nichts Sauberes zum Anziehen.«

Safe entspannte sich. Er nahm sie bei der Hand und zog sie zu einem der vier kleinen Schlafzimmer, in denen sein Team seine Sachen verstaut hatte. Als sie aus dem Tschad nach Uganda gekommen waren, hatten sie hier übernachtet, während sie angespannt auf einen verfügbaren Hubschrauber warteten, der sie über die Grenze in den Südsudan bringen sollte. Safe ging zu seinem Seesack an der Wand hinüber.

Er öffnete den Reißverschluss der Tasche und holte ein

sauberes T-Shirt, Boxershorts und eine Jogginghose heraus. Er hielt ihr die Sachen hin und sagte: »Sie werden dir zu groß sein, aber sie sind sauber. Hier gibt es keine Waschmaschine, aber hinten gibt es ein Waschbecken, in dem die anderen ihre Sachen gewaschen haben. Ich fange mit deinen Sachen an, während du unter der Dusche stehst.«

Wren starrte ihn an, ohne etwas zu sagen und ohne nach den Sachen zu greifen.

»Wren?«

»Du willst meine Sachen waschen?«

»Ja«, sagte Safe, nicht sicher, was los war.

Wren schloss die Augen, runzelte die Stirn und schwankte leicht.

Erschrocken warf Safe die Kleidung auf die nächstgelegene Matratze und zog Wren in seine Arme. »Was? Sprich mit mir, Wren.«

Sie öffnete die Augen und sah zu ihm auf. »Solange ich denken kann, habe ich meine Wäsche selbst gewaschen. Als ich fünf Jahre alt war, musste ich auf einen Stuhl klettern, um die Knöpfe unserer alten Waschmaschine zu erreichen. Selbst in der Pflegefamilie war ich für meine Kleidung selbst verantwortlich. Noch nie hat mir jemand angeboten, meine Wäsche zu waschen. Und du willst es mit der Hand machen?«

»Ich liebe dich«, sagte Safe. »Ich werde mein Bestes tun, um dich mit allem zu versorgen, was du brauchst. Nahrung, Wasser, Unterkunft, saubere Kleidung ... was immer du willst.«

Sie starrte ihn lange Zeit an. Safe konnte sehen, wie in ihren Augen ein Aufruhr der Gefühle entstand. Dann brach sie ihm das Herz, als sie flüsterte: »Fühlt es sich so an, wenn man geliebt wird?«

Er strich ihr mit einer Hand über den Kopf und lächelte ein wenig, als seine Handfläche an der Spange in ihrem Haar hängenblieb. »Ja. Ich denke schon.«

»Es ist überwältigend«, erwiderte sie mit einem leichten Stirnrunzeln.

»Gewöhne dich daran«, sagte er, zog sie an sich und legte seine Wange an ihren Kopf.

Sie klammerte sich fest an ihn und schien diesen Moment ebenso sehr zu brauchen wie er selbst. Dann murmelte sie an seinem Hals: »Du stinkst.«

Safe lachte. »Du bist auch nicht gerade ein frisches, sauberes Gänseblümchen, Schätzchen.«

Zu seiner Erleichterung zog sie sich mit einem Lächeln auf dem Gesicht zurück. »Willst du zuerst duschen?«

»Nein. Lass dir Zeit. Es gibt nicht viel heißes Wasser, also schätze ich, dass du nicht lange da drin sein wirst, aber von jetzt an kommst du immer zuerst. Heißes Wasser, das letzte Glas Wein, der beste Platz auf der Couch. Es gehört dir.«

»Bo?«

»Ja, Süße?«

»Danke, dass du nicht ›Ich hab's dir ja gesagt‹ gesagt hast.«

»Das würde ich nie sagen«, erwiderte er. »Hättest du in den Südsudan reisen sollen? Nein. Hattest du eine Wahl? Nicht wirklich.«

»Ich hätte Nein sagen können«, sagte sie traurig.

»Das haben wir doch schon besprochen. Und all deine Argumente, nicht Nein zu sagen, gelten immer noch.«

»Ich weiß nicht, ob ich dort wieder arbeiten kann«, flüsterte sie, als hätte sie Angst, dass er durch das laute Aussprechen der Worte weniger von ihr halten würde.

»Dann tu es nicht«, sagte Safe.

»So einfach ist das nicht«, protestierte sie.

»Das ist es und ist es auch nicht«, sagte Safe achselzuckend. »Du hast recht, Kalifornien ist teuer. Aber ich verdiene ein anständiges Gehalt. Und ich bekomme anständige Sozialleistungen. Wir kommen schon zurecht, bis du dir etwas anderes überlegt hast. Einen anderen Job findest.«

Sie erstarrte in seinen Armen und sah ihn an.

»Was?«, fragte er.

»Wir?«

Er nickte. »Habe ich mich nicht klar ausgedrückt, als wir an dem Seil hingen? Ich will dich in meinem Haus haben. In meinem Bett. Meinem Leben. Ich liebe dich. Du gehörst mir, und ich kümmere mich um das, was mir gehört. Wenn du deinen Job kündigen und zu Hause bleiben willst, um Eicheln zu sammeln, damit Kunst zu machen und sie im Internet zu verkaufen, gut. Prima. Ich werde dich unterstützen. Du willst weiterhin für BT Energy arbeiten? Das ist auch in Ordnung. Du willst einen anderen PR-Job finden? Das ist kein Problem. Ich weiß, dass es eine Weile dauern wird, bis du es begreifst, aber du bist nicht mehr auf dich allein gestellt, Wren. Du bist nicht mehr das kleine Mädchen, das sich vor seiner bösen Mutter unter dem Bett versteckt. Du hast mich. Mein Team. Remi. Caroline und ihre Freundinnen. Wolf und sein Team. Es wird nicht immer glatt laufen, weil wir beide eine ganze Weile allein gelebt haben, aber wir werden es schon schaffen. Gemeinsam.«

»Ich habe Angst.«

»Ich weiß.« Und das tat er. Sie hatte sich noch nicht oft in ihrem Leben auf jemand anderen gestützt, wenn überhaupt jemals. Aber das änderte sich jetzt.

»Ich habe dich nicht verdient«, sagte sie.

»Du hast recht«, antwortete Safe, ohne zu zögern. »Du verdienst jemanden, der besser ist als ich. Jemanden, der dir all die schönen Dinge des Lebens bieten kann. Jemanden, der einen sicheren Job hat. Jemanden, zu dem du jeden Tag nach Hause kommen kannst. Ich bin nicht dieser Mann. Aber ich bin ein Mann, der alles tun wird, um dich glücklich zu machen. Und wenn ich nicht in der Lage bin, für dich da zu sein, werde ich dafür sorgen, dass dir andere den Rücken freihalten, bis ich zu dir nach Hause komme.«

Wren schluckte schwer. »Ich liebe dich«, flüsterte sie.

Safe hatte das Gefühl, als würde sein Herz explodieren. »Und ich liebe dich. Und jetzt ... geh bitte duschen, bevor dir Moos in den Haaren wächst und dein Gestank in jede Ritze dieses Zimmers einsickert.«

Wren lächelte und schlug ihm auf die Schulter. Dann seufzte sie. »Ich habe keine Ahnung, wie das passiert ist.«

»Weil ich unwiderstehlich bin«, scherzte Safe.

»Stimmt.«

Dann stellte Wren sich auf die Zehenspitzen und küsste ihn. Safe wollte den Kuss vertiefen. Wollte sie auf die Matratze hinter ihnen werfen, sie ausziehen und sich tief in ihrem Körper vergraben. Aber jetzt war weder die Zeit noch der Ort dafür. Er würde warten, bis er sie in seinem Haus und in seinem Bett hatte, wo sie nicht gestört wurden, bevor er ihr mit und ohne Worte zeigte, wie ernst es ihm mit seiner Liebe zu ihr war.

Er zog sich zurück, hob die Kleider auf, die er für sie gepackt hatte, und hielt sie ihr noch einmal hin. »Leg deine Sachen vor die Tür, ich wasche sie, während du duschst.«

Wren nickte und nahm seine Sachen an sich. Safe führte sie zurück auf den Flur und in das Badezimmer. Es hatte eine Toilette, ein Waschbecken und eine Dusche. Es gab keine Kabine, nur ein Rohr, das aus der Wand kam, und einen Abfluss in der Mitte des gefliesten Bodens.

Safe legte eine Hand an ihre Wange, und sie lehnte sich an ihn. »Danke, dass du klug und stark bist und die Ruhe bewahrst. Ich weiß nicht, was ich getan hätte, wenn du verletzt worden wärst«, sagte er leise. Dann küsste er sie auf die Stirn und verließ das Zimmer, wobei er die Tür fest hinter sich schloss.

Er ging in den Hauptraum und verkündete: »Wren ist im Badezimmer. Wenn irgendjemand sie stört, wird er sich vor mir verantworten müssen.« Er fühlte sich beschützend. Allein die Tatsache, dass er sie nicht sehen konnte, obwohl er genau wusste, wo sie war, brachte ihn aus dem Gleich-gewicht.

»Keiner wird sie stören«, sagte MacGyver. »Komm und iss etwas. Dann bist du nicht mehr so griesgrämig.«

Alle lachten, aber Safe war nicht in der Stimmung zu essen. Es juckte ihn, er fühlte sich unruhig. Er hörte, wie sich die Badezimmertür öffnete und schloss, drehte sich um und sah einen Haufen Kleidung im Flur liegen. Das Wissen, dass Wren nackt auf der anderen Seite der Tür stand, ließ seine Haut heiß werden. Er wollte sie. Aber er konnte warten. So lange wie nötig.

Er ging zurück und hob ihr Hemd und ihre Hose auf, wobei ihm auffiel, dass ihre Unterwäsche nicht bei ihren Kleidern lag. Dann ging er ohne ein Wort durch den Hauptraum und hinaus auf die kleine Veranda.

»Hey, willst du meine auch machen?«, rief Flash.

Safe hob eine Hand und zeigte seinem Freund den Mittel-finger. Gelächter ertönte im Raum hinter ihm, und zum ersten Mal seit Tagen entspannte Safe sich ein wenig. Er war sicher, Wren war sicher, seine Freunde waren sicher. Es war nur eine Frage der Zeit, bis sie wieder in Riverton waren. Er konnte es kaum erwarten.

***

Stunden später sah Wren sich im Zimmer um und musste sich kneifen. Vor nicht allzu langer Zeit hatte sie noch auf dem Dschungelboden gesessen, die Hände zusammengebunden, und sich gefragt, ob sie und ihre Kollegen noch einen weiteren Tag überleben würden.

Und jetzt war sie hier, mit vollem Bauch, sauberem Körper – na ja, so sauber, wie es mit der kaum funktionierenden Dusche und dem kalten Wasser möglich war – und kuschelte mit Bo, während ihre Kollegen und Bos Teamkameraden herumsaßen und über ihre Lieblingssendungen sprachen. Es fühlte sich ein wenig wie ein Traum an.

Sie hatte ihre Kleidung noch nicht wieder angezogen – ehrlich gesagt wollte sie das Hemd und die Hose bei der nächsten Gelegenheit verbrennen, wenn sie nach Hause kam –, weil sie noch feucht waren und trockneten. Ihren BH und ihre Unterhose hatte sie selbst in der Dusche gewaschen, weil es ihr zu unangenehm gewesen war, Bo diese Sachen für sie reinigen zu lassen. Sie saß auf seinem Schoß, mit seiner Brust als Rückenlehne, und er hielt sie mit den Armen an sich gedrückt.

Sie fühlte sich wohl und entspannt ... und hatte ein verdammt schlechtes Gewissen. »Wie geht es Colby?«, fragte sie Dallas in einer Gesprächspause.

»Er hat Schmerzen, aber es geht ihm gut«, sagte der andere Mann. »Und er fühlt sich beschissen. Es war nicht sein Plan, dass Bob, Tom, Luke und Aaron fliehen, aber er sagte, er hätte sie auch nicht entmutigt. Er hat wirklich geglaubt, dass es uns gut gehen würde. Dass keinem von uns etwas passieren würde. Dass sie also ...« Dallas räusperte sich, bevor er fortfuhr. »... getötet wurden. Es war ein Schock.«

Wren nickte und spürte, wie Bo die Arme anspannte.

»Ich frage mich, wo das Projekt jetzt steht«, sinnierte Archie.

»Wen zum Teufel kümmert das«, sagte Oliver hitzig. »Menschen sind gestorben. Es ist für niemanden sicher, an irgendeiner Art von Pipeline zu arbeiten, bis die Dinge sich hier geklärt haben. Falls sie das jemals tun.«

Alle schwiegen und waren in ihre eigenen Gedanken versunken.

Dann sagte Wren: »Ich bin immer noch der Meinung, dass die Pipeline dem Südsudan guttun kann. Aber solange die Korruption in der Regierung nicht gestoppt ist, wird jedes Geld, das verdient wird, in die Taschen derjenigen fließen, die die Kontrolle haben, und nicht an die Bürger, die es am meisten brauchen. Ich werde nie glauben, dass Entführung und Erpressung das Richtige sind, aber ich kann verstehen, warum sie es getan haben. Verzweiflung bringt Menschen dazu, verzweifelte Dinge zu tun. Keiner von uns kennt Hunger, nicht so wie die Menschen hier. Wir kennen keinen Durst.«

»Stimmt«, sagte Dallas leise.

»Allerdings«, sagte Oliver mit einem Nicken.

»Ja«, fügte Archie nach einem Moment hinzu.

»Ich werde mal nach Colby sehen. Wann brechen wir auf?«, fragte Dallas.

Kevlar schaute auf die Uhr. »In etwa fünf Stunden.«

Das schien das Zeichen zu sein, das jeder brauchte, um aufzustehen und sich auf den Weg zu machen, um etwas Schlaf zu bekommen. Es würde eine lange Reise nach Deutschland und dann zurück nach Kalifornien werden.

Wren fand sich in dem Zimmer wieder, in dem Bo seinen Seesack aufbewahrt hatte. Er bedeutete ihr, auf eine schmale Matratze zu kriechen, die auf dem Boden an einer Wand lag, und gesellte sich sofort zu ihr. Wren drehte sich auf die Seite und Bo legte sich hinter sie.

Blink streckte sich auf der anderen Matratze im Raum aus und Kevlar legte sich neben die Tür. Es war ihr nicht im Geringsten unangenehm, neben Bo zu schlafen, wenn seine Freunde im Zimmer waren. Genau genommen war es das, was sie brauchte. Sie war nicht nur von dem Mann umgeben, den sie liebte, sondern auch von zwei anderen, die er als seine Brüder betrachtete. Hier würde niemand an sie herankommen.

Safe. Das war der Name des Mannes, dessen Arme sie festhielten, aber es war auch das, was sie fühlte, wenn sie in seiner Nähe war. Sie hatte in ihrem Leben noch nie wirkliche Sicherheit erfahren, bis sie ihm in dem Flur von *Aces Bar and Grill* begegnet war. Irgendwie, tief in ihrem Inneren, hatte sie schon damals gewusst, dass dieser Mann sie beschützen und für ihre Sicherheit sorgen würde.

KAPITEL ZWEIUNDZWANZIG

Wren hatte genug.

Genug vom Fliegen. Genug davon, von den Militärärzten in Deutschland gepikst und untersucht zu werden. Genug davon, dass man ihr immer wieder die gleichen Fragen stellte. Genug von den unsicheren Blicken ihrer Kollegen. Genug davon, von ihrem Chef ignoriert zu werden. Genug von Bos Besorgnis und Aufmerksamkeit.

Genug von all dem.

Sie wollte zu Hause sein. Allein. In einer verdammt heißen Badewanne oder Dusche. Raus aus diesen verdammten Klamotten, die selbst nach der stundenlangen Reise noch feucht zu sein schienen.

Sie war genervt, müde, wund und so verdammt traurig über Luke und Aaron. Bob und Tom auch, auch wenn sie immer noch lächeln wollte, wenn sie ihre Namen zusammen hörte, weil es sie an die Talkshow mit demselben Namen erinnerte.

Sie war sogar über sich selbst verärgert, weil sie verärgert war. Sie sollte dankbar sein. Erleichtert, wieder auf amerikanischem Boden zu sein. Aber stattdessen wollte sie schreien.

Wollte verdammt noch mal wegkommen von all diesen ...
Männern.

Und das war nicht fair. Sie waren nichts als freundlich und
sanft zu ihr gewesen. Die SEALs hatten ihr das Leben gerettet.
Sie und ihre Kollegen hatten eine tiefe Verbundenheit, die nur
durch ein gemeinsames Trauma verursacht werden konnte.

Und doch wollte sie sie am liebsten anschreien, dass sie sie
verdammt noch mal in Ruhe lassen sollten.

Sie waren nach Einbruch der Dunkelheit auf dem Stützpunkt in Riverton gelandet, und zum Glück waren ihre
Kollegen alle sofort nach Hause gefahren. Die Leichen von
Aaron, Luke, Tom und Bob konnten nicht geborgen werden,
aber die Familien würden ihrer Angehörigen sicher gedenken
wollen. Sie vermutete, dass die Trauerfeiern für die Männer in
den nächsten Wochen stattfinden würden, und Wren grauste
vor dem Gedanken.

Jetzt stand sie etwas abseits im Hangar, während Bo und
sein Team sich mit ihrem Kommandanten trafen. Sie verstand,
was sie zu tun hatten, aber je länger sie dort stand, desto mehr
wollte sie weglaufen.

Am Ende des riesigen Raumes öffnete sich eine Tür, und
Wren drehte sich aus Gewohnheit um, um zu sehen, wer einge-
treten war. Zu ihrer Überraschung sah sie Caroline mit ihrem
Mann Wolf eintreten.

Ihre Freundin ging direkt auf sie zu, während Wolf auf die
Gruppe der SEALs zusteuerte.

»Komm schon«, sagte Caroline, als sie sich Wren näherte.
»Ich bringe dich nach Hause.«

So gereizt Wren Sekunden zuvor gewesen war, war sie sich
plötzlich nicht mehr sicher, ob sie von Bo getrennt werden
wollte.

»Wolf sagt ihm gerade, dass wir dich zu seinem Haus
bringen. Damit du dich entspannen kannst. Glaub mir, ich
war schon in einer ähnlichen Situation. Erschöpft und

verletzt, sowohl körperlich als auch seelisch. Und so sehr ich Wolf und sein Team auch liebte, ich brauchte einfach etwas Zeit für mich. Um alles zu verarbeiten, was mir widerfahren war.«

»Oh.« Wren erinnerte sich an die Geschichte, was mit Caroline passiert war, und ihr Herz schlug für sie.

»Ja, oh. Und jetzt komm mit. Ich bringe dich nach Hause, setze dich in die Badewanne und bringe dir ein großes Glas Wein, damit du dich entspannen kannst. Safe wird für eine Weile hier sein, um die Sache zu besprechen. Wolf und ich werden mit dir im Haus bleiben, bis er nach Hause kommt. Wir lassen dich in Ruhe, damit du dein Ding machen kannst, aber du wirst nicht allein sein. Ich glaube nicht, dass Safe überhaupt damit einverstanden wäre. Und so sehr du dich auch nach etwas Freiraum sehnst, ich schätze, du willst auch nicht wirklich allein sein. Dämonen und so weiter.«

Als sie zu Bo zurückblickte, sah sie, dass Wolf neben ihm stand und eine Hand auf seinen Arm legte, um ihn zurückzuhalten. Bo sah besorgt und gestresst aus, und zum ersten Mal wurde Wren klar, wie schwer diese ganze Sache auch für ihn gewesen war. Sie hatte es einfach übersehen, weil er ein großer, böser SEAL war. »Mir geht es gut«, sagte sie tonlos.

»Bist du sicher?«, erwiderte er.

Wren nickte. Sie sah, wie seine Schultern sich entspannten, und er nickte Wolf zu und sagte etwas zu ihm. Wolf hob das Kinn an und ging dann in ihre und Carolines Richtung.

»Siehst du? Es ist alles gut. Lass uns gehen.«

Wren musste ein wenig lächeln bei dem Gedanken, dass sie wieder einmal entführt wurde. Aber dieses Mal wollte sie mit ihren Entführern mitgehen.

Ehe sie sichs versah, fuhr Wolf mit seinem riesigen Geländewagen vor Bos Haus vor.

»Ich bin gleich wieder da«, sagte Wolf, beugte sich vor und küsste Caroline, bevor sie ausstieg.

»Wo will er denn hin?«, fragte Wren, als sie ihm dabei zusahen, wie er aus der Einfahrt und die Straße hinunterfuhr.

»Er holt mexikanisches Essen.«

»Im Ernst?«, fragte Wren, unfähig, die Aufregung in ihrer Stimme zu verbergen.

»Ja. Safe hat erwähnt, dass das dein Lieblingsessen ist, und da dies deine Heimkehr ist, bekommst du das auch«, sagte Caroline.

Wren lächelte ihre Freundin an. »Großartig.«

»Ja. Und jetzt komm, die Badewanne ruft deinen Namen.«

Zwei Stunden später waren Wrens Finger bis zur Unkenntlichkeit verschrumpelt und sie fühlte sich endlich sauber, nachdem sie ihren Körper geschrubbt, sich rasiert und fünfmal die Zähne geputzt hatte. Sie trug eine dicke Fleecehose, ein langärmeliges Marine-Hemd in Übergröße, das sie aus Bos Schublade gestohlen hatte, und flauschige Socken an den Füßen. Sie hatte sich mit Chips und Salsa und einem Burrito vollgestopft, der so groß wie ihr Kopf war, und fühlte sich endlich wieder wie sie selbst.

Sie war so müde wie im Dschungel in Afrika, aber sie wusste, dass sie niemals einschlafen konnte. Nicht bevor Bo zu Hause war. Caroline und Wolf waren auf der Couch eingeschlafen, beide schnarchten leicht in den Armen des anderen. Wren schätzte es, dass sie sie nicht drängten, über ihre Tortur zu sprechen. Sie unterhielten sich ein wenig, während sie aßen, schalteten dann aber den Fernseher ein und ließen ihr etwas Freiraum.

So dankbar Wren auch war, dass sie da waren und sie nach Hause gebracht hatten, war sie doch bereit, dass Bo zurückkam.

Gerade als sie diesen Gedanken hatte, hörte Wren einen Schlüssel im Schloss. Wolf hatte es offensichtlich auch gehört, denn er setzte sich auf und schob Caroline sanft zur Seite, als hätte er genau gewusst, wann Bo nach Hause kommen würde.

Er stand zwischen ihr und der Haustür, als Bo eintrat. Die

beiden Männer nickten einander zu, und ohne ein Wort zu sagen, beugte Wolf sich hinunter und hob Caroline von der Couch auf.

»Was? Ist Safe zu Hause?«, fragte sie schläfrig.

»Er ist zu Hause. Wir gehen«, erklärte Wolf ihr knapp.

»Okay. Wir hören uns, Wren. Ich bin froh, dass du zu Hause bist und es dir gut geht«, sagte Caroline, bevor sie den Kopf wieder auf die Schulter ihres Mannes legte und ihm vertraute, dass er sie sicher zum Wagen und nach Hause bringen würde.

Bo schloss und verriegelte die Tür hinter ihnen und drehte sich dann zu Wren um. Er sah erschöpft aus.

»Hast du Hunger? Wir haben dir ein paar Enchiladas aufgehoben«, sagte sie sanft.

Aber er schüttelte den Kopf. »Wir haben gegessen. Ich brauche eine Dusche.«

Wren nickte und fühlte sich aus irgendeinem Grund unbehaglich.

»Komm her«, befahl Bo und breitete die Arme aus.

Wren stürzte nach vorn, warf die Arme um ihn und hielt sich fest, als sei alles in ihrer Welt in Ordnung, jetzt, da sie in seiner Umarmung lag.

»Es tut mir leid, dass ich ein Miststück war! Ich schätze, ich bin einfach nicht daran gewöhnt, so viele Leute um mich zu haben. Es war einfach überwältigend.«

»Schhhh, du warst kein Miststück. Du warst in Ordnung.«

Das war sie nicht, aber Wren liebte Bo umso mehr dafür, dass er sie nicht auf ihr gereiztes Verhalten ansprach.

»Du riechst fantastisch.«

Sie konnte sich ein Lachen nicht verkneifen. »Das liegt daran, dass ich nicht mehr nach Eau de Dschungel rieche.«

»Stimmt. Aber ich wahrscheinlich schon.«

»Nein, tust du nicht.« Es war nur eine kleine Lüge.

Bo lachte, und Wren spürte es in allen Nervenenden ihres Körpers, vor allem weil sie immer noch an ihn gepresst war.

»Ich würde für eine Dusche und etwas Schlaf töten«, sagte Bo nach einem Moment.

Wren löste sich widerwillig von ihm. »Dann geh.«

»Wirst du hier sein? In unserem Bett und dort auf mich warten?«

Seine Worte ließen ihr eine Gänsehaut über den Nacken laufen. »Ja.«

»Gut.« Dann drehte er sich fast wie ein Zombie um und ging den Flur hinunter.

Wren vergewisserte sich, dass die Tür verriegelt war, und folgte dann Bos Spuren. Er war bereits im Badezimmer und ließ das Wasser in der Dusche laufen, als sie dort ankam. Wren streifte sich die Jogginghose von den Beinen, zog sich ein kurzärmeliges T-Shirt an – wieder eins von Bo – und zog ihre Socken aus, bevor sie sich unter die Decke legte.

Fünf Minuten später erschien Bo in der Tür des Badezimmers. Er hatte Boxershorts an ... und das war's.

Ihr Herz schlug ihr bis zum Hals, als er auf sie zukam und einen Abstecher zur Wand machte, um das Licht auszuschalten, bevor er sich zu ihr unter die Bettdecke legte. Sie kuschelte sich sofort an ihn, als er sich auf den Rücken drehte. Ihr Arm lag auf seiner Brust und ihr Kopf ruhte auf seiner Schulter.

»Das«, sagte er.

Als er nichts weiter sagte, flüsterte Wren: »Das, was?«

»Das ist es, wovon ich geträumt habe. Du, in meinen Armen, in meinem Bett. In Sicherheit. Gesund. Lebendig.«

Wren schloss die Augen. Sie hatte einige derselben Träume gehabt. »Ich auch«, gab sie zu.

Aber Bo war bereits eingeschlafen.

Sie lächelte darüber, wie schnell er einschlafen konnte, wurde aber schnell wieder ernst. Er musste völlig erschöpft sein, um so schnell einzuschlafen. Außerdem musste er sich hier absolut sicher fühlen. Sonst hätte er sich nicht so schnell entspannt.

Er hatte auf sie aufgepasst, seit er sie im Dschungel gefunden hatte, bis zu dieser Sekunde.

Wren schluckte ihre Tränen hinunter und kuschelte sich an seine Seite. Als Belohnung hielt er sie noch fester und presste seine Lippen auf die Seite ihres Kopfes.

»Ich liebe dich«, murmelte er schläfrig.

»Ich liebe dich auch«, erwiderte sie, bevor sie selbst in einen tiefen Schlaf fiel.

Safe öffnete die Augen und wusste genau, wo und mit wem er zusammen war.

Wren.

Sie war wirklich hier.

In seinem Bett.

Er bewegte sich, bevor sein Verstand ihm sagen konnte, dass das, was er tat, wahrscheinlich keine gute Idee war.

Er glitt an ihrem Körper hinunter und ließ sich zwischen ihren Beinen nieder. Das Hemd, das sie trug, *sein* Hemd, hatte sich beim Schlafen um ihre Taille gewickelt, und sie trug nur eine winzige Baumwollunterhose.

Ihm lief das Wasser im Mund zusammen, und er wünschte sich nichts sehnlicher, als sie beiseitezuziehen und den Mund an ihrer Muschi zu vergraben. Aber er würde nie etwas ohne ihre Zustimmung tun. Und im Moment schien sie noch tief und fest zu schlafen.

Safe kraulte ihren Unterbauch und drückte sanft ihre Beine auseinander. Mit den Daumen streichelte er die Innenseiten ihrer Oberschenkel, während er darauf wartete, dass Wren aufwachte. Das tat sie allmählich, wobei sie sich in seinem Griff streckte, den Rücken krümmte und ihm dabei ihre Muschi entgegenstreckte.

»Morgen«, sagte Safe leise.

Wren erstarrte, dann sah sie zu ihm hinunter. »Bo?«

»Ja?«

»Was machst du da?«

»Nichts ... noch nicht. Aber es gibt viel, was ich tun möchte.«

»Oh. Ähm ... jetzt?«

»Hast du etwas Besseres zu tun?«

»Nein.«

Safe starrte zu ihr auf, während er weiterhin ihre empfindlichen Oberschenkel streichelte. Als sie nichts weiter sagte oder versuchte, sich von ihm wegzubewegen, sagte er: »Wir können aufstehen, Frühstücksflocken essen und mit unserem Tag weitermachen. Oder ich kann dir zeigen, wie sehr ich dich verehre, indem ich dich bis zum Orgasmus lecke und dann langsam und süß Liebe mit dir mache, bis du mich anflehst, kommen zu dürfen.«

Ein erstickter Laut drang aus Wrens Mund, bevor sie sagte: »Türchen Nummer zwei. Bitte.«

Safe lächelte und griff sofort nach dem Bund ihrer Unterwäsche. Langsam schob er sie an ihren Beinen hinunter, bevor er wieder seinen Platz einnahm. »Dies wird nicht schnell gehen«, warnte er. »Ich denke schon viel zu lange darüber nach, hier zu sein. Ich werde mir Zeit nehmen herauszufinden, was du magst, was dich am meisten anmacht. Es wird mindestens zwei Orgasmen brauchen, bis ich zufrieden bin.«

»Bo«, flüsterte sie.

Aber Safe war mit dem Reden fertig. Er senkte den Kopf, leckte zwischen ihren Schamlippen und fuhr bis zu ihrer Klitoris. Dann tat er es wieder. Und noch einmal. Als er aufblickte, sah er, dass Wren sich wieder hingelegt hatte und an die Decke starrte. »Sieh mich an«, befahl er.

Sofort hob sie den Kopf und sah nach unten.

»Sieh mir zu, wie ich dich liebe. Sieh, wie perfekt wir zusammen sind.« Ohne den Blickkontakt abzubrechen, bedeckte er ihre Klitoris mit dem Mund, während er mit einer Hand ihren feuchten Eingang reizte.

Er sah, wie Wrens Brustkorb sich hob und senkte, während sie in seinen Armen zitterte. Sie hatte immer noch sein Hemd an, aber irgendwie war das aufregender, als wenn sie nackt wäre. Er konnte sehen, wie ihre Brustwarzen gegen die Baumwolle drückten. Ehrlich gesagt stand ihr das Hemd besser als ihm.

Er drückte auf ihren Oberschenkel und öffnete sie noch weiter für ihn, während er mit seiner Zunge ihre Klitoris stimulierte und mit dem Sog seines Mundes die kleine Knospe quälte.

Es dauerte nicht lange, bis sie sich krümmte und mit den Hüften wippte. Als er sah, wie sie die Kontrolle verlor, die sie wie ein Schleier auf den Schultern trug, fühlte Safe sich fantastisch. Er nahm den Mund lange genug von ihr, um zu sagen: »Das ist es. Zeig mir, was du willst«, bevor er den Kopf wieder senkte.

Als er sie immer näher an den Rand des Abgrunds brachte, begann sie, ihre Hüften härter und schneller zu bewegen in dem Versuch, seinen Mund zu ficken. Safes Schwanz pochte gegen die Matratze. Er wollte diese Frau. Er liebte es, wie ungehemmt sie war. Er packte ihren Oberschenkel fester und tauchte einen Zeigefinger tief in ihren Körper ein. Das brachte ihm ein langes Stöhnen ein.

Das Geräusch ging direkt zu seinem Schwanz, und Safe wusste, dass er es nicht mehr lange würde aushalten können. Ihr Geschmack, ihr Geruch, das Gefühl, wie sie sich nach dem Orgasmus streckte, der gerade außer Reichweite war. Er liebte diese Frau so verdammt sehr.

In dem verzweifelten Wunsch, sie kommen zu sehen, leckte Safe wie ein Besessener an ihrer Klitoris. Sie versteifte sich an ihm und spreizte die Beine, als sie sich nach oben drückte, um noch näher zu kommen. Dann begann sie, unkontrolliert zu zittern, und ihre inneren Muskeln krampften sich um seinen Finger. Sie flog fast gewaltsam über den Abgrund.

Safe schaffte es kaum, den Mund auf ihrer Klitoris zu halten. Ihre Erregung verteilte sich auf seinem Gesicht, lief an seinem Finger herunter und durchnässte das Laken unter ihr ... und er wollte mehr.

Er hob den Kopf und führte einen weiteren Finger in sie ein. Das Gefühl, wie ihre Muskeln um sie herum flatterten, machte es ihm fast unmöglich, nicht bereits in sie einzudringen. Aber er hatte ihr mindestens zwei Orgasmen versprochen, bevor er mit ihr schlief ... und er war ein Mann, der seine Versprechen hielt.

Dieses Mal wollte er zuschauen. Safe ging auf die Knie und schlag ihre Beine um ihn, während er sich zwischen ihre Schenkel legte. Ihr Becken war nach oben geneigt und er hatte einen direkten, persönlichen Blick auf ihre Muschi. Sie hatte sich offensichtlich die Schamhaare gestutzt und die Schamlippen rasiert, und er hatte noch nie etwas Erregenderes gesehen als ihre Säfte, die sich über die Innenseiten ihrer Schenkel verteilten und bis zu ihrem Hintern hinunterliefen.

Unfähig zu widerstehen, zog Safe seine Finger heraus, führte sie an seine Lippen und leckte sie sauber. »So verdammt gut«, sagte er.

Wren errötete und starrte zu ihm auf. Plötzlich hatte er das Bedürfnis, sie nackt auf seinem Laken zu sehen. »Zieh das Hemd aus«, sagte er, während er seine Hand wieder zwischen ihre Beine schob.

Wren fiel es schwer, ihr Hemd auszuziehen, da sie auf dem Rücken lag, aber es war schon ein erotisches Schauspiel, ihr dabei zuzusehen, wie sie sich bewegte und versuchte, es loszuwerden. Er konnte spüren, wie sich ihre inneren Muskeln um seine Finger spannten, als er sie träge in ihren Körper gleiten ließ, während sie sich unter ihm bewegte.

»Es ist nicht fair, dass du mich sehen kannst und immer

noch Unterwäsche trägst«, sagte sie mit einem kleinen Schmollmund.

Beim Blick nach unten konnte Safe die Umrisse seines Schwanzes in seinen Boxershorts sehen. Grinsend griff er nach unten und schob den Stoff zurück, bis die Spitze aus dem Schlitz ragte. Sie war fast violett vor Verlangen und glitzerte vor Sperma. »Zufrieden?«, fragte er grinsend.

Wren versuchte, ihn zu berühren, konnte ihn aber nicht ganz erreichen, da er sie über seinen Schoß drapiert hatte. »Nein«, brummte sie.

»Es ist besser so. Wenn du mich jetzt anfassen würdest, würde ich vorzeitig kommen. Jetzt leg dich hin und lass dich von mir erneut zum Höhepunkt bringen, wie ich es versprochen habe.«

Wren lehnte sich auf dem Bett zurück und schob sich ein weiteres Kissen unter den Kopf, damit sie sehen konnte, was er tat, ohne sich den Hals verrenken zu müssen.

»Du bist so schön«, sagte er, während er zwischen ihre Beine starrte. »So feucht. So heiß. So empfänglich.«

»Ich bin zu dünn«, murmelte sie.

»Nein, das bist du nicht. Du bist, wer du bist, und du bist perfekt.«

Er sah, wie sie bei seinen Worten die Augen schloss, und er schwor sich, ihr öfter Komplimente zu machen. Die Gesellschaft war ein böses Miststück. Wenn man zu viel auf den Rippen hatte, galt man nicht als hübsch. Wenn man kein Make-up trug, auch nicht. War man zu dünn, zu groß, zu klein, hatte man zu kurzes oder zu langes oder zu krauses Haar oder eine andere Abweichung vom exakten Abbild der Models im Fernsehen und in Zeitschriften, galt man nicht als »ideale« Frau.

Das war Blödsinn. Alles davon. Frauen gab es in allen Formen und Größen, und obwohl Safe nicht leugnen konnte, dass er schon mit vielen Frauen zusammen gewesen war und die einzigartige Schönheit jeder einzelnen erkannt hatte, hatte er nie mit einer nur wegen ihres Aussehens geschlafen. Er fühlte sich von dem angezogen, was zwischen ihren Ohren steckte. Ihrer Intelligenz und ihrer Persönlichkeit.

Und Wren war alles, was er sich von einer Frau wünschte. Er hatte nie gewollt, dass sie in eine solche Situation geriet, wie sie sie bei ihrem Besuch in Afrika erlebt hatte, aber er konnte nicht leugnen, dass er verdammt stolz darauf war, wie sie das alles gemeistert hatte.

Safe beugte sich über sie, legte einen Daumen auf ihre Klitoris und schob zwei Finger seiner anderen Hand zwischen ihre glitschigen Schamlippen. Dann begann er zu reiben. Hart und schnell. Er war fertig mit dem Vorspiel. Er musste in ihr sein. Jetzt.

»Bo!«, rief sie, griff nach oben und hielt sich an seinen Armen fest.

»So ist es gut. Halte dich an mir fest, während du explodierst.« Safe liebte das Gefühl, wie sie die Fingernägel in seine Haut grub. Er liebte die Art, wie sie sich unter ihm wand. Sie versuchte, die Beine zu schließen, konnte es aber nicht, weil sein Körper sie daran hinderte. Sie war ihm ausgeliefert, und er würde ihr genau das geben, was sie brauchte.

Es dauerte nicht lange. Er hatte sie durch den ersten Orgasmus vorbereitet. Er leckte sich über die Lippen und beobachtete mit kaum verhohlener Lust, wie ihr Bauch sich verkrampfte und sie erneut unter ihm zu beben begann.

Sie öffnete den Mund, krümmte den Rücken und explodierte. Die Art und Weise, wie ihr Körper seine Finger zusammenpresste, war verdammt erotisch, und Safe konnte nur daran denken, wie es sich anfühlen würde, in ihr zu sein, wenn sie das nächste Mal kam.

Safe setzte sich auf und riss sich seine Boxershorts vom Leib. Wahrscheinlich sah er urkomisch aus, als er sich ungeschickt auf dem Bett hin und her wälzte, um sie auszuziehen, aber das war ihm egal. Er beugte sich zum Nachttisch neben seinem Bett, zog die Schublade auf und holte die Schachtel mit den Kondomen heraus, die er vor seiner Abreise gekauft hatte.

Er fühlte sich, als sei es das erste Mal in seinem Leben, dass er eine Kondompackung öffnen musste, während er mit der Folie herumfuchtelte und fluchte.

Dann hörte er ein Kichern. Als er nach unten blickte, sah er, dass Wren ein Lächeln auf dem Gesicht trug, ihr Oberkörper von ihren Orgasmen gerötet. Ihre Brustwarzen waren hart an ihren kleinen, runden Titten, und sie sah mehr als zufrieden aus.

Er hatte das getan. Er hatte sie so aussehen lassen. Ihr Anblick beruhigte seine Lust ein wenig.

Sie hatten nicht über Verhütung gesprochen, aber er wollte seine Frau nicht respektlos behandeln, indem er sie bat, es beim ersten Mal ungeschützt zu tun. Es würde eine Zeit geben, in ihr zu kommen; jetzt war es zum Vergnügen. Für sie beide.

Safe rollte sich das Kondom ohne weitere Probleme über und legte sich dann auf Wren, während er sie musterte. Sein Schwanz pulsierte gegen ihren Bauch, aber er hatte es nicht eilig, in sie zu stoßen. Sie musste es genauso sehr wollen wie er.

Wren hatte sich nach dem Sex noch nie so ... von innen nach außen gekehrt gefühlt wie in diesem Augenblick. Moment, aber sie hatte doch noch gar keinen Sex gehabt. Bo war im alltäglichen Leben ziemlich lässig, aber hier in seinem Bett? Er schien genau zu wissen, was er von ihr wollte und wie er es bekommen konnte. Sie war noch nie in ihrem Leben so heftig gekommen. Ja, Wren hatte schon oft masturbiert, aber *nichts* hatte sich so angefühlt wie der Moment, in dem Bo sie über den Abgrund beförderte.

Seine Finger in ihr zu haben, während sie kam, hatte sich

unglaublich angefühlt. Aber sie wollte mehr. Sie hatte nur einen flüchtigen Blick auf seinen Schwanz erhaschen können, aber bei dem, was sie sah, leckte sie sich voller Vorfreude über die Lippen. Er war lang. Nicht übermäßig dick, aber das war für sie in Ordnung.

Sie wartete darauf, dass er in sie eindrang, aber als er sich nur über ihr abstützte und sie anstarrte, runzelte Wren die Stirn.

»Was?«, fragte sie.

»Ich präge mir nur diesen Moment ein. Dich. In meinem Bett ... *unserem* Bett. Errötet von den Orgasmen, die ich dir gegeben habe. Der Geruch deiner Erregung auf der Bettwäsche, meinem Gesicht, meinen Fingern. Das ist ein wahr geworderner Traum, und ich kann nicht glauben, dass du hier bist.«

»Sollte ich das nicht sein?« Wren konnte nicht anders, als zu fragen.

»Wahrscheinlich nicht«, sagte er achselzuckend.

Wren verkrampfte sich. Was wusste sie nicht über ihn? Machte sie einen Fehler?

»Nein, flipp nicht aus. Ich meine nur, ich bin ein SEAL. Ich bin viel unterwegs. Es ist nicht einfach, mit einem Soldaten zusammen zu sein, und mit einem SEAL ist es noch härter. Dein Leben ist schon schwierig genug. Ich will es nicht noch schwieriger machen.«

Wren entspannte sich. »Ich kann mit deinem Job umgehen, Bo. Und ich würde dich nie bitten, mit dem aufzuhören, was du offensichtlich so gut kannst. Du vergisst, dass ich mit eigenen Augen gesehen habe, was du tust. Ich bin stolz, dir zu gehören. Hier bei dir zu sein.«

Er schloss die Augen und atmete tief ein.

Wren nahm sich die Zeit, ihn zu betrachten. Sein Haar war zerzaust und stand in alle Richtungen ab, wahrscheinlich weil er es nach dem Duschen nicht gekämmt hatte. Seine Wangen waren gerötet, als sei es genauso erregend, sie kommen zu sehen, wie wenn er selbst einen Orgasmus hatte. Sein Bizeps trat hervor, während er sich über ihr abstützte. Er war ein fantastisch aussehender Mann, und er gehörte *ihr*.

Ihn so kurz vor dem Abgrund zu sehen gab ihr den Mut, zwischen ihnen hinunterzugreifen und seinen Schwanz zu streicheln.

Er zuckte in ihrem Griff und riss die Augen auf. »Nicht. Ich bin kurz davor«, warnte er.

Aber Wren ignorierte ihn. Sie spreizte die Beine und drückte sich ein wenig nach oben, damit sie ihn dort haben konnte, wo sie ihn haben wollte. Die ganze Zeit über blieb er regungslos über ihr und starrte sie mit einer Intensität an, die ein wenig beängstigend, aber auch sehr erregend war.

Sie fuhr mit der Spitze seines Schwanzes über ihre Klitoris und zuckte ein wenig. Sie war noch sehr empfindlich von ihren früheren Orgasmen. Dann drückte sie die Spitze zwischen ihre sehr feuchten Schamlippen. Sie ließ ihn auf und ab gleiten und schmierte ihn mit ihrer Erregung ein.

»Schieb mich rein, Süße. Nimm mich auf.«

Und genau das tat sie. Wren hob die Hüften an und hieß Bo in ihrem Körper willkommen. Er sank nach unten, während sie nach oben stieß, und beide stöhnten, als sie einander spürten.

Bo ließ die Arme sinken und vergrub das Gesicht an ihrem Hals.

»Heilige Scheiße ... Gib mir eine Sekunde«, murmelte er.

Grinsend spannte Wren ihre inneren Muskeln an und drückte ihn mit ihrem Körper so fest zusammen, wie sie konnte.

»Scheiße! Mach das noch mal«, befahl Bo, als er über ihr zitterte.

Sie liebte die Kontrolle, die sie hatte, und tat es wieder. Und noch einmal. Sie streichelte seinen Schwanz mit ihrem Inneren.

Bo drückte sich auf die Ellbogen und starrte sie an. »Du hast keine Ahnung, wie großartig sich das anfühlt.«

Wren lächelte, während sie mit den Händen seinen Oberkörper auf und ab fuhr. »Und du hast keine Ahnung, wie gut du dich in mir anfühlst.«

»Wie wäre es, wenn wir es füreinander noch besser machen?«, fragte er, während er die Hüften bewegte.

Das Vergnügen überraschte Wren. »Härter«, befahl sie und grub die Fingernägel in seine Seiten.

Er gehorchte. Bo stützte sich ab und begann, sich mit harten, gemessenen Stößen in sie hinein- und wieder herauszubewegen. Es fühlte sich gut an ... aber für Wren war es nicht genug.

»Bo, *mehr*«, jammerte sie.

»Ich will, dass es anhält«, sagte er.

»Warum? Wenn du kommst, kannst du es einfach wieder tun. Und geht es nicht darum, zum Orgasmus zu kommen?«, argumentierte sie.

Er lachte, und Wren spürte es von ihrer Muschi bis zu ihren Zehen. »Ja, aber ich will, dass du dich dabei gut fühlst.«

»Ich fühle mich gut«, erwiderte sie. »Wiiiirklich gut. Mehr. *Bitte.*«

Glücklicherweise begann er, sich schneller zu bewegen.

»Oh ja, genau so! Ich kann dich so tief spüren«, keuchte sie.

»Ich werde dich für jeden anderen ruinieren«, versprach Bo.

»Das hast du bereits«, flüsterte Wren.

Der ernste Blick in Bos Augen verstärkte sich. Er verlagerte das Gewicht auf die Zehen, sein starker Körper schwebte über Wrens. »Sieh zu, wie ich dich zum ersten Mal nehme«, befahl er und starrte zwischen ihre Körper.

Er hatte genügend Platz gelassen, dass er sie so gut wie nirgends berührte, außer dort, wo sein Schwanz in ihre Muschi hinein- und wieder herausglitt. Wren schaute nach unten und war erschrocken, wie erotisch und wahnsinnig heiß es war, ihm dabei zuzusehen, wie er sie nahm.

Sie konnte nicht anders, als die Hüften zu heben, um seinem nächsten Stoß entgegenzukommen.

»So ist es richtig. Nimm deinen Mann zur gleichen Zeit, wie er dich nimmt. Wir beanspruchen einander, Wren. Es gibt keinen Weg zurück.«

»Ich will nicht zurück«, sagte sie zwischen zwei Stößen. Es *gab* kein Zurück. Es fühlte sich an, als sei sie in dem Moment erledigt gewesen, in dem sie diesen Mann sah. Sie war *sein*. Es war richtig. So sollte es sein.

Bo stützte sich auf einer Hand ab und demonstrierte seine Kraft und Beweglichkeit, während er sie weiter hart fickte. Er griff zwischen sie und legte seine andere Hand flach auf ihren Bauch. Mit dem Daumen rieb er ihre Klitoris, während er in sie eindrang und wieder aus ihr herauskam.

Wren keuchte und begann, sich zu winden. So viele Gefühle stürmten auf einmal auf sie ein. Bo war so lang, dass es sich anfühlte, als würde er bei jeder Bewegung gegen ihren Gebärmutterhals stoßen. Das leichte Zwicken, kombiniert mit dem Vergnügen seiner Stöße und seinem Daumen auf ihrem immer noch sehr empfindlichen Nervenbündel, reichte aus, um ihr das Gefühl zu geben, sie könnte in winzige Stücke explodieren.

Sie schloss die Augen kurz vor dem Höhepunkt.

»Nein!«, blaffte Bo mit heiserer Stimme. »Sieh uns zu. Sieh zu, wie du an meinem Schwanz kommst.«

Sie konnte sich ihm nicht widersetzen. Wren öffnete die Augen und sah keuchend an sich herunter. Sein Schwanz glänzte von ihren Säften, und er zog sich jedes Mal bis zur Spitze zurück, um dann wieder und wieder in sie zu stoßen. Zu sehen, wie lang er war, wie viel sie von ihm aufnahm, machte sie nur noch mehr an.

»Ich komme gleich«, warnte sie ihn atemlos.

»Gut. Ich bin auch so weit. Ich will spüren, wie du den Samen aus meinem Schwanz presst. Nimm mich, Wren. Alles von mir.«

Und einfach so fiel sie über den Abgrund. Ihre Sicht verschwamm, aber Wren wandte den Blick nicht von Bo ab, der sie liebte.

Er schlug mit einer Hand neben ihrem Kopf auf die Matratze, seine Knie spreizten ihre Beine, und er begann, sie schneller zu ficken. Ihr ganzer Körper bebte unter seinen Stößen, und Wren packte seinen Hintern, weil sie es liebte. Sie wollte alles, was er zu geben hatte. Er grunzte einmal, zweimal, dann stieß er so hart und so tief in sie hinein, dass Wren wieder kam.

Bo bebte über ihr und spannte den Hintern an, als er seine Ladung tief in ihren Körper entließ.

»Dein Körper, er ist ... *verdammt*, Wren ... dich um meinen Schwanz herum zu spüren ist ... es ist ...« Seine Stimme versagte, und Wren konnte nur lächeln.

Sie fühlte sich, als würde sie schweben. Das war wirklich der beste Sex gewesen, den sie je in ihrem Leben gehabt hatte. Und sie wollte mehr. Vielleicht nicht in dieser Sekunde, aber sie wollte alles erleben, was es im Schlafzimmer mit diesem Mann zu erleben gab. Sie wollte oben sein, wollte, dass er sie von hinten nahm, wollte ihm einen blasen, wollte spüren, wie er auf ihren Titten kam ... sie wollte das alles. Aber nur mit Bo. Immer nur mit Bo.

»Was denkst du?«, murmelte er an ihrem Hals. Er war auf ihr zusammengesunken, aber selbst im Rausch seiner eigenen Lust achtete er darauf, sie nicht zu erdrücken.

»Nur, dass ich glücklich bin«, seufzte Wren.

Das veranlasste Bo, den Kopf zu heben. Er war immer noch tief in ihr, und Wren konnte spüren, wie feucht sie zwischen den Beinen war. Ihre Schenkel waren mit ihrer eigenen Erregung bedeckt, aber es war ihr nicht peinlich, sie fühlte sich nicht im Geringsten komisch wegen dem, was sie und Bo getan hatten.

»Ja?«, fragte er.

Wren nickte. »Als ich klein war und mich unter meinem Bett versteckt habe, aus Angst vor den Freunden meiner Mutter und sogar vor meiner Mutter, hätte ich nie gedacht, dass ich jemals so glücklich werden würde. Ich war zu vernarbt. Hatte zu viel Angst vor allen. Und jetzt ... bin ich hier.«

Bo hatte bei ihren Worten die Stirn in Falten gelegt, aber dann entspannte er sich und beugte sich vor, um sie auf die Stirn zu küssen. »Hier bist du«, bestätigte er. »Ich liebe dich.«

»Ich liebe dich auch«, erwiderte sie. Die Worte waren nicht einfach zu sagen. Sie gaben der anderen Person Macht. Aber zum ersten Mal in ihrem Leben hatte Wren das Gefühl, dass die Person, der sie sie gegeben hatte, diese Macht nicht gegen sie verwenden würde. Er würde sie beschützen. Buchstäblich.

»Ich muss aufstehen und das Kondom entsorgen«, sagte er nach einem Moment zu ihr.

Wren rümpfte die Nase und seufzte. »Okay. Aber ... ich habe ein Implantat. Ich habe es bekommen, als ich ein Teenager war, und es beibehalten. Und ich war seit Jahren mit niemandem mehr zusammen.«

Er sah überrascht aus. »Aber du hattest Verabredungen.«

»Ich habe *versucht*, mich zu verabreden«, korrigierte Wren. »Matt ... oder Barry ... war der erste Versuch seit Langem. Wie du weißt, hat das nicht so gut funktioniert.«

»Willst du damit sagen, dass ich in dir kommen kann?«, fragte Bo.

Wren errötete. Es sollte ihr nicht peinlich sein. Dieses Gespräch gehörte dazu, wenn man erwachsen war und sich verabredete. »Hast du dich testen lassen?«

Bo schien von der Frage nicht beleidigt zu sein. »Alle drei Monate von der Marine. Und ich war seit über einem Jahr nicht mehr mit einer Frau zusammen.«

Wren holte tief Luft und sagte: »Dann ja. Du kannst in mir kommen.«

Ohne ein Wort zog er sich aus ihr heraus, und beide zuckten zusammen. Er sprang praktisch vom Bett auf und lief ins Badezimmer. Wren rutschte auf dem Bett hin und her und verzog das Gesicht, als sie genau spürte, wie feucht sie war, jetzt, da Bo nicht mehr in ihr war.

Dann richtete sie die Aufmerksamkeit wieder auf Bo, der quer durch den Raum auf sie zuging. Sein Schwanz wippte vor ihm – so hart, wie er gewesen war, als sie ihn in die Hand genommen hatte, um ihn in ihren Körper zu führen.

Er sprang praktisch zurück ins Bett und kroch über sie. »Jetzt?«, fragte er.

»Jetzt was?«, fragte Wren verwirrt.

»Kann ich jetzt in dir kommen?«

Sie lachte ein wenig. »Ich dachte, Männer brauchen etwas Zeit, um sich zu erholen.«

»Die Frau, die ich liebe, hat mir gerade gesagt, dass ich in ihr kommen kann. Ich habe mich erholt«, sagte er mit einem kleinen Grinsen.

Daraufhin lächelte Wren und drückte gegen seine Brust. Sie drehten sich, bis sie oben war ... obwohl eigentlich Bo das ganze Drehen übernahm. »Nur wenn ich oben sein darf.«

»Süße, du kannst oben sein, hinten, unten, quer oder wo auch immer du sein willst, solange mein Schwanz in deiner heißen, feuchten Muschi sein kann.«

»Oh, wie romantisch«, sagte sie lachend.

Aber als Bo ihre Hüften anhob und sie hart und schnell auf seinen Schwanz drückte, verwandelte sich ihr Lachen in ein leises Keuchen.

»Okay?«, fragte er besorgt, die Finger in ihre Hüften gegraben.

Er fühlte sich genauso tief, wenn nicht sogar noch tiefer an, als er es Minuten zuvor gewesen war, aber es tat nicht weh. Als

Antwort darauf hob Wren die Hüften – und sank dann genauso hart herunter, um ihn bis zum Anschlag aufzunehmen.

»Scheiße!«, rief Bo aus.

»Es ist mehr als okay«, sagte Wren.

Den Rest des Tages verbrachten sie im und außerhalb des Bettes. Sie lachten, bauten eine Verbindung zueinander auf, aßen, liebten sich ... und Wren konnte sich nicht erinnern, wann sie jemals glücklicher gewesen war als jetzt. Mit Bo zusammen zu sein war alles, was sie sich jemals in ihrem Leben gewünscht und nie erwartet hatte. Er war ganz einfach für sie bestimmt.

Das wirkliche Leben würde sich einmischen, bevor einer von ihnen bereit war, aber im Moment schwelgten sie in der Liebe, die sie ineinander gefunden hatten.

KAPITEL DREIUNDZWANZIG

Wren runzelte die Stirn, als sie zwei Tage später in Bos Jeep saß. Sie hatten sich ganze achtundvierzig Stunden lang versteckt und geliebt. Und zwischen all dem Verbinden hatte Bo Wrens Hand gehalten, als sie ihren Halbbruder angerufen und ihm gesagt hatte, dass sie nicht nur ihn und seine Brüder, sondern auch ihren Vater kennenlernen wollte. Easton war überglücklich und sagte, er würde sich bald melden, um die Einzelheiten zu besprechen.

Bo hatte seine freien Tage genossen, aber heute mussten sie sich beide der Realität stellen. Wren musste zurück ins Büro, um zu sehen, welche Art von Schadensbegrenzung wegen der katastrophalen Reise in den Südsudan betrieben werden musste, und Bo musste zurück an die Arbeit als Navy SEAL gehen.

So gern sie auch in seinem Haus bleiben und für die absehbare Zukunft Tag und Nacht Liebe machen wollten, war das nicht gerade umsetzbar.

»Ruf mich an, wann immer du willst«, sagte Bo, während er ihre Hand drückte. »Wenn du deine Kollegen wiedersiehst, werden bestimmt ein paar schlechte Erinnerungen wach.«

»Ich komme schon klar«, versicherte Wren ihm. Aber tief im Inneren war sie sich nicht sicher. Ihr war übel, die Cornflakes, die sie zum Frühstück gegessen hatte, saßen wie ein Stein in ihrem Magen, und sie hatte Angst, dass sie jeden Moment kotzen könnte.

»Sieh mich an«, befahl Bo.

Wren drehte den Kopf und begegnete seinem Blick.

»Manchmal trifft dich die Scheiße erst Tage, Wochen oder sogar Monate später. Im einen Moment kann es dir gut gehen, aber später, wenn du in Sicherheit bist, schleicht es sich an dich heran. Was du durchgemacht hast. Wenn das passiert, rufst du mich an. Ich kann dich entweder abholen oder dir helfen, es durchzustehen. In Ordnung?«

»Aber du hast heute noch Dinge zu tun.«

»*Nichts* ist wichtiger als du. Kevlar und die anderen werden es verstehen. Wir haben das alle schon durchgemacht.«

»Wirklich?«

»Ja, Wren. Wir sind keine Maschinen. Was wir sehen und tun, hat Auswirkungen auf uns. Manchmal sofort und manchmal erst Monate später. Die Flashbacks sind hart, und Albträume sind in unserem Beruf eine Selbstverständlichkeit.«

Wren bekam ein schlechtes Gewissen. Sie hatte gar nicht daran gedacht, wie sehr Bo unter den Dingen leiden könnte, die er in seinem Beruf gesehen und getan hatte. Sie drückte seine Hand. »Wie Blink. Wie er den Verlust eines Teils seines Teams verarbeiten musste.«

»Ja.«

Wren hatte in den letzten zwei Tagen alles über die anderen Mitglieder von Bos Team gehört. Er hatte ihr erzählt, wie nahe sie sich alle standen, Details über ihr Leben und ein bisschen mehr darüber, was Blink auf der letzten Mission passiert war, bevor er ihrem SEAL-Team beigetreten war – und wie sehr er danach gelitten hatte. Ihr Herz schmerzte für Bo und seine Freunde.

»Also ruf mich an, wenn du etwas brauchst, okay?«

Wren nickte.

»Ich liebe dich. Sei nicht so streng mit dir, Wren. Du hast etwas Traumatisches durchgemacht. Es ist dein gutes Recht, aufgebracht zu sein und dir so viel Zeit zu nehmen, wie du brauchst, um zu heilen.«

Sie wünschte sich, sie hätte jemanden wie Bo an ihrer Seite gehabt, als sie noch klein war. Dann wären die Gefühle, die sie durchlitten hatte, viel leichter zu bewältigen gewesen.

»Danke.«

»Wenn ich nichts von dir höre, werde ich zur üblichen Zeit hier sein und dich abholen. Ich dachte, wir könnten heute Abend zum Mexikaner gehen, bevor wir nach Hause fahren.«

»Das klingt perfekt.«

Bo beugte sich vor und küsste sie. Der Kuss war lang und leidenschaftlich, und als er sich zurückzog, war Wren heiß und erregt. Er lächelte, als könnte er ihre Gedanken lesen, dann griff er nach unten und richtete seinen Schwanz in seiner Hose.

Grinsend kletterte Wren aus dem Jeep und schloss die Tür. Sie winkte und wandte sich dem Bürogebäude zu.

In dem Moment, in dem sie die Tür zur Eingangshalle öffnete, verkrampfte sich ihr Magen. Sie fuhr mit dem Aufzug in ihr Stockwerk, und als sie Dallas erblickte, bekam sie eine Gänsehaut auf den Armen, während ihr Galle in die Kehle stieg. Sie nickte ihm zu und ging zu ihrem Arbeitsplatz. Sie setzte sich hin und atmete ein paarmal tief durch die Nase ein.

Das war die einzige Atempause, die sie bekam, bevor einer der Praktikanten zu ihr kam und ihr mitteilte, dass Colby sie im Konferenzraum sprechen wollte.

Erneut pochte das Grauen in ihrem Bauch. Sie hatte keine Ahnung, worüber er reden wollte, aber allein der Gedanke, den Mann zu sehen, der all ihre Bedenken und Warnungen bezüglich der Reise beiläufig abgetan hatte, verursachte ihr Übelkeit.

Aber Wren stand ihre Frau, schnappte sich einen Block und einen Stift und ging den Flur hinunter.

Als sie die Tür öffnete, erstarrte sie auf der Stelle.

Drinnen saßen Dallas, Archie, Oliver und zwei andere Männer, die sie im Büro gesehen hatte, aber nicht kannte. Colby saß am Kopfende des Tisches. Er hatte ein Pflaster über der genähten Wunde auf seiner Wange, hatte immer noch blaue Flecke im Gesicht und trug eine Schiene am Handgelenk, aber ansonsten sah er in Anzug und Krawatte tadellos gekleidet aus.

»Gut, Wren ist hier. Jetzt können wir anfangen«, sagte er ein wenig ungeduldig.

Wren setzte sich auf den nächstgelegenen Stuhl und hockte angespannt auf der Kante des Sitzes.

»Im Südsudan ist nicht alles so gelaufen wie geplant, aber die gute Nachricht ist, dass das Geschäft noch läuft. Wir hatten eine gute Presse, und die Investoren sind immer noch daran interessiert, mit Volldampf weiterzumachen. In diesem Sinne können wir –«

Wren war bereits fertig. Sie stand abrupt auf, und ihr Stuhl machte ein ohrenbetäubendes, kreischendes Geräusch, als er über den Fliesenboden rutschte.

»Wren? Wo wollen Sie hin?«

Sie hörte Colbys Frage, beantwortete sie aber nicht. Sie ging zur Tür hinaus, geradewegs zu ihrem Platz, packte die persönlichen Dinge auf ihrem Schreibtisch zusammen – und das waren nicht viele – und ging zum Aufzug. Sie fing an, leicht zu hyperventilieren, aber sie konnte nicht aufhören.

Colby wollte nicht einmal anerkennen, was geschehen war. Er wollte nicht zugeben, dass er einen großen Fehler gemacht hatte. Er wollte nicht über die *zwei verdammten Finger* sprechen, die Oliver durch dieses Desaster von Reise verloren hatte. Er wollte das Projekt tatsächlich weiterführen.

Luke und Aaron waren *tot* – und es schien ihn nicht einmal

zu interessieren! Ganz zu schweigen davon, dass die Männer, die ihn beschützen sollten, ebenfalls gestorben waren. Und alles, was Colby interessierte, war dieses dumme Geschäft.

Vielleicht verhielt sie sich nicht fair. In dem Pipeline-Projekt steckte eine Menge Geld, aber Wren konnte nicht jeden Tag zur Arbeit gehen und so tun, als sei nichts passiert. Als seien sie nicht entführt worden. Als seien keine Menschen gestorben. Wie viele mussten noch sterben, bis Colby merkte, dass jegliche Geldsumme, die damit verdient wurde, es nicht wert war?

Sie wollte nichts damit zu tun haben. Sie konnte es nicht.

Als sie in der Eingangshalle ankam, zitterten Wrens Hände so sehr, dass sie kaum die richtige Taste drücken konnte, um Bo anzurufen.

Er nahm nach dem ersten Klingeln ab.

»Wren? Was ist denn los?«

Sie konnte nicht sprechen. Sie bekam keine Luft in die Lunge.

»Atme, Wren. Durch die Nase ein und durch den Mund aus. Langsamer. Ein ... aus ... ein ... aus ... gut. Genau so.«

Als sie das Gefühl hatte, endlich sprechen zu können, fragte Wren: »Holst du mich ab?«

»Ich bin schon auf dem Weg, Süße. Halte noch ein bisschen durch. Ich bin unterwegs.«

Er würde kommen. Natürlich kam er. Wren schloss die Augen und lehnte sich gegen die Seite des Gebäudes. Sie konnte sich nicht einmal daran erinnern, dass sie nach draußen gekommen war, aber hier war sie.

Es dauerte nicht lange, bis sie Bos Jeep um eine Ecke rasen sah. Er parkte in zweiter Reihe und kam auf sie zu, noch bevor sie einen Schritt vom Gebäude weg machen konnte. Bo packte sie an den Schultern, ging leicht in die Hocke und schaute ihr in die Augen.

»Geht es dir gut?«

Wren brachte ein schwaches Nicken zustande. »Ich konnte es nicht tun«, flüsterte sie. »Er hat sofort angefangen, über die Fortsetzung des Projekts zu reden, hat sogar zwei Leute dazugeholt, die Luke und Aaron ersetzen sollen. Ich konnte nicht bleiben!«

»Ist schon gut«, beruhigte Bo sie. »Komm, ich habe dich.«

Wren ließ sich zum Jeep führen und stieg ohne ein weiteres Wort ein. Nach einem Moment fragte sie: »Wohin fahren wir?«

»Zum Stützpunkt.«

»Oh, aber du hast doch Arbeit. Du kannst mich nach Hause bringen.«

»Nein. Ich will dich nicht allein lassen. Du kannst mit mir kommen, mit uns abhängen.«

Wren hatte keine Ahnung, was Bo den ganzen Tag tat, aber sie war nicht sicher, ob es wirklich erlaubt war, dass ein Zivilist mit einem Haufen Navy SEALs »abhing«, die gerade von einem Einsatz kamen. Trotzdem konnte sie nicht leugnen, dass sie sich in Bos Nähe weniger zittrig fühlte.

»In Ordnung.«

Bo sah immer wieder zu ihr hinüber, wahrscheinlich um sich zu vergewissern, dass sie nicht durchdrehte, aber jetzt, da sie nicht mehr im Büro war, sondern bei ihm, fühlte sie sich immer besser. Sie hatte eine Menge zu klären. Wahrscheinlich musste sie offiziell kündigen, einen neuen Job finden, ihren Vermieter anrufen und ihm sagen, dass sie ausziehen musste.

Aber im Moment brauchte sie nichts zu tun. Bo würde sich um sie kümmern.

Safe machte sich Sorgen um Wren. Als sie so kurz nachdem er sie abgesetzt hatte angerufen hatte, hatte er sich sofort umgedreht, um sie zu holen. Es schien ihr jetzt gut zu gehen, aber er wusste besser als die meisten, wie traumatische Ereignisse jemanden noch Tage, Wochen oder sogar Jahre später beeinträchtigen konnten.

Er hatte sie zum Stützpunkt gefahren und in einem Büro untergebracht, während er einige obligatorische Besprechungen mit seinem Kommandanten und seinem Team hatte. Jedes Mal wenn er nach ihr gesehen hatte, schien es ihr gut zu gehen. Beim Mittagessen hatte sie ihn gefragt, ob er sie zu Remis Wohnung bringen würde, damit sie dort mit ihr abhängen konnte. Das hatte er getan, und als er sie am Abend abgeholt hatte, war er erleichtert, dass sie etwas entspannter wirkte. Als sei die Kündigung ihres Jobs genau das, was sie brauchte, um über das Geschehene hinwegzukommen.

Sie erzählte ihm, dass sie Colby ihre offizielle Kündigung per E-Mail geschickt hatte und wie gut sie sich damit fühlte. Sie waren essen gegangen – mexikanisch, wie sie es geplant hatten –, und jetzt waren sie bei ihm zu Hause, wo sie ruhiger war als sonst.

Sie saßen auf der Couch, als sie sich mit einem leichten Stirnrunzeln zu ihm umdrehte.

»Ich habe keinen Job mehr.«

»Ich weiß, Süße.«

»Ich will damit nur sagen, dass ich eine Zeit lang kein Geld verdienen werde. Ich wollte nie so ein Mensch sein. Die Art von Freundin, die bei ihrem Mann schnorrt. Aber ich kann nicht –«

Safe hob eine Hand, um sie zu stoppen. »Nein«, sagte er kopfschüttelnd.

»Nein, was?«, fragte sie und runzelte noch stärker die Stirn.

»Du darfst kein schlechtes Gewissen haben, weil du hier bei mir bist. Und du schnorrst nicht. Du kannst dir einen oder zwei Momente nehmen, um dich zu sammeln. Um durchzuatmen. Was dir passiert ist, war *schlimm*. Du hast einige schreckliche Dinge gesehen. Und es ist keine Qual, dich hier zu haben. Nicht im Geringsten. Nimm dir Zeit. Finde dich zurecht. Dann kannst du entscheiden, was du tun willst. Es ist nicht so, als würde ich dich für einen Teil meiner Hypothek, die Lebensmittel oder sonst was bezahlen lassen.«

»Warte – warum nicht? Wenn ich hier wohne, sollte ich auch für mich selbst aufkommen.«

Safe schüttelte wieder den Kopf. »Ich bin *dieser* Typ, Wren. Der Mann, der nicht will, dass seine Frau irgendetwas bezahlt. Du willst Snacks kaufen? Zeug zum Keksebacken? Bilder für unsere Wände oder Kissen für die Couch? Nur zu. Aber ich zahle die Nebenkosten, die Hypothek und all die anderen Dinge, die zu einem Haus gehören.«

Sie funkelte ihn an, und am liebsten hätte Safe sie auf den Boden geworfen und hart gefickt. Sie war hinreißend, wenn sie wütend war, aber er hielt sich in dem Wissen zurück, dass es ihn nicht gerade dorthin bringen würde, wo er sie haben wollte – unter ihm in ihrem Bett –, wenn er ihr sagte, wie süß er sie gerade fand.

»Du sollst wissen, Bo Cyders, ich habe noch nie in meinem Leben Kekse gebacken, und ich werde auch jetzt nicht damit anfangen. Nicht wenn es unten an der Straße einen guten Laden gibt, der sie fertig zum Verzehr anbietet.«

Safe konnte nicht anders, er brach in Gelächter aus. Als er sich wieder unter Kontrolle hatte, sagte er: »Zur Kenntnis genommen.«

»Aber im Ernst, Bo. Ich will für mich selbst aufkommen.«

»Und das wirst du. Indem du genau die bist, die du bist. Indem du hier bist, wenn ich von der Arbeit nach Hause komme. Mit mir redest, mir von deinem Tag erzählst. Mich zum Lachen bringst und ich mich darauf freue, nach Hause zu fahren, wenn ich den Marinestützpunkt verlasse. Ich liebe dich, Wren. Es gibt nichts, was ich nicht für dich tun würde. Sag mir, was du willst, und ich tue es ... außer du sagst, dass du die Hälfte der Hypothek zahlen willst, denn das wird nicht passieren.« Den letzten Teil fügte er schnell hinzu, denn er hatte das Gefühl, dass Wren jedes Schlupfloch ausnutzen würde, um zu bekommen, was sie wollte.

Sie lächelte ihn an, dann wurde sie ernst. »Kommst du mit mir, wenn ich nach Mission Viejo fahre, um meinen Vater zu treffen?«

Safe starrte sie verwirrt an. »Du dachtest tatsächlich, du fährst allein?«

»Na ja ... vielleicht? Du musst arbeiten, und da ich das nicht mehr tue, dachte ich, ich könnte tagsüber zum Mittagessen hinfahren oder so. Wenn es unangenehm ist, könnte ich es beenden und mich nicht komisch fühlen, wenn ich früher gehe.«

»Schatz, nicht nur ich komme mit dir, sondern auch Remi und Kevlar haben bereits zugesagt.«

Sie runzelte die Stirn. »Haben sie das?«

»Ja, natürlich. Und das war, nachdem das Team Streichhölzer gezogen hatte, um zu sehen, wer mitkommen darf. Sie wollten alle mitgehen, und ich sagte, das sei zu viel des Guten. Preacher war stinksauer. Er wollte *wirklich* mitkommen, aber Kevlar hat gewonnen, und er hat verkündet, dass Remi auch mitkommt, weil es für dich weniger unangenehm wäre, eine Frau dabeizuhaben. Wenn du zum Beispiel auf die Toilette musst, könntet ihr beide zusammen gehen und entscheiden, ob wir euch da rausholen müssen oder so.«

Wren traten Tränen in die Augen.

»Nein! Nicht weinen«, sagte Safe zu ihr und strich ihr mit dem Daumen über die Wangen, um die Tränen wegzuwischen, die gefallen waren. »Ich kann es nicht ertragen, wenn du weinst.«

»Das sind keine traurigen Tränen«, erwiderte sie. »Es sind ... ich weiß nicht, was sie sind.«

»Ich habe es dir schon einmal gesagt und ich werde es dir immer wieder sagen, du bist nicht mehr allein, Wren. Du hast eine Familie. Und da wir gerade dabei sind, ich sollte dir sagen, dass meine Mutter und mein Vater mich bereits nerven, dass sie dich treffen wollen. Und Susie hängt mir auch im Nacken. Wir werden also eine Reise nach Ohio planen müssen, um sie zu sehen.«

»Ich liebe dich«, sagte Wren und stürzte sich in seine Arme. Safe fing sie auf und drückte sie fest an sich. »Ich liebe dich auch.«

Dann zog sie sich zurück. »Wie voll bist du vom Abendessen?«

»Ich bin kurz davor zu platzen«, gab er zu.

»Okay, dann kannst du einfach liegen bleiben, während ich die ganze Arbeit mache«, sagte sie mit einem Augenzwinkern.

Noch bevor sie zu Ende gesprochen hatte, war Safe aufgestanden und in Bewegung. Der Gedanke, dass Wren ihm einen blies, während er mit den Händen durch ihr seidiges Haar fuhr, genügte ihm, um innerhalb von Sekunden steinhart zu werden.

Sie kicherte, als er sie in Richtung ihres Schlafzimmers schleppte. Man konnte mit Sicherheit sagen, dass er bis über beide Ohren in diese Frau verliebt war. Und das lag nicht nur am Sex. Er war bereits hin und weg, bevor sie überhaupt daran gedacht hatten, miteinander ins Bett zu gehen. Sie ergänzte ihn in jeder Hinsicht, und er würde alles tun, was nötig war, damit sie jeden Tag ihres Lebens wusste, wie sehr er sie schätzte und liebte.

KAPITEL VIERUNDZWANZIG

Wren war nervös. Heute war es so weit. Sie würde ihren leiblichen Vater kennenlernen. Nach so vielen Jahren, in denen sie ihn für einen Versager und einen schrecklichen Menschen gehalten hatte, war es immer noch eine Überraschung zu erfahren, dass er stattdessen ein normales, angesehenes Mitglied seiner Gemeinde in Mission Viejo war.

Als sie das erste Mal mit ihm telefoniert hatte, mit Bo an ihrer Seite, der ihre Hand hielt, obwohl sie mit den Fingernägeln Abdrücke auf seiner Haut hinterließ, weil sie ihn so fest drückte, war es einige Minuten lang unangenehm gewesen, aber je mehr sie redeten, desto mehr entspannte sie sich.

Er schien ... nett zu sein. Und untröstlich, dass er nichts von ihr gewusst und dass sie eine so schreckliche Kindheit gehabt hatte.

Der Plan war, dass Bo einen halben Tag arbeiten sollte, dann würden sie mit Remi und Kevlar in den Süden von L. A. fahren und mit ihrem Vater und ihrem Halbbruder essen gehen. Wenn das gut lief, würden sie ein weiteres Treffen mit ihren anderen Brüdern, ihren Nichten und Neffen und ihrer Stiefmutter besprechen.

In Wrens Kopf drehte sich alles. Es war kaum zu glauben, dass sie nicht mehr ganz allein auf der Welt war, und nicht nur eine große Familie, sondern auch Bos Verwandte und Teamkameraden auf ihrer Seite hatte. Es wäre überwältigend gewesen, wenn es nicht so fantastisch gewesen wäre.

Nachdem sie ihren Job bei BT Energy gekündigt hatte, hatte sie kein Wort mehr von ihrem Ex-Chef gehört. Auch nicht von einem der Männer, mit denen sie durch die Hölle gegangen war. Keiner hatte sich gemeldet, um sich zu vergewissern, dass es ihr gut ging. Sie waren alle wieder an die Arbeit gegangen, als sei im Südsudan nichts passiert.

Sie war zu den Gedenkgottesdiensten für Luke und Aaron gegangen, fühlte sich aber unbehaglich und fehl am Platz. Niemand hatte etwas Unhöfliches zu ihr gesagt, aber sie hatte eine Menge Seitenblicke von ihren ehemaligen Kollegen bekommen.

Jetzt versuchte sie weiterzumachen, und mit Bos Hilfe hatte sie das Gefühl, dass es jeden Tag besser wurde.

Aber Wren war wegen des heutigen Tages sehr nervös. Auch wenn die wenigen Telefonate mit ihrem Vater gut gelaufen waren, hatte sie immer noch Angst, dass er sie zurückweisen würde. Dass er irgendwie erkennen würde, was ihre Mutter in ihr gesehen hatte, und ohne einen Blick zurück weggehen würde. Bo versicherte ihr immer wieder, dass ihre Mutter ein Miststück war und dass alles, was sie getan hatte, nichts mit Wren als Person zu tun hatte. Aber es war schwer, das Gefühl loszuwerden, dass sie schuld daran gewesen war, wie man sie behandelt hatte.

Wren war in ihre Gedankenspirale versunken und hatte Panik vor der bevorstehenden Reise in den Norden, weshalb sie erschrocken zusammenzuckte, als es laut an der Tür klopfte.

Sie runzelte die Stirn. Wer klopfte denn da so heftig? Es war nicht so, dass Bo oft Besuch bekam, und schon gar nicht von irgendwelchen Hausierern.

Wren war von dem Klopfen so überrascht gewesen, dass sie nicht sofort zur Tür ging, um aufzumachen. Sie war gerade dabei, den Vorratsschrank aufzuräumen – denn wer tat das *nicht*, wenn er gestresst war? –, und stand also noch in der Küche, als das erste laute Klopfen ertönte.

Wren zuckte zusammen und war einen Moment lang verwirrt. Aber als das Geräusch erneut ertönte, wurde ihr klar, was los war.

Wer auch immer da draußen war, versuchte, die Tür einzutreten.

Wren stürzte sich auf den Tresen, auf dem ihr Telefon lag. Ihr erster Gedanke war, Hilfe zu holen. Sie wusste nicht, wer draußen war und so verzweifelt versuchte hereinzukommen, aber es konnte nichts Gutes dabei herauskommen, wenn jemand eine Tür eintrat.

Sie schaffte es gerade noch, den Notruf zu wählen, als die Tür aufsprang.

Wren schrie vor Angst und wich weiter in die Küche zurück.

Der letzte Mensch, von dem sie erwartet hatte, ihn jemals wiederzusehen, stand im Eingangsbereich.

Matt.

Nein. Sein Name war Barry. Er trug eine schmutzige Jeans und ein langärmeliges Hemd. Sein braunes Haar war fettig und zurückgekämmt, und seine Augen wurden schmal, als er sie entdeckte.

»Du *Miststück*!«, rief er, als er auf sie zustürmte.

»Hilfe!«, sagte Wren ins Telefon und betete, dass jemand am anderen Ende war. Sie wusste aus den Krimidokus, dass der Anruf aufgezeichnet wurde, noch bevor jemand abnahm, also hoffte sie, dass jemand hören würde, was sie sagte.

»Barry Simpson ist in mein Haus eingebrochen! Ich habe eine einstweilige Verfügung! Ich wohne in 432 West Oak –«

Bevor sie zu Ende sprechen konnte, schlug Barry ihr das

Telefon aus der Hand. Es flog gegen die Wand und landete auf dem Boden. Der Bildschirm war gesprungen und dunkel, offensichtlich zerstört durch den Fall.

Bevor sie noch etwas sagen oder tun konnte, packte Barry sie an den Armen und schleuderte sie gegen den Tresen. Der Granit grub sich in ihre Seite, aber Wren spürte keinen Schmerz. Adrenalin strömte durch ihre Adern, und sie wusste, dass sie so gut wie tot war, wenn sie diesem Mann nicht entkam.

Sie versuchte, sich zu ducken und ihm auszuweichen, um durch die Vordertür, die er dummerweise offen gelassen hatte, aus dem Haus zu kommen, aber er packte sie, bevor sie mehr als ein paar Schritte machen konnte.

Wren kämpfte wie wild. Sie trat und schlug ihn, wo sie konnte, aber er war zu stark. Er überragte sie um einen ganzen Kopf, war groß und muskulös. Früher einmal war Wren von seinem Körperbau beeindruckt gewesen. Aber das war, bevor er ihr K.-o.-Tropfen gegeben hatte, um sie vergewaltigen zu können, und bevor sie von seiner gewalttätigen Vergangenheit erfahren hatte.

»Du hast für meine Verhaftung gesorgt!«, zischte er, als er die Hände um ihren Hals legte und sie mit dem Rücken gegen den Tresen drückte.

Wren versuchte verzweifelt, ihn von sich zu stoßen, seine Hände von ihrem Hals zu lösen, aber es war sinnlos. Er war zu stark und zu groß, als dass sie irgendeinen Hebel hätte ansetzen können. Ihre Füße rutschten auf den Fliesen weg, als sie versuchte, sie unter sich zu halten, aber er beugte sie einfach weiter nach hinten über den Tresen.

Als sie in seine schwarzen Augen blickte, wurde Wren klar, dass es das war. Sie würde nicht in der Lage sein, ihren Vater und ihre Halbbrüder kennenzulernen. Sie würde es verpassen, Bos Familie kennenzulernen. Ihn mit seiner Mutter und seiner

Schwester zu sehen. Sie würde ein ganzes Leben mit Bo verpassen.

Visionen von ihren ungeborenen Kindern tauchten in ihrem Kopf auf ...

Und Wut ersetzte die Angst in ihrem Inneren.

Nein. So würde sie *nicht* abtreten. Sie hatte schon zu viel Scheiße erlebt, als dass dieses Arschloch sie auf diese Weise umbringen konnte.

Sie streckte eine Hand nach etwas aus, irgendetwas, mit dem sie versuchen konnte, Barry loszuwerden, und stieß dabei etwas Schweres auf dem Tresen um. Als sie verzweifelt nach einem der Messer aus dem Block griff, die sie unter ihren Fingern spürte, fühlte Wren, wie sich die Schwärze am Rande ihres Blickfeldes einschlich. In wenigen Sekunden würde sie ohnmächtig werden, und dann würde dieser Mörder nicht zögern weiterzumachen, bis er das Leben aus ihr herausgewürgt hatte. Das wusste sie so gut, wie sie ihren Namen kannte.

In dem Moment, in dem sie ihre Hand um den Griff eines der schicken, viel zu teuren Messer legte, die Bo beim Kochen so stolz benutzte, hörte Wren etwas, das wie das Brüllen eines Löwen klang.

Ihr Verstand funktionierte nicht richtig, wahrscheinlich wegen des Sauerstoffmangels. Auf keinen Fall konnte ein Löwe in ihrer Küche sein. Aber sie hatte eine kurze Vision von der großen Dschungelkatze, die Barry den Kopf abbiss, kurz bevor sie das Messer, das sie umklammerte, als hinge ihr Leben davon ab – und das tat es auch –, in den ungeschützten Hals ihres Angreifers stieß.

Er schrie ihr ins Gesicht, sodass Wren die Ohren klingelten, aber er ließ sie sofort los und griff sich geschockt mit beiden Händen an den Hals.

Wren hatte keine Kraft mehr, sich aufrecht zu halten. Sie sackte auf dem Küchenboden zusammen. Ihr letzter Gedanke, bevor sie ohnmächtig wurde, war, dass sie noch einmal auf ihn einstechen musste. Sicherstellen, dass er sie kein zweites Mal würgen konnte.

Safe runzelte die Stirn, als Kevlar in seine Einfahrt fuhr. Er hatte angeboten, nach Mission Viejo zu fahren, und Safe hatte gern zugestimmt, denn er wollte sich ganz auf Wren konzentrieren können. Er wollte sie auf dem Hinweg beruhigen und auf dem Heimweg ausführlich besprechen, wie das Treffen verlaufen war.

Aber als er seine Haustür weit offen stehen sah, war das alles wie weggeblasen. Er war sich nicht sicher, was los war, aber seine Sinne sagten ihm sofort, dass etwas nicht stimmte.

Er hörte vage, wie sein Freund Remi sagte, sie solle im Wagen bleiben, aber Safe war bereits ausgestiegen und in Bewegung, noch bevor Kevlar den Wagen geparkt hatte.

Während er zur Tür lief, hörte Safe in der Ferne Sirenen, aber er ignorierte sie und konzentrierte sich darauf, ins Haus zu kommen und sicherzustellen, dass es Wren gut ging.

Der Laut, der aus seinem Mund drang, als er einen Mann sah, der die Hände um Wrens Hals gelegt hatte, war eine Mischung aus Wut und Verzweiflung. Er spürte Kevlar in seinem Rücken, als er auf die Küche zustürmte. Sein einziges Ziel war es, die Hände des Mannes von Wren zu lösen.

Zu seiner Überraschung schrie der Mann, bevor er ihn erreichte, und ließ Wren los, die wie ein Stein zu Boden fiel. Blut spritzte aus dem Hals des Mannes und verteilte sich auf dem Boden und dem Tresen, als Safe ihn packte und so weit wie möglich von seiner Frau wegschleuderte.

Der Angreifer landete hart auf dem Boden. Bevor er auch nur versuchen konnte, sich zu bewegen, hatte Kevlar ihn auf den Bauch gedreht, ein Knie zwischen den Schulterblättern und die Hände auf dem Rücken fixiert.

»Wren!«, rief Safe und ignorierte die Blutspritzer auf dem Boden und auf dem Oberkörper der Frau, die er liebte.

Sein Leben spielte sich vor seinen Augen ab, als er verzweifelt versuchte, einen Puls in ihrem Hals zu finden. Einen Moment lang fühlte er nichts, und er hätte schwören können, dass seine Seele buchstäblich zusammenschrumpfte und starb. Doch als er seine Finger bewegte, spürte er ihn. Ein schwaches und leichtes *klopf, klopf, klopf.*

»Das ist es, atme, Schatz. *Atme*«, flehte Safe, während er Wren so bewegte, dass sie flach auf dem Rücken lag. Er schwebte über ihr und beobachtete, wie ihr Brustkorb sich langsam hob und senkte. Tränen fielen aus seinen Augen auf ihr Hemd, während er die Finger auf ihrem Hals behielt und darauf achtete, dass ihr Herz weiterschlug.

»Es ist Simpson«, sagte Kevlar zu ihm.

Das erregte Safes Aufmerksamkeit. »Was zum *Teufel*? Ich dachte, er sei nach Wyoming ausgeliefert worden.«

Kevlar schüttelte den Kopf und zuckte mit den Schultern.

»Ja, wir sind in der 432 West Oak Street. Jemand ist in das Haus meiner Freundin eingebrochen und hat versucht, sie zu töten. Es sieht so aus, als hätte sie ihn niedergestochen, und ihr Freund hat ihn von ihr weggebracht. Ja, mein Freund hat ihn überwältigt. Aber da ist eine Menge Blut. Ich glaube, es geht ihr gut ... sie ist bewusstlos. Ja, sie atmet. Aber dem Kerl ... ihm geht es nicht so gut.«

Safe hörte Remis Stimme wie vom Ende eines langen Tunnels. Die Sirenen wurden lauter, bis es offensichtlich war, dass sie direkt vor seinem Haus waren.

Remi lief aus dem Haus, erklärte schreiend, was passiert war, und forderte die Polizisten auf, ins Haus zu kommen und zu helfen.

Die nächsten Minuten waren ein einziges Chaos. Die Beamten kamen mit gezogenen Waffen herein und zwangen sowohl Safe als auch Kevlar aus der Küche. Barry Simpson lag regungslos auf dem Kachelboden, viel näher an Wren, als es Safe lieb war. Das Einzige, was ihn davon abhielt, durchzudrehen und wahrscheinlich verhaftet zu werden, war, dass er immer noch sehen konnte, wie Wrens Brustkorb sich auf und ab bewegte, während er in seinem Wohnzimmer stand.

Die Sanitäter trafen ein, und nachdem sie Barry kurz untersucht hatten, wickelten sie das Messer ein, das noch immer in seinem Hals steckte, hoben ihn auf eine Trage und trugen ihn aus dem Haus, wobei ihnen ein Polizist auf den Fersen war.

Ein Notarzt und Rettungssanitäter knieten um Wren herum, als sie das Bewusstsein wiedererlangte. Sofort fing sie an, sich auf dem Boden zu winden, zu treten und gegen die Männer und Frauen zu kämpfen, die ihr helfen wollten.

Ohne nachzudenken, stürmte Safe in die nun sehr überfüllte Küche. »Es geht dir gut, Wren! Ich bin's, Bo! Du bist in Ordnung!«

Safe spürte, wie zwei Polizisten versuchten, ihn wegzuziehen, aber er kämpfte dagegen an, da er an Wrens Seite sein wollte, um sie zu beruhigen.

»Bo?«, fragte sie und erstarrte.

»Lassen Sie ihn bleiben«, sagte der Notarzt streng zu den Polizisten. Dann wandte er sich an Safe und befahl: »Gehen Sie an ihren Kopf und kommen Sie uns nicht in die Quere.«

Safe hatte nicht vor zu protestieren. Er ging dorthin, wo man ihn hingeschickt hatte, und beugte sich über Wren, sodass sie ihn sehen konnte. Er legte die Hände auf ihre Wangen, während er über ihr schwebte. »Ich bin's. Du bist in Ordnung, Wren. Verstehst du?«

»Es war Barry!«, krächzte sie. Ihre Stimme war heiser, und der Anblick der bereits gequetschten Haut an ihrem Hals löste in Safe den Wunsch aus, das Arschloch zu jagen, das ihr wehgetan hatte, und das Messer zu drehen, das in seinem Hals steckte, damit der Scheißkerl verblutete.

»Schhhh, ich weiß. Es war so klug von dir, den Notruf zu wählen. Sie waren ungefähr zur gleichen Zeit hier wie ich.«

»Habe ich ihn erwischt?«, fragte sie. Der Blick aus ihren braunen Augen bohrte sich in seinen.

Safe war nicht sicher, ob er lügen und ihr sagen sollte, dass sie ihn verfehlt hatte, oder ob er zugeben sollte, dass sie ihm mit dem Messer höchstwahrscheinlich einen tödlichen Schlag versetzt hatte.

Ihre nächsten Worte machten ihm die Entscheidung leicht.

»Bitte sag mir, dass ich ihn erwischt habe!«

»Du hast ihn erwischt«, sagte Safe. »Er ist wie ein Stein umgefallen. Das hast du gut gemacht, Schätzchen. Ich wünschte nur, ich wäre eine Minute früher hier gewesen. Als ich reinkam und er dich rückwärts über den Tresen gebeugt hatte, habe ich –« Er konnte nicht weitersprechen. Es war ein Anblick, der ihn für den Rest seiner Tage verfolgen würde.

»Ich habe einen Löwen gehört ... warst du das?«, fragte Wren mit einem winzigen Lächeln.

Safe schloss für einen Moment die Augen. Diese Frau ... sie war so verdammt stark, es war demütigend. Er öffnete die Augen wieder und sah zu Wren hinunter. »Das war ich. Ich war so wütend. Ich wollte ihn anschreien, dass er dich loslassen soll, dass er aufhören soll, *irgendetwas*, aber ich habe nur diesen Schrei herausgebracht.«

»Es war heiß«, sagte sie unverblümt.

»Sir, wenn Sie zurücktreten könnten, wir sind bereit«, sagte einer der Sanitäter zu ihm.

»Kann ich mitkommen?«

»Kann er auch mitkommen?«

Safe und Wren sprachen gleichzeitig.

»Tut mir leid, es ist die Regel, keine Familienmitglieder in den Krankenwagen zu lassen, es sei denn, das Opfer ist unter fünf Jahre alt«, sagte der Notarzt, während sie Wren auf eine Trage hoben.

Safe wollte protestieren, aber Kevlar berührte ihn an der Schulter. »Wir bringen dich hin. Wir werden ihnen den ganzen Weg über an der Stoßstange kleben.«

Safe nickte, dann sah er auf Wren hinunter. Sie war blass, ihr Haar stand in alle Richtungen ab, sie hatte Blut an den Händen – zum Glück nicht ihr eigenes – und bei jedem Schlucken zuckte sie zusammen. Aber sie war am Leben. Dafür war er so verdammt dankbar.

»Wir treffen uns im Krankenhaus«, sagte Safe zu ihr.

Sie nickte, dann zuckte sie wieder zusammen und flüsterte: »Okay.«

Safe konnte sich nicht zurückhalten, beugte sich zu ihr hinunter und küsste sie auf die Stirn. »Ich liebe dich«, flüsterte er.

»Ich liebe dich auch«, erwiderte sie.

Als sie zur Tür gerollt wurde, hörte Safe, wie sie die Sanitäter aufforderte, stehen zu bleiben. Er eilte zu ihr hinüber. »Was? Was ist denn los?«, fragte er verzweifelt.

»Nichts«, sagte Wren, »aber mein Vater wird sich fragen, wo wir sind. Ob wir ihn versetzt haben.«

»Ich werde ihn anrufen. Mach dir keine Sorgen. Ich kümmere mich darum.«

»Danke.«

»Dafür brauchst du mir nicht zu danken. Ich warne dich, Wren – du wirst es noch *sehr* leid sein, dass ich dich von vorn bis hinten bediene und dich in absehbarer Zeit nicht mehr aus den Augen lasse.«

Sie stieß ein leises Lachen aus. »Ja, klar. Okay, rede dir das nur weiter ein.«

Safe konnte nicht glauben, dass er lächelte, als Wren zur Tür hinausgerollt wurde. Er beobachtete sie, bis sie sicher im Krankenwagen war. Nach ein paar Minuten fuhr er langsam vom Bordstein weg.

»Komm schon, wir müssen los, wenn wir vor ihnen im

Krankenhaus sein wollen«, sagte Kevlar. »Ich habe Wolf und Dude angerufen. Sie kommen rüber und bleiben hier, bis die Polizisten mit ihren Ermittlungen fertig sind. Preacher und der Rest des Teams sowie die Detectives, die unsere Sicht der Dinge erfahren müssen, treffen uns im Krankenhaus.«

Safe nickte. Jetzt, da Wren in Sicherheit war und er wusste, dass es ihr gut gehen würde, ließ das Adrenalin, das durch seinen Körper geschossen war, als er die Hände dieses Arschlochs um ihren Hals gesehen hatte, schnell wieder nach. Er war froh über den Arm, den Kevlar ihm um die Schultern gelegt hatte. Er fühlte sich so schwach wie ein Neugeborenes. Das war der unheimlichste Moment seines Lebens gewesen, ohne Frage.

»Es geht ihr gut«, sagte Kevlar, als könnte er seine Gedanken lesen. »Als ich erfuhr, dass Remi vermisst wird, ging es mir genauso. Ich verstehe dich.«

Es war tröstlich zu wissen, dass sein Freund genau wusste, wie er sich fühlte. Er atmete tief durch, dann noch einmal, und stieg wieder in Kevlars Subaru ein. Er holte sein Handy heraus, sobald er saß. Er musste Tyler Farris anrufen und ihn wissen lassen, was mit seiner Tochter passiert war.

KAPITEL FÜNFUNDZWANZIG

In Wrens Kopf drehte sich alles, aber obwohl sie höllische Kopfschmerzen hatte, ihre Kehle sich anfühlte, als hätten tausend Bienen sie von innen gestochen, und sie wahnsinnigen Hunger hatte – obwohl sie sich nicht vorstellen konnte, tatsächlich etwas zu schlucken –, war sie seltsamerweise glücklich.

Der Arzt in der Notaufnahme hatte gesagt, dass es ihr gut gehen würde, aber empfohlen, dass sie mindestens eine Nacht zur Beobachtung bleiben sollte. Sie hatte protestiert, war aber von Bo überstimmt worden.

Er hatte sein Versprechen gehalten, und als sie in die Notaufnahme gerollt worden war, hatte er bereits auf sie gewartet. Sie war nicht sicher, wie er es angestellt hatte, aber irgendwie war es ihm erlaubt worden, während ihres Aufenthaltes dort die ganze Zeit an ihrer Seite zu bleiben. Gott sei Dank.

Als sie auf dem Küchenboden aufgewacht war, war sie verwirrt und desorientiert gewesen, aber sobald sie Bos Stimme gehört hatte, hatte sie sich daran erinnert, was passiert war. Sie hatte sich mit einem Detective getroffen und ihm alles erzählt. Sie hatte zugegeben, Barry niedergestochen zu haben, aber sie verspürte keinen Hauch von Reue. Die Erinnerung an die Schwärze, die langsam ihr Blickfeld einnahm, war immer noch so lebendig wie zu dem Zeitpunkt, an dem es geschah. Entweder sie stach zu und brachte Barry dazu, ihren Hals loszulassen, oder sie musste sterben. Und sie hatte ganz sicher nicht sterben wollen. Sie hatte zu viel, wofür es sich zu leben lohnte.

Als Wren sich in ihrem kleinen Krankenhauszimmer umsah, lächelte sie. Das hier. *Das* war der Grund, warum sie so verzweifelt um ihr Leben gekämpft hatte. Bos Teamkameraden waren im Zimmer verteilt und sahen aus wie ein Haufen *GQ*-Models, und jede Krankenschwester, die nach ihr sah, sah noch ein zweites Mal hin, eindeutig davon überrascht, dass es so viele gut aussehende Männer auf einem Fleck gab.

Und nicht nur das, das Treffen mit ihrem leiblichen Vater, das sie sowohl erwartet als auch gefürchtet hatte, war gar nicht verschoben worden.

Als Bo Tyler angerufen hatte, um ihm mitzuteilen, was passiert war, war er nach Riverton gefahren, um sich selbst davon zu überzeugen, dass es ihr gut ging. Und wenn sie geglaubt hatte, dass das Treffen unangenehm werden würde, hatte sie sich getäuscht. So sehr getäuscht.

Tyler Farris hatte den Raum betreten, und Wren wusste *sofort*, wer er war, als sie ihn erblickte. Sie sahen sich so ähnlich, dass es fast beängstigend war. Er hatte schwarzes Haar, genau wie sie. Natürlich war seines leicht mit Grau durchzogen, aber er sah keineswegs alt aus. Sie erinnerte sich aus ihren Gesprächen, dass er noch keine fünfzig war. Auch war er nicht übermäßig groß, was erklärte, warum sie nur eins fünfundsechzig war.

Aber mehr noch als die Größe und die Haare waren es seine Gesichtszüge, die Wren sofort Tränen in die Augen steigen ließen. Er hatte die gleiche Nase, die gleichen Lippen und die gleichen Augen, die sie jeden Morgen im Spiegel sah. Es war nicht zu leugnen, dass dieser Mann ihr Vater war.

Sie hatten beide geweint. Sie hatte ihren Vater nicht kennenlernen wollen, während sie in einem Krankenhausbett lag, aber ehrlich gesagt war sie am Ende einfach nur dankbar, dass er nicht der Versager war, als den ihre Mutter ihn dargestellt hatte, und dass er aufrichtig dankbar zu sein schien, sie gefunden zu haben.

Ihr Halbbruder Easton war mit seinem Vater hergefahren, und selbst die Begegnung mit ihm erschien ihr fast natürlich.

Das Krankenhauszimmer war voller Menschen, die sich alle vergewissern wollten, dass es ihr gut ging. So etwas hätte Wren sich vor ein paar Monaten noch nicht vorstellen können. Freunde wie diese zu haben. Guten Menschen passierten immer wieder schlimme Dinge. Jahrelang hatte Wren gerätselt, warum ihr anscheinend mehr Schlimmes widerfuhr als anderen. Aber schließlich hatte sie es herausgefunden. So konnte sie das, was sie jetzt in ihrem Leben hatte, richtig schätzen.

»Okay, Leute, Wren braucht etwas Schlaf. Zeit zu gehen!«, verkündete Bo.

Wren lächelte über das Grummeln, das durch den Raum ging, aber sie war dankbar, dass er auf sie aufpasste. Sie war erschöpft und konnte kaum noch die Augen offen halten. So sehr sie es auch liebte, all ihre Freunde und ihren echten Vater und Bruder hier zu haben, hätte sie nichts dagegen, wenn sie gingen, damit sie die Augen schließen konnte und nicht das Gefühl hatte, unhöflich zu sein.

Es dauerte eine Weile, bis alle den Raum verlassen hatten, denn sie mussten alle zu ihr kommen und sich einer nach dem anderen verabschieden.

Ihr Vater und ihr Bruder waren die Letzten, die das Zimmer verließen. Tyler trat an das Bett heran und sah mit einem Blick auf sie herab, den Wren nur als väterlichen Stolz deuten konnte. »Dein junger Mann hat uns erzählt, was im Südsudan passiert ist. Alles, was du durchgemacht hast. Dies ist wahrscheinlich weder der richtige Zeitpunkt noch der richtige Ort ... aber ich wollte dir sagen, dass ich mir den Lebenslauf angesehen habe, den du bei Farris Morgan eingereicht hast. Ich war wirklich wütend, dass wir nicht vor BT Energy zu den Vorstellungsgesprächen gekommen sind, denn ich hätte dich sofort eingestellt. Und das hat *nichts* damit zu tun, dass du meine Tochter bist.

Und verzeihe einem alten Mann, wenn er neugierig ist, aber ich weiß auch, dass du deine Kündigung bei BT eingereicht hast. Wenn du einen Job willst oder brauchst, wirst du immer einen bei Farris Morgan haben.«

Wren blinzelte überrascht. »Oh.« Sie sah zu Bo hinüber, der etwas abseits stand und ihr einen Hauch von Privatsphäre ließ, um sich von allen zu verabschieden, obwohl er offensichtlich nicht die Absicht hatte, ihr tatsächlich von der Seite zu weichen – wofür sie dankbar war. »Ich weiß nicht, was ich sagen soll«, stotterte sie schließlich.

»Du musst jetzt nichts sagen. Und wir erwarten auch nicht, dass du von Riverton wegziehst. Offensichtlich ist Safe hier stationiert. Wenn du daran interessiert bist, werden wir die Details klären.«

Das Angebot war äußerst großzügig, und Wren wusste, dass sie eine Idiotin wäre, es abzulehnen. Auch ohne die genauen Details zu kennen, was sie tun oder wie es logistisch funktionieren würde, wenn sie nicht in Mission Viejo wohnte, war es doch so, dass Farris Morgan das Unternehmen ihrer Wahl gewesen war. Das Vorstellungsgespräch und das Angebot von BT Energy waren einfach zuerst gekommen.

»Vielen Dank. Ganz im Ernst.«

Tyler nickte. Dann sah er einen Moment lang unsicher aus, bevor er fragte: »Darf ich dich umarmen?«

Wren nickte und hob die Arme. Ihr Vater beugte sich zu ihr herunter und umarmte sie ganz vorsichtig.

»Ich werde nicht zerbrechen«, flüsterte sie.

Seine Umarmung wurde fester, und Wren schloss die Augen. Es war schwer zu glauben, dass dieser Moment wirklich stattfand. Dass sie hier bei ihrem Vater war, und dass er kein Idiot, kein Mörder oder sonst etwas war, wie ihre Mutter immer wieder behauptet hatte.

Als Tyler zurücktrat, umarmte Easton sie ebenfalls. »Schön, dich kennenzulernen ... Schwesterherz. Dad hat sich immer eine Tochter gewünscht. Wir Jungs waren eine solche Enttäuschung.«

»Halt die Klappe«, sagte Tyler und schlug seinem Sohn auf die Schulter.

»Wenigstens werden die Familienfeiern jetzt hübscher, wenn Wren dabei ist«, sagte Easton mit einem Lächeln.

Wren schluckte schwer und war den Tränen nahe. Sie hätte sich nie träumen lassen, dass sie einmal eine Familie haben würde, mit der sie an Thanksgiving an einem großen Tisch sitzen würde. Oder mit der sie an Weihnachten lachen und feiern konnte. Oder um Ostereier zu verstecken und gemeinsam zu beobachten, wie die Kleinen auf die Suche gingen.

Sobald ihr Vater und ihr Bruder gegangen waren, holte Wren tief Luft.

»Zu viel?«, fragte Bo, als er sich auf den Stuhl neben ihrem Bett setzte.

Wren schüttelte den Kopf. »Nein. Es ist einfach ... unglaublich. Hast du es gesehen, Bo? Wie ähnlich er mir sieht?«

Bo lächelte sie an, während er mit dem Daumen über ihren Handrücken strich. »Ja, das habe ich.«

»Ich weiß, es klingt dumm, aber ich habe endlich das Gefühl, irgendwo hinzugehören. Dass ich nicht nur allein in der Welt unterwegs bin. Und mir ist klar, dass ich jetzt dich und alle anderen habe, aber es fühlt sich einfach anders an, einen Vater zu haben. Und Brüder. Eine leibliche Familie.«

»Apropos ... meine Mutter und mein Vater sind auf dem Weg. Sie werden morgen hier sein. Ich habe ihnen gesagt, sie sollen uns zu Hause treffen, weil du morgen früh entlassen wirst.«

»Was?«, fragte Wren.

»Ich habe sie angerufen und ihnen gesagt, was passiert ist. Sie waren nicht erfreut. Eigentlich ist das eine Lüge. Sie waren stinksauer, dass es jemand wagen würde, dir wehzutun. Sie sind jetzt gerade im Flugzeug. Sie nehmen sich für heute Nacht ein Hotelzimmer in der Nähe des Flughafens, und Flash holt sie morgen früh ab, um sie zum Haus zu bringen.«

»Aber die kennen mich doch gar nicht«, protestierte Wren.

Bo lachte. »Schatz, sie kennen dich. Jedes Mal wenn ich mit ihnen telefoniert habe, seit wir uns kennengelernt haben, habe ich nur von dir gesprochen. Wie toll du bist. Wie klug. Wie schön. Sie wissen alles über deinen Job, deine Reise nach Afrika, ja sogar, wie großartig du da drüben warst und wie du deinen Entführern entkommen bist. Und jetzt wollen sie mit eigenen Augen sehen, dass es dir gut geht. Susie hat sich geärgert, dass sie nicht mitkommen konnte, aber es ist etwas schwieriger für sie zu reisen, da ihre Kinder noch so jung sind.«

Wren war überwältigt. Sie hatte nicht nur einen leiblichen Vater, eine Stiefmutter, Brüder, zwei Nichten und einen Neffen bekommen, sondern irgendwie auch eine zweite Mutter und einen zweiten Vater. Und eine Schwägerin, eine Nichte und einen Neffen.

»Ich liebe dich.«

Bo schüttelte den Kopf. »Du hast ja keine Ahnung, wie sehr ich *dich* liebe, Süße. Dich so zu sehen ... ich hatte in meinem ganzen Leben noch nie so viel Angst.«

»Als er ... als mir klar wurde, dass ich sterben würde, war ich so verdammt traurig«, gab Wren zu. »Ich würde ein Leben mit dir verpassen. Dann wurde ich wütend. Und dann habe ich den Messerblock gefunden.«

»Ich werde das verdammte Ding in Bronze gießen lassen«, sagte Bo. Dann seufzte er. »Tut mir leid. Das ist verkorkst. Schlechte Erinnerungen und so.«

Aber Wren schüttelte leicht den Kopf. Es tat immer noch weh, sich mehr als das zu bewegen. »Nein. Ich bereue nichts. Ich bin *froh*, dass er tot ist. Er hat versucht, mich umzubringen. Sie sind sicher, dass er tot ist, oder?« Sie konnte sich die Frage nicht verkneifen.

Der Detective hatte ihr mitgeteilt, dass Barry Simpson an den Verletzungen gestorben war, die er sich beim Kampf mit ihr in der Küche zugezogen hatte. Aber aufgrund der offensichtlichen Würgemale an ihrem Hals, des Notrufs, den sie getätigt hatte, und dessen, was Bo beim Betreten des Hauses gesehen hatte, unterstützt von Kevlar und Remi, würde keine Anklage gegen sie erhoben werden.

»Er ist tot«, sagte Bo nachdrücklich.

»Wie ist er überhaupt hierhergekommen? Nach Kalifornien, meine ich?«, fragte Wren.

»Offenbar ist er durch einen Luftschacht im Gefängnis in Wyoming auf das Dach geklettert. Er ist ein Abflussrohr hinuntergerutscht und hat einen Lastwagen gestohlen. Sobald er aus der Stadt weg war, ließ er ihn stehen und stahl einen Wagen. Er ist direkt nach Riverton gekommen.«

Wren presste die Lippen aufeinander und seufzte. »Nun ... jetzt ist es vorbei.«

»Das ist es«, stimmte Bo zu. »Also, was kann ich für dich tun? Noch ein Kissen? Mehr Decken? Wasser?«

»Ich bin so müde«, sagte sie, »aber ich habe auch Hunger. Kannst du mir einen Milchshake besorgen? Er ist kalt, also sollte er meine Kehle betäuben, aber auch sättigen, damit mein Bauch sich nicht so leer anfühlt, dann kann ich vielleicht schlafen.«

»Aber sicher. Vanille?«

»Klingt perfekt.«

»Ich bin so schnell wie möglich wieder da. Schlaf, wenn du kannst«, sagte er.

»Bo?«

»Ja, Süße.«

»Wirst du bleiben? Heute Nacht, meine ich.«

»Nichts könnte mich von dir wegreißen.«

»Ich bin sicher, die Betten, die sie haben, sind nicht sehr bequem.«

Bo lachte nur. »Schatz, wenn du wüsstest, wo ich schon geschlafen habe, würdest du dir keine Sorgen machen. Vertrau mir, es wird schon gut gehen. Außerdem werde ich heute Nacht sowieso nicht viel schlafen, wenn überhaupt.«

»Warum?«

»Weil ich aufbleiben und dich beim Atmen beobachten werde.«

»Bo«, flüsterte Wren mit gequälter Stimme.

Er schüttelte nur den Kopf. »Als ich zu dir kam ... war der schönste Anblick, den ich je in meinem Leben gesehen habe, wie dein Brustkorb sich auf und ab bewegte. Ich kann dich nicht verlieren. Nicht wenn ich dich gerade erst gefunden habe.«

Da griff Wren nach ihm. Zog an seinem Hemd, bis er sich über sie beugte. Sie rutschte zur Seite und machte auf der winzigen Matratze Platz für ihn.

»Wren, ich soll doch nicht –«

»Ist mir egal«, murmelte sie an seiner Brust.

»Aber dein Milchshake ...«

»Der ist mir auch egal. Ich brauche nur dich. Ich will dich an mir spüren. Dein Herz an meiner Wange schlagen hören. Ich wäre heute fast gestorben, Bo. Das weiß ich. Das weißt du auch. Zum Teufel, Barry wusste, was er tat. Niemand wird es wagen, ein verdammtes Wort darüber zu verlieren, dass ich dich so festhalte.«

Ein kleines Lachen vibrierte unter Wrens Wange. »Du hast

wahrscheinlich recht«, sagte Bo, während er es sich mit ihr im Krankenhausbett so bequem wie möglich machte.

»Ich *habe* recht«, sagte Wren entschlossen. Sie schmiegte sich in Bos Arme und fühlte sich endlich, endlich sicher. Ihre Lippen zuckten bei dem Gedanken. »Ich verstehe endlich, warum dein Spitzname Safe ist.«

»Das habe ich dir doch schon gesagt«, entgegnete er.

Aber Wren schüttelte den Kopf. »Nein. Ich meine, ja, das hast du, aber das ist es nicht. Es liegt nicht an einem Softballspiel, sondern daran, dass die Menschen sich in deiner Nähe sicher fühlen. Beschützt. Deine Freunde in der SEAL-Schule, oder wie auch immer das heißt. Deine Teamkameraden. Und ich.«

»Du *bist* bei mir sicher«, schwor Bo. »Ich werde alles tun, was nötig ist, damit du dich in meiner Nähe immer so fühlst. Geistig und körperlich.«

»Das tue ich«, sagte Wren mit einem Seufzer. »Ich werde jetzt schlafen«, murmelte sie undeutlich.

Sie spürte Bos Hand an ihrem Hinterkopf, als er sie an seine Brust drückte. »Schlaf, Süße. Ich werde über dich wachen und die bösen Krankenschwestern fernhalten, solange ich kann.«

Wren kicherte. »Danke. Mein Ritter in glänzender Rüstung.« Das war das Letzte, woran sie sich erinnerte, bevor sie in einen tiefen, heilenden Schlummer fiel.

»Ritter in glänzender Rüstung, von wegen«, sagte Wren leise, während sie im Schlafzimmer auf und ab ging.

Nachdem sie aus dem Krankenhaus nach Hause gekommen war, hatte sie als Erstes den Brief geholt, den sie für Bo hinterlassen hatte. Es war nicht so, dass sie sich schämte, wenn er ihn las, sie dachte nur, dass sie ihn vielleicht wegstecken und für die Zukunft aufbewahren würde. Um ihm zu zeigen, wie viel er ihr vor der Reise nach Afrika bedeutet hatte.

Seit sie wieder zu Hause war, genoss sie Bos Aufmerksamkeit und Zuneigung. Seine Eltern kennenzulernen war verdammt beängstigend gewesen, aber auch fantastisch, denn sie waren genauso freundlich und einladend, wie er gesagt hatte, dass sie es sein würden.

Die Beziehung zu ihrem Vater und ihren Halbbrüdern machte ebenfalls Fortschritte, und sie hatte zugestimmt, den Job bei Farris Morgan anzunehmen.

Sie war offiziell von jeglichem Fehlverhalten im Zusammenhang mit dem Tod von Barry Simpson freigesprochen worden, und der Fall war abgeschlossen. Irgendwie hatte Bo ihren Mietvertrag mit ihrem früheren Vermieter beendet, und er und sein Team hatten alle Löcher in den Wänden und andere Schäden beseitigt, die Barry verursacht hatte, als er in die Wohnung eingedrungen war und sie verwüstet hatte, sodass sie sogar ihre Kaution zurückbekam.

Alles in allem waren die letzten drei Wochen ihres Lebens sehr gut gewesen ... außer, dass Bo *viel* zu überfürsorglich war. Er wollte nicht, dass sie irgendwohin ging, wollte nicht, dass sie fuhr, hielt es für keine gute Idee, wenn sie zu lange aufblieb.

Und das Schlimmste war, dass er sich weigerte, etwas anderes zu tun, als sie nachts in den Arm zu nehmen.

Sie war geheilt. Die Quetschungen um ihren Hals waren endlich verschwunden. Sie hatte keine Schmerzen mehr und konnte essen, was sie wollte. Und doch weigerte Bo sich immer noch, mit ihr zu schlafen, weil er ihr nicht wehtun wollte.

Zum Teufel damit. Wren ging es *gut*. Und es war an der Zeit, dass ihr Freund das erfuhr.

Er war heute zum Stützpunkt gefahren, nachdem er ihr das Versprechen abgenommen hatte, das Haus nicht zu verlassen. Wren liebte ihr kleines Haus, aber sie hatte es satt, nichts als diese vier Wände zu sehen.

Nächste Woche sollte sie zu ihrer Einweisung bei Farris Morgan nach Mission Viejo fahren. Die Fahrt dorthin dauerte etwa anderthalb Stunden, und sie freute sich darauf, eine neue Gruppe von Menschen kennenzulernen und in der Firma ihres Vaters zu arbeiten. Sie würde zwar immer noch in der PR-Abteilung tätig sein, aber nicht mehr vor der Kamera. Ihre Aufgabe würde darin bestehen, Pressemitteilungen zu verfassen, bei der Konzeption und Planung von PR-Kampagnen mitzuwirken, Ansprechpartnerin für Telefon- und Zoom-Interviews zu sein und bei der Entwicklung von Krisenmanagementkonzepten zu helfen.

Wren wusste, dass Bo wegen der geplanten Reise in den Norden nervös war. Obwohl Remi und Caroline versprochen hatten, sie zu begleiten – sie freuten sich darauf, einkaufen zu gehen, während sie in ihren Besprechungen war –, war er immer noch skeptisch, sie aus den Augen zu lassen.

Nein. Sie war fertig.

Heute Abend, beschloss sie. Heute Abend würde er sein Bedürfnis überwinden, sie in einer schützenden Blase zu halten ... auch bekannt als ihr Haus.

Grinsend zog sie sich schnell aus und bewegte sich auf das Bett zu, wobei ihr Blut bereits schneller durch die Adern schoss, als sie die Nachttischschublade öffnete. Sie wollte das. Sie hatte die sexuelle Verbindung zwischen ihr und Bo vermisst. Er würde ihr nicht widerstehen können ... hoffte sie.

Als sie hörte, wie Bos Jeep pünktlich vor dem Haus vorfuhr, beeilte sie sich, in Position zu kommen.

Die Haustür öffnete sich und Bo rief: »Wren? Ich bin zu Hause!«

»Ich bin in unserem Schlafzimmer!«, rief sie.

Sie hielt den Atem an, als sie darauf wartete, dass Bo in der Tür erschien.

Seine Reaktion, als er sie sah, war genau das, wovon sie geträumt hatte, und noch mehr.

Sie lag völlig nackt auf dem Bett, den Rücken gegen das Kopfteil gelehnt, die Beine weit gespreizt ... und der Vibrator, den sie online bestellt hatte, tief in ihrem Körper.

Ohne ein Wort zu sagen, begann Bo, seine Tarnuniform auszuziehen. Es machte Wren immer heiß, ihn darin zu sehen, aber ohne war noch besser.

Ehe sie sichs versah, war er völlig nackt und kletterte auf die Matratze. Sein Schwanz war hart und sie konnte ihn von dort, wo sie saß, tropfen sehen. Er brauchte das genauso sehr wie sie, vielleicht sogar noch mehr. Sie verstand, dass er durch seine eigene Hölle gegangen war, als er gesehen hatte, wie sie gewürgt wurde.

Noch immer ohne zu sprechen, schob er ihre Hand von dem Spielzeug zwischen ihren Beinen weg und begann, es selbst zu bewegen, während er sich hinunterbeugte und den Mund auf ihre Klitoris presste. Sie war schon kurz vor dem Orgasmus gewesen, bevor er den Raum betreten hatte, und in dem Moment, in dem er ihr Nervenbündel in den Mund zog, explodierte sie. Endorphine überschwemmten ihre Blutbahn.

»Mehr!«, bettelte sie, während sie seinen Kopf in die Hände nahm.

Er zögerte nicht. Innerhalb weniger Minuten bebte sie erneut an seiner meisterhaften Zunge und seinen Händen.

Dann zog er den Vibrator aus ihrem Körper, ohne sich die Mühe zu machen, ihn auszuschalten, und rutschte auf der Matratze hoch. Er platzierte seinen Schwanz zwischen ihren Schamlippen – und zögerte.

»Bist du sicher?«

»Ich bin mehr als sicher. Ich liebe dich, Bo. Es geht mir *gut*. Alles geheilt. Ich brauche dich. Mehr als du weißt.«

»Oh, ich weiß es«, sagte er, dann vergrub er sich mit einem schnellen Stoß tief in ihr.

Sie schnappten beide nach Luft – und schon kam Wren wieder.

Offensichtlich war er genauso angespannt wie sie, denn er verzog das Gesicht, als er noch zweimal stieß, dann spannte er den Hintern an, als er seine Ladung tief in ihrem Körper entleerte.

Wren konnte sich ein Kichern nicht verkneifen. »Also ... das ging schneller, als ich dachte.«

»Ich fange gerade erst an«, beruhigte Bo sie.

Und erstaunlicherweise stellte sie fest, dass er immer noch hart war, als er begann, träge in ihren nun sehr feuchten Körper zu stoßen.

Dreißig Minuten später lagen sie beide verschwitzt, erschöpft und schlaff auf der Matratze. Wren hatte keine Ahnung, wie viele Orgasmen sie gehabt hatte, aber sie fühlte sich, als sei sie einen verdammten Marathon gelaufen oder so. Und Bo schien genauso erschöpft zu sein.

Er lag auf ihr, sein Schwanz noch immer tief in ihrem Körper. Er war jetzt schlaff, aber aufgrund seiner Länge war er in der Lage, in ihr zu bleiben, selbst nachdem er gekommen war. Er stützte sich über ihr auf die Ellbogen und musterte ihr Gesicht.

Wren liebte das. Sie liebte es, von ihm umgeben zu sein. In die Matratze gepresst. Ihn in ihrem Körper zu haben.

»Ich bin zu weit gegangen, nicht wahr?«, fragte er.

»Ein bisschen«, sagte Wren mit einem kleinen Lächeln.

»Es ist nur ... du hast mich erschreckt, Süße. Für den Bruchteil einer Sekunde habe ich gesehen, wie mein Leben ohne dich wäre ... und es hat mir nicht gefallen.«

»Ich weiß. Aber jetzt geht es mir gut. Alles ist geheilt, wie ich gerade bewiesen habe. Außerdem kannst du mich nicht ewig hier festhalten.«

Bo nickte. »Aber du bist hier sicher.«

Wren schüttelte den Kopf. Sie wussten beide, dass das nicht stimmte. Verdammt, es hatte nur ein paar Tritte gebraucht, und Barry war drinnen gewesen. Natürlich hatte Bo seine Haustür durch eine massive Stahltür mit verstärkten Schlössern und Scharnieren ersetzt. Niemand würde diese Tür jemals wieder aufbrechen. Es sei denn, er hatte einen riesigen Rammbock.

»Ofenfeuer, elektrisches Feuer, ich könnte ausrutschen, fallen und mir den Kopf aufschlagen. Ich könnte –«

Bo legte eine Hand auf ihren Mund. »Okay. Ich habe es verstanden. Ich war überfürsorglich und verrückt. Ich werde es abmildern.«

Wren griff nach oben und nahm seine Hand von ihrem Mund. »Ich liebe dich. Ich liebe es, dass du beschützend bist. Dass du auf mich aufpassen willst. Aber ich muss trotzdem leben, Bo. Und ... wenn du mir das nächste Mal Sex vorenthältst, weil du denkst, es sei zu meinem Besten, werde ich nicht mehr so nett sein.«

Er lächelte auf sie herab. »Okay.«

»Okay«, wiederholte sie. »Also, ich habe Hunger. Ich glaube, wir sollten mexikanisch essen gehen.«

»Oder wir könnten es uns bestellen ...«, schlug Bo mit einer kleinen Bewegung seiner Hüften vor.

Wren konnte spüren, wie sein Schwanz sich in ihr verhärtete.

»Schon wieder?«, fragte sie ungläubig.

»Hey, es waren lange drei Wochen«, protestierte er.

»Und wessen Schuld war das?«, schnaubte sie.

»Ganz allein meine«, sagte Bo, ohne zu zögern.

»Glaubst du, du kannst unser Essen bestellen und gleichzeitig mit mir schlafen?«, neckte Wren ihn. »Denn ich werde mich nicht bewegen, aber ich *habe* Hunger.«

»Wir werden sehen«, sagte Bo lachend, während er nach ihrem Handy griff, das auf dem Tisch neben dem Bett lag.

Am Ende aßen sie eine Portion gebratene Bohnen, Queso und acht Tacos à la carte zum Abendessen, weil Bo sich beim Bestellen total ablenken ließ, aber Wren beschwerte sich nicht. Nicht im Geringsten.

EPILOG

Blink starrte ins Leere.

Kevlar und die anderen würden nicht glücklich sein. Ganz und gar nicht.

Verdammt, Blink war selbst nicht besonders glücklich. Darüber, ohne sein neues SEAL-Team in den Nahen Osten zu reisen, und darüber, an den Ort zurückzukehren, an dem er hatte mit ansehen müssen, wie seine früheren Teammitglieder getötet und verletzt wurden.

Aber als sein Kommandant ihn mitten in der Nacht anrief und ihm sagte, er solle seine Koffer packen, hatte er genau das getan.

Da er genau dort gewesen war, wo das neue Team hinwollte, und da ihre Mission jetzt genau die gleiche war wie die an jenem schicksalhaften Tag, der ihm wie eine Ewigkeit vorkam, ging Blink mit.

Die Visionen, wie seine Freunde und Teamkameraden in die Luft gejagt wurden, drohten ihn zu überwältigen, aber Blink zwang sich, die beruhigenden Atemübungen zu machen, die er von seinem Therapeuten gelernt hatte. Diesmal würde alles anders sein. Sie waren besser vorbereitet. Klüger. Es war unwahrscheinlicher, dass sie die Leute, mit denen sie es zu tun hatten, unterschätzten.

Aber nichts davon war wirklich von Bedeutung. Blink wünschte sich, Kevlar sei hier. Zum Teufel, sie alle. Safe, Preacher, MacGyver, Flash, Smiley. Er hatte sich bereits mit ihnen angefreundet und vertraute darauf, dass sie ihm vorbehaltlos den Rücken freihielten.

Die Männer, mit denen er jetzt unterwegs war, waren zwar SEALs, aber sie waren nicht *sein* Team. Aber er würde seine Pflicht tun, dann nach Hause gehen und hoffen, dass ihm niemand allzu böse war. Obwohl es nicht so war, als hätte man ihm eine Wahl gelassen.

Blink ließ die Gedanken zu Remi wandern und er fragte sich, wie ihr neuester Cartoon ankam. Er hatte die Anziehungskraft der sprechenden Taco-Figur in der Vergangenheit nicht verstanden, aber er hatte angefangen, ihre älteren Sachen zu lesen, und musste manchmal laut lachen. Wenn er an die Frau dachte, die er vor dem sicheren Tod bewahrt hatte, fühlte er sich tief im Inneren gut. Er konnte seine ehemaligen Teamkameraden nicht retten, aber er hatte getan, was getan werden musste, um Remi zu retten.

Und Wren ... sie ließ sich nicht unterkriegen. Safe hatte ihnen allen erzählt, was sie als Kind durchgemacht hatte, dass ihre Mutter sie unter Drogen gesetzt hatte, um sie ruhig und aus dem Weg zu halten, wenn Männer im Haus waren. Es war unfassbar und widerlich.

Er freute sich für seine Teamkameraden, dass sie starke Frauen gefunden hatten.

Das war es, was er wollte. Eine Frau, bei der er sich entspannen konnte. Die mit seinen Macken zurechtkam ... mit der Tatsache, dass er nicht immer reden mochte. Jemand, dem er seine innersten Dämonen anvertrauen konnte. Aber er war sich nicht sicher, ob er jemals *irgendjemandem* so vertrauen konnte. Nicht einmal seinen Teamkameraden. Er würde sein

Leben für sie geben, aber mit ihnen über die Scheiße reden, die in seinem Kopf herumschwirrte?

Nein.

»Landung in dreißig!«, rief einer der SEALs.

Blink kannte noch nicht einmal alle ihre Namen. Er war ohne neue Informationen auf diese Mission geschickt worden und hatte die meiste Zeit des Fluges damit verbracht, von den anderen SEALs so viele Informationen wie möglich zu erhalten. Jetzt kehrte er an den einzigen Ort zurück, von dem er nicht sicher war, ob er bereit war, sich ihm erneut zu stellen.

Aber auch hier hatte er als Angestellter der US-Regierung keine andere Wahl. Es war beschlossen worden, dass er gehen musste, also war er hier.

Zähneknirschend tat Blink sein Bestes, um alle Emotionen so weit wie möglich in sich zu unterdrücken. Nur so würde er die nächsten Tage überstehen können.

Josie England hatte alle Gefühle und Gedanken, die sie hatte, so weit in ihr Gehirn verdrängt, dass sie einfach nur mechanisch ihr Leben weiterführte. Verdammt, was sie tat, war eigentlich gar kein Leben. Sie war sich nicht einmal sicher, warum sie in diesem Höllenloch noch um ihr Überleben kämpfte.

Sie hatte versucht, sich zu merken, wie lange sie schon dort war, aber es war fast unmöglich geworden, also hatte sie es längst aufgegeben.

Als Ayden sie angefleht hatte, ihn zu besuchen, während er in Kuwait City Heimaturlaub machte, hatte sie Nein gesagt. Aber er hatte wieder gefragt, dann wieder. Er wollte nicht aufhören.

Ihre Beziehung war vorbei, und das nicht, weil Ayden im Einsatz war. Er war fünf Jahre jünger als sie, und sie wusste genau, dass er mit einer der Frauen in seiner Einheit schlief. Warum er wollte, dass sie um die halbe Welt flog, um ihn zu sehen, wo er doch schon jede Menge Muschi bekam, war ihr ein Rätsel.

Aber sie hatte sich überreden lassen. Sie redete sich ein, dass es ein Abenteuer sein würde. Wann sonst würde sie jemals nach Kuwait reisen? Niemals.

Also war sie aufgebrochen, in der Absicht, mit Ayden offen und ehrlich zu sprechen. Er liebte sie nicht, und sie liebte ihn nicht, aber aus irgendeinem Grund hielten sie beide an der Beziehung fest.

Und als Ergebnis ihrer Schwäche war sie hier. In einer schummrigen, baufälligen Zelle, tief im Herzen des Iran. Zeit hatte hier keine Bedeutung. Man hatte sie hier hineingeworfen und im Grunde vergessen. Sie konnte sich nicht erinnern, wann ihr das letzte Mal jemand etwas zu essen oder zu trinken gebracht hatte. Der einzige Grund, warum sie noch am Leben war, war das langsam tropfende Wasser an einer Wand ihrer Zelle. Es dauerte drei Tage, um den Metallbecher zu füllen, den einer ihrer Entführer nach ihr geworfen hatte, als sie ankam. Er war an ihrem Kopf abgeprallt, und Josie war sicher, dass sie wahrscheinlich genäht werden musste, um die kleine Wunde zu schließen, die der scharfe Rand verursacht hatte. Aber natürlich würde das hier nicht geschehen.

Sie hatte also Wasser und ein Loch im Boden, das sie als Toilette benutzen konnte, und das war alles. Sie trug immer noch den Bikini und den Überwurf, den sie getragen hatte, als sie und Ayden gefangen genommen worden waren.

Josie blickte an sich herunter und schaute finster drein. Haut und Knochen. Das war alles, was sie war. Mit eins fünfzig war sie sowieso schon eine zierliche Person gewesen. Aber jetzt? Sie welkte praktisch dahin.

Ihr neues Leben war eine Mischung aus Langeweile und einer Dosis extremen Schreckens. Jedes Mal wenn jemand die

Tür zu ihrem Höllenloch öffnete, erwartete sie, dass sie gleich sterben würde. Sie fühlte sich jetzt mehr wie ein Tier als wie ein Mensch. Sie knurrte jeden an, der es wagte, sein Gesicht zu zeigen, und fletschte buchstäblich die Zähne. Sie tat ihr Bestes, um gefährlicher zu wirken als sie war.

Denn die Wahrheit? Sie hatte keine Abwehr. Sie war der Gnade ihrer Entführer völlig ausgeliefert. Niemand kam sie holen. Josie war nicht sicher, ob überhaupt jemand wusste, dass sie hier war ... oder sich dafür interessierte. Sie war keine Soldatin, keine Schauspielerin, keine Politikerin. Sie war ein ganz normaler Mensch, der sich in der beschissensten Situation befand, die möglich war.

Josie kauerte sich zusammen und drückte sich an die Wand in ihrem Rücken. Das Tröpfeln des Wassers in ihrer Tasse hatte sie vorher zu Tode genervt, jetzt war es ihr einziger Begleiter. Das Einzige, was sie noch einigermaßen bei Verstand hielt.

Sie starrte auf ihre schmutzverkrusteten Zehen und betete, dass etwas passieren möge, um ihre Qualen zu beenden. Ein Erdbeben, der Dritte Weltkrieg, jemand, der sich daran erinnerte, dass sie da war und sie töten wollte. Zu diesem Zeitpunkt war es ihr egal. Sie wusste nur, dass sie so nicht weitermachen konnte. In dieser Zelle verkümmern. Vergessen und ausrangiert. Sie würde lieber sterben, als noch eine Minute, einen Tag, eine Sekunde länger hierzubleiben.

Gerade als sie diesen Gedanken hatte, wurde die Tür am Ende des Ganges aufgerissen. Es erschreckte sie so sehr, dass sie zusammenzuckte und mit dem Kopf auf den Beton hinter ihr prallte. Das Licht, das durch den Flur strömte, schmerzte in ihren Augen.

Blinzelnd versuchte Josie, klar zu sehen, und spannte sich an. Das war es also. Jemand war im Anmarsch. Diejenigen würden sie entweder töten, foltern, ihr Nahrung bringen ... oder sie vielleicht, nur vielleicht, freilassen.

Zu ihrer Überraschung sah niemand sie in ihrer kleinen

Zelle auch nur an. Sie saß immer noch zusammengekauert in der Ecke, also hatten sie sie vielleicht nicht gesehen? Sie taten jedenfalls so, als wüssten sie nicht, dass sie da war. Sie unterhielten sich aufgeregt auf Persisch, als sie die Zelle neben der ihren betraten, jemanden mit einem lauten Knall auf den Boden warfen und dann auf denjenigen eintraten.

Sie hielten nur inne, weil jemand von der Flurtür her rief. Ein Mann spuckte die Person an, dann gingen sie so schnell, wie sie gekommen waren. Und Josie blieb wieder zurück.

Sie stieß einen Atemzug aus. Okay, sie war froh, dass sie sie nicht bemerkt hatten. Denn auf keinen Fall wollte sie so behandelt werden wie derjenige, den sie in die andere Zelle gesteckt hatten. Aber ... sie hätte praktisch alles für die kleinste Brotkruste getan.

Die Dunkelheit schien jetzt noch vollständiger zu sein. Zurück in den Schatten getaucht zu werden, nachdem sie zum ersten Mal seit ... Tagen? ... wieder Licht gesehen hatte, brachte Josie fast zum Weinen. Es fühlte sich jetzt noch bedrückender an. Noch gefährlicher.

Dann hörte sie etwas aus der Zelle neben der ihren.

Ein leises Stöhnen.

Sie kroch auf die Knie, ignorierte den Schmerz, der von den Kieselsteinen auf dem Betonboden herrührte, und starrte angestrengt in die Zelle. Sie fragte sich, ob derjenige, der hereingebracht worden war, ein Mann oder eine Frau war, Militär oder Zivilist, oder ein armer Einheimischer, der zur falschen Zeit am falschen Ort gewesen war.

»Scheiße.«

Josie erstarrte. Das beantwortete ihre Frage. Es war ein Mann. Und überraschenderweise hatte er Englisch gesprochen.

Das Leben, wie sie es kannte, war plötzlich auf den Kopf gestellt worden. Wieder einmal. Endlich war jemand anderes hier bei ihr. Ein anderer Gefangener. Der Gedanke machte ihr

Angst und gab ihr gleichzeitig Hoffnung. Aber Hoffnung war eine gefährliche Sache für jemanden in ihrer Situation. Eine vergessene, unwichtige Amerikanerin.

Nur die Zeit würde zeigen, was diese neue Ergänzung ihrer lebendigen Hölle bedeuten würde.

Können Sie glauben, dass ich Sie nicht bis zum letzten Buch der Serie warten lasse, um Blinks Geschichte zu erfahren? Aber halten Sie sich fest ... es wird ein Kracher werden! Blink muss einen Weg finden, sie beide aus dem Gefängnis zu befreien ... was leichter gesagt ist als getan! Wie es weitergeht, erfahren Sie im nächsten Buch der Serie, Schutz für Josie!

BÜCHER VON SUSAN STOKER

SEALs of Protection: Alliance
Schutz für Remi
Schutz für Wren
Schutz für Josie (4 Mar)
Schutz für Maggie (1 Apr)
Schutz für Addison (6 May)
Schutz für Kelli
Schutz für Bree

Die Männer von Silverstone
Vertrauen in Skylar
Vertrauen in Taylor
Vertrauen in Molly
Vertrauen in Cassidy (1 Dez)

Die Zuflucht in den Bergen
Zuflucht für Alaska
Zuflucht für Henley
Zuflucht für Reese
Zuflucht für Cora

Zuflucht für Lara
Zuflucht für Maisy
Zuflucht für Ryleigh (7 Jan)

Das Bergungsteam vom Eagle Point
Ein Retter für Lilly
Ein Retter für Elsie
Ein Retter für Bristol
Ein Retter für Caryn
Ein Retter für Finley
Ein Retter für Heather
Ein Retter für Khloe

SEALs of Protection: Legacy
Ein Beschützer für Caite
Ein Beschützer für Brenae
Ein Beschützer für Sidney
Ein Beschützer für Piper
Ein Beschützer für Zoey
Ein Beschützer für Avery
Ein Beschützer für Kalee
Ein Beschützer für Jane

Die SEALs von Hawaii:
Die Suche nach Elodie
Die Suche nach Lexie
Die Suche nach Kenna
Die Suche nach Monica
Die Suche nach Carly
Die Suche nach Ashlyn
Die Suche nach Jodelle

Delta Team Zwei
Ein Held für Gillian

Ein Held für Kinley
Ein Held für Aspen
Ein Held für Jayme
Ein Held für Riley
Ein Held für Devyn
Ein Held für Ember
Ein Held für Sierra

Mountain Mercenaries:
Die Befreiung von Allye
Die Befreiung von Chloe
Die Befreiung von Morgan
Die Befreiung von Harlow
Die Befreiung von Everly
Die Befreiung von Zara
Die Befreiung von Raven

Ace Security Reihe:
Anspruch auf Grace
Anspruch auf Alexis
Anspruch auf Bailey
Anspruch auf Felicity
Anspruch auf Sarah

Die Delta Force Heroes:
Die Rettung von Rayne
Die Rettung von Emily
Die Rettung von Harley
Die Hochzeit von Emily
Die Rettung von Kassie
Die Rettung von Bryn
Die Rettung von Casey
Die Rettung von Wendy
Die Rettung von Sadie

SCHUTZ FÜR WREN

Die Rettung von Mary
Die Rettung von Macie
Die Rettung von Annie

SEALs of Protection:
Schutz für Caroline
Schutz für Alabama
Schutz für Fiona
Die Hochzeit von Caroline
Schutz für Summer
Schutz für Cheyenne
Schutz für Jessyka
Schutz für Julie
Schutz für Melody
Schutz für die Zukunft
Schutz für Kiera
Schutz für Alabamas Kinder
Schutz für Dakota

Eine Sammlung von Kurzgeschichten
Ein langer kurzer Augenblick

BIOGRAFIE

Susan Stoker ist die New York Times, USA Today und Wall Street Journal Bestsellerautorin der Buchreihen »Badge of Honor: Texas Heroes«, »SEAL of Protection«, »Die Delta Force Heroes« und einigen mehr. Stoker ist mit einem pensionierten Unteroffizier der US-Armee verheiratet und hat in ihrem Leben schon überall in den Vereinigten Staaten gelebt – von Missouri über Kalifornien bis hin zu Colorado. Zurzeit nennt sie die Region unter dem großen Himmel von Tennessee ihr Zuhause. Sie glaubt ganz und gar an Happy Ends und hat großen Spaß daran, Geschichten zu schreiben, in denen Romantik zu Liebe wird.

Besuchen Sie Susan im Netz!
www.stokeraces.com
facebook.com/authorsusanstoker
twitter.com/Susan_Stoker
bookbub.com/authors/susan-stoker
instagram.com/authorsusanstoker
Email: Susan@StokerAces.com